Novelas insólitas

Stefan Zweig na Zahar
Coordenação: Alberto Dines

Autobiografia: o mundo de ontem

Joseph Fouché
Retrato de um homem político

Maria Antonieta
Retrato de uma mulher comum

O mundo insone
E outros ensaios

Novelas insólitas
Segredo ardente | Confusão de sentimentos | A coleção invisível
Júpiter | Foi ele? | Xadrez, uma novela

Três novelas femininas
Medo | Carta de uma desconhecida | 24 horas na vida de uma mulher

Alberto Dines é presidente da Casa Stefan Zweig, inaugurada em 2012 em Petrópolis com o propósito de homenagear e preservar a memória do escritor austríaco. www.casastefanzweig.org

Stefan Zweig

Novelas insólitas

Segredo ardente | Confusão de sentimentos
A coleção invisível | Júpiter | Foi ele? | Xadrez, uma novela

Tradução:
Kristina Michahelles
Maria Aparecida Barbosa
Murilo Jardelino

Copyright dos textos adicionais © 2015, Alberto Dines

Copyright desta edição © 2015:
Jorge Zahar Editor Ltda.
rua Marquês de S. Vicente 99 – 1º | 22451-041 Rio de Janeiro, RJ
tel (21) 2529-4750 | fax (21) 2529-4787
editora@zahar.com.br | www.zahar.com.br

Todos os direitos reservados.
A reprodução não autorizada desta publicação, no todo
ou em parte, constitui violação de direitos autorais. (Lei 9.610/98)

Grafia atualizada respeitando o novo
Acordo Ortográfico da Língua Portuguesa

Preparação: Laís Kalka | Revisão: Carolina Sampaio, Isadora Torres
Capa: Claudia Warrak, Raul Loureiro | Imagem da capa: Theo van Doesburg (1883-1951),
Composição aritmética. Felix Witzinger, Suíça/Kreidgeman images

CIP-Brasil. Catalogação na publicação
Sindicato Nacional dos Editores de Livros, RJ

Z96n
Zweig, Stefan, 1881-1942
Novelas insólitas: Segredo ardente, Confusão de sentimentos, A coleção invisível, Júpiter, Foi ele?, Xadrez, uma novela/Stefan Zweig; Tradução: Kristina Michahelles, Maria Aparecida Barbosa, Murilo Jardelino. – 1.ed. – Rio de Janeiro: Zahar, 2015.

(Stefan Zweig na Zahar)

Tradução de: Brennendes Geheimnis, Verwirrung der Gefühle, Die unsichtbare Sammlung, Jupiter, War er es?, Schachnovelle
ISBN 978-85-378-1473-4

1. Novela austríaca. I. Michahelles, Kristina. II. Barbosa, Maria Aparecida. III. Jardelino, Murilo. IV. Título. V. Série.

CDD: 833
CDU: 821.112.2-3

Sumário

Préfacio
Um sereno colecionador de desesperos, por Alberto Dines   7

Segredo ardente   11

Confusão de sentimentos   77

A coleção invisível   161

Júpiter   177

Foi ele?   191

Xadrez, uma novela   225

Créditos dos textos   279

Préfacio
Um sereno colecionador de desesperos

ALBERTO DINES

"COM PENSAMENTOS NOVOS façamos versos antigos", escreveu um amigo do poeta Hugo von Hofmannsthal, considerado o expoente do grupo Jung-Wien.* Essa Viena Jovem reunia os mais celebrados talentos literários e transformou a capital austro-húngara no vulcão conhecido como "O Alegre Apocalipse". Além de Hofmannsthal fazem parte da confraria, entre outros, Arthur Schnitzler, Richard Beer-Hofmann, Hermann Bahr, Felix Salten, Peter Altenberg, Karl Kraus (inicialmente). Nesse *fin-de-siècle* (1890), reúnem-se diariamente no Café Griensteidl e, mais tarde, enquanto o prédio é reconstruído, no quase vizinho Café Central.**

Em Viena, o rótulo *Die Junge*, os jovens, serve indistintamente a todos os rebeldes, inconformados, insubmissos e questionadores – primeiro na política, depois na moral, nos costumes, em seguida na estética. O mais jovem desses então jovens talentos é Stefan Zweig.*** Ouve os mestres com devoção, impregna-se com os novos horizontes que descortinam, arrebata-se com suas pretensões, assume seus desesperos, audácias e também a agradável sensação de continuidade que mais tarde consagrou como "dourada era da segurança".

---

* Citado por Carl E. Schorske, *Fin-de-siècle Vienna*, Nova York, Vintage Books, 1980, p.220.
** Enquanto esteve exilado em Viena (1911-14), Leon Trótski frequentou o Café Central nas noites de sábado, discutindo com os líderes do austromarxismo Otto Bauer e Max Adler e, principalmente, com o amigo psicanalista Alfred Adler, um dos principais pupilos de Sigmund Freud e o mais politizado dos patriarcas da psicanálise. Sob influência de Trótski, Adler foi o primeiro a tentar uma síntese de Marx com Freud (William M. Johnston, *The Austrian Mind*, Berkeley, 1972).
*** Zweig era quinze anos mais jovem do que Hofmannsthal, tinha 25 anos menos do que Beer-Hofmann e quase trinta o separavam do ídolo, Arthur Schnitzler.

Die Junge recusam os salões literários, preferem os cafés, ao lado de militantes de todas as causas ou mesmo sem causas. Assim foi tocada a caudalosa transição em que os novos tempos são captados com vibrações conhecidas e versos antigos. Não produzem manifestos nem proclamações, as secessões lá são mais intensas do que aparentam, porém plenamente compartilháveis.

A sôfrega Viena gosta de ser surpreendida com trepidações, alto-forno onde se processam incríveis combinações e estranhos sincretismos. O "fenômeno Klimt", ao associar alegorias figurativas marcadamente eróticas em contextos pictóricos inesperados, é tipicamente vienense. Extravagâncias dão-se bem em Viena. É o seu toque.

A estreia de Zweig na poesia nada teve de invulgar – era talentoso, intenso, promissor e seguia os cânones. Na ficção a concorrência é maior, tenta romper as limitações impostas aos estreantes, mas em seguida à primeira tentativa se sente fracassado. A coletânea de novelas *Die Liebe der Erika Ewald* (*O amor de Erika Ewald*, 1904), publicada quando tem apenas 23 anos – menor de idade segundo a lei austríaca –, ainda aluno da universidade em Berlim, não deixa marcas. Imperdoável para quem exige tanto de si mesmo.

A narrativa que dá título ao livro fora recusada antes por outro editor, por isso trocou o anódino *Novela vienense* por algo menos convencional, e imagina que o truque seja suficiente. Percebe seu desmazelo e a pressa em colocar o ponto final, intui que para produzir algo significativo, palpitante, deve se comprometer mais intensamente com a história sobre a qual se debruça.

Reconhece tudo isso numa corajosa autocrítica em carta ao venerado Karl Emil Franzos, a quem pretendia converter em tutor. "Já queimei centenas de manuscritos sem ter modificado ou refeito uma única linha… Na realidade só publico porque isso me incita a trabalhar e sair do diletantismo." Raramente reeditadas, mesmo nas obras completas, as novelas de estreia servem apenas como referência comparativa para o salto que dará em seguida. Sabe exatamente o que lhe falta: "Já experimentei em menor escala o que é escrever com os dentes cerrados."*

---

* Carta a Karl Emil Franzos, 3 de julho de 1900. Originário da Galícia, Franzos (1848-1904) notabilizou-se pelos relatos sobre a vida dos judeus nas pequenas cidades da Áustria

Mais maduro, independente e viajado, sensibilizado pelo convívio com Freud e a psicanálise, robustecido pelos primeiros contatos com Romain Rolland, o poeta belga Verhaeren e a educadora sueca Ellen Key, sente que deixou de ser o mísero diletante. Tem traquejo, começa a criar uma personalidade literária, aprendeu a lidar com o público: o drama em versos *Tersites*, inspirado na *Odisseia* e estreado em 1907, tem como protagonista um anti-herói pérfido. Seu empenho em traduzir e apresentar o quase desconhecido Verhaeren ao público germanófono revela uma personalidade literária, estilo. Na prova oral para o doutoramento, os professores tratam-no como igual.

Além de cerrar os dentes para escrever, sabe que um texto precisa ser arrancado da alma, de preferência com dor. Esse é o Stefan Zweig que assina a segunda incursão novelística, sete anos depois: *Erstes Erlebnis: vier Geschichten aus Kinderland* (*Primeiras vivências: quatro histórias do país das crianças*, 1911), dedicadas à famosa educadora e feminista sueca Ellen Key, com quem mantém uma intensa correspondência desde a virada do século.* Sua obra mais conhecida, *O século da criança* (1909), desvendou a vulnerabilidade da infância e impressionou-o vivamente, a ponto de lembrá-la em suas memórias onde tão poucos foram admitidos.**

Das quatro narrativas "infantis", uma destaca-se com extrema intensidade. *Segredo ardente* (*Brennendes Geheimnis*). Considerada edipiana, freudiana, autobiográfica, é, antes de tudo, zweiguiana, primeira a ostentar sua marca registrada – a espreita pelo inusitado. A colaboração frequente no *feuilleton* do importante diário *Neue Freie Presse* acabou por desenvolver em Zweig uma flexibilidade temática, em que tudo é potencialmente "li-

---

oriental. Jurista, romancista incansável, jornalista respeitado, crítico do *Neue Freie Presse*, editor e responsável pela publicação da obra completa de Georg Büchner, Franzos recusou diversos textos do jovem escritor, mas exerceu sobre ele alguma influência que a morte prematura interrompeu. Carta citada em Donald Prater, *Stefan Zweig*, Paz e Terra, 1991, p.29.

* No Brasil o ciclo foi publicado pela Editora Guanabara com título mais comercial – Segredos de amor: quatro novelas da adolescência –, antes da primeira vinda de Zweig ao Brasil, em 1936. Logo depois foi incluído em *A corrente*, terceiro volume das Obras Completas de Stefan Zweig (1938-44), sempre traduzido por Odilon Galloti, um dos primeiros psiquiatras formados no Brasil.

** *Autobiografia: o mundo de ontem*, Rio de Janeiro, Zahar, 2014, p.121-2.

terário", apto a ser processado como literatura, mesmo que essa seja uma virtude essencialmente jornalística que, aliás, ele detesta reconhecer.*

O faro para perceber no inusitado algo mais do que exotismo facultou-lhe o acesso a temas até então inexplorados pela ficção. Caso da inflação galopante que abalou a vida na Alemanha no início dos anos 1920, que ele enxerga além do aspecto puramente monetário: não é apenas a moeda que se desvaloriza, são as referências e padrões.

Não parece interessado em escandalizar ou chocar, não apela para recursos expressionistas. Quer apenas surpreender os leitores, despertá-los da mesmice através de enredos incômodos narrados com simplicidade em algum sossegado hotel, estância ou spa (como sugere o cineasta Wes Anderson, em *O Grande Hotel Budapeste*).**

Chega com naturalidade e também forte emoção ao homossexualismo de *Confusão de sentimentos*, assunto tabu em uma de suas novelas mais celebradas. O truque de combinar desfechos diferentes para as duas histórias sobre o comportamento canino é apresentado de forma despojada, sem maneirismos.

Em 1941, trinta anos depois de *Segredo ardente*, de volta de nova viagem transatlântica, o fatigado Zweig repara no velho tabuleiro de xadrez, combina-o com as vivências recentes do navio, envolve-os com a barbárie que consome o mundo e, de um certame organizado como passatempo a bordo, faz um exercício sobre a abdicação como forma de manifestar-se. Em seguida, também abdica – de tudo.

A seleção destas novelas de Stefan Zweig, ao contrário das seletas que ele próprio organizou (inclusive a brasileira), não segue o critério cronológico. Tantas décadas depois da morte, o tempo transcorrido funciona como um editor auxiliar, sugerindo recortes e afinidades mais adequados para apresentar este sereno colecionador de singularidades e tormentos.

---

* Sobre a contraditória relação de Zweig com o jornalismo, ver o prefácio a *O mundo insone* (Rio de Janeiro, Zahar, 2013, p.9).
** *O Grande Hotel Budapeste* (*The Grand Budapest Hotel*, 2014), roteirizado e dirigido por Wes Anderson, é uma alegoria inspirada e dedicada à obra de Stefan Zweig. Hotel imaginário num país imaginário, Zubrowka, situado na Europa Central. Recebeu nove indicações para o Oscar de 2015, quatro delas confirmadas.

Segredo ardente

O parceiro

Com uma voz rouca, o trem soltou um grito. Destino alcançado: Semmering. Na luz prateada da montanha, os vagões negros descansaram um minuto, lançaram alguns passageiros coloridos na plataforma, tragaram outros, um vaivém de vozes agitadas; logo a máquina rouca gritou de novo, e tracionou a corrente negra, chacoalhando-a para dentro da boca do túnel montanha abaixo. Livre, com o horizonte claro, varrido pelo vento úmido, estendia-se de novo a ampla paisagem.

Um dos recém-chegados, jovem, que sobressaía de maneira simpática pelo bem vestir-se e pela elasticidade natural no andar, passou precipitadamente à frente dos outros e tomou um fiacre até o hotel. Em passos lentos, os cavalos subiam a ladeira. Ar de primavera. No céu, tremulavam as nuvens brancas, inquietas, dos meses de maio e junho, companheiras jovens e esvoaçantes, que corriam brincando pelo caminho azul, para de súbito esconderem-se atrás das altas montanhas; que se abraçavam e fugiam, amassavam-se como lenços e logo desfiavam-se em tiras, para finalmente, de travessura, postarem-se como boinas brancas nos cumes das montanhas. Inquieto também estava o vento, que balançava as árvores magras ainda úmidas da chuva de maneira tão incontrolável que elas silenciosamente estalavam suas articulações e delas se desprendiam como faíscas milhares de gotas luminosas. Às vezes, parecia também vir das montanhas um cheiro fresco de neve, e sentia-se na respiração algo suave e ardente ao mesmo tempo. Tudo no ar e na terra era movimento e fervilhante impaciência. Fungando suavemente, os cavalos avançavam pelo caminho agora em declive, o som de suas sinetas tilintando longe, à frente deles.

No hotel, a primeira ação do jovem foi dirigir-se à lista dos hóspedes, que ele – logo desapontado – folheou. "Que estou fazendo aqui, na verdade?", dúvida que lhe despertou uma inquietação. "Estar sozinho nas montanhas sem qualquer companhia é muito pior do que ficar no escritório. Evidentemente, cheguei cedo ou tarde demais. Eu nunca tenho sorte com minhas férias. Sequer um único nome conhecido entre todos os hóspedes. Se pelo menos estivessem aqui algumas mulheres, em último caso, um pequeno flerte inocente, para não passar esta semana tão desconsolado." O jovem, barão da nobreza funcional austríaca, de não tão boa reputação, empregado no gabinete do governador, decidira gozar esse breve período de férias sem qualquer necessidade, apenas porque os outros colegas haviam se imposto uma semana de descanso na primavera, e ele não queria dar a sua de presente ao governo. Embora não desprovido de competência para a reflexão, era de natureza bastante social, e por isso querido entre os amigos e, como tal, bem-vindo em todos os círculos. Plenamente consciente de sua incapacidade para a solidão, não havia nele qualquer inclinação para estar consigo mesmo, evitava sempre que possível esses encontros, porque não queria de maneira alguma qualquer íntima familiaridade com sua própria pessoa. Sabia que necessitava da superfície de atrito com as pessoas para acender todo seu talento, o calor e a alegria de seu coração, e sentia-se, quando sozinho, inerte e ocioso como um palito em uma caixa de fósforos.

Amuado, andava de um lado para outro no saguão vazio, ora indeciso folheando os jornais, ora dedilhando uma valsa no piano do salão de música, sem conseguir, contudo, que o ritmo lhe tomasse as mãos. Por fim, sentou-se aborrecido e pôs-se a observar como lá fora a escuridão caía lentamente, como a neblina, sob a forma de vapor cinzento, irrompia dos pinheiros. Nervoso, permaneceu ali por uma hora, sentindo-se um inútil. Em seguida, refugiou-se no restaurante.

Apenas algumas mesas estavam ocupadas. Com um olhar apressado, observou todas. Em vão! Nenhum conhecido. Em um canto, apenas – com indiferença, retribuiu uma saudação –, um instrutor; do outro lado, um rosto das ruas de Viena, e ninguém mais. Nenhuma mulher, nada que prometesse uma aventura ainda que efêmera. Seu mau humor piorou. Ele era um daqueles jovens cujas faces bonitas lhes favorecem, do tipo de homens sempre dispostos a um novo encontro, a uma nova experiência, sempre ansiosos por se precipitarem nos imprevistos de uma aventura, do tipo que nada os surpreende porque já calcularam tudo com antecedência, que não ignoram nenhum aspecto do erótico porque já captam ao primeiro olhar a sensualidade de toda mulher, seja ela a esposa de seu amigo ou a empregada que abre a porta que a ela conduz. Quando se designa essas pessoas com certo desprezo leviano como "caçadores de mulheres", percebe-se, sem tanta consciência, o quanto de verdade empírica introjeta-se nas palavras, porque, de fato, todos os instintos que geram a paixão pela caça, o seguir as pistas, a excitação e a astúcia cruel vibram na vigília sempre inquieta desses homens. Estão constantemente à espera, sempre prontos e determinados a seguir o rastro de uma aventura até a beira do abismo. Estão sempre carregados de paixão, mas não a do amante, e sim a do frio, calculista e perigoso jogador. Entre eles, há os persistentes, para os quais, desde a juventude e por toda a vida, essa expectativa torna-se uma aventura eterna; para os quais cada dia se dissolve em uma centena de pequenas experiências sensuais – um olhar de passagem, um meio sorriso discreto, rápido e silencioso, um roçar acidental de joelhos – e cada ano em centenas desses dias; para os quais a experiência sensorial constitui a fonte que flui eternamente, nutrindo e aquecendo suas vidas.

Ali não havia parceiros com quem jogar, detectou imediatamente o olhar experiente do barão. E nenhuma irritação pode ser mais desesperante que a do jogador que se senta à mesa verde com cartas na mão e, consciente de sua superioridade, espera em vão pelo parceiro. O barão pediu um jornal. Com o rosto bem aborrecido, deixou o olhar correr sobre as linhas, mas seus pensamentos estavam paralisados e tropeçavam nas palavras como se estivessem bêbados.

De súbito, ouviu atrás de si um vestido frufrulhar e uma voz um pouco desagradável e com um sotaque afetado dizer:

– *Mais tais-toi donc, Edgar!*

Por sua mesa passou uma figura alta e exuberante, crepitando um vestido de seda, e atrás dela, em um terno preto de veludo, um menino pequeno e pálido, que o olhou com curiosidade. Sentaram-se em frente, à mesa reservada, a criança fazendo esforços visíveis para se comportar de maneira polida, o que contrariava a agitação em seus negros olhos. A senhora – e só para ela tinha olhos o jovem barão – estava muito arrumada e vestida com evidente elegância, um tipo, além disso, que ele adorava, uma daquelas judias ricas, levemente voluptuosa, com idade um pouco anterior à maturidade, também obviamente passional, mas experiente em esconder seu temperamento atrás de uma nobre melancolia. Evitou encará-la num primeiro momento, admirou apenas a beleza do desenho de suas sobrancelhas, sobre um nariz delicadamente arredondado, que, embora denunciasse sua origem, deixava-lhe, pela forma nobre, o perfil nítido e interessante. Os cabelos eram, como tudo o que era feminino naquele corpo elegante, de uma opulência impressionante; sua beleza, segura na consciência de ser alvo de admiração, parecia ter se tornado farta e ostensiva. Fez o pedido num tom muito baixo, repreendeu o menino, que brincava com o garfo – tudo isso com uma aparente indiferença para com os olhares cuidadosos do barão, que parecia não ter notado, quando, na verdade, era a viva atenção daquele olhar que a obrigava a tomar cuidados redobrados.

De súbito, um brilho de alegria iluminou a face sombria do barão; tocado em seus recônditos mais profundos, os nervos excitaram-se, as rugas estenderam-se, os músculos contraíram-se, de maneira que sua figura endireitou-se, e os olhos brilharam. Ele próprio não era dessemelhante às mulheres, que precisam da presença de um homem para externalizar todo o seu vigor. Em seu caso, um simples apelo sensual já elevava sua energia à potência máxima. Sua natureza de caçador pressentiu uma presa. De maneira provocativa, esforçou-se para que seu olhar encontrasse o dela, que às vezes cruzava o dele com aquela cintilante indefinição de quem não quer ver, sem nunca oferecer francamente uma resposta clara. Nos lábios, também acreditava ver em alguns momentos vestígios de sorrisos incipientes, mas tudo era incerto, e era justo essa incerteza que o excitava.

A única coisa que lhe parecia promissora era aquele esguerar contínuo dos olhos, porque era resistência e timidez ao mesmo tempo, além da estranha e cuidadosa maneira de conversar com a criança, claramente direcionada a um espectador. Ele sentiu que a tentativa de manter a calma forçada e superficial significava um primeiro momento de perturbação. Também ele estava em desassossego: o jogo havia começado. Prolongou seu jantar, perseverou e ficou a observar incessantemente aquela mulher por quase meia hora, até traçar cada linha de seu rosto, tocar de maneira invisível cada parte de seu exuberante corpo. Do lado de fora, uma noite densa começava a cair, os bosques afundavam em medo infantil, agora que as nuvens carregadas de chuva estendiam as mãos cinzentas sobre elas; cada vez mais escuras, as sombras invadiam o salão, cada vez mais e mais o silêncio parecia oprimir as pessoas. Sob a ameaça daquele silêncio, a conversa da mãe com a criança, ele percebeu, ficara cada vez mais artificial, de maneira que, breve, chegaria ao fim. Então, resolveu fazer uma experiência. Levantou-se primeiro, antes dos dois, caminhou devagar até a porta, olhando prolongadamente para a paisagem, fingindo não a ver. De súbito, voltou-se para trás, como se tivesse esquecido algo. E a surpreendeu, acompanhando-o com um olhar muito vivo.

Isso o estimulou. Decidiu esperá-la no saguão. Ela veio logo em seguida, segurando a mão do garoto, folheou algumas revistas por um instante e mostrou à criança algumas fotos. Mas, quando o barão, como que por acidente, foi até a mesa como se aparentemente também procurasse uma revista, quando na verdade desejava ver de mais perto o brilho úmido de seus olhos, e talvez até mesmo iniciar uma conversa, ela se virou, bateu de leve no ombro de seu filho:

– *Viens, Edgar! Au lit!*

E passou por ele de maneira indiferente. Um pouco decepcionado, o barão a seguiu com os olhos. Contava na verdade com uma aproximação ainda naquela noite. Aquela maneira brusca o decepcionou. Contudo, nessa resistência havia um estímulo, e foi justamente a incerteza que lhe despertou o desejo. No mínimo, encontrara um parceiro, e o jogo poderia começar.

Rápida amizade

Na manhã seguinte, quando chegou ao saguão, o barão viu a criança da bela desconhecida conversando entusiasmada com os dois ascensoristas, a quem ele mostrava imagens em um livro de Karl May. A mãe não estava lá, obviamente ainda ocupada com a toalete. Nesse momento é que o barão reparou no garoto. Era um menino tímido, raquítico, nervoso, com cerca de doze anos, movimentos descontrolados e olhos negros e impacientes. Dava a impressão, assim como muitas vezes as crianças dessa idade, de estar assustado, como se tivesse sido despertado do sono e jogado inesperadamente em um ambiente estranho. Suas feições não eram indelicadas, mas ainda bastante indefinidas, parecendo que a batalha entre o viril e o infantil acabara de começar; tudo ainda era apenas como massa de modelar a ganhar formas, nada ainda expresso em linhas claras, apenas uma mistura de palidez e inquietude. Além disso, estava exatamente naquela idade desfavorável em que as crianças nunca se encaixam em suas roupas, as mangas e as pernas das calças sobrando naquele esqueleto magro e desleixado, e em que nenhuma vaidade as exorta a cuidar de sua aparência.

O menino causava uma impressão bastante patética naquele momento, perambulando por ali indeciso. Na verdade, atrapalhava o caminho de todos. Ora era empurrado para o lado pelo porteiro, a quem ele parecia incomodar com todo tipo de perguntas, ora perturbava na entrada; evidentemente, faltava-lhe uma rede de amizades. Assim, em virtude de sua necessidade infantil de tagarelar, procurava companhia junto ao pessoal do hotel, que lhe respondia quando tinha tempo, mas que imediatamente interrompia a conversa quando um adulto aparecia ou algo necessário precisava ser feito. O barão observava, sorrindo e interessado, o infeliz garoto, que olhava para tudo com curiosidade e de quem todos escapavam de maneira hostil. Uma vez, o barão interceptou um daqueles olhares curiosos, mas os olhos negros voltaram-se imediatamente amedrontados para si mesmos, quando se perceberam observados em sua busca, mergulhando atrás das pálpebras abaixadas. O barão divertiu-se com isso. O garoto começou a interessá-lo, e ele se perguntou se o pequeno rapaz, que ao que tudo indicava era tímido apenas por medo, não poderia servir como o mediador mais rápido para uma aproximação com a mãe. Decidiu pelo menos tentar. Discretamente, seguiu o menino, que acabara de ir em direção à porta e, em sua necessidade infantil de afeto, acariciara as narinas rosa de um cavalo branco, até que o cocheiro – ele realmente não tinha sorte – também o afastou de maneira bastante áspera. Magoado e entediado, permaneceu ali em pé com seu olhar vazio e um pouco triste. Foi nesse instante que o barão o abordou.

– Olá, meu jovem, que está achando daqui? – falou de súbito, tentando estabelecer o contato da maneira mais coloquial possível.

A criança corou e o encarou amedrontada. Apreensivo, puxou a mão para si e virou-se de alguma forma constrangido. Era a primeira vez que isso lhe ocorria: um estranho lhe dirigir a palavra e começar a conversar com ele.

– Bom, obrigado – pôde naquele momento ainda balbuciar. A última palavra soou mais abafada do que efetivamente pronunciada.

– Fico admirado – disse o barão, rindo –, este lugar deve ser, na verdade, muito chato, especialmente para um jovem como você. Que é mesmo que você faz o dia todo?

O menino ainda estava confuso demais para responder logo. Era realmente possível que aquele estranho e elegante cavalheiro estivesse querendo conversar com ele, com quem ninguém mais se importava? Aquele pensamento o deixava tímido e orgulhoso ao mesmo tempo. Com dificuldade, ele se recompôs.

– Eu costumo ler e, além disso, fazemos muitos passeios. Às vezes, nós também andamos de carro, mamãe e eu. Eu preciso me recuperar, estava doente. Por isso preciso tomar bastante sol, disse o médico.

Proferiu as últimas palavras já bastante seguro. Crianças sentem sempre orgulho de alguma doença, porque sabem que o perigo as torna duas vezes mais importantes para suas famílias.

– Sim, o sol faz mesmo bem a jovens cavalheiros como você. E você vai ficar bem bronzeado. Mas não deveria ficar sentado o dia todo. Um sujeito como você deve correr, pular, além de fazer algumas travessuras.

Você parece uma pessoa muito caseira com seu livro grosso debaixo do braço. Quando eu me lembro de como era travesso quando tinha a sua idade e voltava todas as noites com as calças rasgadas... Eu não era tão comportado!

Involuntariamente, a criança teve de sorrir, e o medo desapareceu. Ele queria responder, mas lhe pareceu atrevimento demais falar de maneira tão assertiva com aquele amável desconhecido, que lhe dirigira a palavra tão gentilmente. Indiscreto ele nunca tinha sido, mas sempre um pouco embaraçado, e então sentiu-se na maior confusão entre felicidade e vergonha. Queria ter continuado a conversa, mas nada lhe ocorria dizer. Felizmente, naquele momento o grande são-bernardo amarelo do hotel apareceu, cheirou ambos e se deixou acariciar.

– Você gosta de cães? – perguntou o barão.

– Muito, minha avó tem um em sua *villa* em Baden, e quando estamos lá ele fica o dia todo comigo. Mas isso só acontece no verão, quando a visitamos.

– Nós temos em casa, em nossa propriedade, umas duas dúzias, eu acho. Se você se comportar, vou lhe dar um de presente. Um marrom com orelhas brancas, um bem jovem. Você quer?

A criança ruborizou de prazer.

– Ah, claro!

A resposta veio assim, de súbito, impetuosa. Mas logo em seguida se confrontou, ansioso e assustado, com a dúvida.

– Mas mamãe não vai deixar. Ela diz que não tolera cães em casa. Eles dão muito aborrecimento.

O barão sorriu. Finalmente, a conversa havia chegado à mamãe.

– E mamãe é mesmo tão rigorosa?

A criança pensou, olhou para ele por um segundo, como se estivesse se perguntando se já deveria confiar nesse estranho cavalheiro. A resposta foi cautelosa:

– Não, mamãe não é tão severa. Agora que estou doente, ela me deixa fazer tudo. Talvez ela me deixe até ter um cachorro.

– Posso perguntar a ela?

– Sim, por favor – vibrou o garoto. – Assim ela vai permitir com certeza. E como é o cachorro? Tem as orelhas brancas, não é? Ele vai buscar o que a gente joga bem longe?

– Sim, ele sabe fazer tudo.

O barão sorriu satisfeito com aquelas faíscas vibrantes que havia produzido tão rapidamente nos olhos da criança. De súbito, a timidez inicial foi rompida, e a paixão contida pelo medo transbordou. Numa transformação ultrarrápida, a criança tímida e assustada virou um garoto desembaraçado. Se a mãe também fosse assim, pensou sem querer o barão, tão vibrante por trás de seu medo! Mas logo o garoto o bombardeou com vinte perguntas:

– E como se chama o cão?

– Caro.

– Caro – vibrou a criança.

Totalmente embriagado pela mudança inesperada dos acontecimentos, por alguém o ter acolhido amigavelmente, não podia deixar de responder a cada palavra com um sorriso de satisfação. O barão admirou-se com seu sucesso tão rápido e decidiu não deixar a oportunidade escapar. Convidou o garoto para fazer um breve passeio, e o pobre menino, há semanas sedento por uma companhia agradável, ficou encantado com o convite. Irrefletidamente tagarelava sobre o que o barão arrancava dele por meio de perguntas breves, como que casuais. Logo este descobriu tudo sobre a família, em especial que Edgar era o único filho de um advogado vienense, evidentemente da rica burguesia judaica. E com habilidade ficou sabendo logo que a mãe não estava tão encantada com a estadia em Semmering e lamentara-se da ausência de pessoas simpáticas. Na verdade, o barão julgou poder inferir, pela forma evasiva como Edgar respondera à pergunta se "a mamãe realmente gostava do papai", que ela não era a mulher mais feliz no casamento. Sentiu-se até mesmo um pouco envergonhado de como foi fácil arrancar daquele garoto tão inocente todos os pequenos segredos da família, pois Edgar, muito orgulhoso de que aquilo que tinha a dizer pudesse interessar a um adulto, deu a sua irrestrita confiança ao novo amigo. Seu coração de criança pulsava com orgulho – o barão colocara o braço sobre o ombro dele durante o passeio – por ser visto de maneira tão íntima em público com um adulto, e, aos poucos, esqueceu-se o menino de sua própria infância, tagarelando livremente e à vontade como se se dirigisse a alguém de mesma idade. Edgar era, como sua conversa demonstrava, muito inteligente, um tanto precoce como a maioria das crianças doentes, que convivem muito com adultos, e tinha estranhamente uma paixão exagerada tanto pela afeição quanto pela hostilidade. Parecia que ele não tinha uma relação tranquila em relação a nada; de cada pessoa ou coisa, falava com um arrebatamento ou com um ódio tão intenso que torcia o rosto de modo desagradável e tornando-se uma figura feia e cruel. Algo feroz e incoerente, talvez ainda devido à doença recentemente curada, dava a sua fala um ar de fanatismo, e parecia que sua maneira desajeitada de ser era apenas medo, reprimido com dificuldade, de sua própria paixão.

Com facilidade, o barão conquistou sua confiança. Em apenas meia hora, tinha na mão esse coração vibrante que pulsava inquieto. É tão fácil enganar as crianças, esses inocentes cujo amor é tão raramente cortejado. Precisou apenas deixar-se levar para o passado, para que a conversa de criança se tornasse bastante natural e espontânea, para que também o menino o sentisse como seu igual e, depois de alguns minutos, perdesse todo o senso de distância. Ele estava apenas felicíssimo com a sorte de ter, de súbito, encontrado aqui neste lugar tão ermo um amigo, e que amigo! Esquecidos estavam todos os amigos de Viena, os meninos de voz fina, tagarelas inexperientes, uma hora foi suficiente para lavar-lhe da memória seus rostos! Toda a sua fanática paixão pertencia então a esse novo, seu grande amigo, e seu coração se expandiu com orgulho assim que o barão, por ocasião da despedida, o convidou para retornar no dia seguinte de manhã, e quando o novo amigo lhe acenou de longe, como se fosse um irmão. Esse minuto foi talvez o mais feliz de sua vida. "Como é fácil enganar crianças", o barão sorriu ao ver o menino se afastar em disparada. O mediador estava sob controle. O menino atormentaria sua mãe, ele tinha certeza, com histórias à exaustão, repetiria cada palavra – e assim ele se lembrava com prazer de como habilmente tecera vários elogios destinados a ela, de como sempre falara da "bela mamãe" de Edgar. Não havia qualquer sombra de dúvida de que o comunicativo garoto não descansaria antes que tivesse reunido sua mãe e o barão. Não precisaria mexer um dedo para reduzir a distância entre ele e aquela bela desconhecida, poderia então sonhar tranquilamente e contemplar a paisagem, pois sabia que as mãos impacientes da criança lhe construiriam uma ponte para o coração dela.

Terceto

O plano era, como se comprovou uma hora mais tarde, excelente e foi bem-sucedido até o último detalhe. Quando o jovem barão entrou no restaurante, Edgar pulou da cadeira, cumprimentou-o de maneira muito solícita com um sorriso de felicidade e acenou para ele. Ao mesmo tempo, puxou a mãe pela manga e não parava de falar com ela, apressado e excitado, com gestos acentuados em direção ao barão. Constrangida e ruborizada, ela o repreendeu e solicitou que se comportasse, mas não pôde evitar levantar os olhos uma vez, para fazer a vontade do menino, o que logo deu ao barão o ensejo de se curvar respeitosamente. A apresentação estava feita. Ela teve de agradecer, mas depois disso inclinou o rosto de maneira mais acentuada sobre o prato e evitou cuidadosamente, durante o jantar, olhar de novo para aquele lado. Ao contrário de Edgar, que espiava incessantemente, e ao tentar falar com ele de longe, algo inadmissível, foi de imediato repreendido com vigor por sua mãe. Logo após o jantar, a mãe lhe disse que ele teria de ir dormir, e iniciou-se um sussurro ininterrupto entre eles, cujo resultado consistiu em ter atendidas suas súplicas ardorosas de ir até a outra mesa despedir-se do amigo. O barão disse-lhe algumas palavras carinhosas, que fizeram o olhar da criança brilhar de novo, e conversou com ele por alguns minutos. De súbito, num movimento elegante, virou-se em direção à outra mesa, levantando-se, felicitou a vizinha, um pouco atordoada, pelo filho atento e inteligente, elogiou a manhã que passara tão bem com ele – Edgar permanecia em pé, vermelho de alegria e orgulho – e por fim perguntou por sua saúde, tão detalhadamente e com tantas questões particulares que a mãe foi obrigada a responder. Assim entabularam inevitavelmente uma conversa mais longa, que o menino ouvia feliz e com uma espécie de veneração. O barão apresentou-se, acreditando notar que seu reputado nome causou uma certa impressão naquela vaidosa mulher. Em todo caso ela o tratou com extraordinária amabilidade, mas sem se comprometer. Despediu-se até mesmo mais cedo, para o bem do menino, como ela acrescentou, desculpando-se.

Edgar protestou com veemência: não estaria cansado e teria a maior disposição para ficar a noite toda acordado. Todavia, sua mãe logo estendeu a mão ao barão, que a beijou respeitosamente.

Naquela noite Edgar dormiu mal. Havia nele um turbilhão de felicidade e de infantil desespero. Porque algo novo ocorrera em sua vida. Pela primeira vez, participara de negócios adultos. Em estado de vigília, esqueceu de sua própria infância e julgou-se pela primeira vez adulto. Até então, havia sido criado de maneira solitária e, em virtude da doença, tido poucos amigos. Ninguém estivera presente para preencher toda sua necessidade de afeto, a não ser os pais, que cuidavam pouco dele, e os empregados domésticos. A violência de uma paixão nem sempre é medida acertadamente, se avaliada apenas pelo objeto que a inspira, sem levar em consideração a tensão que a precede, aquele espaço vazio e obscuro de desapontamento e de solidão que se encontra à frente de todos os grandes eventos do coração. Em Edgar, um sentimento já gestado e pronto para ser vivido esperava de braços abertos e precipitou-se em direção ao primeiro ser humano que parecia merecê-lo. Edgar ficou ali no escuro, feliz e confuso, queria rir mas teve de chorar. Porque ele amava esse homem como nunca amara a um amigo, nem a seu pai e nem a sua mãe, e nem mesmo a Deus. Toda essa paixão imatura de seus anos de infância agarrou-se à imagem desse homem, cujo nome há pouco mais de duas horas ele sequer conhecia.

Mas era suficientemente inteligente para não ser importunado pelo imprevisto e pela peculiaridade dessa nova amizade. O que o intrigava tanto era o sentimento de sua própria indignidade e insignificância. "Será que eu sou digno dele, eu, um menino de doze anos de idade, que ainda tem toda a vida escolar pela frente, que à noite é enviado antes de todos os outros para a cama?", atormentava-se. "Que posso significar para ele, que posso lhe oferecer?" Era justo essa incapacidade de lhe mostrar de alguma forma seus sentimentos, percebida de maneira dolorosa, que o deixava infeliz. Normalmente, quando se afeiçoava de um novo colega, a primeira coisa que fazia era compartilhar com ele os poucos pequenos tesouros de sua escrivaninha, selos e pedras, a posse infantil da infância, mas todas essas coisas, que para ele até o dia anterior eram de grande importância e rara excitação, pareceram-lhe de uma hora para outra sem valor, tolas e desprezíveis. Então, como poderia oferecer esse tipo de coisa a esse novo amigo, a quem ele nem mesmo se atreveu a chamar de *você*; de que maneira poderia lhe demonstrar seus sentimentos? Cada vez mais, sentia a agonia de ser muito jovem, nem menino nem adulto, imaturo, uma criança de doze anos, e nunca amaldiçoara de maneira tão tempestuosa o fato de ser criança, desejara com tanto gosto acordar de maneira diferente, assim como se imaginava: grande e forte, adulto como os outros.

Nesses pensamentos conturbados, intercalaram-se rapidamente os primeiros sonhos coloridos desse novo mundo dos adultos. Sorrindo, Edgar por fim adormeceu, mas a ideia do encontro do dia seguinte minou seu sono. Despertou às sete horas sobressaltado e com receio de chegar atrasado. Vestiu-se com pressa, dirigiu-se ao quarto da mãe e a cumprimentou, ela que, espantada, nada entendia, pois só conseguia tirá-lo da cama com muito esforço, e desceu correndo antes que ela pudesse fazer outras perguntas. Até as nove horas, andou impaciente de um lado para outro, esqueceu-se de seu café da manhã, preocupado apenas em não deixar o amigo esperar demais pelo passeio.

Às nove e meia, o barão aproximou-se finalmente com passos lentos e sem qualquer preocupação. É claro que havia esquecido o encontro há muito tempo, mas como o menino disparou avidamente em sua direção, sorriu de tanta paixão e mostrou-se pronto para cumprir sua promessa. Pôs o braço sobre os ombros do menino, andou com ele para um lado e para outro, mas rejeitando, de maneira afável embora enérgica, começar o passeio de imediato. Parecia esperar algo, pelo menos era o que indicava seu olhar nervoso para as portas. De súbito, endireitou-se. A mãe de Edgar havia entrado no saguão e, retribuindo o cumprimento, aproximou-se amigavelmente deles. Quando ficou sabendo do passeio planejado, que Edgar lhe ocultara como algo precioso, reagiu com um sorriso de consentimento, e logo se deixou convencer pelo convite do barão para ir junto.

De imediato, Edgar ficou mal-humorado e mordeu os lábios. Que chato que ela tivesse de chegar naquele exato momento! Aquele passeio pertencia somente a ele, e se ele tinha apresentado seu amigo à mãe, fora apenas por educação, mas nem por isso queria compartilhá-lo. Assim que percebeu a simpatia do barão por sua mãe, começou a sentir ciúme.

Foram os três passear, e o perigoso sentimento de sua importância e repentina significação alimentou-se ainda mais na criança pelo impressionante interesse que ambos lhe dedicaram. Edgar era quase exclusivamente o assunto da conversa, em que a mãe falava com certa preocupação fingida sobre sua palidez e o nervosismo, que o barão, de novo sorrindo, rejeitava, elogiando a simpatia de seu "amigo", forma como tratava o menino. Foram as horas mais felizes da vida de Edgar. Ele podia fazer o que durante toda a sua infância nunca lhe havia sido consentido. Podia participar das conversas, sem que lhe mandassem calar a boca ou ficar quieto, e até mesmo expressar desejos indiscretos que até então eram malvistos. E não era de admirar que aquela falsa sensação de ser adulto crescesse de maneira luxuriante e exuberante em sua imaginação. Em seus sonhos brilhantes, a infância já havia ficado para trás, como uma peça de roupa descartada que não lhe servia mais.

Ao meio-dia, a convite da mãe de Edgar, cada vez mais simpática, o barão sentou-se à mesa deles. O *vis-à-vis* havia se transformado em um estar ao lado; a apresentação cordial, em amizade. O terceto estava em execução, e as três vozes, da mulher, do homem e da criança, soavam em perfeita harmonia.

Ataque

Para o caçador impaciente, havia chegado a hora de se aproximar sorrateiramente da presa. A atmosfera familiar, o terceto em harmonia, desagradava-lhe. Era muito prazerosa a conversa a três, contudo conversa-fiada não era sua intenção. E ele sabia que as relações sociais, cujo jogo de máscaras encobre os desejos, retardam o momento erótico entre o homem e a mulher; as palavras perdem o fervor; o ataque, seu fogo. A conversa não deveria fazê-la esquecer sua verdadeira intenção, que ele – disso tinha certeza – já sabia ter sido por ela compreendida.

Era muito grande a probabilidade de que seus esforços em relação a essa mulher não seriam em vão. Ela encontrava-se naquela idade crucial em que uma mulher começa a se arrepender de ter permanecido fiel a um marido que nunca amou de verdade, e em que o entardecer púrpuro de sua beleza ainda lhe concede uma última escolha urgente entre o amor maternal e o desejo feminino. A vida, que há muito já parecia decidida, é posta nesse momento novamente em questão, pela última vez estremece a agulha magnética do desejo entre a esperança da experiência erótica e a resignação definitiva. A mulher, então, se vê diante da perigosa decisão entre viver seu próprio destino ou o de seus filhos, entre ser mulher ou mãe. E o barão, perspicaz nesses assuntos, julgava perceber que ela se dividia nessa oscilação perigosa entre prazer da vida e sacrifício. Nas conversas, ela se esquecia o tempo todo de mencionar o marido, que obviamente satisfazia apenas suas necessidades externas, mas não o esnobismo afetado que o estilo de vida aristocrático havia lhe despertado; e, em relação ao filho, tampouco parecia conhecer seu mundo interior. Uma sombra de tédio, disfarçada de melancolia nos olhos escuros, cobria sua vida e escurecia sua sensualidade. O barão decidiu agir com rapidez, mas ao mesmo tempo evitar qualquer aparência de pressa. Ao contrário, como um pescador que para atrair recolhe o anzol, deixaria transparecer de sua parte indiferença em relação a essa nova amizade, agiria como se quisesse ser cortejado, quando na verdade seria aquele que faria a corte. Propôs-se a mostrar certa arrogância, acentuar a diferença em suas condições sociais. Era excitante a ideia de conquistar aquele corpo exuberante, opulento e atraente, salientando simplesmente a sua arrogância, por meras aparências, pelo uso de um nome aristocrático altissonante e a adoção de uma maneira distante de comportar-se.

O jogo esquentou e começou a excitá-lo, e por isso ele se obrigou a tomar precauções. À tarde, permaneceu em seu quarto com a prazerosa consciência de estar sendo procurado e de estarem sentindo sua falta. No entanto essa ausência não foi tão sentida por ela, a quem era de fato dirigida, mas tornou-se um tormento para o pobre garoto. Edgar sentiu-se infinitamente impotente e perdido toda a tarde; com a lealdade obstinada característica dos garotos de sua idade, esperou ininterruptamente todas essas longas horas pelo amigo. Afastar-se ou fazer algo sozinho parecia-lhe uma ofensa contra a amizade. Sem ter o que fazer, caminhava pelos corredores, e quanto mais entardecia, mais seu coração se enchia de tristeza. Na confusão de seus pensamentos, imaginava um acidente ou um insulto que tivesse feito inconscientemente, e estava prestes a chorar de impaciência e ansiedade.

Quando à noite o barão veio até a mesa, foi recebido maravilhosamente bem. Edgar saltou ao encontro do amigo, sem levar em consideração a tentativa da mãe de dissuadi-lo, tampouco o espanto dos outros hóspedes, abraçou-o impetuosamente com os finos bracinhos.

– Onde o senhor esteve? Onde o senhor estava? – perguntou alvoroçado. – Procuramos o senhor em todos os lugares.

Sua mãe enrubesceu com esse envolvimento indesejado e disse de maneira enérgica:

– *Sois sage, Edgar. Assieds-toi!* – ela sempre falava em francês com ele, ainda que essa língua de forma alguma lhe fosse natural e ela facilmente cometesse gafes em expressões mais complexas.

Edgar obedeceu, mas não parou de questionar o barão.

– Mas não se esqueça de que o barão pode fazer o que ele quiser. Talvez esteja entediado com nossa companhia.

Dessa vez, ela estava se incluindo, e o barão ficou satisfeito ao reconhecer que a repreensão dirigida à criança requisitava, na verdade, um elogio a si mesma.

Nele despertou o caçador. Em êxtase, inebriado, por ter tão rapidamente encontrado a pista certa, por sentir a presa bem próxima ao tiro. Os olhos brilhavam, o sangue fervilhava em suas artérias, as palavras fluíam dos lábios, ele nem mesmo sabia como. Como toda pessoa fortemente inclinada ao erotismo, sentia-se duas vezes melhor, duas vezes ele próprio, quando descobria que as mulheres eram atraídas por ele, da mesma maneira como alguns atores ficam eufóricos quando sentem os espectadores, a respiração das massas, enfeitiçados diante deles. Embora sempre tivesse sido um bom contador de histórias, e talentoso na produção de imagens sensuais, naquele dia – entre uma história e outra, solicitara em honra da nova amizade algumas taças de champanhe – havia se superado. Contou histórias sobre caçadas na Índia, de que havia participado a convite de um amigo da alta aristocracia inglesa, uma escolha inteligente de tema, porque, embora soasse neutro, ele havia sentido como tudo o que era exótico e parecia inatingível a excitava. Todavia, quem ele encantou com isso foi especialmente Edgar, cujos olhos brilhavam de entusiasmo. Não queria saber de comer, beber, e cravou os olhos no narrador como se para arrebatar as palavras de seus lábios. Ele jamais havia esperado conhecer um homem de verdade que tivesse tido experiências com essas coisas fabulosas que só conhecia de seus livros, as caçadas de tigres, as pessoas cor de cobre, os hindus e Jagrená, a terrível roda que esmagava milhares de devotos. Até então ele nunca havia imaginado que essas pessoas realmente existissem, tanto quanto ele não acreditava no mundo dos contos de fadas, e naquele momento, pela primeira vez, explodiu nele uma grande comoção. Ele não conseguia desviar os olhos de seu amigo e, com a respiração presa, fitava aquelas mãos, ali em sua frente, que já tinham matado um tigre. Mal se atrevia a fazer uma pergunta, e quando se aventurava a falar sua voz vibrava num tom de animação febril. Sua imaginação fértil produzia imagens fantásticas para cada história. Ele imaginava o amigo montado em cima de um elefante com uma sela púrpura, homens acobreados à direita e à esquerda com turbantes maravilhosos e, de súbito, o tigre saltando de dentro da selva e atacando com suas garras a tromba do elefante. Em seguida, o barão estava contando uma história ainda mais interessante sobre a maneira astuta como se capturavam elefantes, como por meio de animais velhos e domesticados os jovens, selvagens e violentos, se deixavam atrair para as armadilhas: faíscas iluminavam os olhos da criança. De súbito, sua mãe disse – era como se uma lâmina estivesse cortando o espaço entre ele e o barão –, olhando para o relógio:

– *Neuf heures! Au lit!*

Edgar empalideceu com o susto que levou. Para todas as crianças, a ordem de ir para a cama é uma expressão terrível, porque para elas é a humilhação mais evidente diante dos adultos, a admissão, o estigma da infância, de ser pequeno, da necessidade infantil de dormir. Mas esse ultraje era ainda mais assustador naquele momento, o mais interessante, em que ele perderia a chance de ouvir coisas tão maravilhosas.

– Só mais uma, mamãe, uma sobre elefantes, deixe-me ouvir só mais essa!

Ele estava prestes a implorar, mas lembrou-se logo de sua nova condição. Ele era uma pessoa adulta. Numa única tentativa, aventurou-se. Mas sua mãe estava estranhamente severa naquela noite.

– Não, está ficando tarde. Hora de ir para cama! *Sois sage*, Edgar. Eu prometo te contar depois todas as histórias do barão.

Edgar hesitou. Normalmente, era acompanhado pela mãe até a cama. Mas ele não queria ficar implorando na frente do amigo. Seu orgulho infantil ainda quis dar uma aparência de voluntariedade a essa lamentável saída.

– Veja lá, mamãe, você está me prometendo contar tudo – tudo! A do elefante e todas as outras!

– Sim, meu filho.

– E logo! Ainda hoje.

– Sim, sim, mas agora já pra cama. Vá!

Edgar surpreendeu-se com ele mesmo por conseguir apertar as mãos do barão e de sua mãe sem enrubescer, embora os soluços já estivessem sufocando sua garganta. O barão desarrumou amigavelmente o cabelo do garoto, o que o obrigou a sorrir com o rosto tenso. Mas logo teve de correr para a porta, caso contrário, seria visto com lágrimas grossas escorrendo pela face.

Os elefantes

A mãe continuou por algum tempo à mesa com o barão, mas não falaram mais de caçadas nem de elefantes. Uma languidez quase imperceptível, um embaraço indefinível surgiu entre eles e caiu sobre a conversa, depois que o menino partiu. Por fim caminharam até o saguão e sentaram-se em um canto. O barão estava mais deslumbrante do que nunca, ela própria levemente acesa pelas taças de champanhe, de modo que a conversa logo tomou um rumo perigoso. Não se podia dizer que o barão fosse, na verdade, atraente, era simplesmente jovem, tinha um olhar viril no rosto jovial, moreno escuro, cheio de energia, com o cabelo bem curto. Ela encantou-se pelos movimentos suaves, quase impertinentes. Gostou de vê-lo mais de perto, e não temia mais encontrar o olhar dele. Aos poucos, insinuou-se na fala dele uma ousadia que a desconcertava ligeiramente, algo como a tentativa de apertar seu corpo, de tocá-la e em seguida afastar-se, uma espécie de desejo intangível que a fazia corar. Mas, no momento seguinte, ele ria de novo um pouco, de maneira bem natural, sorriso de menino, o que dava a todas aquelas manifestações de desejo a franca aparência de brincadeiras infantis. Às vezes, ela sentia como se tivesse de repelir uma palavra de maneira áspera, mas, coquete por natureza, animava-se, e essas insignificantes concupiscências provocavam-lhe o desejo por mais. E levada pelo ousado jogo, ela terminou por tentar até mesmo imitá-lo. Jogava no ar pequenas e vibrantes promessas por meio do olhar, entregava-se em palavras e gestos, chegava mesmo a tolerar a aproximação dele, a proximidade da voz, cujo sopro às vezes sentia ardente e palpitante nos ombros. Como todos os jogadores, esqueceram-se do passar do tempo e perderam-se tão completamente nas calorosas conversas que se assustaram quando à meia-noite as luzes do saguão começaram a ser desligadas.

Em resposta ao primeiro impulso de alarme, ela levantou-se de imediato e sentiu de súbito quão longe ousara se aventurar. Brincar com fogo não lhe era estranho, mas seu instinto incitado sentia quão sério o jogo havia se tornado. Um frio na coluna a fez estremecer, descobriu que já não estava inteiramente segura de si, que algo havia começado a escapar-lhe, aproximando-se assustadoramente de um turbilhão. Na cabeça giravam-lhe o medo, o vinho e as conversas calorosas, um temor idiota e estúpido a acometeu, um receio que já experimentara algumas vezes em momentos perigosos semelhantes, mas nunca de maneira tão violenta e vertiginosa.

– Boa noite, boa noite. Até amanhã – disse às pressas, querendo fugir. Não dele exatamente, mas do perigo desse instante e daquela nova e estranha falta de confiança em si. Mas o barão, tremendo, agarrou a mão que ela lhe estendera na despedida, beijou-a, não apenas uma única vez por educação, mas quatro ou cinco vezes, desde as pontas de seus delicados dedos até o pulso, enquanto um ligeiro calafrio a percorria ao sentir nas costas da mão as cócegas provocadas pelo bigode áspero. Uma sensação de calor e uma aflição fluíram pela corrente sanguínea por todo o corpo, o medo disparou ardentemente, suas têmporas martelaram, sua cabeça ardia, um pavor, um medo irracional atravessou todo o seu corpo e a fez arrebatar sua mão.

– Fique mais um pouco – sussurrou o barão.

Mas ela já tinha ido embora, o constrangimento de sua pressa revelando claramente seu medo e embaraço. Em seu íntimo, ardia a emoção que o outro desejava, ela era toda desconcerto. Capturou-a o medo ardente e cruel de que o homem atrás dela quisesse segui-la e abraçá-la, mas, ao mesmo tempo, ainda na fuga, lamentava que não tivesse vindo. A essa hora já poderia ter acontecido o que ela há anos inconscientemente ansiava, a aventura, cujo hálito próximo ela voluptuosamente aspirava para dela no último momento escapar, a grande e perigosa aventura, e não só o efêmero e excitante flerte. Mas o barão era orgulhoso demais para aproveitar-se da situação. Estava certo demais de sua vitória para se aproveitar de uma mulher como um ladrão num momento de fraqueza e embriaguez, pelo contrário, ao jogador honesto interessa apenas a luta e a entrega plenamente consciente. Ela não podia escapar dele. O veneno, percebeu ele, já estava correndo pelas suas veias.

No topo da escada, ela parou e ficou alguns instantes, apertando a mão sobre o coração palpitante. Tinha de se acalmar um pouco. Seus nervos falhavam. Um suspiro irrompeu de seu peito, em parte de alívio por ter escapado de um perigo, em parte de arrependimento; mas estava emocionalmente muito confusa e, no sangue, tudo fluía como uma leve tontura. Com os olhos semicerrados, como se estivesse embriagada, tateou até seu quarto e suspirou aliviada ao encontrar a maçaneta fria da porta. Só então sentiu-se segura!

Silenciosamente, abriu a porta. E recuou assustada no momento seguinte. Algo se mexeu no quarto, bem ali em frente no escuro. Seus nervos excitados contraíram-se violentamente, estava prestes a gritar por socorro, quando dali de dentro, bem baixinho, uma voz muito sonolenta disse:

– É você, mamãe?

– Pelo amor de Deus, que está fazendo aqui?

Ela correu até o divã, onde Edgar estava todo enrolado e naquele momento havia despertado do sono. Imediatamente pensou que a criança deveria estar doente ou precisando de atenção.

Mas Edgar disse, ainda meio dormindo e com ar de repressão:

– Eu te esperei tanto que adormeci.

– Mas por quê?

– Por causa dos elefantes.

– Que elefantes?

Só então compreendeu. Havia prometido contar tudo à criança, ainda naquela noite, sobre as caçadas e as aventuras. E por isso o menino havia entrado, esse garoto bobo e infantil, esperado com toda a confiança até que ela voltasse, e tinha adormecido ali. Essa extravagância a revoltou. Ou na verdade ela sentia raiva de si mesma, um leve sentimento de culpa e vergonha que ela queria calar.

– Vá para a cama imediatamente, moleque travesso – gritou.

Edgar surpreendeu-se. Por que estaria tão zangada, se ele não tinha feito nada de mais? Mas essa surpresa irritou ainda mais quem já estava agitada.

– Vá imediatamente para o seu quarto – gritou furiosa porque percebeu que havia sido injusta com ele.

Edgar saiu sem dizer uma única palavra. Ele estava mesmo muito cansado e percebeu vagamente, em meio ao nevoeiro opressivo do sono, que sua mãe não havia cumprido a promessa e o estava tratando de maneira mesquinha. Todavia, não se revoltou. Suas suscetibilidades estavam entorpecidas pela sonolência e, além disso, estava muito irritado por ter adormecido ao invés de esperar acordado. "Assim como uma criança", disse para si mesmo indignado, antes de cair no sono de novo.

Desde a véspera, ele odiava sua própria infância.

Escaramuça

O barão tinha dormido mal. É sempre perigoso adormecer depois de uma aventura interrompida: uma noite nervosa, agitada por sonhos inoportunos, o levou logo a se arrepender de não ter se aproveitado do momento. Quando desceu naquela manhã, ainda tonto de sono e descontentamento, o menino saltou de um esconderijo em sua direção, abraçou-lhe a cintura com entusiasmo e começou a atormentá-lo com mil perguntas. Estava feliz por ter de novo seu grande amigo por um momento só para si e não ter de dividi-lo com a mãe. Era para ele que deveria contar as histórias, não mais à mãe, implorou ao barão, porque, apesar de sua promessa, ela não havia lhe narrado nada sobre aquelas coisas maravilhosas. Contrariou o sobressaltado barão, que mal escondia seu mau humor, com uma centena de importunações infantis e manifestações turbulentas de amor, encantado por estar sozinho de novo com aquele por quem tinha procurado por tanto tempo e a quem desde cedo esperava.

O barão respondeu mal-humorado. Essa eterna espreita da criança, a trivialidade das questões, e aliás a paixão indesejada começaram a entediá-lo. Estava cansado de, dia após dia, ficar para lá e para cá com um menino de doze anos, falando bobagens. A ele interessava agora apenas não deixar a oportunidade escapar e conquistar a mãe, o que se tornava um problema pela presença indesejada da criança. Pela primeira vez, o barão amaldiçoou o seu descuido em ter inspirado tanta afeição, pois não via qualquer possibilidade, por enquanto, de livrar-se do amigo excessivamente carinhoso.

Afinal chegou o momento de fazer uma experiência. Até as 10h, a hora que marcara com a mãe para passear, o barão deixou o menino falar disparates e, distraidamente, falava-lhe de vez em quando qualquer coisa para não o ofender, folheando o jornal ao mesmo tempo. Por fim, quando o ponteiro estava exatamente na vertical, pediu a Edgar, como se se lembrasse de súbito, para ele ir até o outro hotel por um momento e perguntar lá se o conde Grundsheim, seu primo, já havia chegado.

Encantado por poder finalmente ser útil uma vez ao amigo e orgulhoso de sua missão como mensageiro, a inocente criança disparou de imediato e correu de tal forma pelo caminho que as pessoas o observavam admiradas. Para ele, era uma questão de honra mostrar o quão ligeiro era quando se lhe confiava alguma mensagem. Lá, disseram-lhe que o conde ainda não aparecera, nem havia sequer anunciado sua chegada. Essa informação o levou a voltar num ritmo ainda mais rápido. Mesmo assim, já não mais encontrou o barão no saguão. Bateu na porta de seu quarto – em vão! Inquieto, procurou em todos os salões do hotel, na sala de música e no café, dirigiu-se ansioso em direção a sua mãe para obter informações: também ela não estava. O porteiro, a quem ele terminou por recorrer em desespero, disse-lhe, para sua perplexidade, que ambos haviam saído juntos há poucos minutos!

Edgar os esperou pacientemente. Sua ingenuidade não presumia qualquer mal. Eles não deveriam ficar longe por muito tempo; disso tinha certeza, pois o barão precisava de sua resposta. Mas a espera prolongou-se por horas a fio, a agitação tomou conta dele. Aliás, desde o dia em que esse homem estranho e sedutor entrara em sua inocente vida, a criança andava tensa, agitada e confusa o dia todo. Em um organismo tão delicado como o das crianças, toda paixão imprime marcas como em uma macia massa de modelar. O tremor nervoso das pálpebras apareceu de novo, e logo ele voltou a ficar mais pálido. Edgar esperou e esperou, no início pacientemente, depois bravo e irritado e, por último à beira das lágrimas. Ainda assim não estava desconfiado. Sua fé cega nesse maravilhoso amigo sugeria um mal-entendido, e um medo secreto o atormentou: talvez ele não tivesse entendido direito sua missão.

Como era estranho, contudo, que eles, depois de finalmente terem voltado, continuassem conversando animados e não demonstrassem qualquer surpresa. Era como se não tivessem sentido a mínima falta dele:

– Fomos em sua direção, com a expectativa de encontrá-lo ao longo do caminho, Edi – disse o barão, sem perguntar pela missão que lhe havia confiado.

E quando a criança, bastante consternada que eles pudessem tê-la procurado em vão, começou a protestar que havia andado apenas numa direção, sempre em frente na rua principal, e quis saber qual a direção que eles tinham escolhido, a mãe interrompeu rapidamente a conversa.

– Tudo bem, tudo bem! As crianças não devem falar tanto.

Edgar corou de raiva. Essa já era a segunda vez que ela tentava depreciá-lo de maneira vil diante do amigo. Por que ela fazia assim, por que sempre tentava apresentá-lo como uma criança, que ele – disso estava convencido – já não mais era? Evidentemente, ela estava com ciúme de seu amigo, e estava planejando afastá-lo dele. Sim, e com certeza havia sido ela também que tinha levado o barão de propósito para o lado errado. Mas não se deixaria tratar assim de novo por ela. Ela não perdia por esperar. Ele a desafiaria. E decidiu então naquela noite, à mesa, não trocar uma palavra sequer com ela, só com o amigo.

No entanto, não foi tão fácil para ele. O que ele menos imaginava ocorreu: não se percebia seu desafio. Os dois sequer deram atenção a ele, que ainda no dia anterior estivera no centro das atenções durante o encontro dos três! Os dois falavam independentemente dele, trocavam gracejos e riam juntos, como se ele tivesse desaparecido sob a mesa. O sangue subiu-lhe ao rosto, como se um nó na garganta o sufocasse. Com calafrios, a horrível sensação de sua impotência tomou conta dele. Deveria, portanto, sentar-se tranquilamente e observar como sua mãe lhe tomaria o amigo, a única pessoa que ele amava, e não poderia se defender de maneira alguma a não ser em silêncio? Teve vontade de se levantar e de súbito bater com ambos os punhos sobre a mesa. Só assim perceberiam sua presença. Mas conteve-se, colocou garfo e faca no prato, e não tocou mais na comida. Por muito tempo, tampouco perceberam esse jejum obstinado, apenas ao final do jantar a mãe reparou e perguntou se ele não estava se sentindo bem. Que repugnante, pensou. Isso é tudo o que sempre lhe ocorre, se eu estou doente ou não. Nada além disso parece importar-lhe. Respondeu lacônico que não estava com vontade e, com isso, ela se deu por satisfeita. Nada, absolutamente nada levou-os a prestar atenção nele. O barão parecia tê-lo esquecido por completo, pelo menos não lhe dirigiu uma vez sequer a palavra. Seus olhos encheram-se de lágrimas, e ele teve de usar o truque infantil de passar rapidamente o guardanapo pelo rosto, antes que alguém pudesse ver as lágrimas traidoras que brotavam de seus olhos e escorriam-lhe rosto abaixo, deixando seus lábios salgados. Quando o jantar por fim terminou, suspirou aliviado.

Durante a refeição, sua mãe sugerira que fossem juntos de carro até Maria Schutz. Edgar ouviu, os lábios entre os dentes. Nem um minuto sequer ela ia deixá-lo a sós com o amigo. O seu ódio, contudo, só explodiu violentamente quando ela, ao levantar-se da mesa, disse:

— Edgar, você ainda vai esquecer tudo o que já aprendeu, você deve ficar aqui e estudar um pouco.

De novo ele cerrou os pequenos punhos de criança! Ela tinha sempre de humilhá-lo na frente do amigo, lembrando em público que ele ainda era uma criança, que tinha de ir para a escola e cuja presença era apenas tolerada entre os adultos. Dessa vez, todavia, a intenção era por demais evidente. Sua reação foi, simplesmente, virar-se sem responder.

— Ah, ofendido de novo – disse ela sorrindo e, em seguida, para o barão:

— Seria mesmo tão ruim se ele quisesse estudar de vez em quando?

E então (aflita, a criança sentiu um aperto no coração) o barão – ele, que se dizia seu amigo, ele, que havia zombado dele por ser um leitor ávido e um menino estudioso – disse:

— Bem, uma ou duas horas não fariam de fato mal a ninguém.

Será que eles haviam combinado? Será que eles haviam realmente se aliado contra ele? No olhar da criança, chamejou a ira.

— Meu pai me proibiu de estudar aqui, papai quer que eu me recupere – disse num ímpeto com todo o orgulho de sua doença, ancorando-se desesperadamente nas palavras, na autoridade de seu pai.

Disse isso em tom de ameaça. E o mais curioso: pareceu que suas palavras despertaram em ambos, com efeito, um desconforto. A mãe olhou para o lado e apenas tamborilou nervosamente sobre a mesa com os dedos. Um silêncio constrangedor espraiou-se entre eles.

— Como você quiser, Edi – disse por fim o barão com um sorriso forçado. – Eu não tenho de fazer nenhum exame, eu já fui reprovado há muito em todos os que realizei.

Mas Edgar não achou graça alguma na piada, pelo contrário, apenas o encarou com um olhar inquiridor, ansioso e penetrante, como se a sondar o que se passava em sua alma. O que estava acontecendo? Alguma coisa transformara-se entre eles, e a criança não sabia por quê. Intranquilos, seus olhos vagaram sem firmeza. Em seu coração, batia um pequeno e apressado martelo: sua primeira suspeita.

Segredo ardente

"O que fez com que eles mudassem tanto?", a criança ponderou ao sentar-se em frente a eles no fiacre. "Por que não se comportam mais comigo como faziam antes? Por que mamãe sempre evita meu olhar quando eu a encaro? Por que ele sempre tenta contar piadas na minha frente e se fazer de palhaço? Ambos não falam mais comigo como faziam ontem e anteontem, é quase como se tivessem ganhado outras fisionomias. Mamãe está com os lábios tão vermelhos, decerto de batom. Nunca a vi assim. E ele mantém-se carrancudo como se estivesse ofendido. Será que fiz algo para eles, ou disse alguma coisa que os pudesse aborrecer? Não, não pode ser por minha causa, porque eles próprios não estão mais entre si como estavam antes. É como se tivessem feito algo que não se atrevessem a confessar. Já não conversam como ontem, tampouco riem, estão constrangidos, escondendo algo. Algum segredo existe entre eles que não querem me contar. Um segredo que preciso descobrir a qualquer preço. Já sei, deve ser o mesmo pelo qual me fecham a porta, que aparece nos livros e nas óperas, quando homens e mulheres abraçam-se e afastam-se, cantando com os braços estendidos. Deve ser de alguma forma aquilo que aconteceu com minha professora de francês, que se deu tão mal com papai e por isso foi demitida. Todas essas coisas estão relacionadas, sinto isso, mas só não sei como. Oh, se eu descobrisse, se finalmente soubesse qual o segredo e o compreendesse, essa chave que abre todas as portas, não ser mais uma criança diante da qual tudo se esconde e oculta, não se deixar mais entreter e enganar. Agora ou nunca! Eu vou arrancá-lo deles, esse terrível segredo."

Um sulco profundo cavou-se entre suas sobrancelhas, até pareceu mais velho, aquele frágil garoto de doze anos de idade, sentado, ponderando sem lançar um único olhar para a paisagem que se desdobrava em delicadas cores ao redor, as montanhas no verde purificado de seus bosques de coníferas, os vales no brilho ainda suave da primavera tardia. Era apenas para os dois em frente a ele, no banco de trás do carro, que tinha olhos todo o tempo, como se pudesse com esse olhar vibrante, como um anzol, arrebatar o segredo das profundezas cintilantes de seus olhos. Nada aguça mais a inteligência do que uma suspeita passional, nada exerce mais fascínio a um intelecto imaturo do que um rastro para a obscuridade. Às vezes é apenas uma única porta estreita que separa as crianças do mundo que chamamos de real, e um sopro ocasional que a abre para elas.

Edgar sentia de súbito o desconhecido, o grande segredo, tangível como nunca, pressentia-o muito próximo, embora ainda velado e não desvendado, mas perto, muito perto. Isso o animava e lhe dava essa solene e súbita seriedade. Porque inconscientemente suspeitava que estava se aproximando das bordas exteriores de sua infância.

Os dois em frente sentiam alguma resistência surda contra eles, sem perceber que ela emanava do garoto. A presença de uma terceira pessoa no carro os constrangia. Aqueles dois olhos escuros em frente a eles, com seu fervor chamejante, estorvavam-nos. Eles mal se atreviam a falar, a olhar. Já não sabiam como voltar à conversa cordial e leve de antes, tão emaranhados estavam em confidências ardentes e palavras sugestivas de carícias secretas. A conversa sempre chegava a um impasse e esbarrava em omissões e reticências. Ela parava, queria continuar, mas tropeçava a todo instante no silêncio obstinado da criança.

Em especial para a mãe, o seu silêncio tenaz era um fardo. Cautelosamente, olhava de soslaio para ele e surpreendeu-se quando, de súbito, percebeu pela primeira vez, na forma como a criança comprimia os lábios, uma semelhança com o marido quando ele se irritava ou aborrecia. A recordação do marido, justo no momento em que queria iniciar uma aventura amorosa, era-lhe desconcertante. A criança parecia-lhe um fantasma, um guardião da consciência, duas vezes insuportável ali na estreiteza do carro, a dez polegadas de distância, com seus olhos escuros e inquietos à espreita sob a testa pálida. De súbito, Edgar levantou os olhos por um segundo e encontrou os de sua mãe. Ambos baixaram imediatamente o olhar e sentiram, pela primeira vez em suas vidas, que estavam se espreitando. Até então, haviam confiado um no outro cegamente, mas algo entre mãe e filho, entre ela e ele, de súbito estava diferente. Pela primeira vez em suas vidas, começaram a observar-se, a separarem seus destinos, ambos já com um mútuo ódio secreto, sentimento recente demais para que se atrevessem a admiti-lo.

Todos os três respiraram aliviados quando os cavalos pararam de novo na entrada do hotel. O passeio tinha sido um pesadelo, todos sentiram-no assim, mas ninguém ousou dizer. Edgar foi o primeiro a saltar. Sua mãe alegou dor de cabeça e saiu apressadamente. Estava cansada e queria ficar sozinha. Edgar e o barão permaneceram ali. O barão pagou ao cocheiro, olhou para o relógio e foi para o saguão sem prestar atenção no garoto. Passou por ele bem perto, mas indiferente, com seu dorso elegante e magro e aquele andar levemente ritmado que tanto encantara a criança e que no dia anterior ela tentara imitar. Evidentemente, havia se esquecido do menino e deixou-o em pé ao lado do cocheiro, ao lado dos cavalos, como se não o conhecesse.

Quando aquele homem que ele, apesar de tudo, ainda idolatrava o menosprezou daquela maneira, Edgar ficou fora de si. Desesperou-se ao vê-lo se afastar sem tocá-lo sequer com o sobretudo, sem lhe dizer uma única palavra, uma vez que sabia não ter feito nada de errado. A postura cuidadosamente imposta durante o passeio cedeu, o fardo de dignidade que inflara artificialmente caiu de seus frágeis ombros, tornou-se criança de novo, pequeno e humilde como no dia anterior e antes. Sem querer, ficou transtornado. Com passos rápidos e trêmulos, seguiu o barão, que queria subir as escadas, colocou-se em seu caminho e disse com firmeza, com lágrimas difíceis de serem reprimidas:

– O que é que eu fiz para o senhor não prestar mais atenção em mim? Por que está sempre assim comigo agora? E a mamãe também? Por que quer me mandar sempre embora? Eu o importuno, ou será que fiz alguma coisa?

O barão espantou-se. Havia na voz do menino algo que o intrigou e o sensibilizou. Sentiu compaixão pelo inocente garoto.

– Edi, que tolice! Eu estava apenas de mau humor hoje. E você é um garoto querido, de quem realmente gosto muito.

Disse isso passando-lhe a mão para lá e para cá nos cabelos, mas com o rosto parcialmente virado, de modo a não ter de ver aqueles olhos grandes, úmidos e suplicantes da criança. A farsa que representava começou a lhe ficar embaraçosa. Ele já sentia, na verdade, vergonha de ter brincado de forma tão impertinente com o amor da criança, e aquela voz fina, abalada por soluços contidos, causava-lhe pena.

– Suba agora, Edi, hoje à noite vamos estar de bem mais uma vez, você vai ver – disse com a intenção de apaziguá-lo.

– Mas você não vai tolerar que a minha mãe logo me mande subir, não é?

– Não, não, Edi, isso eu não vou tolerar – o barão sorriu. – Agora suba, eu tenho de me vestir para o jantar.

Edgar subiu, feliz por um instante. Mas logo a batida no coração começou a martelar novamente. Ele havia envelhecido vários anos desde a véspera; um hóspede estranho, a desconfiança, havia se alojado de maneira firme em seu coração infantil.

Resolveu esperar. Estava em jogo a prova decisiva. Sentaram-se juntos à mesa. Deram nove horas, mas sua mãe não o mandou para a cama. Ele já estava inquieto. Por que ela o deixou ficar lá por tanto tempo justamente naquela noite, ela, que em geral era tão pontual? Será que o barão lhe revelara o desejo dele e a conversa que haviam tido? Um arrependimento ardente apoderou-se dele, o de ter corrido atrás do barão e lhe confiado seu coração. Às dez horas, de súbito, sua mãe levantou-se e despediu-se do barão, e estranhamente, também ele não parecia ter se surpreendido de maneira alguma por essa partida antecipada, e tampouco buscou impedi-la, como era de se esperar. Cada vez mais martelava a batida no peito da criança.

Chegara a hora da prova definitiva. Ele também se levantou como se não suspeitasse de nada e seguiu sua mãe, sem questionar, até a porta. Lá, no entanto, levantou os olhos de repente. E capturou nesse exato momento um olhar sorridente dela, por sobre sua cabeça, em direção ao barão, um olhar de consentimento, de algum segredo. O barão, portanto, o havia traído. Por isso, então, a partida antecipada: ele deveria ser embalado com uma sensação de segurança, para no dia seguinte de manhã não mais estar no caminho.

– Patife – murmurou.

– O que você disse? – perguntou a mãe.

– Nada – deixou escapar entre os dentes. Agora ele também tinha o seu segredo. Chamava-se ódio, um ódio sem limites contra os dois.

Calar-se

A inquietude de Edgar havia se dissipado. Finalmente, ele saboreava um sentimento puro e claro: ódio e hostilidade declarada. Agora que tinha certeza de estar no caminho deles, a convivência lhe dava um prazer cruelmente voluptuoso. Deleitava-se em pensamentos e maquinava como perturbá-los, como enfim confrontá-los com toda a força concentrada de sua hostilidade. O primeiro a quem mostrou os dentes foi o barão. Assim que ele, de manhã, desceu e de passagem cumprimentou-o calorosamente com um "Olá, Edi", Edgar, sem levantar os olhos, sentado na poltrona, retrucou com apenas um seco "Bom dia".

– Será que a mamãe já desceu?

Edgar olhou para o jornal:

– Não sei.

O barão surpreendeu-se. Que teria acontecido?

– Dormiu mal, Edi, que aconteceu?

Como sempre, o barão recorria às brincadeiras. Com desdém, Edgar devolveu apenas um "não" e enfiou a cara de novo no jornal.

– Que bobo – murmurou o barão para si, deu de ombros e passou adiante. A hostilidade estava declarada.

Em relação à mãe, Edgar manteve-se educado, mas com frieza. Rejeitou de maneira tranquila a desastrada tentativa de mandá-lo para a quadra de tênis. Seu sorriso, suavemente franzido de amargura, indicou que ele não se deixaria mais enganar.

– Prefiro ir passear com vocês, mamãe – disse-lhe, encarando-a com falsa simpatia.

Para ela, a resposta era evidentemente inconveniente. Hesitou, parecendo procurar algo.

– Espere por mim aqui – decidiu por fim e foi tomar o café da manhã.

Edgar esperou. Mas sua desconfiança estava acordada. O instinto inquieto conseguia destacar, em cada palavra dos dois, uma hostil intenção secreta. A suspeita dava-lhe uma curiosa perspicácia nas decisões. Em vez de esperar no saguão, como havia sido orientado, Edgar preferiu postar-se do lado de fora, de onde poderia vigiar não só a saída principal, mas todas as portas. Alguma coisa lhe dizia que queriam enganá-lo. Mas eles não poderiam mais lhe escapar. Ali do lado de fora, escondeu-se, como tinha aprendido em seus livros sobre os índios, atrás de uma pilha de madeira. E riu satisfeito quando viu sua mãe, após cerca de meia hora, de fato sair por uma porta lateral com um magnífico buquê de rosas nas mãos, seguida pelo barão, o traidor.

Os dois pareciam atrevidamente alegres. Será que se sentiam aliviados por terem escapado dele para ficarem a sós com seu segredo? Eles riam e preparavam-se para tomar o caminho do bosque.

Chegara o momento. Sem pressa, como se um acaso o tivesse levado ali, Edgar saiu de trás da pilha de madeira. Com muita, muita calma, andou em direção aos dois, deu um tempo, e mais algum tempo, para então deleitar-se ostensivamente com sua surpresa. Atordoados, os dois trocaram olhares de perplexidade. Devagar, com uma naturalidade fingida, a criança aproximou-se e os encarou com ironia.

– Ah, aí está você, Edi, nós já havíamos te procurado lá dentro – disse por fim a mãe.

"Como pode mentir de maneira tão insolente?", pensou a criança. Os lábios, contudo, mantiveram-se imóveis. Eles guardavam o segredo do ódio por trás dos dentes.

Indecisos, ficaram todos os três ali em pé. Um espreitando o outro.

– Então, vamos – disse resignadamente a enraivecida mulher e começou a despetalar uma das belas rosas.

Mais uma vez, aquele ligeiro tremor nas narinas denunciava sua ira. Edgar ali parado, como se nada tivesse a ver com ele, olhou para o céu, esperou um pouco, até que eles houvessem saído, e então, preparou-se para segui-los. O barão tentou outra vez.

– Hoje é dia de torneio de tênis, você já assistiu alguma vez?

Edgar apenas o encarou com desprezo. Não lhe respondeu mais, apenas cerrou os lábios arredondados como se quisesse assobiar. Esse era o seu recado. Seu ódio punha os dentes à mostra.

A presença não solicitada de Edgar era para os dois um pesadelo. Seguiam como condenados seguem o guardião, com os punhos secretamente cerrados. A criança na verdade não fazia nada, no entanto tornava-se a cada minuto mais insuportável com seus olhares desconfiados, úmidos de lágrimas de teimosia, com sua irritada insastifação que rejeitava, resmungando, todas as tentativas de aproximação.

– Vá adiante – disse, de súbito, a mãe colérica, importunada pela contínua vigilância. – Não ande na minha frente, isso me irrita!

Edgar obedeceu, mas depois de alguns passos voltava-se sempre e ficava esperando quando eles paravam, com o seu olhar mefistofélico girando e enredando-os em uma trama ardente de ódio na qual eles se sentiam inevitavelmente capturados.

Seu silêncio malévolo destruía-lhes, como um ácido, o bom humor, seu olhar envenenava-lhes as palavras nos lábios. O barão não ousava proferir mais qualquer galanteio, pressentia, irado, que essa mulher lhe escaparia de novo, que sua paixão atiçada com tanto esforço esfriaria em virtude do pavor que essa criança detestável e irritante causava-lhe. Sempre que tentavam falar de novo, a conversa esmorecia. Finalmente, trilharam todos os três em completo silêncio o caminho, ouvindo nada mais que o farfalhar das folhas e os próprios passos desanimados. A criança havia estrangulado a conversa.

Entre os três, havia agora inegável hostilidade. Com prazer a criança traída sentia como a ira dos dois concentrava-se de maneira indefesa contra sua existência desprezada. Com um brilho no olhar zombeteiro, espiava de vez em quando a face carrancuda do barão. Percebia como ele sussurrava palavrões entre os dentes cerrados, com vontade de cuspi-los na criança, mas tinha de se conter. Notava ao mesmo tempo com alegria diabólica como a ira de sua mãe crescia, e que ambos apenas ansiavam por uma única ocasião para atacá-lo, afastá-lo ou neutralizá-lo. Mas ele não ofereceu nenhuma oportunidade, seu ódio havia sido calculado por longas horas e não se deixava descobrir.

– Vamos voltar! – disse, de súbito, a mãe.

Sentia que já não poderia conter a si mesma, que teria de fazer algo para, pelo menos, livrar-se dessa tortura.

– Que pena – disse Edgar calmamente –, é tão bonito aqui.

Ambos perceberam que a criança zombava deles. Mas não se atreveram a dizer nada, o tirano havia aprendido a se controlar maravilhosamente em dois dias. Nenhum vacilo na face traía a ironia mordaz. Sem palavras, fizeram o longo trajeto de volta para casa. Neles ainda chamejava a agitação, mesmo quando ficaram sozinhos no quarto. Ela arremessou seu guarda-chuva num canto e tirou as luvas com raiva. Edgar percebeu imediatamente que os nervos da mãe estavam tensos e exigiam uma descarga, mas queria uma explosão e permaneceu no quarto com a intenção de irritá-la. Ela andava de um lado para outro, sentou-se de novo, tamborilou sobre a mesa com a ponta dos dedos, em seguida levantou-se mais uma vez.

– Como você está despenteado, como pode sair por aí tão sujo! É uma vergonha diante das pessoas. Nessa idade, não tem vergonha disso?

Sem refutar, Edgar voltou-se e penteou o cabelo. Esse silêncio, esse silêncio frio e obstinado com o tremor de escárnio nos lábios, a deixava enfurecida. Teve vontade de espancá-lo.

– Vá para o seu quarto – gritou com ele.

Ela não podia mais suportar sua presença. Edgar sorriu e saiu.

Como os dois tremiam diante dele! Como temiam, o barão e ela, cada momento em sua presença, o golpe implacável de seu olhar! Quanto mais desconfortáveis eles se sentiam, tanto mais satisfeitos os olhos de Edgar brilhavam, tanto mais desafiadora era sua alegria. Ele atormentava os indefesos então com a crueldade quase animal das crianças. O barão ainda tinha como represar sua ira, porque continuava a ter a esperança de lhe passar a perna, e só pensava em seu objetivo. Mas ela, a mãe, perdia sempre o controle. Para ela, era um alívio poder gritar com ele.

– Não brinque com o garfo – reclamava à mesa. – Você é um moleque sem educação, nem merece sentar-se entre os adultos.

Aí é que Edgar sorria, sorria com a cabeça um pouco inclinada para o lado. Sabia que a explosão de sua mãe era sintoma de desespero, e sentia orgulho por eles se traírem desse jeito. Observava-os agora com um olhar muito tranquilo, como o de um médico. Em ocasiões anteriores, talvez se tivesse mostrado maldoso para irritá-la, mas quando se sente ódio aprende-se muito e rapidamente. Ficava calado, calado, sempre calado, até que ela começava a gritar sob a pressão de seu silêncio.

Sua mãe não suportava mais. Quando se levantaram da mesa e Edgar de novo quis segui-los com aquela afeição natural, sua raiva reprimida explodiu de súbito. Esqueceu toda a cautela e expôs a verdade. Atormentada por sua presença persistente, empinou como um cavalo torturado por moscas.

– Por que você está sempre correndo atrás de mim como uma criança de três anos de idade? Eu não quero você ao meu lado o tempo todo. As crianças não são adultos. Lembre-se disso! Ocupe-se pelo menos uma hora com você mesmo. Leia alguma coisa ou faça o que quiser. Me deixe em paz! Ficar me espreitando com seu mau humor repugnante está me deixando nervosa.

Finalmente, arrancara-lhe a confissão! Edgar sorriu, enquanto o barão e ela pareciam constrangidos. Ela virou-se e queria ir embora, com raiva de si mesma por ter admitido seu mal-estar para a criança. Mas Edgar apenas disse com frieza:

– Papai não quer que eu ande sozinho por aí. Papai me fez prometer que eu deveria sempre tomar cuidado e ficar ao seu lado.

Ele enfatizava a palavra "papai", porque notara na ocasião anterior que exercera um certo efeito paralisante sobre eles. De alguma forma, também seu pai deveria portanto estar envolvido com aquele segredo ardente. Seu pai deveria ter algum poder secreto, que ele desconhecia, sobre os dois, porque até mesmo a menção a seu nome parecia lhes provocar ansiedade e mal-estar. De novo, eles nada retrucaram. Depuseram as armas. A mãe passou à frente, o barão a seguiu. Atrás deles, vinha Edgar, mas não como um servo humilde, ao contrário, duro, severo e implacável como um guardião. Ouviam-se os ruídos da corrente invisível com que Edgar os tinha capturado e que eles puxavam sem conseguirem destruir. O ódio havia intensificado sua força de criança; ele, o ingênuo, era mais forte do que os dois, cujas mãos o segredo algemara.

Os mentirosos

Mas o tempo urgia. O barão tinha apenas alguns dias a mais e queria fazer bom uso deles. Resistir à obstinação da agitada criança era, eles sentiam isso, inútil, e então recorreram à última, à saída mais vergonhosa: fugir para escapar por uma ou duas horas de sua tirania.

– Leve essas cartas aos correios e as envie como correspondência registrada – disse a mãe a Edgar.

Ambos estavam no saguão; o barão, do lado de fora, falava com o cocheiro de um fiacre.

Desconfiado, Edgar pegou as duas cartas. Ele havia observado mais cedo que um funcionário entregara alguma mensagem a sua mãe. Será que eles, afinal, tinham preparado algo juntos contra ele?

Ele hesitou.

– Onde você vai me esperar?

– Aqui.

– Mesmo?

– Sim.

– Tomara que você não vá embora! Você me espera então aqui no saguão até eu voltar?

Com o sentimento de sua superioridade, falava imperioso com a mãe. Desde a antevéspera muita coisa havia mudado.

Então ele saiu com ambas as cartas. Na porta, esbarrou com o barão e o abordou, pela primeira vez em dois dias.

– Estou apenas levando essas duas cartas aos correios. Minha mãe está esperando por mim. Por favor, não saiam antes de eu voltar.

O barão passou apressado por ele.

– Sim, sim, nós vamos esperá-lo.

Edgar voou até a agência dos correios. Teve de esperar. Um cavalheiro antes dele fez uma dúzia de perguntas idiotas. Por fim conseguiu se livrar da tarefa e imediatamente correu de volta com os comprovantes. Chegou bem a tempo de ver sua mãe e o barão saindo no fiacre.

Teve um acesso de raiva. Quase se abaixou e arremessou-lhes uma pedra. Eles haviam portanto lhe escapado, mas com que mentira vil, maldosa! Que sua mãe mentia, isso ele sabia desde o dia anterior. Mas que pudesse ser tão impudente a ponto de descumprir uma promessa expressa, isso destruiu seu último laço de confiança. Não conseguia mais compreender a vida desde que viu que as palavras por trás das quais ele pressupunha a realidade não eram nada além de bolhas coloridas que se inflavam e se dissolviam em nada. Mas que terrível segredo seria esse que estimula a tal ponto pessoas adultas a mentir para uma criança, a fugir como criminosos? Nos livros que havia lido, as pessoas assassinavam e mentiam a fim de ganhar dinheiro, ou poder, ou conquistar reinos. Mas qual seria aqui a causa, o que queriam os dois, por que se escondiam dele, o que tentavam esconder com uma centena de mentiras? Quebrava a cabeça para obter a chave do enigma. Sentia vagamente que esse segredo seria a barreira da infância, que superá-lo significava ser adulto, enfim um homem. Oh, mas como desvendá-lo?! Já não mais conseguia pensar com clareza. A raiva por eles terem escapado turvava e toldava-lhe a clareza de pensamento.

Correu para o bosque, ainda a tempo de encontrar um canto escuro onde ninguém o veria eclodir em uma torrente de lágrimas.

– Mentirosos, vira-latas, vigaristas, trapaceiros – tinha de vociferar essas palavras, caso contrário, sucumbiria.

A ira, a impaciência, a raiva, a curiosidade, o desamparo e a traição dos últimos dias, tudo aquilo que ele havia reprimido na ilusão de ter ingressado na vida adulta, tudo explodiu no peito e transformou-se em lágrimas. Era o último choro de sua infância, os soluços finais mais furiosos, pela última vez entregou-se femininamente à voluptuosidade das lágrimas. Naquele momento de fúria descontrolada, suas lágrimas expeliram tudo de dentro de si: confiança, amor, fé, respeito – toda a sua infância.

O menino que, em seguida, voltou para o hotel era outro. Estava calmo e agia de maneira reflexiva. Primeiro, subiu para seu quarto e cuidadosamente lavou o rosto e os olhos para que os dois não desfrutassem o triunfo de perceber vestígios de suas lágrimas. Então preparou o ajuste de contas. Esperou pacientemente, sem nenhum traço de inquietude.

O saguão estava repleto de pessoas quando o carro com os dois fugitivos parou de novo do lado de fora. Dois cavalheiros jogavam xadrez, outros liam o jornal, as senhoras conversavam. Edgar estivera sentado entre eles, imóvel, um pouco pálido, com um olhar nervoso. Assim que a mãe e o barão entraram, constrangidos por encontrá-lo tão de súbito, e já queriam balbuciar as desculpas preparadas com antecedência, ele, tranquilo, caminhou aprumado em direção a ambos e disse desafiadoramente:

– Sr. barão, eu quero falar com o senhor.

O barão, desconfortável, sentiu-se como de alguma maneira apanhado em flagrante.

– Sim, sim, mais tarde, logo em seguida!

Mas Edgar aumentou o tom da voz e disse, claro e direto, de maneira que todos ao redor pudessem ouvir:

– Eu quero falar com o senhor agora. O senhor se comportou de maneira vil. O senhor mentiu para mim. O senhor sabia que minha mãe estava me esperando, e...

– Edgar! – gritou a mãe, precipitando-se em direção a ele, ao ver todos os olhares em sua direção.

Mas a criança, de súbito, ao perceber que ela queria sufocar suas palavras, soltou um grito estridente:

– Eu vou dizer mais uma vez na frente de todos. O senhor mentiu de maneira infame, e isso é indecente, é deplorável.

Ali em pé, o barão empalideceu; as pessoas com os olhos cravados nele, algumas sorrindo.

A mãe agarrou a criança que, agitada, tremia:

– Vá imediatamente para o seu quarto, ou eu vou bater em você aqui na frente de todo mundo – balbuciou com a voz rouca.

Edgar, contudo, aquietou-se de novo. Lamentava ter sido tão passional. Estava insatisfeito consigo mesmo, porque queria na verdade ter desafiado o barão com frieza, mas a ira havia sido mais intensa do que ele gostaria. Tranquilamente, sem pressa, virou-se para as escadas.

– Desculpe, sr. barão, a impertinência dele. O senhor sabe, ele é uma criança nervosa – ela gaguejou, ainda perturbada pelos olhares de escárnio das pessoas, que, de todos os cantos, haviam lhe cravado os olhos.

Nada no mundo lhe era mais terrível do que um escândalo, e sabia que tinha de manter a postura. Em vez de optar pela fuga, foi primeiro até a recepção, perguntou por cartas e outras coisas indiferentes e, em seguida, caminhou apressadamente para o quarto, como se nada tivesse acontecido. Mas, atrás dela, deixava um rastro de sussurros e risos abafados.

No caminho, diminuiu o ritmo dos passos. Sempre que se confrontava com situações graves, sentia-se impotente e tinha na verdade medo desse embate. Que era culpada, não podia negar, e por isso temia o olhar da criança, esse novo, estranho e curioso olhar que a paralisava e a deixava insegura. Temerosa, decidiu tentar tratá-lo com doçura. Afinal nessa briga, ela sabia, a criança irritada tinha então mais força.

Destravou a porta silenciosamente. O menino estava sentado ali, calmo e frio. Os olhos que levantou para ela não transpareciam medo algum, tampouco curiosidade. Parecia estar muito seguro.

– Edgar – ela começou o mais maternal possível –, o que é que te deu na cabeça? Eu senti vergonha de você. Por que ser tão mal-educado, como é que uma criança pode ser tão rude com um adulto! Você vai se desculpar imediatamente com o barão.

Edgar olhou pela janela. E disse "Não" como se estivesse falando com as árvores do lado de fora. A segurança dele começou a lhe causar estranhamento.

– Edgar, que está acontecendo com você? Por que está tão diferente do que costuma ser? Eu não consigo te reconhecer. Você sempre foi uma criança inteligente, bem-comportada, com quem se podia conversar. E de súbito está agindo como se estivesse com o diabo no corpo. Que é que você tem contra o barão? Você havia gostado tanto dele. Ele sempre foi tão amoroso com você.

– Sim, porque ele queria conhecer você.

Ela sentiu-se desconfortável.

– Que bobagem! Que é que deu em você? Como você pode pensar uma coisa dessas?

Mas a criança continuou.

– Um mentiroso, isso é o que ele é, falso. Tudo o que ele faz é calculado e ultrajante. Ele queria conhecer você; por isso, foi gentil comigo e me prometeu um cachorro. Eu não sei o que ele prometeu a você e por que ele é gentil com você, mas também de você ele quer algo, mamãe, com toda a certeza. Caso contrário, não seria tão gentil e cordial. Ele é mau. Ele mente. Olhe para ele pelo menos uma vez e repare como o olhar dele é falso. Oh, eu o odeio, esse mentiroso deplorável, esse sem-vergonha...

– Mas Edgar, como você pode dizer uma coisa dessas?

A mãe, desconcertada, não sabia como responder. Nela despertava uma sensação que dava razão à criança.

– Sim, ele é um sem-vergonha, ninguém me convence do contrário. Você vai ter de ver por si mesma. Por que ele tem medo de mim? Por que ele está se escondendo de mim? Porque sabe que eu percebo suas intenções, que eu o conheço, esse sem-vergonha!

– Como você pode dizer algo assim, como você pode dizer uma coisa dessas?

A cabeça lhe parecia vazia, só os lábios sem cor balbuciavam repetidamente os dois enunciados. Ela começou de súbito a sentir um medo terrível, mas não sabia, na verdade, se do barão ou da criança.

Edgar percebeu que sua admoestação a impressionava. E isso o seduziu a conquistá-la para o seu lado, e ter uma aliada no ódio e na inimizade contra o barão. Aproximou-se gentilmente de sua mãe, abraçou-a e disse em tom lisonjeiro de emoção:

– Mamãe, você mesma deve ter percebido que a intenção dele não é nada boa. Ele te transformou em outra pessoa. Você é que está diferente, e não eu. Ele te incitou contra mim, só para ficar sozinho com você. Com certeza ele quer te enganar. Eu não sei o que te prometeu. Só sei que ele não vai cumprir. Você precisa se proteger dele. Quem mente para um, engana também outro. Ele é um homem mau, em quem não se deve confiar.

Essa voz, suave e quase em lágrimas, soou como de seu próprio coração. Em seu íntimo, desde o dia anterior, ela sentia um desconforto que lhe dizia a mesma coisa – de maneira cada vez mais forte e insistente. Sentia, no entanto, vergonha de dar razão ao próprio filho. E refugiou-se do constrangimento de um sentimento avassalador, como muitos, em tréplicas rudes. Endireitou-se.

– E lá as crianças entendem dessas coisas? Você não tem de se intrometer nesses assuntos. Você tem de se comportar decentemente. E nada além disso.

O rosto de Edgar congelou de novo.

– Como queira – disse ele asperamente –, eu te alertei.

– Então, você não vai pedir desculpas?

– Não.

Eles se enfrentaram de maneira brusca. Ela sabia que se tratava da autoridade dela.

– Então você vai jantar aqui em cima. Sozinho. E só voltará a nossa mesa depois de se desculpar com o barão. Eu ainda vou te ensinar boas maneiras. Você está proibido de sair do quarto até que eu dê permissão. Entendeu?

Edgar sorriu. Um sorriso insidioso que parecia já pertencer aos seus lábios. Interiormente, estava zangado consigo mesmo. Que tolice de sua parte ter se deixado tomar pela emoção de novo e desejado alertar a ela, à mentirosa.

A mãe saiu correndo sem olhar para ele outra vez. Aquele olhar cáustico a amedrontava. O menino tornara-se um incômodo desde que ela percebeu que ele estava com os olhos abertos e dizia o que ela não queria saber e tampouco ouvir. Era assustador para ela ouvir uma voz interior, sua consciência, desligada de si mesma, disfarçada de criança, perambulando como seu próprio filho e alertando-a, ridicularizando-a. Até aquele momento, essa criança havia estado ao seu lado, uma joia, um brinquedo, um ente querido e familiar; às vezes um fardo, talvez, mas sempre algo que corria no mesmo fluxo, no mesmo ritmo de sua vida. Pela primeira vez, havia se revoltado e desafiado a sua vontade. Algo como ódio havia se misturado para sempre na lembrança do filho.

Mas ainda assim: naquele momento, quando ela, um pouco cansada, descia as escadas, soou uma voz infantil em seu próprio peito. "Você deveria tomar cuidado com ele." Não conseguia silenciar essa advertência. Nesse momento, viu seu reflexo em um espelho, olhou para ele interrogativamente, cada vez mais fundo, até que os lábios gentilmente sorridentes se abriram e se arredondaram para proferir uma perigosa palavra. A voz de advertência continuava a se fazer ouvir, mas ela deu de ombros como para livrar-se de todas essas preocupações invisíveis, lançou um olhar para o espelho, suspendeu o vestido e, com o gesto decidido de um jogador que lança sua última ficha sobre a mesa, desceu as escadas.

Vestígios à luz do luar

O garçom que levou a comida a Edgar fechou a porta. Então o trinco estalou. A criança irritou-se profundamente. Deixá-lo trancado como a um animal perigoso era, evidentemente, uma ordem de sua mãe. Pensamentos sombrios acometeram-no.

"Que será que está acontecendo lá embaixo, enquanto estou preso aqui? O que podem estar discutindo agora? Será que o segredo será revelado, e eu vou perder a oportunidade de conhecê-lo? Oh, esse segredo que pressinto em toda parte quando estou entre adultos, que os leva a mergulharem em uma conversa baixinha antes de fecharem a porta no meio da noite, esse grande segredo, que há dias me cerca, ao alcance de minhas mãos, mas que eu ainda não consigo apreender! O que foi que não fiz para desvendá-lo! No passado, roubei livros da escrivaninha de papai e os li, e todas essas coisas curiosas estavam ali, só que eu não as compreendia. Deve haver de alguma forma um lacre que precisa primeiro ser quebrado para poder encontrá-lo, talvez em mim, talvez nos outros. Perguntei à empregada, pedi-lhe para me explicar essas passagens nos livros, mas ela desatou a rir de mim. Que horrível ser criança, cheio de curiosidade e ainda assim sem poder perguntar a quem quer que seja, sempre motivo de chacota entre os adultos, como alguém estúpido e inútil. Mas eu vou descobrir, sinto que logo vou saber. Uma parte já está em minhas mãos, não vou desistir antes de o possuir por inteiro!"

Pôs o ouvido na porta para ver se alguém se aproximava. Um vento suave soprou por entre as árvores e quebrou o espelho rígido do luar entre os ramos em centenas de estilhaços oscilantes.

"Não pode ser coisa boa o que os dois pretendem, caso contrário não teriam inventado mentiras tão deploráveis para me tirar de perto. Com certeza estão rindo de mim, malditos, que finalmente conseguiram se livrar de mim, mas eu vou rir por último. Que estúpido de minha parte deixar-me trancar aqui, dar-lhes um segundo de liberdade, em vez de estar ali ao lado deles e espreitar todos os seus movimentos. Eu sei que os adultos sempre são imprudentes, e também vão se trair. Pensam sempre que ainda somos muito pequenos e sempre dormimos à noite, esquecem-se de que você também pode fingir e escutar, que se pode fazer de bobo mas ser muito esperto. Recentemente, quando minha tia ganhou um bebê, eles já sabiam há muito tempo e só fingiram-se de admirados para mim, como se tivessem sido surpreendidos. Mas eu também sabia, porque ouvira as conversas semanas antes, à noite, quando eles pensavam que eu dormia. E assim eu vou, mais uma vez, surpreendê-los, esses mal-intencionados. Ah! Se eu pudesse espiar pela fechadura, observá-los secretamente, enquanto se julgam seguros. E se eu batesse na porta? Será que uma camareira não a abriria para perguntar o que eu queria? Ou talvez eu pudesse fazer barulho, quebrar louças e, então, eles também a abririam. Nesse segundo, eu poderia escapar e espreitá-los. Mas não, eu não quero. Ninguém deve ver a maneira vil como me tratam. Eu sou orgulhoso demais para isso. Amanhã, vão me pagar na mesma moeda."

Lá embaixo, ouvia-se um riso de mulher. Edgar assustou-se: poderia ser sua mãe. Ela tinha motivos de sobra para rir, escarnecer dele, do pequeno, desamparado, por trás de quem se trancava a chave quando incomodava, a quem se jogava num canto como uma trouxa de roupas molhadas. Com cuidado, apoiou-se na janela. Não, não era ela, mas garotas estranhas atrevidas provocando um rapaz.

Naquele momento, percebeu que sua janela, na verdade, não ficava a uma altura considerável do solo. E então, antes mesmo de pensar, a ideia já estava lá: saltar e espreitá-los onde eles se julgavam bastante seguros. Até sentiu uma febre de alegria com sua decisão. Era como se estivesse segurando o grande, o mágico segredo de sua infância nas mãos. "Salta, pula", algo tremia dentro dele. Perigo, não havia. Ninguém estava passando, e então pulou. Apenas um som baixo de cascalho, que ninguém ouviu.

Nesses dois dias, espiar e estar à espreita tornaram-se o grande prazer de sua vida. Quando se arrastou, no maior silêncio, na ponta dos pés, ao redor do hotel, esquivando-se com cuidado do forte brilho irradiado pelas luzes, sentiu uma grande alegria a que se misturava um arrepio de medo. Primeiro olhou, o rosto pressionado suavemente contra as vidraças, para o restaurante. O lugar em que costumavam ficar estava vazio. Espiou em seguida de janela a janela. No hotel, não ousou entrar, com medo de poder de súbito encontrá-los nos corredores. Não estavam em lugar algum. Estava prestes a se desesperar, quando viu duas sombras saindo pela porta – ele se contraiu e ocultou-se na escuridão –, sua mãe com seu então inevitável acompanhante. Havia, portanto, chegado a tempo. Sobre o que conversavam? Ele não conseguia ouvi-los. Falavam em voz baixa, o vento forte balançava as árvores. Escutou uma gargalhada, de sua mãe. Ela ria de uma maneira como ele nunca vira, um riso estranhamente agudo, lascivo, irritante e nervoso, que lhe deu uma estranha impressão e o assustou. Ela ria. O que se ocultava dele, portanto, não poderia ser nada perigoso, tampouco grave ou violento. Edgar sentiu um certo desapontamento.

Mas por que estavam saindo do hotel? Aonde iam naquele momento sozinhos, à noite? Lá em cima, no alto, deviam esvoaçar os ventos com enormes asas, pois o céu, ainda aberto e aclarado pela luz do luar, começava a escurecer. Negros véus, lançados por mãos invisíveis, envolviam às vezes a lua, e a noite ficava tão espessa que mal se podia ver o caminho, para logo em seguida brilhar novamente, quando ela se libertava. Prata fluía fria sobre a paisagem. Misterioso era esse jogo entre luz e sombra, e provocante como o de uma mulher que cobre e descobre o corpo. Quando a paisagem novamente desnudou-se, Edgar olhou de esguelha as silhuetas em movimento no caminho, ou melhor, uma apenas, porque andavam tão próximos, abraçados, como se estivessem aterrorizados. Mas aonde iriam os dois? Os pinheiros gemiam, havia algo sinistro no bosque, como se revolvesse uma perseguição feroz. "Vou segui-los", pensou Edgar, "eles não conseguem ouvir meus passos nesse tumulto do vento varrendo as folhas." Enquanto os dois andavam ao longo das trilhas largas e claras, ele, às margens, no bosque, saltava de árvore em árvore, leve, de sombra em sombra. Ele os seguia teimosa e implacavelmente, abençôa o vento por tornar seus passos inaudíveis, e amaldiçoava-o por tornar as palavras dos dois intangíveis. Se pudesse ouvi-los ao menos uma vez, certamente apreenderia o segredo.

Andavam sem quaisquer dúvidas, os dois. Sentiam-se felizes sozinhos naquela imensa noite desconcertante e perderam-se em sua excitação crescente, sem que nada os advertisse de que, nas bordas elevadas do bosque, na escuridão frondosa, cada um de seus passos era seguido e que dois olhos mantinham-se neles cravados com toda a força do ódio e da curiosidade.

De súbito, pararam. Também Edgar interrompeu sua caminhada imediatamente e escondeu-se atrás de uma árvore, tomado por um medo tempestuoso. E como seria se eles retornassem e chegassem ao hotel antes dele, de maneira que sua mãe descobrisse seu quarto vazio? Tudo estaria perdido, saberiam que ele os havia seguido secretamente, e nunca mais poderia ter a esperança de lhes arrancar o segredo. Mas os dois hesitaram, ao que tudo indica em desacordo. Por sorte havia a luz da lua, e ele podia ver tudo claramente. O barão apontou para um caminho na lateral, estreito e escuro, que descia para o vale, onde a luz da lua não se projetava plenamente como ali no caminho em que estavam, mas só escorria em gotas e raios pouco intensos que atravessavam o denso bosque. "Por que ele quer ir lá para baixo?", estremeceu Edgar. Sua mãe parecia dizer "não", contudo ele, o outro, a abordava. Edgar podia notar pela maneira como gesticulava que falava com insistência. O medo acometeu a criança. O que esse homem desejava de sua mãe? Por que tentava, aquele canalha, arrastá-la para a escuridão? Lembrou-se de repente de seus livros, que para ele eram o mundo, vieram memórias vívidas de assassinatos e sequestros, de crimes sinistros. Com certeza ele queria matá-la, e por isso ele, o barão, o manteve distante, e a atraiu sozinha para lá. Será que deveria gritar por socorro? Assassino! O grito já estava prestes a sair pela garganta, mas dos lábios secos não ecoou qualquer som. Em total estado de comoção, mal conseguia se manter em pé, apavorado de medo procurou se apoiar – então, um galho partiu-se em suas mãos.

Os dois voltaram-se assustados e fitaram a escuridão. Edgar permaneceu em silêncio, agarrado à árvore, o pequeno corpo agachado nas profundezas das sombras. Silêncio mortal. Eles pareciam assustados. "Vamos regressar", ouviu sua mãe, amedrontada, dizer. O próprio barão, evidentemente inquieto, aquiesceu. Voltaram devagar e aconchegados, bem próximos um do outro. O embaraço deles foi a sorte de Edgar. Andando de quatro por entre as árvores, rastejou pelas margens do bosque rasgando e ensanguentando as mãos, de lá correu para o hotel o mais rápido possível, até lhe faltar fôlego, e ao chegar com alguns pulos alcançou o quarto. A chave que o havia aprisionado por sorte permanecia do lado de fora, destrancou a porta, entrou apressado e saltou direto sobre a cama. Precisou descansar por alguns minutos, porque em seu peito o coração batia freneticamente, como um sino a badalar.

Só então atreveu-se a se levantar, encostou-se na janela e esperou até que voltassem. A volta levou uma eternidade. Deviam ter andado muito, mas muito devagar. Com cautela, espiou à sombra pela moldura da janela. Vinham lentamente, juntos, iluminados pelo luar, aparências fantasmagóricas naquela luz verde. Assaltou-lhe o horror, com certa satisfação, de que podia se tratar de fato de um assassino e que sua presença impedira um acontecimento terrível. Ele podia ver claramente os rostos lívidos. No de sua mãe, havia uma expressão de arrebatamento que lhe era incomum, ele, por sua vez, parecia renhido, com a testa cerrada e mal-humorado. Evidentemente, porque não havia sido bem-sucedido em sua intenção.

Encontravam-se bem próximos. Um pouco antes de chegarem ao hotel, afastaram-se um do outro. "Será que eles iam levantar os olhos?" Não, ninguém olhou para cima. "Esqueceram-se de mim", pensou furioso, com um triunfo secreto, "mas eu não de vocês. Vocês com certeza pensam que eu estou dormindo ou não estou mais nesse mundo, mas verão o erro que cometeram. Vigiarei cada passo de vocês, até que tenha arrancado desse canalha o segredo, o terrível segredo que não me deixa dormir. Vou destruir os laços de vocês. Eu não vou dormir."

Vagarosamente, os dois passaram pela porta. E como entravam um atrás do outro, as silhuetas que se projetavam envolviam-se de novo por um breve momento, como uma única mancha negra, e dissolviam-se na porta iluminada. Em seguida, sob o luar, o espaço em frente ao hotel estava de novo vazio, livre de sombras, como um amplo campo de neve.

Assalto

Ofegante, Edgar afastou-se da janela. O horror o sacudiu. Nunca em sua vida se encontrara tão próximo a algo tão parecido com o grande segredo. O mundo das emoções, das aventuras, aquele mundo de mortes e mentiras de seus livros sempre esteve, em sua opinião, no mesmo lugar onde ficavam os contos de fadas, rigorosamente no mundo dos sonhos, no mundo da irrealidade e da intangibilidade. De súbito, contudo, parecia que havia penetrado nesse mundo terrível, e todo o seu ser foi febrilmente sacudido por esse encontro tão inesperado. Quem era aquele homem, aquele ente misterioso, que aparecera de repente em sua vida tão tranquila? Seria mesmo um assassino que sempre procurava lugares remotos e queria arrastar sua mãe para onde estava escuro? Algo terrível parecia iminente. Não sabia o que fazer. No dia seguinte, com certeza, escreveria ou telegrafaria para o pai. Mas será que algo não poderia acontecer ainda aquela noite? Sua mãe ainda não estava no quarto dela, ainda permanecia com esse homem misterioso e detestado.

Entre a porta interna e a externa, uma porta falsa facilmente movimentável, havia um estreito cômodo, menor do que o interior de um guarda-roupa. Foi ali, naquele escuro de um palmo de largura, que ele se espremeu para espreitar os passos dela no corredor. Pois nem por um momento sequer, assim decidira, ele a deixaria sozinha. Era meia-noite e o corredor estava deserto, apenas debilmente iluminado por uma única chama.

Enfim – os minutos prolongavam-se terrivelmente – ouviu passos cautelosos subindo. Esforçou-se para escutá-los. Não eram passos firmes e rápidos, como quando se quer alcançar o seu quarto, mas passos arrastados, hesitantes, que foram sendo retardados, em ritmo descrescente, como se estivessem subindo um caminho infinitamente complicado e íngreme. De vez em quando, ouviam-se sussurros e pausas. Edgar tremia de emoção. Seriam, afinal, os dois, estaria ele ainda com ela? Os sussurros estavam muito distantes. Mas os passos, embora ainda hesitantes, aproximavam-se cada vez mais. De súbito, ouviu a odiada voz do barão, baixa e rouca, dizer algo incompreensível e, logo em seguida, a de sua mãe rapidamente repelir:

– Não, hoje não! Não.

Edgar tremia, aproximavam-se, e ele ouvia tudo. Cada passo em sua direção, por mais silencioso que fosse, provocava-lhe uma dor no peito. E a voz, como lhe parecia horrorosa, aquela voz avidamente engajada, antipática, do odiado!

– Não seja cruel. Estava tão bela hoje à noite.

E a outra de novo:

– Não, não devo, não posso, deixe-me.

Havia tanto medo na voz de sua mãe que a criança se apavorou. O que será que ele ainda quer dela? Por que ela está assustada? Aproximavam-se cada vez mais e deviam estar imediatamente colados à porta. Do outro lado, trêmulo e invisível, estava ele, separado apenas pelo tecido fino de que consistia a porta de correr. As vozes pareciam um sopro.

– Venha, Mathilde, venha!

Mais uma vez, ouviu o gemido de sua mãe, sem força, em enfraquecida resistência.

Que será que aconteceu? Seguiram no escuro. Em vez de entrar em seu quarto, ela apenas passou por ali! Para onde ele a arrastara? Por que ela não falava mais? Estaria amordaçada, ele lhe apertava a garganta?

Esses pensamentos o deixaram furioso. Com a mão trêmula, empurrou um pouco a porta. No escuro corredor, viu os dois seguirem. O barão colocou seu braço ao redor da cintura de sua mãe, que parecia já ter cedido, e a levava. Pararam em frente a seu quarto. "Ele quer arrastá-la para dentro", apavora-se a criança, "é a hora em que ele vai fazer algo terrível."

Com um forte solavanco, bateu a porta e andou, apressado, em direção aos dois. Sua mãe soltou um grito, quando ali da escuridão viu de repente um vulto se lançar sobre ela. Quase desmaiou, amparada com dificuldade pelo barão, que naquele exato momento sentiu em seu rosto o soco leve de um punho pequeno, que esmagou seus lábios contra os dentes, como se as unhas de um gato se agarrassem a sua pele. Deixou escapar a assustada mulher, que fugiu às pressas, e bateu a esmo com o punho cerrado, ignorando contra quem se defendia.

A criança, ainda que se soubesse o mais fraco, não desistiu. Enfim chegara o exato momento de descarregar apaixonadamente o há muito almejado: todo o amor traído, o ódio armazenado. Com os lábios cerrados em uma febril irritação sem sentido, martelava às cegas com seus pequenos punhos para todos os lados. A certa altura, também o barão o reconheceu, e cheio de ódio desse espião secreto, que lhe estragara seus últimos dias e arruinara o jogo, bateu firme de volta sem saber onde o acertava. Edgar soltou um grito, mas não fugiu nem pediu socorro. Por um minuto lutaram em silêncio e encarniçados no corredor escuro. Aos poucos, ao se dar conta do ridículo de sua luta com um garoto imberbe, o barão procurou prendê-lo com força para arremessá-lo longe. Mas a criança, quando sentiu seus músculos esmorecerem e percebeu que no momento seguinte seria o vencido, o que teria levado uma surra, mordeu com fúria aquela mão forte e firme que tentava prendê-lo pela nuca. Involuntariamente, o mordido soltou um grito abafado e o largou – um segundo que a criança usou para fugir para seu quarto e trancar a porta.

Um minuto só durou essa luta da meia-noite. Ninguém a escutou. Tudo estava calmo, tudo parecia em sono profundo. Com um lenço, o barão limpou a mão ensanguentada e espreitou preocupado no escuro. Ninguém estava a escutar. No andar de cima cintilava – pareceu-lhe: com desdém – uma última luz inquieta.

Tempestade

"Foi um sonho, um terrível e perigoso sonho?", perguntou-se Edgar na manhã seguinte, quando acordou com o cabelo todo despenteado, confuso e amedrontado. A cabeça era importunada por um rugido surdo, abafado, as articulações, por uma sensação de entorpecimento, de rigidez, e, quando se viu, notou assustado que ainda estava metido nas roupas da noite anterior. Deu um pulo, cambaleou até o espelho e estremeceu diante de seu rosto pálido e desfigurado, com uma contusão avermelhada na testa. Com dificuldade, montou o quebra-cabeça e lembrou-se então, apavorado, de tudo, da luta noturna do lado de fora no corredor, sua fuga precipitada para o quarto, e de como, tremendo de febre, havia se atirado na cama ainda vestido e pronto para a fuga. Ali devia ter adormecido e caído nesse sono pesado e sombrio, em cujos sonhos tudo foi revivido, só que diferentemente e de maneira ainda mais terrível, com um cheiro úmido de sangue fresco, corrente.

Embaixo de sua janela, passos rangiam sobre o cascalho, vozes voavam como pássaros invisíveis, e o sol invadia amplamente o quarto. Já devia ser tarde da manhã, mas o relógio, que consultou assustado, marcava meia-noite; em sua agitação esquecera-se de lhe dar corda na noite anterior. Essa incerteza de estar suspenso em algum lugar solto no tempo o inquietava, reforçada pelo sentimento de desconhecimento do que ocorrera de verdade. Aprontou-se rapidamente e desceu, agitação e um leve sentimento de culpa no coração.

No restaurante, a mãe estava sentada sozinha na mesa em que costumavam ficar. Edgar suspirou aliviado por o inimigo não estar ali, por não ter de ver o odiado rosto em que batera enraivecido com seu punho na véspera. No entanto, quando se aproximou da mesa, sentiu-se inseguro.

– Bom dia – cumprimentou a mãe.

Ela não respondeu. Nem sequer levantou os olhos, ao contrário, contemplou a paisagem com as pupilas estranhamente fixadas num ponto bem distante. Estava muito pálida, com olheiras maceradas e, nas narinas, aquele palpitar nervoso, tão revelador de sua agitação. Edgar mordeu os lábios. Esse silêncio o confundia. Ele de fato não sabia se ferira gravemente o barão nem se ela sabia dessa briga noturna. Essa incerteza o atormentava. O rosto dela, todavia, estava tão rígido que ele não tentava fixá-la, com medo de que os olhos agora voltados para baixo de súbito quisessem saltar de trás das pálpebras acortinadas e tristes e contemplá-lo. Permaneceu muito quieto, sequer atreveu-se a fazer qualquer barulho, com muito cuidado levantava a xícara e a colocava de volta, furtivamente olhando para os dedos de sua mãe, que brincavam nervosos com a colher e pareciam revelar em sua sinuosidade uma raiva secreta. Por um quarto de hora ficou sentado assim, com o doloroso sentimento de espera por algo que não chegou. Nem uma palavra, qualquer que fosse, o redimiu. Quando sua mãe levantou-se, sem ter notado de maneira alguma a sua presença, ele não sabia o que fazer: permanecer sentado ali sozinho à mesa ou segui-la. Por fim levantou-se e seguiu-a humildemente, sentindo o quão ridículo era ir atrás dela, que de propósito fingia não tê-lo visto. Deu passos cada vez mais curtos para poder permanecer bem atrás dela, que, sem reparar nele, dirigiu-se para seu quarto. Quando Edgar chegou, encontrou-se diante de uma porta trancada.

Que havia acontecido? Ele já não estava entendendo mais nada. A segurança do dia anterior o tinha abandonado. Estaria errado ao final das contas em promover o ataque? Será que lhe estavam preparando um castigo ou uma nova humilhação? Alguma coisa tinha de acontecer, ele sentia, algo terrível tinha de acontecer muito em breve. Entre eles havia o mormaço de uma tempestade que se aproximava, a tensão elétrica entre dois polos que acabam se descarregando em raios e relâmpagos. Arrastou esse fardo do pressentimento por quatro horas solitárias consigo mesmo, até que seu fraco dorso cedeu ao peso invisível, e ele, ao meio-dia, já bastante humilde, aproximou-se da mesa.

– Bom dia – disse novamente.

Tinha de quebrar esse silêncio, terrível, ameaçador, que pairava sobre ele como uma nuvem negra.

Mais uma vez, a mãe não respondeu, e de novo evitou olhar para ele. Com novo espanto, Edgar confrontou-se com uma raiva concentrada e refletida, como nunca antes conhecera em sua vida. Até então, suas disputas sempre haviam sido apenas mais explosões de nervos do que rupturas de sentimento, rapidamente dissipadas em um sorriso de apaziguamento. Dessa vez, contudo, sentiu que revolvera um sentimento feroz das profundezas de seu ser e assustou-se com aquela violência invocada de maneira imprudente. Mal conseguiu comer. Em sua garganta, cresceu algo seco que ameaçou estrangulá-lo. Sua mãe parecia não perceber absolutamente nada. Só então, ao levantar-se, virou-se para trás como que por acaso e disse:

– Vamos subir, Edgar, eu tenho de falar com você.

Não soava ameaçador, mas era um tom de uma frieza tão glacial que Edgar ouviu as palavras sentindo calafrios, como se alguém tivesse colocado de súbito uma corrente de ferro em volta de seu pescoço. Seu desafio havia sido aniquilado. Silenciosamente, como um cão com o rabo entre as pernas, seguiu-a até o quarto.

Ela prolongou-lhe o martírio, na medida em que se calou por alguns minutos. Minutos nos quais ele ouvia o relógio e, do lado de fora, uma criança sorrir, e em si mesmo o coração bater no peito. Também nela, no entanto, havia uma grande dose de incerteza, porque não o encarava quando lhe falou, ao contrário, virou as costas para ele.

– Eu não quero mais falar sobre o seu comportamento de ontem. Algo inaudito, de que sinto vergonha só de pensar. Você vai ter de arcar com as consequências. Eu só quero dizer que foi a última vez que esteve autorizado a ficar sozinho entre adultos. Acabo de escrever a seu pai, para que encontre um tutor ou para que você seja enviado para um internato para aprender boas maneiras. Não quero mais me zangar com você.

Edgar permanecia com a cabeça abaixada. Pressentiu que aquilo era apenas uma introdução, uma ameaça, e esperou preocupado pelo principal.

– Agora você vai imediatamente pedir desculpas ao barão.

Edgar se encolheu, mas ela não se deixou interromper.

– O barão partiu hoje, e você vai escrever-lhe uma carta que eu vou ditar.

Edgar mexeu-se novamente, mas sua mãe estava firme.

– Não discuta. Há papel e tinta ali, sente-se.

Edgar levantou os olhos e viu que os dela estavam petrificados por uma inabalável decisão. Nunca vira sua mãe assim, tão dura e impassível. O medo apoderou-se dele. Sentou-se, pegou a caneta e abaixou o rosto sobre a mesa.

– Acima, a data. Escreveu? Deixe uma linha em branco antes da saudação. Assim! "Prezado sr. barão", ponto de exclamação. Outra linha em branco. "Acabo de saber e quero dizer que lamento", escreveu?, "que lamento a sua partida de Semmering", Semmering com dois M, "e por isso terei de fazer por meio de uma carta o que eu pessoalmente tinha a intenção de realizar, a saber", um pouco mais rápido, não é necessário escrever com letra de caligrafia!, "desculpar-me por meu comportamento ontem. Como mamãe disse ao senhor, ainda estou convalescendo de uma doença grave e ando, por isso, muito irritado. Eu, então, muitas vezes tomo atitudes exageradas, de que logo em seguida me arrependo..."

As costas curvadas sobre a mesa endireitaram-se. Edgar virou-se: sua rebeldia despertara de novo.

– Eu não vou escrever isso, isso não é verdade!

– Edgar! – bradou a mãe em tom ameaçador.

– Não é verdade. Não fiz nada de que tenha de me arrepender. Não fiz nada de errado, pelo que eu tenha de pedir desculpas. Só vim para ajudar, quando você chamou!

Os lábios dela estavam lívidos, as narinas estenderam-se.

– Eu pedi ajuda? Você é demais!

Edgar exaltou-se e, de solavanco, levantou-se.

– Sim, você pediu ajuda, ali fora no corredor, ontem à noite, quando ele te abraçou. "Deixe-me, deixe-me", você dizia. Tão alto que ouvi aqui em meu quarto.

– Você está mentindo, nunca estive com o barão aqui no corredor. Ele só me acompanhou até as escadas...

Essa mentira audaz paralisou-lhe o coração. Sem conseguir falar, encarou-a com as pupilas vidradas.

– Você... não estava... no corredor? E ele... ele não te segurou? Não te abraçou à força?

Ela riu. Um riso frio e seco.

— Você sonhou.

Isso foi demais para a criança. Já sabia que adultos mentiam, recorriam a pequenos subterfúgios imprudentes, usavam desculpas esfarrapadas e ambiguidades enganadoras. Esse desmentido, contudo, insolente e frio, cara a cara, o enfurecia.

— E eu sonhei com essa contusão também?

— Quem sabe com quem você brigou. Mas não preciso discutir nada com você, você tem de obedecer sem retrucar, e chega. Sente-se e escreva!

Estava muito pálida e apelava a suas últimas forças para manter o controle.

Em Edgar, apagou-se uma última chama de credulidade. Já lhe era indiferente que se tentasse apagar a verdade tão simplesmente como a um palito de fósforo aceso. Impassível, contraiu-se numa frieza glacial, e tudo o que disse soava mordaz, malicioso, inconveniente:

— Bem, então eu sonhei o que aconteceu no corredor e a contusão? E que vocês dois fizeram um passeio ontem à luz do luar, e que ele queria te levar a descer por aquele caminho escuro, talvez também? Você acha mesmo que me deixo trancar no quarto como uma criancinha? Não, eu não sou tão bobo como você pensa. Eu sei o que sei.

Edgar a encarou de maneira insolente. Aquilo a tirou do sério: ver o rosto do próprio filho logo à frente desfigurado pelo ódio. Sua fúria eclodiu impetuosa.

— Pode prosseguir, você vai escrever imediatamente! Ou...

— Ou o quê?

A voz do menino soava desafiadoramente insolente.

— Ou eu vou bater em você como em uma criancinha.

Edgar deu um passo à frente e, com desdém, sorriu.

A mãe golpeou-lhe o rosto. Edgar gritou. E como alguém que está se afogando, que se debate, com um rugido surdo em seus ouvidos e vendo vibrações vermelhas diante dos olhos, golpeava cegamente com os punhos. Sentiu que atingiu algo macio e então contra um rosto, ouviu um grito...

Esse grito o fez voltar a si. De súbito, percebeu a monstruosidade que fizera: havia agredido sua mãe. Um temor apoderou-se dele, vergonha e horror, a necessidade furiosa de se afastar, de submergir no chão, ir para bem longe, longe, só não mais ficar sob aquele olhar. Correu para a porta, desceu rapidamente as escadas, passou pelos salões e foi para a rua, longe, bem longe, como se perseguido por uma matilha de cães em fúria.

Primeiro contato

Já longe do hotel, finalmente parou de correr. Teve de segurar-se a uma árvore de tanto que seus membros tremiam de medo e excitação, de tão ofegante a respiração. Atrás dele corria o horror de seus próprios atos apertando-lhe a garganta e sacudindo-o para lá e para cá, fazendo-o tremer como se tivesse febre. O que deveria fazer? Para onde poderia fugir? Ali, no meio do bosque, a quinze minutos do hotel, foi tomado pela sensação de desamparo. Desde o momento em que se percebera sozinho e sem auxílio, tudo lhe parecia diferente, mais hostil, mais adverso. As árvores, que ainda no dia anterior lhe tinham murmurado fraternalmente, aglomeravam-se de súbito de maneira tenebrosa como uma ameaça. Até que ponto, no entanto, tudo aquilo que estava diante dele não seria ainda mais estranho e desconhecido? Estar sozinho na imensidão do mundo desconhecido o levou a sentir vertigens. Não, ele ainda não conseguia suportar isso, suportá-lo sozinho. Mas a quem deveria recorrer? De seu pai, tinha medo. Era facilmente irascível, inacessível e, ademais, iria enviá-lo imediatamente de volta a sua mãe. Retornar, todavia, ele não queria, preferia enfrentar a perigosa estranheza das incógnitas; era como se nunca mais pudesse olhar para o rosto de sua mãe sem pensar que a golpeara.

Lembrou-se, então, da avó, a boa e afável velhinha que o mimara desde a infância e sob cuja proteção sempre ficara quando em casa uma punição, uma injustiça o ameaçava. Era então em sua casa em Baden que iria se esconder até se dissipar o primeiro momento da raiva, queria escrever uma carta para os pais e pedir desculpas de lá. Nesse quarto de hora, já se sentia tão humilhado apenas com o pensamento de ter de ficar sozinho no mundo sem qualquer experiência, que amaldiçoou seu orgulho, esse orgulho estúpido com o qual um estranho lhe tinha incendiado o sangue com uma mentira.

Não queria ser nada além da criança que havia sido, obediente, paciente, sem a arrogância cujo exagero ridículo sentia naquele momento.

Mas como chegar a Baden? Como atravessar o país durante horas? Apressadamente, enfiou a mão na pequena carteira de couro que sempre carregava consigo. Graças a Deus, ali ainda brilhava a nova moeda de ouro de vinte coroas que lhe havia sido presenteada no aniversário. Nunca tivera coragem de gastá-la. Mas olhava-a quase que todos os dias para conferir se ainda estava lá, regozijando-se ao vê-la, sentindo-se rico; em seguida, com uma grata ternura, polia-a com o lenço até que brilhasse como um pequeno sol. Mas será – e esse pensamento repentino o aterrorizava – que seria o suficiente? Andara já tantas vezes em sua vida de trem sem sequer pensar que se tinha de pagar por isso, ou menos ainda o quanto isso poderia custar, se uma coroa ou uma centena. Pela primeira vez, sentiu que havia fatos da vida sobre os quais nunca havia refletido, e que todas essas muitas coisas que o cercavam, que tocara com os dedos e com que brincara, de alguma forma possuíam um valor próprio, uma importância especial. Ele, que até há uma hora pensava que sabia de tudo, percebeu naquele momento que havia passado por milhares de segredos e problemas sem lhes dar a menor atenção, e envergonhou-se ao descobrir que sua pobre sabedoria já tropeçara no primeiro degrau para a vida. Quanto mais desanimado ficava, tanto mais curtos eram seus passos vacilantes até a estação. Quantas vezes sonhara com essa fuga, considerara precipitar-se para a vida, tornar-se imperador ou rei, soldado ou poeta, e agora olhava timidamente para aquele pequeno prédio claro da estação e pensava apenas em uma única coisa: se as vinte coroas seriam suficientes para levá-lo até a sua avó. Os trilhos brilhavam até longe em direção ao interior, a estação estava deserta e abandonada. Timidamente, Edgar aproximou-se do caixa e perguntou, sussurrando para que ninguém mais pudesse ouvi-lo, quanto custava um bilhete para Baden. Um rosto surpreso olhou para fora por trás do tabique escuro, dois olhos sorriram por trás dos óculos para a tímida criança:

– Uma inteira?

– Sim – balbuciou Edgar. Mas sem orgulho, até com receio de que pudesse custar muito caro.

– Seis coroas!

– Por favor!

Aliviado, empurrou a moeda, reluzente e muito querida; o troco tilintou e Edgar sentiu-se de novo indescritivelmente rico, já que tinha em mãos o pedaço de cartão marrom que lhe garantia a liberdade e no bolso a música doce de tom prateado.

O trem estava para chegar em vinte minutos, informava-lhe a tabela de horários. Edgar escondeu-se no canto. Na plataforma, havia algumas pessoas desocupadas. Mas parecia ao aflito menino como se todos só tivessem olhos para ele, como se todos se surpreendessem com o fato de uma criança já estar viajando sozinha, como se a fuga e o delito estivessem inscritos em sua testa. Respirou aliviado quando de longe o trem finalmente uivou pela primeira vez e em seguida rugiu aproximando-se. O trem que o levaria para o mundo. Só ao embarcar percebeu que seu bilhete era para a terceira classe. Até então, viajara apenas de primeira, e de novo sentiu que algo mudara, que havia diferenças que lhe haviam escapado. Agora tinha vizinhos diferentes dos de antes. Alguns trabalhadores italianos com mãos calejadas e vozes ásperas, com pás e enxadas nas mãos, sentaram-se bem em frente e olhavam para o vazio com olhos cansados e tristes. Evidentemente haviam trabalhado duro o dia todo na estrada, porque alguns deles estavam cansados e adormeceram de boca aberta no trem que chacoalhava, encostados na madeira dura e suja. Haviam trabalhado por dinheiro, pensou Edgar, mas não conseguia imaginar por quanto poderia ter sido; ao mesmo tempo sentia que o dinheiro era uma coisa que nem sempre se tinha, ao contrário, era algo que de algum modo precisava ser obtido. Pela primeira vez, tomou consciência de que estava acostumado, é claro, a uma atmosfera de bem-estar, e de que ao seu redor abriam-se fendas para o abismo extremamente obscuro, nas quais seus olhos nunca haviam tocado. De súbito, percebeu que existiam profissões e destinos, que segredos se reuniam em torno de sua vida, ao alcance da mão mas nunca observados. Edgar aprendeu muito naquela hora em que esteve sozinho, começou a conhecer muito a partir desse estreito compartimento com janelas para o exterior. E bem de leve começou a florescer em seu obscuro medo algo que ainda não era felicidade, mas um sentimento de admiração pela diversidade da vida. A cada segundo, sentia que fugira por medo e covardia, mas pela primeira vez agira de forma independente, experimentara algo da realidade, pelo que até então só tinha passado ao largo. Pela primeira vez, talvez, ele próprio houvesse se tornado para a mãe e para o pai o próprio segredo, como era até então o mundo para ele. Olhou pela janela com outros olhos. E pareceu-lhe como se estivesse vendo toda a realidade pela primeira vez, como se das próprias coisas caísse um véu e elas lhe mostrassem tudo, a intimidade de suas intenções, o nervo secreto de suas atividades. Casas passavam voando como varridas pelo vento, e ele tinha de pensar nas pessoas que viviam ali, se seriam ricas ou pobres, felizes ou infelizes, se tinham a curiosidade, como ele, de conhecer tudo, e se haveria crianças ali que também tivessem até então apenas brincado com as coisas, como ele próprio. Os guardas ferroviários, que ficavam em pé agitando as bandeiras ao longo do caminho, pela primeira vez não lhe pareciam como antes bonecos de corda e brinquedos inanimados, coisas atiradas para aqueles lugares pelo acaso, ao contrário, ele compreendeu que aquilo era o destino deles; aquela a sua luta pela vida. As rodas do trem rolavam cada vez mais rápido, as curvas sinuosas deixavam o trem descer o vale, as montanhas ficavam cada vez mais suaves, cada vez mais longe, e logo alcançou-se a planície. Mais uma vez, olhou para trás. As montanhas, como sombras azuis, estavam cada vez mais distantes e fora do alcance da vista, e pareceu-lhe que ficara ali, onde elas lentamente se dissolviam no céu enevoado, sua própria infância.

Escuridão desconcertante

Em Baden, quando o trem parou e Edgar encontrou-se sozinho na plataforma, onde as luzes já flamejavam e os sinais verdes e vermelhos brilhavam na distância, aliou-se de repente a essa visão colorida uma súbita aflição diante da noite que se aproximava. Durante o dia, tinha se sentido mais seguro, porque havia pessoas ao redor, era possível descansar, sentar-se em um banco ou contemplar as vitrines das lojas. Mas como poderia suportar quando as pessoas se recolhessem a suas casas, onde cada uma tinha uma cama, uma conversa e depois uma noite tranquila, enquanto ele teria de vagar sozinho, com seu sentimento de culpa, em uma solidão estranha? Ah!, encontrar logo um teto sob o qual pudesse abrigar-se, nem mais um minuto sob o estranho céu aberto, esse era o seu único desejo.

Rapidamente, seguiu por um caminho que lhe era bem conhecido, sem olhar para os lados, até que por fim estava em frente à *villa* de sua avó. Era uma bela construção em uma rua larga, não exposta a olhares indiscretos, bem protegida por trepadeiras e heras de um jardim bem cuidado, um esplendor por trás de uma nuvem verde, uma casa branca, antiga e convidativa. Edgar espreitou como um desconhecido por entre as grades. Em seu interior, não havia qualquer movimento, as janelas estavam fechadas; estavam todos provavelmente com convidados no jardim atrás da casa. Assim que pousou a mão no trinco frio, ocorreu-lhe um pensamento estranho: aquilo que, nas últimas duas horas, imaginara ser tão fácil, tão natural, parecia-lhe de súbito impossível. Como deveria entrar, como cumprimentá-los, como encarar as perguntas e respondê-las? Como enfrentar as primeiras reações quando informasse que fugira secretamente de sua mãe? E como explicar a monstruosidade da ação que ele próprio já não mais compreendia! No interior ouviu o barulho de uma porta. De repente, tomado pelo medo de que alguém pudesse vir para fora, ele saiu correndo sem saber para onde.

Em frente ao parque da estação balneária, parou, porque viu que estava escuro e imaginou que não houvesse ninguém por lá. Talvez pudesse se sentar e finalmente pensar com calma, descansar, adquirir clareza sobre seu destino. Acanhado, entrou. Ali em frente, alguns lampiões estavam acesos e davam às ainda jovens folhas um brilho aquoso e fantasmagórico de um verde transparente; um pouco mais para trás, onde tinha de descer uma suave colina, era tudo uma massa efervescente, abafada e escura, na desordenada escuridão de uma antecipada noite primaveril. Edgar esgueirou-se acanhado por entre as poucas pessoas que, sentadas ali embaixo, liam ou conversavam sob o círculo das luzes dos lampiões: ele queria ficar sozinho. Mas lá na escuridão sombria das passagens sem iluminação tampouco reinava a calma. Por toda parte, ouviam-se murmúrios e sussurros baixos que pareciam evitar a luz, misturados muitas vezes ao farfalhar de folhas, ruídos arrastados de passos distantes, vozes suaves, rumores e suspiros voluptuosos, gemidos angustiosos, que pareciam emanar ao mesmo tempo de seres humanos, animais e da inquieta natureza adormecida. Era uma inquietação perigosa a que respirava ali, tinha algo de mau presságio, furtivo e misteriosamente enigmático, uma espécie de agitação subterrânea do bosque que talvez tivesse a ver apenas com a primavera, mas que estranhamente apavorou a perplexa criança.

Naquela escuridão abismal, encolheu-se sobre um banco e tentou então refletir sobre o que deveria contar em casa. Mas os pensamentos escorregavam-lhe antes que pudesse organizá-los; contra sua própria vontade, era obrigado a prestar atenção aos tons abafados, às vozes místicas das trevas. Que terrível era aquela escuridão, desconcertante e ainda assim misteriosamente bela! Seriam animais ou pessoas, ou apenas a mão fantasmagórica do vento, que teriam emaranhado todas aquelas farfalhadas e crepitações, todos aqueles zumbidos e chiados? Ele escutava atento. Era o vento, que inquieto passava por entre as árvores, mas – naquele momento, viu claramente – também as pessoas, casais enredados que subiam lá de baixo, da cidade iluminada, e avivavam as trevas com sua presença enigmática. O que queriam? Não conseguia entender. Não falavam uns com os outros, pois ele não ouvia vozes, apenas os passos crepitando inquietamente sobre o cascalho, e aqui e ali via na luminosidade suas voláteis figuras como sombras suspensas, mas sempre entrelaçadas, exatamente como vira sua mãe com o barão. O segredo, grande, resplandecente e fatídico, também estava ali. Ouvia, cada vez mais perto, passos se aproximando, e risos abafados. Teve medo de que pudessem encontrá-lo, e por isso escondeu-se ainda mais fundo na escuridão. Mas os dois, que tateavam tensos na escuridão impenetrável, não o viram. Entrelaçados, passaram por ele, e Edgar respirou aliviado. De súbito, interromperam os passos um pouco adiante do banco onde ele se encontrava. Pressionavam os rostos um contra o outro, Edgar não podia ver claramente, ele só ouvia um gemido saindo dos lábios da mulher, o homem balbuciando palavras insanas e ardentes, e um pressentimento de sensualidade misturou-se a seu medo num calafrio voluptuoso. Permaneceram assim por um momento, em seguida de novo rangeu o cascalho sob seus passos errantes, que logo deixaram de ser ouvidos na escuridão.

Edgar estremeceu. O sangue corria-lhe nas artérias mais rápido e mais ardente do que nunca. E de súbito sentiu-se insuportavelmente solitário naquela escuridão desconcertante, apoderou-se dele a necessidade instintiva de uma voz amiga, de um abraço, de um quarto iluminado, das pessoas que amava. Era como se toda a desesperadora escuridão daquela noite confusa o estivesse preenchendo e arrebentando seu peito.

Deu um salto. Tudo o que queria era ir para casa, para casa, para algum lugar de sua casa, para um lugar aconchegante, para um aposento claro, onde pudesse estar em contato com as pessoas queridas. Que poderia lhe acontecer? Diante daquela escuridão e do pavor da solidão, já não mais temia se alguém lhe batesse ou o repreendesse.

Esse desejo impeliu-o sem que se desse conta, e de repente estava de novo em frente à casa da avó, a mão de volta no trinco gelado. Percebeu então como as janelas brilhavam por entre as plantas do jardim, imaginou detrás de cada vidraça iluminada os aposentos familiares e os parentes em seu interior. Estar próximo já o deixou feliz, a reconfortante sensação de estar perto das pessoas por quem sabia ser amado. E se ainda hesitou, foi apenas para desfrutar dessa alegria um pouco mais.

Atrás dele, ouviu um grito estridente de espanto:

– Edgar, aí está ele!

A empregada de sua avó o vira e correra em sua direção, pegando-o pela mão. Aberta a porta, um cão saltou latindo para cima dele, de dentro da casa alguém saiu iluminando o jardim, ouviu vozes e gritos de júbilo e espanto, e passos que se aproximavam, figuras que agora reconhecia. Em primeiro lugar, sua avó com os braços abertos, e atrás dela – ele achou que estivesse sonhando – sua mãe. Com os olhos marejados, trêmulo e acanhado, ali em pé, ele viu-se no meio desse ardente arrebatamento de sentimentos exaltados, indeciso, sem saber o que fazer, o que dizer; sem saber o que sentia: medo ou felicidade.

O último sonho

Fora assim: já o haviam procurado e esperado ali por muito tempo. Sua mãe, apesar de sua ira, apavorada com a fuga da agitada criança, solicitara que o procurassem em Semmering. Já estavam todos em estado de terrível emoção e plenos de perigosas suposições, quando um cavalheiro trouxe a notícia de que havia visto a criança em torno das três horas no guichê da estação. Lá descobriram logo que Edgar comprara uma passagem para Baden, e imediatamente a mãe foi atrás dele. Telegramas foram enviados para Baden e para seu pai, em Viena, espalhando a notícia, e nas duas últimas horas tudo estava mobilizado em busca do fugitivo.

Agora o seguravam, mas não à força. Com uma alegria que procuravam disfarçar, levaram-no para a sala. Parecia-lhe todavia estranho que não sentisse todas as duras acusações que lhe faziam, porque via em seus olhos alegria e amor. E mesmo aquela encenação, aquela irritação fingida durou apenas um breve instante. Logo em seguida, foi abraçado novamente pela avó em lágrimas, ninguém falou mais de seu mau comportamento, e sentiu-se cercado por manifestações de carinho e de cuidados maravilhosos. A empregada tirou-lhe o casaco que vestia e trouxe-lhe um mais quente, a avó quis saber se não estava com fome ou se desejava algo; elas o indagavam e preocupavam-se com ele de maneira amorosa, mas quando perceberam seu embaraço, deixaram de fazer perguntas. Voltou a experimentar a deliciosa sensação que tanto havia desprezado, mas sem a qual ainda não conseguia viver, a de ser plenamente uma criança, e certa vergonha acometeu-o em relação à presunção dos últimos dias, de dispensar tudo isso para trocá-lo pela alegria enganadora da própria solidão.

O telefone tocou na sala ao lado. Ele ouviu a voz da mãe, algumas palavras:

– Edgar... voltou... vir aqui... último trem – e surpreendeu-se que ela não o tivesse repreendido de maneira áspera, que só o tivesse acolhido com aquele olhar tão curiosamente contido.

Nele, crescia cada vez mais feroz o remorso, e teria preferido escapar de todos os cuidados da avó e da tia para ir pedir perdão, para dizer-lhe em segredo, com toda a humildade, que queria voltar a ser criança e obedecer. Mas quando se levantou mansamente, a avó, apavorada, disse baixinho:

– Aonde você vai?

Sentiu-se envergonhado. Elas já ficavam com receio quando ele se mexia. Conseguira apavorar a todas, elas temiam que quisesse fugir de novo. Como elas poderiam compreender que ninguém se arrependia mais dessa fuga do que ele próprio!

A mesa estava posta, e trouxeram-lhe um rápido jantar. A avó estava sentada ao seu lado e não tirava os olhos dele. Ela, a tia e a empregada fecharam-no em um círculo de silêncio, e ele sentiu-se tranquilizado por aquele secreto calor. Uma coisa, contudo, que o perturbava era que sua mãe não retornava à sala. Se pudesse imaginar como ele estava humilde, viria com certeza para perto dele!

Do lado de fora, ouviu-se o barulho de um carro parando em frente à casa. Os outros sobressaltaram-se tanto que Edgar também ficou inquieto. A avó saiu, um vaivém de vozes no meio da escuridão, e de repente ele soube que seu pai chegara. Envergonhado, percebeu que ficara de novo sozinho na sala e, embora por pouco tempo, aquilo o desconcertou. Seu pai era rigoroso, a única pessoa que de fato temia. Edgar percebeu pelo tom de sua voz que parecia estar agitado, ele falava alto e enraivecido. Nesse momento, ouviu as vozes apaziguadoras da avó e da mãe, com a intenção evidente de deixá-lo menos zangado. Mas a voz permanecia áspera, tanto quanto os passos que se aproximavam mais e mais, já estavam na sala ao lado, um pouco antes da porta, que logo foi escancarada.

Seu pai era muito alto. E Edgar sentiu-se indescritivelmente pequeno quando ele entrou na sala naquele momento, nervoso e aparentemente irado de verdade.

– Que é que deu na cabeça, garoto, para fugir assim? Como pôde assustar tua mãe dessa maneira?

Sua voz estava enraivecida e nas mãos um movimento impetuoso. Por trás dele, em passos silenciosos, entrava a mãe, as sombras lhe cobriam o rosto.

Edgar não respondeu. Ele sentiu vontade de justificar-se, mas como poderia dizer que havia sido enganado e espancado? Será que o pai entenderia?

– Bem, você não quer falar? O que é que houve? Você pode falar tranquilamente! O que te desagradou lá no hotel? É preciso haver um motivo para fugir! Alguém te fez mal?

Edgar hesitou. A lembrança do que ocorrera enraiveceu-o de novo, estava prestes a fazer uma acusação, quando viu – e seu coração de súbito parou – sua mãe por trás das costas de seu pai lhe fazer um movimento inusitado. Um movimento que ele não compreendeu de imediato. Mas encarava-o, em seus olhos uma súplica. E suavemente, muito suavemente, ergueu os dedos à boca em sinal de silêncio.

A criança sentiu, de repente, um acolhimento, uma enorme felicidade, percorrer-lhe todo o corpo. Compreendeu que ela lhe dava o segredo para guardar, que em seus lábios infantis repousava um destino. Repleto de um orgulho exultante por ela depositar nele confiança, acometeu-o de repente um espírito de sacrifício, uma vontade de aumentar sua própria culpa, de mostrar-lhe o quanto já era homem. Corajosamente, disse:

– Não, não... não houve qualquer motivo. Mamãe me tratou muito bem, mas eu fui impertinente, me comportei mal... e por isso... por isso fugi, porque estava com medo.

Seu pai o encarou, perplexo. Esperava por tudo, menos por essa confissão. Sua ira estava desarmada.

– Bem, se você está arrependido, então tudo bem. Não quero mais falar sobre isso hoje. Acredito que da próxima vez você refletirá para que tal coisa não volte a acontecer.

Permaneceu ali em pé encarando Edgar. Sua voz tornou-se mais suave.

– Como você está pálido. Parece-me que já cresceu um pouco mais de novo. Espero que não volte mais a agir de maneira tão infantil; você na verdade não é mais um menino e já poderia ter mais juízo!

Edgar olhava todo o tempo somente para sua mãe. Sentiu como se algo brilhasse em seus olhos. Ou seria tudo apenas o reflexo das chamas? Não, o brilho era úmido e claro, e um sorriso nos lábios lhe endereçava um obrigado. Em seguida, mandaram-no para a cama, mas não ficou triste por o deixarem sozinho. Tinha tanto em que pensar, em quão ricas e coloridas são as coisas. Toda a dor dos últimos dias se desvanecia no poderoso sentimento do primeiro contato com a realidade, e sentia-se feliz pelo misterioso pressentimento de acontecimentos futuros. Lá fora, as árvores farfalhavam na noite obscura, mas ele não estava mais com receio. Perdera toda a impaciência diante da vida desde que percebera o quão rica ela era. Parecia-lhe como se a tivesse visto desnuda pela primeira vez naquele dia, não mais velada pelas mil mentiras da infância, ao contrário, em toda a sua voluptuosa e perigosa beleza. Jamais tinha pensado que os dias pudessem ser tão plenamente matizados por uma transição tão variada de dor e prazer, e esse pensamento de que tantos outros dias como esse ainda estavam por vir, de que uma vida inteira o esperava para lhe desvendar o seu segredo, deixou-o feliz. Uma primeira noção da diversidade da vida acometera-o; pela primeira vez, acreditava ter compreendido a natureza dos seres humanos, que eles precisavam uns dos outros mesmo quando pareciam hostis, e que era muito bom ser amado por eles. Era incapaz de pensar em qualquer coisa ou pessoa com ódio; de nada arrependia-se, e até mesmo pelo barão, o sedutor, o seu mais mortal inimigo, encontrou um novo sentimento de gratidão, porque foi ele quem lhe abriu a porta para esse mundo dos primeiros sentimentos.

Era bom demais, e lisonjeiro, pensar sobre tudo aquilo no escuro, já levemente confuso pelas imagens dos sonhos, já quase adormecido. De súbito, pareceu-lhe ouvir a porta abrir-se e alguém entrar em silêncio. Não podia acreditar, já estava com muito sono para abrir os olhos. Então sentiu um rosto macio, quente e suave respirar sobre ele, roçar o dele, e sabia que era sua mãe que o beijava e lhe passava a mão pelo cabelo. Sentiu os beijos e as lágrimas, retribuiu afavelmente as carícias e tomou aquilo apenas como reconciliação, como gratidão por seu silêncio. Só mais tarde, muitos anos mais tarde, percebeu naquelas lágrimas silenciosas um voto de uma mulher que amadurecia, que queria a partir daquele momento pertencer só a ele, apenas a seu filho, uma recusa à aventura, uma despedida de todos os próprios desejos. Tampouco sabia que lhe era grata por tê-la salvado de uma aventura infrutífera, que com aquele abraço lhe deixava como legado para sua vida futura o fardo agridoce do amor. Tudo isso, a criança daquele momento não compreendia, mas sentiu que era muito feliz de ser tão amado, e que esse amor já o envolvia no grande segredo do mundo.

Quando aquela figura tranquila deixou de acariciá-lo e afastou-se, fazendo quase nenhum barulho, ficou-lhe ainda um calor, um hálito sobre seus lábios. E tocou-o o desejo de sentir muitas vezes lábios macios como aqueles e de ser abraçado carinhosamente, mas esse pressentimento do tão almejado segredo já estava nublado pela sombra do sono. Mais uma vez, todas as imagens das últimas horas passaram em cores diante de seus olhos, mais uma vez, o livro de sua infância abriu sedutor as suas páginas. Então a criança adormeceu, e o sonho de sua vida, mais profundo, começou.

Sobre crianças e segredos

Discreto por temperamento e escolha, em suas memórias Stefan Zweig abstrai-se, fala pouco de si mesmo, menos ainda da sua obra. Abre poucas exceções. Uma delas é o relato sobre o lançamento de uma das versões cinematográficas da novela *Segredo ardente*.

Estreada em março de 1933 – quatro semanas depois da ascensão de Adolf Hitler ao poder e 22 dias depois do incêndio do Reichstag (o Parlamento alemão), rapidamente atribuído aos comunistas –, os cartazes e luminosos com o título do filme pareciam aludir ao misterioso atentado político, o que logo foi transformado em chacota pelos sarcásticos berlinenses.* Prontamente a Gestapo recolheu todo o material de divulgação e censurou os comentários na imprensa, e o ministro da Propaganda, Joseph Goebbels, marcou o filme como imoral.

A figura central de *Segredo ardente*, no entanto, é um garoto, Edgar, doze anos, que passa com a mãe breve temporada de férias no início da primavera num confortável hotel nas montanhas de Semmering, Alpes austríacos. Pálido (convalescia de uma infecção pulmonar), olhos negros, irrequietos e vivos, faz pensar nas fotos de Stefan Zweig menino. Outras semelhanças entre personagem e autor poderão ficar visíveis ao leitor atento, sobretudo no tocante à prematura obstinação e aos gestos extremos.

O menino não sossega, talvez excitado pelas aventuras de Karl May que lê sofregamente, pela aproximação da adolescência ou pela repressão

---

* Trata-se da segunda adaptação para as telas da novela de Zweig, desta vez sonora, dirigida pelo cineasta judeu-alemão Robert Siodmak (1900-72), que logo fugiu para a França e de lá para Hollywood, onde dirigiu 23 longas de grande sucesso, a maioria thrillers e filmes de suspense, consagrando-se como mestre do cinema noir. Um deles, *The Killers*, de 1946 (em português *Os assassinos*, baseado no conto de Hemingway), recebeu um Oscar pela interpretação do estreante Burt Lancaster. O original de Zweig teve até agora quatro adaptações para o cinema, a última em 1988, com Faye Dunaway e Klaus Maria Brandauer.

exercida pela mãe, mulher jovem, elegante, sensual, visivelmente entediada e insatisfeita.

O quadro se completa com a entrada em cena do jovem e charmoso barão, solteiro, também de férias, disponível, experimentado predador. Aproxima-se do travesso Edgar e, por meio dele, da mãe: enredo armado para tornar-se excitante melodrama ou thriller com pitadas edipianas que, nas mãos de Zweig, ganha movimentos inesperados.

Em questão de horas, o mimado e caprichoso Edgar dá um salto no tempo, cresce, solta-se: dono de seus ímpetos e segredos, jamais esquecerá os olhos súplices da mãe, pronto para pagar o preço de suas escolhas.

Bildungsroman em miniatura, engendrado por um escritor que aprendeu a contar uma história com dentes cerrados, avesso a soluções fáceis. Sucesso imediato: publicada em separado em 1914 e sucessivamente reeditada nos anos seguintes, não foi apenas a sua primeira obra adaptada ao cinema, mas converteu-se também em paradigma para futuros enredos compactos, febris, desconcertantes, ainda que narrados em *flashbacks* por sossegados narradores. Escrita dois anos depois, *Medo** obedeceu a idêntica estrutura, e com o mesmo resultado.

Logo veio a Grande Guerra – e então os abismos que Zweig começou a vasculhar foram os seus próprios.

---

* Ver *Três novelas femininas*, Rio de Janeiro, Zahar, 2014.

Confusão de sentimentos

Anotações particulares do conselheiro R. von D.

A INTENÇÃO FOI BOA, por parte de meus alunos e colegas da faculdade: eis ali, solenemente entregue e preciosamente encadernado, o primeiro exemplar daquela homenagem que me dedicaram os colegas da filologia por ocasião do meu aniversário de sessenta anos e dos trinta anos de atividade acadêmica. Tornou-se uma verdadeira biografia; não falta um ensaio que eu tenha escrito, nenhum discurso oficial, a mais insignificante resenha em anuário erudito – não há nada que o zelo bibliográfico não tenha desenterrado da tumba de papéis. Toda a minha carreira é apresentada em límpida nitidez degrau por degrau, como uma escada bem varrida, até os dias de hoje. De fato seria ingratidão de minha parte não me alegrar com essa tocante meticulosidade. O que eu próprio pensava ter dissipado e perdido nesta vida retorna nessa imagem una e ordenada. Devo admitir que eu, um homem velho, folheei essas páginas com o mesmo orgulho com que outrora o aluno folheou o boletim em que os professores lhe anunciavam pela primeira vez a competência e a disposição para a carreira acadêmica.

Todavia, após manusear as duzentas páginas preparadas com esmero e nelas contemplar o meu reflexo intelectual, não pude impedir um sorriso. Foi essa realmente a minha vida? Sucedeu ela de fato num curso facilmente determinado dos primeiros momentos até os dias de hoje, assim como o biógrafo a ordenou a partir do arquivo de papéis? Tive a mesma sensação de quando pela primeira vez ouvi minha própria voz falando num gramofone. A princípio não a reconheci de jeito nenhum, pois era efetivamente minha voz, mas a que os outros escutavam, e não aquela que eu percebia, por assim dizer, através de meu sangue e de todo o meu ser. E eis que eu, que dediquei a vida inteira a apresentar os homens a partir de suas obras e a objetivar a estrutura intelectual de seu universo, eu constatava precisamente com meu próprio exemplo o quão impenetrável permanece em cada destino o verdadeiro cerne do ser, a célula plástica de onde se origina todo crescimento. Atravessamos miríades de segundos e, no entanto, é sempre um, único, que preenche nosso mundo interior por inteiro: o segundo (Stendhal o descreveu) em que as florescências do íntimo já embebidas em todos os seus líquidos se cristalizam num clarão – um segundo mágico semelhante ao instante da concepção e, como ela, confinado no calor da vida do indivíduo, invisível, intangível, inconsciente, segredo que se vive sozinho. Nenhuma álgebra do espírito pode calculá-lo, nenhuma alquimia vaticinadora pode intuí-lo, e raramente ele pode ser percebido.

A esse mais profundo segredo de meu desenvolvimento intelectual aquele livro não alude com uma única palavra: por isso tive de sorrir. Todas as informações procedem, mas falta o essencial. Descreve-me, mas sem aprofundar; fala simplesmente de mim, mas sem revelar o que sou. Duzentos nomes perfazem o registro compilado com cuidado, falta apenas um do qual deriva todo o impulso criativo, o nome do homem que determinou o destino de minha vida inteira e que evoca agora mais uma vez minha juventude, com redobrada potência. O livro fala de todo o resto, salvo do homem que me propiciou a palavra e cuja linguagem emprego: esse silêncio covarde sinto de um momento para outro como uma culpa. Durante toda a vida tracei imagens de pessoas de séculos passados, interpretando-as à luz do espírito dos dias atuais, sem jamais me voltar justamente àquela imagem humana que era mais presente. Assim eu quero, como nos dias homéricos, dar a ela, a essa sombra querida, de beber do meu sangue, para que fale comigo novamente, e para que aquele a quem o tempo há muito levou esteja perto de mim, que envelheço. Quero acrescentar uma página silenciada às páginas manifestas, uma confissão de sentimento ao lado do livro erudito, e em sua memória narrarei a mim mesmo a verdadeira história de minha juventude.

Mais uma vez, antes de iniciar, folheio aquele livro que pretende descrever minha vida. E de novo preciso sorrir. Pois como eles queriam se aproximar do âmago do meu ser tendo escolhido um mau começo? Já o primeiro passo foi em falso! Um antigo colega de escola, hoje também membro do conselho catedrático, com a melhor das intenções fabula que já no colegial eu me destacava pela apaixonada dedicação aos estudos humanísticos. Falsa lembrança, caro conselheiro! Tanto quanto posso recordar, todo o âmbito das humanidades era para mim uma obrigação suportada a duras penas, impingida sob ranger de dentes. Precisamente por, como filho de diretor escolar naquela cidadezinha do norte da Alemanha a vida inteira ver a cultura sendo tratada como ganha-pão, desde minha meninice eu detestava tudo que se referisse à filologia: a natureza, conforme sua mística tarefa de preservar o elã da criatura, mune a criança de desdém e desprezo ante a inclinação do gosto paternal. Ela não quer a herança cômoda e indolente, uma simples transmissão e repetição de uma geração à outra: ela estabelece primeiro o contraste entre os gêneros da mesma natureza, e somente com um atalho penoso e fecundo permite aos descendentes a entrada na senda dos mais velhos. Bastava meu pai considerar a ciência sagrada e já minha afirmação pessoal não a via senão como sofisticação vã de conceitos; ele enaltecia os clássicos como modelos, então eles me pareciam didáticos e por conseguinte detestáveis. Cercado de livros por todos os lados, eu não os apreciava; impelido continuamente por meu pai às coisas do espírito, eu resistia contra toda forma de cultura transmitida pela escrita. Logo não é de se estranhar que apenas com dificuldade eu tenha terminado o colegial e, em seguida, me recusado com veemência a prosseguir os estudos. Queria me tornar oficial, marinheiro ou engenheiro. Para falar a verdade, nenhuma vocação imperiosa me estimulava a essas profissões. Era a simples antipatia pela papelada e pelo didatismo científico que me levava a preferir uma atividade prática à carreira acadêmica. Entretanto, meu pai persistiu em sua fanática admiração por tudo que se relacionava com a formação universitária e, não mais do que por uma concessão, consegui impor em lugar da filologia clássica o estudo do inglês (solução ambígua que por fim aceitei com a secreta intenção dissimulada de no futuro poder mais facilmente, graças ao conhecimento dessa língua marítima, ter acesso à almejada carreira de marinheiro).

Nada é portanto mais incorreto nesse *curriculum vitae* que a asseveração gentil de que eu, graças a professores meritosos, teria adquirido os princípios da teoria filológica no primeiro semestre em Berlim. Ora, o que sabia minha violenta paixão pela liberdade naquele tempo sobre seminários e professores?! Quando da minha primeira e breve passagem pela sala de aula, de imediato a atmosfera bolorenta, a ladainha monótona e ao mesmo tempo ostentosa me contaminaram com tamanha preguiça que precisei me esforçar para não encostar a cabeça no banco e dormir. Era mais uma vez a escola da qual eu acreditava ter escapado para minha felicidade, era a sala de aula que eu reencontrava ali com sua cátedra elevada e com suas ninharias pedantes. Involuntariamente me pareceu que escorria areia dos finos lábios entreabertos do professor que conferenciava, tão empoladas, tão monocórdias rolavam pelo ar pesado as palavras do amarfanhado livro didático. A suspeita, já sensível nos tempos de escola, de ter caído em um necrotério de espírito, onde mãos indiferentes manipulavam defuntos, dissecando-os, se renovou de maneira assustadora nesse laboratório de alexandrinismo há muito tempo antiquado. E que intensidade adquiriu esse instinto de defesa tão logo saí da aula a custo suportada rumo às ruas da cidade, a Berlim daquela época que, surpreendida pelo seu próprio crescimento, pujante de uma virilidade afirmada depressa demais, fazendo sua eletricidade jorrar de todas as pedras e ruas, impondo a tudo uma pulsação de ritmo febril que, com seu ardor selvagem, se assemelhava bastante à minha própria inebriante virilidade, da qual eu acabava de tomar consciência. Ambos, a cidade e eu, saídos abruptamente de um limitado modo de vida pequeno-burguês, protestante e ordenado, ambos prematuramente lançados a um delírio todo inédito de potência e possibilidades – os dois, a cidade e o jovem que eu era, vibrávamos com a inquietação e a impaciência de um dínamo. Nunca compreendi e amei tanto Berlim quanto nessa época, pois assim como nesse cálido e extravasante favo humano, cada célula em mim aspirava a uma expansão súbita. Onde a impaciência de toda juventude vigorosa poderia ter plena vazão senão no seio palpitante dessa cálida fêmea gigante, na cidade inquieta e radiante de energia? De imediato ela me conquistou, nela me lancei, penetrei até o fundo em suas veias; minha curiosidade percorreu a toda a pressa seu corpo inteiro, de pedra, não obstante ardente; da manhã à noite eu vagava pelas ruas, ia até as margens dos lagos, explorava todos os seus recônditos. Realmente era uma compulsão com a qual eu me abandonava às aventuras dessa existência, constantemente em busca de novas sensações, em vez de me ocupar dos estudos. Mas nesses excessos eu não fazia mais do que obedecer a uma particularidade de minha natureza: desde minha infância incapaz de fazer várias coisas ao mesmo tempo, em geral eu me tornava imediatamente indiferente a tudo que não fosse aquilo com o que me ocupava. Sempre e em tudo minha atividade se desenvolvia nesse mero ímpeto de ataque unilinear, e ainda hoje no meu trabalho me aferro na maioria das vezes de maneira tão integral a um problema que com frequência não desisto antes de sentir nos dentes o último resto de seu tutano.

Naquela época em Berlim, portanto, a sensação de liberdade se tornou para mim uma embriaguez tão potente que eu não suportava nem sequer o claustro passageiro de uma aula do curso, nem mesmo o cerceamento do meu próprio quarto. Tudo que não proporcionasse aventura me parecia tempo perdido. E o provinciano, mal se livrara do cabresto, se soltava a toda brida a fim de mostrar-se bem viril. Eu frequentava uma irmandade de estudantes, tentava conferir à minha personalidade (na realidade tímida) um quê de atrevido, elegante. Nem bem haviam se passado oito dias desde minha chegada à cidade, e para sugerir indolência, me fazia de metropolitano e urbano. Como um autêntico fanfarrão, rapidamente aprendi a refestelar-me e deixar-me ficar vaidosamente em cafés. O capítulo virilidade compreendia, claro, as mulheres, ou mais ainda as fêmeas, como dizíamos em nossa petulância de estudantes. E nisso me convinha o fato de ser notoriamente um belo rapaz. De alta estatura, esbelto, com o bronzeado do mar ainda recente nas faces, atlético e flexível em todos os movimentos, eu tinha bom traquejo junto às cafonas pálidas, mulheres ressequidas como arenques pela atmosfera dos seus ambientes insalubres. Assim como nós, essas moças punham-se aos domingos à caça de uma presa nos locais de baile em Halensee e Hundekehle (naquela época bem afastados da cidade). Uma vez foi uma empregada doméstica de Mecklenburg loura como a palha e com pele de uma brancura de leite, que eu, excitado pela dança, logrei levar ao meu quarto pouco antes de sua viagem de férias para casa; de outra feita uma judia nervosa, inquieta e miúda de Posen, que vendia meias na loja Tietz. Presas geralmente conquistadas com facilidade e logo abandonadas aos camaradas. Mas esse inesperado êxito na sedução representava para mim, ainda há pouco moço inseguro, uma inebriante novidade. As conquistas fáceis aumentavam minha ousadia, e aos poucos eu considerava a rua apenas um terreno de caça de aventuras absolutamente fortuitas e vistas apenas como um esporte. Quando certa vez, seguindo a pista de uma moça bonita, cheguei à Unter den Linden e de fato casualmente à universidade, tive que rir ao constatar que há muito tempo não punha os pés naquele respeitável solo. Por simples brincadeira, entrei ali então com um camarada da mesma laia. Não fizemos mais que entreabrir a porta e vimos (incrivelmente ridículo o efeito daquilo) 150 dorsos curvados sobre os bancos feito escribas, como se rezassem juntando suas litanias aos salmos de um sujeito de barba branca. E em seguida eu já fechava a porta, deixando continuar a fluir o riacho da morna eloquência sobre os ombros dos aplicados e laboriosos colegas, e ligeiro ganhei com o companheiro o caminho de volta à aleia ensolarada. Em alguns momentos tenho a impressão de que nunca um jovem desperdiçou seu tempo de maneira tão tola como eu o fiz naqueles meses. Eu não lia um livro, estou certo de não ter falado uma palavra sensata, concebido um pensamento razoável. Por instinto eu fugia de toda sociedade cultivada, para poder sentir mais fortemente com o corpo desperto o sabor da novidade e dos prazeres até então proibidos. Pode ser que essa maneira de se embriagar na própria seiva, de se devastar a si mesmo, de algum modo faça parte das exigências de uma juventude vigorosa, de súbito largada à própria sorte. Todavia minha especial obsessão tornava essa espécie de estroinice perigosa e é bem provável que eu decaísse à devassidão ou à letargia, se um acaso de repente não tivesse detido a queda interior.

O acaso, que hoje grato qualifico de feliz, consistiu em que meu pai foi inesperadamente convocado pelo ministério a ir a Berlim por um único dia para participar de um evento reunindo diretores escolares. Como pedagogo profissional ele aproveitou a oportunidade para fazer uma sondagem a respeito do meu comportamento, chegando sem se anunciar quando eu menos o esperava. Seu ataque surpresa foi um sucesso. Como de costume, naquela noite eu tinha comigo em meu medíocre quarto de estudante no norte da cidade (a entrada era pela cozinha de minha senhoria, através de uma cortina) uma jovem fêmea em visita bastante íntima, quando de súbito ouvi batidas à porta. Supondo que se tratasse de um colega, grunhi mal-humorado: "Não estou disponível." Mas após uma breve pausa as batidas se repetiram, uma vez, duas vezes, enfim, com impaciência perceptível, três vezes. Furioso enfiei as calças para mandar rapidamente às favas o impertinente intruso, e assim, com a camisa entreaberta, os suspensórios pendendo soltos, pés descalços, abri a porta para de imediato, como se nocauteado com um murro no olho, reconhecer no escuro do vestíbulo a silhueta de meu pai. De seu rosto eu não percebia no lusco-fusco mais que as lentes dos óculos, devido aos reflexos cintilantes. Mas a mera silhueta já foi suficiente para que a praga preparada na ponta da língua me ficasse presa como uma espinha afiada na garganta: durante um instante fiquei atônito! Depois, momento atroz!, precisei pedir humildemente que aguardasse alguns minutos na cozinha, o tempo de pôr em ordem meu quarto. Como disse: não via seu rosto, mas senti que ele compreendia. Compreendia em seu silêncio, no jeito retraído como, sem me estender a mão, ele entrou na cozinha por trás da cortina com um gesto de repulsa. E ali, diante de um fogão de ferro que exalava odores de café requentado e beterraba, o velho homem precisou esperar de pé, dez minutos igualmente humilhantes para mim e para ele, até que eu conseguisse tirar a moça da cama, fazê-la se vestir e conduzi-la para fora do apartamento, enquanto ele tudo escutava a contragosto. Ele precisou ouvir as passadas dela e, após a saída abrupta, as batidas da cortina com a corrente de ar; e eu ainda não podia buscar o pai de seu aviltante esconderijo, pois antes tinha de arrumar a bagunça evidente da cama. Somente então, mais acanhado do que em qualquer outro momento de minha vida inteira, fui procurá-lo.

Nessa hora desastrosa meu pai soube se conter e ainda hoje lhe sou grato do fundo do coração por isso. Pois, quando me lembro dele, há muito falecido, recuso-me a vê-lo sob a perspectiva do aluno a quem agradava percebê-lo com desdém unicamente como máquina corretora, como uma raposa constantemente obcecada pela censura das minúcias. Em vez disso, evoco sempre a imagem daquele seu momento mais humano, quando ele entrou em silêncio atrás de mim no quarto de ar impregnado, profundamente desapontado, mas se dominando. Trazia nas mãos o chapéu e as luvas, involuntariamente quis se desembaraçar deles mas logo fez um gesto de nojo, como se lhe repugnasse que qualquer parte de seu ser tivesse contato com aquela sujeira. Ofereci-lhe uma poltrona, ele não respondeu, uma única careta deu sinal de que recusava toda e qualquer intimidade com objetos do ambiente.

Depois de permanecer parado alguns momentos glaciais, ele tirou finalmente os óculos e os lustrou com insistência, o que, eu sabia, era nele sinal de constrangimento. Tampouco me escapou a maneira como, ao recolocar os óculos, passou as costas da mão sobre os olhos. Ele sentia vergonha de mim e eu sentia vergonha dele, nenhum de nós encontrava uma palavra. Em segredo eu temia que ele pregasse um sermão, um discurso de belas palavras naquele tom gutural que eu, desde os tempos da escola, detestava e menosprezava nele. Mas, e hoje ainda sou grato a ele por isso, o velho homem permaneceu calado e evitou me fitar. Enfim dirigiu-se à prateleira bamba onde estavam meus livros de estudo, abriu-os e o primeiro relance foi sem dúvida suficiente para convencê-lo de que eu mal os tocara e nem sequer cortara as bordas da maior parte das páginas.

– Seus cadernos de anotações!

Essa ordem foi sua primeira palavra. Tremendo eu os entreguei, sabendo porém que as anotações estenografadas se referiam única e exclusivamente a uma hora de aula. Ele passou os olhos pelas duas páginas, virando-as rapidamente, depositou sem a mínima mostra de irritação os cadernos sobre a mesa. Então, puxou uma cadeira, sentou-se, encarou-me seriamente mas sem um pingo de censura e perguntou:

– Bem, o que você tem a dizer de tudo isso? O que deve acontecer?

Essa questão formulada com calma me fez desabar no chão. Tudo em mim estava preparado para resistir: se ele tivesse me repreendido eu teria respondido à altura, se tivesse me feito uma advertência com calma eu o teria desdenhado. Mas essa pergunta objetiva cortou pela raiz minha insolência: sua gravidade exigia gravidade, sua tranquilidade forçada, respeito e prontidão interior. O que respondi então não ouso lembrar, menos ainda a conversa inteira que se seguiu e mesmo hoje não consigo falar a respeito. Existem comoções catárticas, uma sorte de trauma, que, recontadas, provavelmente soariam por demais sentimentais; existem certas palavras que somente uma vez são verdadeiras, entre quatro olhos e quando proferidas na eclosão espontânea do sentimento. Essa foi a única conversa autêntica que eu entabulei com meu pai e não hesitei nem um pouco em humilhar-me voluntariamente: deixei em suas mãos a decisão. Mas ele só me aconselhou a abandonar Berlim e ir estudar o semestre seguinte numa universidade pequena. Estava seguro, quase me consolava, de que a partir dali eu recuperaria com paixão o tempo perdido. Sua confiança me emocionou; nesse momento percebi a injustiça que eu cometera durante toda minha juventude para com esse velho homem entrincheirado numa fria formalidade. Fui obrigado a morder os lábios com força, a fim de impedir que as lágrimas que umedeciam meus olhos rolassem. Mas ele também experimentava sem dúvida algo semelhante, pois me estendeu a mão de repente, segurou-a por um instante meio trêmulo e apressou-se em sair. Não ousei segui-lo, permaneci ali, agitado e confuso, e precisei enxugar o sangue dos meus lábios com um lenço, tão veemente eu os mordera para dominar meus sentimentos.

Essa foi a primeira comoção que vivenciei, aos dezenove anos; ela lançou por terra sem uma única palavra violenta todo o enfático castelo de cartas do garbo masculino, da impertinência estudantil e do narcisismo que eu edificara em três meses. Sentia-me agora, graças à minha força de vontade, enérgico o suficiente para renunciar aos prazeres de baixa qualidade, invadia-me uma impaciência de experimentar no terreno espiritual a energia até agora desperdiçada, uma necessidade apaixonada de seriedade, sobriedade, disciplina, austeridade. Nessa época consagrei-me inteiramente aos estudos, como se fosse um voto monástico, ignorando na verdade a elevada embriaguez que o conhecimento me reservava e sem saber tampouco que também no supremo universo espiritual a aventura e o risco estão designados ao ser impetuoso.

A pequena cidade provinciana que eu, em acordo com meu pai, escolhi para o semestre seguinte situava-se no centro da Alemanha. Sua grande reputação acadêmica estava em evidente contraste com o modesto conjunto residencial que circundava a universidade. Não precisei de muito empenho, após deixar a estação ferroviária onde primeiro guardei minha bagagem, para encontrar a *Alma mater* e, em meio ao vasto edifício antiquado, senti logo o quanto o círculo de relações se formava bem mais rapidamente aqui que naquele pombal berlinense. Em duas horas tinha feito minha matrícula e visitado a maior parte dos professores, com exceção de meu orientador de estudos, o professor de filologia inglesa, o único com o qual não estive pessoalmente, porém soube que poderia vê-lo por volta das quatro horas em seu seminário.

Tomado por aquela impaciência de não perder uma hora sequer, agora com o mesmo ardente elã de adquirir conhecimento como dantes de evitá-lo, depois de uma volta rápida pela cidade, que em comparação com Berlim me pareceu mergulhada num sono narcótico, cheguei pontualmente às quatro horas no lugar indicado. O bedel me mostrou a porta do local do seminário. Bati, e como tive a impressão de ouvir alguém respondendo no interior, entrei.

Mas eu ouvira mal. Ninguém me pedira para entrar, e o som indistinto que me chegara aos ouvidos fora simplesmente a voz alta em enérgica elocução do professor diante de um círculo cerrado e próximo a ele, composto por cerca de vinte estudantes, fazendo ao que parecia uma preleção de improviso. Constrangido pelo mal-entendido de estar ali sem autorização, quis me esgueirar em silêncio para fora, mas temi exatamente que, ao fazê-lo, chamasse mais atenção, pois até então ninguém da audiência dera por mim. Resolvi permanecer ali perto da porta, sem querer obrigado a escutar.

A exposição, ao que tudo indicava, derivava de uma discussão ou de uma apresentação, pelo menos assim denotava a disposição informal e descontraída do docente e seus alunos. Ele não se sentava professoralmente numa poltrona à distância, porém sobre uma das mesas de modo desenvolto, com uma perna levemente pendente e, em torno dele, se espalhavam arbitrariamente os jovens moços cujas atitudes a princípio negligentes mostravam sem dúvida ouvintes interessados, fixados numa imobilidade plástica. Via-se que eles deviam estar debatendo entre si quando de súbito o professor se sentou sobre a mesa e, dessa posição sobreerguida, lhes atirou sua palavra como um laço, para rendê-los petrificados e fascinados em seus lugares. Depois de alguns minutos, esquecido do caráter intruso de minha presença, eu próprio senti o efeito da força magnética do seu discurso. Sem querer me aproximei a fim de ver, acima das palavras, os gestos notavelmente arredondados e expansivos das mãos que, às vezes, ao compasso de um termo importante, se exprimiam como asas se elevando para baixarem aos poucos num movimento calmo de regente musical. O discurso tornava-se mais e mais tempestuoso, enquanto o inspirado orador como que se alçava da dura mesa de madeira à garupa de um cavalo galopante e se arrojava sem alento ao ritmo do voo desse pensamento célere e prenhe de imagens. Eu jamais ouvira alguém falar com tanto entusiasmo e de maneira tão admiravelmente cativante; pela primeira vez vivenciava aquilo que os latinos denominam *raptus*, o arrebatamento de um indivíduo para além de si mesmo; não era para si, nem para os outros, que ali falavam os lábios inflamados, fazendo jorrar algo como o fogo interior de um ser humano.

Nunca antes eu vivenciara coisa parecida, discurso como êxtase, uma exposição arrebatada como fenômeno elementar, e o aspecto inesperado daquilo me atraía, levando-me cada vez mais a me aproximar. Sem perceber que me movia, cativado em hipnose por uma potência mais forte que a curiosidade, com esses passos sem músculos que têm os sonâmbulos, eu adentrava com um passe de mágica no cerrado círculo. Inconscientemente estava de repente no centro, a poucos passos do orador e em meio aos outros estudantes, que por sua vez estavam por demais encantados para ver a mim ou o que quer que fosse. Eu me deixava transportar pelo discurso, à mercê de seu fluxo, ignorando sua procedência; é provável que um estudante tivesse louvado Shakespeare como um fenômeno meteórico, o que instigou o homem sobre a mesa a defender que o dramaturgo não passara da expressão espiritual mais forte de toda uma geração, a expressão sensível de uma época que se tornou apaixonada. Com uma única pincelada ele descrevia aquela hora magnífica da história da Inglaterra, aquele único instante de êxtase que surge inesperadamente na vida de todo povo e na existência de todo indivíduo, concentrando todas as energias num raio soberano rumo às coisas eternas. De súbito a Terra se ampliara, um novo continente fora descoberto, ao passo que ameaçava ruir a mais antiga força europeia, o papado. Além dos mares que agora pertenciam aos ingleses, desde que o vento e as ondas deixaram em pedaços a Armada espanhola, surgem novas possibilidades, o universo se tornou imenso e a alma anseia também pela grandeza, ela igualmente quer alcançar os extremos do bem e do mal; descobrir, conquistar como os conquistadores, e, por isso, demanda uma nova linguagem, uma nova força. E da noite para o dia lá estão os falantes dessa língua, os poetas! São cinquenta, cem, em uma década. Camaradas selvagens e livres, eles não cultivam mais os jardins da arcádia como os poetinhas corteses antes deles, nem versificam uma mitologia erudita. Eles tomam de assalto o teatro, transformam em seu campo de batalha a armação de madeira, antes somente assolada por rinhas de animais e por jogos sangrentos, e essa ardente sede de sangue vigora ainda em suas obras, seu drama é ele próprio um *circus maximus*, no qual as feras selvagens do sentimento exaltadas e famintas se precipitam umas sobre as outras. O furor dos seus corações apaixonados se desencadeia à maneira dos leões, tentam superar uns aos outros em selvageria e exaltação, tudo é permitido à sua representação, tudo é passível: incesto, morte, atrocidade, crime, o tumulto desenfreado dos instintos humanos celebra sua efervescente orgia. Assim como outrora as bestas esfomeadas se arrojavam de seus cativeiros, também agora as ébrias paixões libertas arremetem sobre a arena cercada de madeira, rugindo ameaçadoras. É uma explosão única como uma detonação, que dura cinquenta anos, um banho de sangue, uma ejaculação, uma selvageria sem precedentes, agarrando e dilacerando o mundo inteiro. Mal se distingue a voz da individualidade e das respectivas personagens nessa orgia violenta. Um recebe do outro o fogo, cada um se excita e se apropria do fogo alheio, combate para suplantá-lo e ultrapassá-lo e, todavia, são todos gladiadores intelectuais de uma única festa, escravos rompendo cadeias, impelidos adiante pelo gênio da hora. Ele os busca tanto nos tristonhos quartinhos suburbanos como nos palácios: Ben Jonson, neto de pedreiro; Marlowe, filho de sapateiro; Massinger, descendente de camareiro; Philip Sidney, rico e sábio estadista: mas o turbilhão do fogo os mistura na mesma lava. Hoje são festejados, amanhã esquecidos, os Kyd, os Heywood na mais profunda miséria, ou morrem de fome como Spenser na King Street, existências irregulares, arruaceiros, cafetões, comediantes, ludibriadores, mas poetas, poetas todos eles.

Shakespeare não é dessa geração senão o epítome, *"the very age and body of the time"*, mas não há sequer tempo de separá-lo dos demais, tão tempestuoso o impacto das obras sucede fecundo, uma após a outra, sempre plenas de paixão. E com um súbito golpe, numa convulsão semelhante à de sua origem, essa magnífica erupção da humanidade declinou, o drama se esgotou, a Inglaterra está exaurida; durante séculos o nevoeiro úmido e cinzento do Tâmisa voltou a cobrir igualmente o espírito. Num impulso único aquela geração percorreu os cumes e as agruras profundos da paixão e desnudou ardentemente sua alma vívida e insana. Eis agora que o país jaz fatigado, exangue, um puritanismo pedante fechou os teatros e com isso pôs fim ao drama apaixonado, a Bíblia retomou a palavra, divina, onde a mais humana de todas as palavras ousara a confissão mais candente de todos os tempos, onde uma única geração vivera por milhares de outras, num átimo, incendiada por um fulgor especial.

E com uma guinada repentina, a chama do discurso se voltou inopinadamente para nós:

– Os senhores compreendem agora por que não inicio meu curso na sequência temporal dos primórdios, com rei Arthur e Chaucer, mas contra todas as convenções com o período elisabetano? E compreendem quando lhes peço que antes de tudo se familiarizem com essa literatura, ponham-se em uníssono com o ardor sem igual da vida? Pois não há compreensão filológica que não seja imbuída da vida, nenhuma análise gramatical sem conhecimento dos valores, e os senhores, jovens estudantes, devem antes de mais nada ver em sua feição mais bela, na forma mais pungente de sua juventude, em sua mais veemente paixão, o país, a língua que querem conquistar. É primeiramente através dos poetas que devem ouvir uma língua, dos poetas que a criaram e lhe deram perfeição. Os senhores têm de ter sentido no coração a poesia, vibrante e cálida, antes de começarmos a dissecá-la. Por essa razão eu inicio sempre pelos deuses, porque a verdadeira Inglaterra é Elizabeth, é Shakespeare e os shakespearianos. Tudo que os precedeu não foi senão a preparação, tudo que se seguiu nada além da contrafação débil desse audacioso entusiasmo criador voltado ao infinito. Sintam, sintam, porém, os senhores mesmos, meus jovens, a palpitação mais vívida de nosso mundo! Sempre nos é dado reconhecer um fenômeno, um indivíduo, unicamente em sua forma candente, unicamente em sua manifestação apaixonada. Pois todo espírito vem do sangue, todo pensamento da paixão, toda paixão do entusiasmo, eis por que coloco Shakespeare e os seus em primeiro plano, poetas que tornarão os senhores estudantes de fato jovens! Primeiro a vibração do encantamento, somente em seguida a disciplina laboriosa. Ele em primeiro lugar, o supremo, o sumo, a esplêndida síntese do universo, antes do estudo a palavra! E isso basta por hoje, até a próxima aula.

Com um gesto brusco de conclusão sua mão arqueou imperiosamente, marcando o fim da música, enquanto ele descia da mesa. Como se sacudido, o grupo cerrado de estudantes se dispersou de um momento para o outro, cadeiras batendo com estrondo, mesas arrastadas, vinte sujeitos quietos se ergueram e começaram a falar todos de uma vez, a tossir, a respirar à vontade. Só agora era possível constatar quão magnética fora a fascinação que mantivera cerrados os lábios. Tanto mais palpitante e acalorada se movimentava então na sala estreita a confusão, alguns se aproximavam do professor para agradecer ou lhe dizer qualquer coisa, ao passo que outros, os rostos em fogo, trocavam impressões. Mas nenhum permanecia frio, alheio à tensão eletrizante cujo contato fora rompido abruptamente e cujas cintilações secretas e calor, não obstante, pareciam ainda crepitar pelos ares carregados de tensão.

Quanto a mim, eu não podia sequer me mover, fora atingido no coração. Apaixonado e somente capaz de entender as coisas de maneira apaixonada, no êxtase de todos os meus sentidos, pela primeira vez eu fora conquistado por um mestre, por um homem, por uma força que exigia dever absoluto e uma dedicação devotada. Meu sangue circulava fervente, eu percebia minha respiração mais rápida e o ritmo impetuoso martelava por meu corpo inteiro, doendo impaciente nas articulações. Enfim acabei cedendo, avancei lentamente até a primeira fileira para ver o rosto desse homem, pois, fato estranho, durante o seminário eu não percebera seus traços esmaecidos e fundidos como estavam na trama do discurso. Mesmo agora eu não conseguia a princípio ver mais que um perfil impreciso; ele estava de lado, virado para um estudante, pousando a mão com familiaridade sobre seu ombro, à contraluz da janela. Mas inclusive esse movimento fugaz tinha uma intimidade e uma graça que eu jamais julgara possível num professor.

Nesse entretempo alguns estudantes tinham dado por minha presença e, para não passar por intruso, dei mais alguns passos em direção ao professor e esperei até que terminasse a conversa. Foi somente então que pude examiná-lo: uma cabeça romana com testa arredondada de mármore emoldurada por cãs que caíam em ondas. Na fronte, a dureza imponente de uma personalidade que exprime feição intelectual, mas abaixo das olheiras profundas que circundavam os olhos o rosto suavizava rapidamente, quase que se afeminando pela redondeza lisa do queixo, os lábios nervosos, alternando ansiosos entre uma espécie de sorriso e um irrequieto esgar. O que a testa proporcionava em matéria de beleza viril, a textura frouxa da carne dissolvia nas bochechas um pouco flácidas e na boca irrequieta; proeminente e autoritária na primeira impressão, vista de perto a face dava a impressão de ser retesada. A atitude do corpo revelava igualmente uma dualidade. Sua mão esquerda repousava indolente sobre a mesa, ou parecia repousar, pois sem cessar pequenos movimentos crispados vibravam por sobre os nós de seus dedos.

E as mãos estreitas, delicadas demais para uma mão masculina, de dedos moles, desenhavam impacientes figuras invisíveis sobre o tampo nu da madeira, enquanto seus olhos cobertos por pálpebras pesadas se inclinavam marcando o interesse pela conversa. Será que ele era inquieto, ou a emoção vibrava ainda nos nervos agitados? Em todo caso a exaltação involuntária da mão contrastava com a expressão paciente e compenetrada de seu rosto, que, exaurido porém atento, parecia inteiramente absorvido na conversa com o estudante.

Enfim chegou a minha vez. Aproximei-me, proferi nome e intenção, e de imediato seu olhar clareou, com a pupila de um brilho quase azul se voltando para mim. Durante dois, três segundos de interrogação, esse olhar perpassou meu rosto do queixo até os cabelos. Sem dúvida devo ter enrubescido ante esse exame brandamente inquisidor, pois o professor respondeu ao meu embaraço com um sorriso fugaz, dizendo:

– O senhor então gostaria de se inscrever em meu curso. Para tanto teremos de conversar mais precisamente sobre os detalhes. Desculpe-me por não poder fazê-lo agora. Ainda tenho que resolver algumas pendências, talvez o senhor possa me esperar em frente ao portão e depois me acompanhar até em casa.

Com isso ele me estendeu a mão, mão delicada e estreita, cujo contato com meus dedos foi mais leve que uma luva, enquanto afavelmente já se virava ao próximo que o aguardava.

Permaneci diante do portão durante dez minutos, o coração palpitante. O que eu diria se ele indagasse a respeito de meus estudos? Como confessar que eu excluíra tanto de meu trabalho como de meu lazer todos os assuntos literários? Será que me desprezaria ou de antemão recusaria minha entrada no círculo eleito pelo qual hoje me sentira magicamente abraçado? Mas bastou que ele se aproximasse com passadas rápidas e um bondoso sorriso, sua presença foi suficiente para suprimir todo embaraço e, sem que tivesse insistido, confessei (incapaz de me dissimular junto dele) ter empregado bastante mal o primeiro semestre. De novo seu olhar de caloroso interesse me envolveu.

– A pausa também faz parte da música! – sorriu encorajando-me.

E aparentemente para impedir que eu me mantivesse envergonhado devido à minha ignorância, ele se informou sobre assuntos pessoais, sobre minha cidade e o lugar onde pensava em me instalar. Quando lhe informei que até então não procurara um quarto, ele me ofereceu ajuda e me aconselhou a primeiramente ir olhar em seu prédio, porque uma velha senhoria meio surda tinha um agradável quarto para alugar, o qual sempre satisfizera seus estudantes. E do resto ele se ocuparia pessoalmente: se minha intenção fosse de fato levar o estudo a sério, ele considerava como um caro dever ser-me útil de todas as maneiras. Ao chegarmos diante da casa onde morava, de novo ele me estendeu a mão e me convidou a uma visita na tarde seguinte, a fim de elaborarmos juntos um plano de estudo. Tão grande foi minha gratidão pela generosidade inesperada desse homem que não pude mais que tocar respeitosamente sua mão, tirar o chapéu muito sem jeito, esquecendo de agradecer com palavras.

Naturalmente logo aluguei o quarto no seu edifício. Mesmo se ele não tivesse me agradado nem um pouco, eu não teria deixado de alugá-lo, e tudo apenas pelo sentimento ingenuamente grato de me encontrar espacialmente perto desse mestre encantador que em uma hora me dera mais que todos os outros juntos. Mas o quarto era agradável: a água-furtada situada sobre o apartamento de meu mestre, um pouco escura devido ao frontão de madeira saliente, oferecia da janela um amplo panorama dos telhados vizinhos e da torre da igreja. Ao longe viam-se um prado verdejante e acima as nuvens, que eu apreciava na minha terra. Uma velha senhorinha surda como uma porta se ocupava com tocante carinho maternal dos pupilos do momento. Em dois minutos acertei tudo com ela, e já uma hora mais tarde minha mala rangia pela ruidosa escadaria de madeira acima.

Naquela noite não saí mais, esqueci até mesmo de comer, de fumar. Meu primeiro movimento foi retirar da mala o Shakespeare que por acaso trouxera, para lê-lo com avidez (a primeira vez depois de anos). Minha curiosidade fora inflamada ardentemente por aquela exposição do professor, e eu lia aquela obra poética como nunca lera. É possível explicar semelhante transformação? Mas de um golpe eu descortinava nesse texto um universo, as palavras se precipitavam sobre mim de tal maneira, como se me procurassem há séculos. O verso fluía, vaga de fogo, me arrastando até o mais profundo do meu âmago, de modo que eu experimentava aquela singular vertigem das pessoas adormecidas que sonham estar voando. Eu vibrava, tremia, notava o sangue circular mais quente pelas veias, uma espécie de febre me assaltava – nada disso acontecera comigo antes, no entanto nada mais o produzira senão o apaixonado discurso. A embriaguez da fala do meu mestre evidentemente persistia ecoando em mim; se eu repetia uma linha em voz alta, escutava minha voz inconscientemente imitando a sua, as frases saltavam seguindo o mesmo ritmo impetuoso e minhas mãos sentiam-se levadas, como as dele, a alçarem-se em arco. Como por um passe de mágica, eu derrubara em uma hora o muro que até então me separara do mundo do espírito e descobrira para mim, fascinado pela essência, uma nova paixão à qual até os dias de hoje permaneço fiel: o desejo de fruir todas as coisas terrestres em palavras inspiradas. Por acaso deparei-me com o *Coriolano* e fui tomado como que por um delírio ao encontrar em mim todos os elementos desse homem, o mais singular de todos os romanos: orgulho, soberba, cólera, desdém, zombaria, todo o sal, todo o chumbo, todo o ouro, todos os metais do sentimento. Que prazer novo intuir, compreender tudo aquilo de repente! Eu lia, lia, até os olhos arderem: ao conferir o relógio, eram três e meia. Quase assustado com essa nova energia que durante seis horas me entorpecera por completo, apaguei a luz. As imagens, contudo, continuavam a brilhar e a fulgurar em mim, mal podia dormir de ansiedade e expectativa pelo dia seguinte que, segundo pensava, ampliaria esse universo que se me descortinara de maneira cativante, e do qual me apropriaria de corpo e alma.

Mas a manhã seguinte me trouxe uma decepção. Ansioso, eu fora um dos primeiros a chegar à sala onde meu mestre (pois assim quero chamá-lo doravante) deveria ministrar seu curso de fonética inglesa. Sua entrada bastou para me assustar; seria esse o mesmo homem de ontem, ou teriam sido apenas meu espírito e minha lembrança excitados que tinham feito dele um Coriolano inflamado, brandindo as palavras no foro como raios, heroicamente destemido, subjugando-as e domando-as? Aquele que entrava com passo arrastado e silencioso era um homem velho e cansado. Como se seu semblante tivesse perdido um verniz pálido e luminoso, eu percebia agora, sentado no banco da primeira fileira, seus traços apagados e quase doentios de rugas marcadas e vincos profundos, olheiras azuladas abriam sulcos perpendiculares no cinza flácido das bochechas. Enquanto lia, pálpebras pesadas demais sombreavam seus olhos, e sua boca de lábios descoloridos e estreitos não conferiam sonoridade à palavra. Onde estava sua alegria que do próprio entusiasmo se extravasava? A própria voz me parecia estranha, como se, desencantada da análise gramatical, irrompesse em passadas morosas e monótonas estalando pela areia seca. Inquietei-me. Não era de jeito nenhum o homem pelo qual eu esperara desde a primeira hora do dia. O que sucedera com seu rosto que ontem brilhava para mim como um astro? Aqui um professor desenvolvia mecanicamente seu curso, eu ouvia com ansiedade sempre nova cada palavra sua, para reparar se apesar de tudo o tom de ontem reapareceria, a cálida vibração que estreitara meu ânimo como uma mão sonora, alçando-o à paixão. Cada vez mais inquieto meu olhar pousava sobre ele e apalpava, cheio de decepção, aquele rosto desconhecido. A figura ali adiante era inegavelmente a mesma, mas de algum modo esvaziada, desprovida de todas as forças criativas, fatigada máscara pergaminhosa de um homem envelhecido. Como seria possível? Poderia alguém ser tão jovem num momento e no momento seguinte assim tão velho? Haveria essa sorte de efervescências espirituais que, de repente, transformassem com a palavra também o rosto e o rejuvenescesse em dezenas de anos? A questão me atormentava, ardia em mim como uma sede conhecer melhor esse homem de feição dupla. E obedecendo a uma inspiração súbita, mal ele, sem nos olhar, deixou a sala, corri à biblioteca e requisitei suas publicações. Talvez hoje ele estivesse simplesmente cansado e seu ânimo premido por uma indisposição física; mas através da bibliografia, na forma fixa e durável do livro, eu forçosamente encontraria um meio de penetrar e compreender sua personalidade que tanto me intrigava. O rapaz trouxe os livros: me surpreendeu quão poucos. Não publicara esse homem envelhecido mais que essa magra série de brochuras soltas, introduções, prefácios, uma tese sobre a autenticidade do *Péricles* de Shakespeare, uma analogia entre Hölderlin e Shelley (isso, decerto, à época quando nem um nem outro era considerado por seu povo como gênio) e, além disso, somente umas digressões filológicas insignificantes? Na verdade todos os seus escritos anunciavam a preparação de uma obra em dois volumes intitulada *O Globe Theatre: sua história, sua representação, seus poetas*. Embora o primeiro anúncio remontasse a vinte anos, o bibliotecário me confirmou, instado novamente, que a obra jamais fora publicada. Um pouco decepcionado e já bem desencorajado, eu folheava aqueles textos com a candente esperança de ouvir dali uma vez mais a voz entusiástica e seu ritmo impetuoso. Mas os escritos eram marcados pela constante gravidade, em ponto algum vibrava a cadência calorosa que preponderava sobre si mesma feito onda sobre onda no ritmo daquele discurso embriagador. Que pena!, suspirou uma voz dentro de mim. Senti vontade de bater em mim, tão tomado estava de cólera e desconfiança contra o sentimento ao qual eu, ingênuo, rapidamente me abandonara.

Mas no seminário vespertino eu o reconheci. No início, não era ele quem falava. Dessa vez, conforme metodologia dos *college* ingleses, uns vinte estudantes estavam divididos em expositores e replicantes para uma discussão sobre um tema, como o anterior, relacionado ao seu dileto Shakespeare; tratava-se de pensar se Troilo e Créssida (de sua obra preferida) deveriam ser considerados figuras parodísticas e a própria obra, comédia satírica ou tragédia mascarada pela ironia. Sob a condução de sua mão hábil, logo esse exercício meramente intelectual se inflamou e carregou-se de uma animação elétrica. Argumentos emergiam acurados contra asserções sem vigor, interrupções e exclamações estimulavam, penetrantes e cortantes, o debate à vivacidade, até que os jovens estudantes replicavam uns aos outros quase com hostilidade. Somente então, quando as centelhas crepitavam, o mestre interveio, acalmou a contração acirrada em demasia, redirecionando a discussão ao tema, para, porém, ao mesmo tempo imprimir-lhe um ímpeto intelectual mais fortalecido através de um secreto acréscimo de atemporalidade. E assim ele se viu subitamente no centro desse abrasado jogo dialético, ele mesmo pleno de alegre estímulo, incentivando e ao mesmo tempo refreando os ataques e as defesas da rinha de opiniões; moderador da vaga avassaladora de arrebatamento juvenil e ele próprio transportado por ela. Apoiado à mesa, os braços cruzados ao peito, ele olhava de um para outro, rindo para um, encorajando outro discretamente à réplica, e seu olhar brilhava do mesmo fogo de ontem. Eu sentia que ele tinha de se conter para não lhes tomar num golpe a palavra da boca. Mas se continha com violência, eu via isso nas mãos em arco que apertavam cada vez mais fortemente o peito, eu adivinhava-o pelas comissuras vibrantes dos lábios que retinham com esforço a palavra na ponta da língua. De repente, ele não resistiu mais, se lançou como um nadador ruidoso no meio do debate. Com um gesto enérgico da mão agitada ele cortou em dois o tumulto como um maestro com sua batuta. Imediatamente todos se calaram, então ele resumiu os argumentos à sua maneira harmoniosa. Enquanto falava, ressurgia aquela expressão facial da véspera, as rugas desapareceram por trás do jogo involuntário dos nervos, o pescoço e o porte se elevaram num gesto atrevido e dominador, e de sua postura encurvada e arredia ele se arrojou eloquente como uma tempestade. A improvisação o extasiou, e comecei a compreender que, quando no curso teórico ou na solidão de seu gabinete, seu temperamento sóbrio carecia dessa matéria inebriante que aqui, no retiro desse grupo sintonizado, fascinado e febril, fazia explodir barreiras interiores. Ele precisava, oh eu o sentia!, de nosso entusiasmo para seu entusiasmo, de nosso interesse para sua efusão, de nossa juventude para sua vivacidade juvenil. Feito um tocador de címbalo que se inebria com o ritmo cada vez mais selvagem de suas mãos habilidosas, seu discurso se tornava sempre mais arrebatador, encantador, colorido, ardente. Quanto mais profundo era nosso silêncio (involuntariamente nossa respiração ofegante era perceptível no ambiente), mais sua exposição se elevava cativante e envolvente como um hino. Nesses instantes nós nos devotávamos exclusivamente a ele, com os sentidos e o espírito consagrados aos seus arroubos.

E de novo, quando ele terminou de repente evocando uma passagem de Goethe sobre Shakespeare, nossa agitação ruiu precipitadamente. E mais uma vez, como na véspera, ele se encostou à mesa com o rosto pálido, mas ainda perpassado pelas miúdas vibrações e palpitações nervosas; dentro dos olhos reluzia estranhamente a volúpia da efusão, como uma mulher extasiada após um abraço caloroso. Eu teria sentido vergonha de conversar com ele ali naquele momento, mas por acaso seu olhar cruzou com o meu. Sem dúvida ele percebeu minha gratidão entusiasmada, porque sorriu para mim amigavelmente. Voltando-se um pouco em minha direção e pousando a mão sobre meu ombro, ele me lembrou de ir a seu apartamento à noite, conforme combinado.

Às sete horas em ponto eu me encontrava, portanto, em sua casa. Com que temor adolescente atravessei aquele umbral pela primeira vez! Nada é mais sentimental que a veneração de um jovem, nada mais tímido, mais feminino que o inquieto pudor. Fui conduzido a seu gabinete de estudo, um aposento meio escuro, onde a princípio, olhando através dos vitrais da biblioteca, não vi mais que as lombadas coloridas de muitos livros. Sobre a escrivaninha pendia *A Escola de Atenas*, de Rafael, quadro do qual ele gostava em particular (como me explicou logo em seguida), porque todos os tipos de ensino, todas as faculdades do espírito, estão nele simbolicamente unidos em uma síntese primorosa. Eu via a pintura pela primeira vez, apesar disso acreditei perceber no rosto voluntarioso de Sócrates certa semelhança com a fronte de meu mestre. Mais adiante brilhava em mármore branco uma bela redução do busto de Ganimedes exposto no Louvre, perto de um *São Sebastião* pintado por um velho mestre alemão: beleza trágica que talvez não tivesse sido colocada ao lado da voluptuosa por acaso. Eu esperava com o coração palpitante, silencioso como essas obras de arte nobres e mudas ao redor. Esses objetos exprimiam simbolicamente uma beleza espiritual inédita para mim, que eu jamais pressentira e ainda não compreendia bem, embora me sentisse já pronto a comungar com ela fraternalmente. Mas para a contemplação eu não tive senão pouco tempo, pois sem demora quem eu esperava chegou e veio ao meu encontro. Novamente ele pousou sobre mim seu olhar de um fogo velado, que para minha própria surpresa degelava o que eu trazia na alma. Logo eu conversava com ele completamente à vontade, como se fosse um amigo, e, quando me perguntou sobre meus estudos berlinenses, assomou-me espontaneamente aos lábios – foi tão repentino que me assustei – a história da visita de meu pai, e confirmei àquele homem estranho a promessa secreta que fizera de me dedicar ao trabalho com a mais absoluta seriedade. Ele me contemplou com uma expressão emocionada e disse então:

– Não apenas com seriedade, meu jovem, mas sobretudo com paixão. Quem não é apaixonado se torna na melhor das hipóteses pedagogo. É sempre pelo cerne que se deve ir às coisas, sempre partindo da paixão!

Sua voz se tornava mais cálida, o gabinete escurecia. Ele me contou muito sobre sua juventude, como também começara tolamente e não descobrira senão tardiamente sua vocação. Eu deveria ter coragem, ele me ajudaria o quanto pudesse. Sem hesitar poderia me dirigir a ele quaisquer que fossem minhas demandas ou perguntas. Nunca antes alguém falara com tão grande interesse e com uma compreensão assim profunda a respeito de minha vida. Eu tremia de gratidão e estava contente de que a obscuridade dissimulasse meus olhos úmidos.

Eu poderia ter permanecido lá horas a fio sem noção do tempo, mas em dado momento bateram à porta suavemente. Uma esbelta silhueta adentrou como um espectro. Ele se ergueu e a apresentou:

– Minha esposa.

O espectro esguio indistinto se aproximou, estendeu-me a mão magra e, virando-se para ele, informou:

– O jantar está servido.

– Sim, sim, eu sei – respondeu bruscamente e (pelo menos foi minha impressão) com um ar meio contrariado.

A partir daí uma frieza pareceu alterar sua voz e, como agora a luz elétrica o clareasse, ele voltou a ser o envelhecido homem da insossa sala de aula, esse que se despediu de mim com um gesto displicente.

As duas semanas seguintes eu passei num furor desmedido de ler e aprender. Mal saía do quarto, para não perder tempo fazia minhas refeições de pé, estudava sem descanso, sem cessar, quase sem dormir. Ocorreu-me tal qual ao príncipe do maravilhoso conto oriental, que, rompendo um após o outro os cadeados das portas de aposentos trancados, achava em cada um joias e pedras preciosas aos montes e passava a explorar sempre mais ávido a longa fileira de aposentos, ansioso para alcançar o último. Era também dessa maneira que eu me precipitava de um livro a outro, instigado por cada um, jamais saciado. Minha impetuosidade se transferia agora ao domínio do espírito. Naquela ocasião eu tive a primeira noção da imensidade inexplorada do universo intelectual, sedutora para mim como fora antes a aventura da cidade grande; entretanto eu experimentava a crença juvenil de que poderia me apropriar desse universo. Por conseguinte eu economizava sono, prazeres, conversas, toda forma de distrações, unicamente com o fito de melhor aproveitar o tempo que pela primeira vez eu compreendia ser precioso. O que inflamava meu zelo de tal maneira era sobretudo a vaidade de me apresentar bem diante do meu mestre, de não decepcionar sua confiança, de obter dele um sorriso de aprovação, de ser percebido por ele como eu o percebia. A menor ocasião me servia de prova; eu estava o tempo todo aprimorando minhas faculdades inábeis mas agora estranhamente estimuladas a impressioná-lo, surpreendê-lo. Se numa aula ele mencionasse um escritor cuja obra eu desconhecia, à tarde eu me punha à caça, a fim de poder no dia seguinte me gabar vaidoso do conhecimento daquela literatura na discussão. Um desejo seu expresso casualmente e mal percebido pelos outros se tornava para mim uma ordem. Assim, bastou uma censura incidental contra o eterno tabagismo dos estudantes para que eu de imediato jogasse fora o cigarro aceso e renunciasse de vez ao hábito. Como a palavra de um evangelista, a sua era para mim simultaneamente lei e privilégio. Sem cessar à espreita, minha atenção concentrada sorvia voraz todas as suas observações mais insignificantes. Como um avaro, eu me apropriava de cada uma de suas palavras, de seus gestos, e no meu quarto processava e conservava apaixonadamente com todos os sentidos esses despojos. Eu o tinha como mentor e, desse modo, minha ambição intolerante considerava os colegas simplesmente como inimigos, que a vontade ciumenta a cada dia jurava novamente suplantar e superar.

Fosse por sentir o que representava para mim, ou por estimar meu ardor, o fato é que meu mestre logo me distinguia através de visível interesse. Orientava minhas leituras, impunha-me, a mim ainda calouro, a tarefa quase injusta de participar na linha de frente em discussões coletivas, e com frequência me autorizava a visitá-lo à noite para conversas de caráter pessoal. Nessas oportunidades na maioria das vezes ele pegava um dos livros da estante e, com aquela voz sonora que com a animação se tornava mais nítida e elevada, lia passagens de poemas e de tragédias ou explicava questões controversas. Nessas duas primeiras semanas de enlevo aprendi mais sobre a essência da arte que em dezenove anos. Estávamos sempre a sós durante essa hora curta demais para mim. Por volta das oito horas ouvíamos as batidas suaves à porta, sua mulher chamava para o jantar. Nunca mais, porém, ela entrou no gabinete, ao que parece em clara obediência à recomendação de não interromper a conversa.

Transcorreram assim quinze dias do início do verão, até que certa manhã minha energia para o trabalho se rompeu como uma mola de aço distendida. Antes disso meu mestre já me advertira do exagerado zelo, me recomendando tirar de vez em quando um dia para sair ao ar livre, e eis que de repente sua premonição se cumpriu. Acordei acabrunhado devido à noite maldormida, tão logo eu tentava iniciar a leitura as letras dançavam ante meus olhos feito cabeças de alfinete. Fiel como um escravo às mínimas palavras de meu senhor, resolvi imediatamente obedecer e gozar um dia de liberdade e recreação em meio às exaustivas jornadas de estudo. Saí ainda pela manhã, visitei pela primeira vez o centro da cidade, em parte antigo, subi, apenas com a finalidade de ativar o corpo, as centenas de degraus do campanário, para descobrir do alto da plataforma um pequeno lago cercado de verde. Homem nascido no norte à beira-mar, eu amava com fervor a natação, e bem dali de cima da torre para onde as pradarias matizadas cintilavam como águas espraiadas, fui tomado de repente pelo irresistível desejo, talvez trazido pela brisa da minha terra, de mergulhar no caro elemento. Após o almoço, mal localizei o local público destinado aos banhos e mergulhei, dando as primeiras braçadas, meu corpo recomeçou a se sentir bem, os músculos dos meus braços e pernas recobraram depois de semanas novamente a elasticidade, o sol e o vento em contato com minha pele nua em meia hora me converteram mais uma vez no moço audacioso de outrora, que reinava com os companheiros, arriscava a vida por uma temeridade. Eu esquecera de todo os livros e a ciência, me esbaldava e me alongava. Durante horas redescobri meu elemento dileto, ao qual renunciara por longo tempo, e com aquela obsessão que me era peculiar eu talvez tenha saltado do trampolim umas trinta vezes, atravessara o lago a nado duas vezes, para descarregar através do exercício físico, e ainda não abrandara o ímpeto. Ofegando e movimentando todos os músculos agora distendidos, impacientemente eu procurava pelas cercanias alguma nova prova, que exigisse pujança, ousadia, risco.

Foi quando na outra margem, no balneário feminino, o trampolim rangeu e observei a água propagar-se ondulante até o deque sob o impulso vigoroso de um salto. E logo um corpo esbelto de mulher, curvado como uma cimitarra, subiu rápido ao alto e caiu de finca. Por um instante o mergulho causou um turbilhão estrepitoso e branco de espuma, em seguida a silhueta vigorosa reapareceu à superfície e se dirigiu com braçadas enérgicas à ilha do lago.

"Atrás dela! Vá alcançá-la!"

O gosto pelo esporte impregnava meus músculos, sem hesitar corri e mergulhei na água; propulsando os ombros a toda velocidade, nadei em seu encalço. Mas, aparentemente percebendo que estava sendo seguida e do mesmo modo esportiva, a nadadora aproveitou sua vantagem, virou-se ágil, contornando a ilha, e retomou ligeira o caminho de volta. Reconhecendo logo sua intenção, atirei-me mais para a direita e dei umas braçadas tão fortes que esticando minha mão já quase a alcançava, nada mais que um palmo nos separava. Foi quando num intrépido ardil, a mulher imergiu de súbito para pouco depois emergir logo antes da barreira do setor feminino, me impedindo de continuar a perseguição. Encharcada e triunfante ela subiu a escada, por um momento foi obrigada a se deter, uma mão apertava o peito, aparentemente estava sem fôlego; mas logo se virou e, ao me ver retido na barreira, riu com dentes brancos e um ar vitorioso. A touca de banho e o sol a pino não me permitiam distinguir bem o seu rosto: somente o riso se iluminou irônico e claro em direção ao vencido.

Eu estava a um só tempo contrariado e contente. Pela primeira vez desde Berlim sentira de novo sobre mim aquele olhar significativo de uma mulher; quem sabe me acenava na circunstância uma aventura? Com três braçadas retornei à margem de banho masculino e enfiei ligeiro a roupa sobre a pele ainda molhada, a fim de poder chegar à saída cedo o bastante para flagrá-la. Tive que esperar dez minutos, pois, facilmente reconhecível pela esbelta silhueta de menino, minha orgulhosa adversária chegou com passos lépidos e mais céleres ao ver-me à espera, na evidente intenção de evitar a abordagem. Andava com os músculos ágeis como antes nadara, as articulações obedientes a esse corpo fino de efebo, talvez fino demais. Ela se esgueirou como uma flecha e de fato eu me empenhava para alcançá-la sem me deixar notar. Por fim consegui: astuto, numa curva do caminho avancei obliquamente, ergui bem ao alto o chapéu, à moda dos estudantes, e perguntei, antes mesmo de olhá-la nos olhos, se poderia acompanhá-la. Ela lançou de esguelha um olhar zombeteiro e, sem diminuir a marcha apressada de suas passadas, me respondeu com ironia quase provocante:

— Por que não, se não for rápido demais para o senhor? Estou com muita pressa.

Encorajado por essa naturalidade, tornei-me mais insistente, fiz uma série de perguntas indiscretas, a maioria delas tolas, às quais nem por isso ela deixava de responder tão solítica e com tal espantosa naturalidade, que minhas intenções na verdade eram mais frustradas do que incentivadas. Pois meu código berlinense de abordagem feminina previa antes resistência e desprezo que uma conversa tão franca ao ritmo de velozes passadas. Por isso tive pela segunda vez a leve sensação de ter infelizmente encontrado um adversário superior a mim.

Mas algo ainda pior estava por vir. Porque quando eu, redobrando a insistência, perguntei onde morava, então de súbito dois orgulhosos olhos castanhos se voltaram diretamente para mim reluzentes, e ela respondeu não conseguindo mais conter o riso:

– Sou sua vizinha!

Perplexo, olhei-a fixamente. Mais uma vez ela voltou os olhos em minha direção, para ver se a flecha atingira o alvo. De fato ela me acertara a garganta. Esse foi o fim do meu insolente tom berlinense; com voz insegura eu balbuciava humildemente se minha companhia não a incomodava:

– Imagine, de modo algum! – sorriu ela de novo. – Nós temos mais dois quarteirões e naturalmente podemos caminhar esse trecho juntos.

Nesse instante o sangue me queimou as orelhas, eu avançava com dificuldade, mas o que podia fazer? Deixá-la representaria uma ofensa ainda maior, só me restava acompanhá-la até a casa onde morava. Então ela parou de repente, me estendeu a mão e disse negligente:

– Obrigada pela companhia. Nos veremos às seis horas, como de costume, quando vier visitar meu marido.

Devo ter ficado vermelho de vergonha. Mas antes mesmo que eu pudesse me desculpar ela subira pronta e agilmente a escadaria, e fiquei ali plantado, pensando pasmado nas bobagens impertinentes às quais me atrevera. Eu, tolo fanfarrão, a convidara para um passeio dominical como a uma costureirinha, elogiara seu corpo na maior desfaçatez, depois apelara ao argumento do estudante solitário. Tive ânsia de vômito, tamanha a náusea de mim mesmo. E lá ia ela sorrindo de uma orelha à outra, cheia de orgulho ao encontro do marido para revelar minha indiscrição, a ele, cujo julgamento me era acima de todos precioso; parecer ridículo ante seus olhos me seria mais doloroso do que ser chicoteado nu em praça pública.

Vivi horas terríveis até a noite. Mil vezes pintei para mim mesmo como ele me receberia com seu sorriso sutilmente irônico. Oh, sim! Eu o sabia, ele dominava a arte das palavras sardônicas e dos jogos espirituosos que feriam até sangrar. Um condenado não poderia subir ao cadafalso com mais terror do que eu arrastava agora pela escada. E mal cheguei ao seu gabinete, retendo com dificuldade um imenso nó na garganta, meu embaraço aumentou quando tive a impressão de ouvir no aposento contíguo o roçar de um vestido feminino. Certamente ela estava lá à escuta, a orgulhosa, deleitando-se com meu embaraço, saboreando meu ridículo papel de moço tagarela. Por fim meu mestre chegou:

– O que é que o senhor tem? – perguntou preocupado. – Está bastante pálido hoje.

Fingi que estava bem, aguardando o sermão que sobreviria. Mas a temida execução não teve lugar. Ele falou como de hábito de assuntos literários, por mais que eu sopesasse suas palavras receando alusões ou ironias. A princípio surpreso, em seguida feliz, constatei que ela nada dissera.

Às oito horas, ouvimos as batidas à porta. Despedi-me, o coração palpitou de volta pressuroso no peito. Ao sair para o corredor, ela estava de passagem: eu a cumprimentei e seus olhos sorriram brandamente. Meu sangue agitado interpretou seu perdão como uma promessa de guardar o segredo.

A PARTIR DAQUELA NOITE comecei a ver as coisas sob um novo ângulo. Até então minha veneração devota e pueril considerava o mestre de tal maneira um gênio de outro mundo, que eu esquecera completamente de prestar atenção à sua vida privada, terrena. Com o exagero que caracteriza toda verdadeira idolatria, eu eximia sua existência de toda e qualquer função cotidiana de nosso mundo metódico e ordenado. E tão penosamente como, por exemplo, um rapaz pela primeira vez enamorado ousa despir em pensamento a moça que ama e contemplá-la como uma criatura natural e similar a milhares de outras também trajando vestidos, era-me difícil ousar um olhar de espreita em sua vida particular. Eu não o via senão como um ser sublime, apartado de todas as trivialidades materiais e mensageiro da palavra, oráculo do espírito criador. Agora, como a aventura tragicômica de repente pusera sua mulher em meu caminho, não podia deixar de observar a intimidade de sua vida familiar e conjugal. De fato, contra minha vontade uma ardente curiosidade de *voyeur* me atiçava os olhos, e mal esse olhar arguto começou a me sondar, logo se turvou, pois a vida desse homem no interior do seu próprio domínio era estranha e constituía um enigma quase angustiante. Quando, pouco depois daquele encontro, pela primeira vez fui convidado à mesa e o vi, não sozinho, porém com sua mulher, nutri a estranha suspeita de que a vida conjugal entre eles era bastante misteriosa, e quanto mais eu penetrava a intimidade da casa, tanto mais perturbadora se tornava essa sensação. Não é que palavras ou gestos denunciassem uma tensão ou desavença entre eles, ao contrário, o nada, a ausência de uma afeição ou desafeição, era o que os envolvia e deixava impenetráveis, uma pesada bonança de sentimento que tornava a atmosfera mais opressiva que a tempestade de uma briga ou os coriscos de um rancor reprimido. Aparentemente nada traía irritação ou conflito, apenas a distância que os separava interiormente se fazia sentir mais e mais nítida. Pois as questões e as respostas de suas raras conversas não os tocavam, de fato, senão com fugazes pontas de dedos, nunca reinava entre eles familiaridade, mãos entrelaçadas, e mesmo comigo durante as refeições ele falava lacônico e hesitante. E às vezes a conversa, enquanto não voltássemos ao trabalho, se congelava num bloco maciço de silêncio, que ao fim ninguém mais ousava romper, e cuja opressão gelada permanecia horas inteiras me apertando a alma.

    Sobretudo me assustava sua absoluta solidão. Esse homem aberto, de natureza bem expansiva, não tinha amigo algum, seus alunos exclusivamente eram seu convívio e consolo. Com os colegas da universidade seus vínculos não passavam de relações de correta polidez, socialmente não tinha contatos. Com frequência ele permanecia dias inteiros dentro de casa sem fazer outro caminho além dos poucos passos até a universidade. Tudo ele enterrava em si, sem nada confidenciar a alguém ou à escrita E agora eu entendia o caráter eruptivo, o jorro fanático de seu discurso no meio dos estudantes: era seu ser que se extravasava de repente após dias se recalcando, todos os pensamentos que portava ensimesmado, silenciosos, se precipitavam com o impulso ardoroso que os cavaleiros chamam acertadamente de selvageria indômita, irrompiam violentos das cadeias do silêncio para esse turfe verbal.

    Em sua casa ele raramente falava, com a esposa menos que com outras pessoas. E com uma surpresa temerosa e quase envergonhada, reconheci eu mesmo, rapaz jovem sem experiência, que ali planava entre as duas criaturas uma sombra, sombra flutuante e continuamente presente feita de uma matéria intangível, mas, mesmo assim, isolando-os por completo um do outro. Pela primeira vez eu pressenti quanto segredo a fachada de um casamento oculta. Como se um pentagrama mágico estivesse traçado na porta, sua mulher jamais ousava adentrar o gabinete de estudo sem um convite explícito, e desse modo ele marcava distintamente que ela estava de todo excluída de seu mundo espiritual. Meu mestre, além disso, não suportava comentários sobre seus planos e projetos na presença da mulher; para mim chegava a ser desagradável, na verdade, notar o jeito como ele interrompia de súbito uma frase de vibrante entusiasmo, mal ela se aproximava. Era algo quase ofensivo e de um desdém explícito, desprovido inclusive de dissimulada polidez: de maneira áspera e clara ele recusava compartilhar algo com ela, que por sua vez dava a entender que não o notava ou estava habituada ao tratamento.

Com seu rosto travesso de menina, leve e ágil, com viço e frescor, ela subia e descia voando as escadas, tinha constantemente uma série de ocupações, mas ainda dispunha de tempo, ia ao teatro, não perdia oportunidade de praticar esportes; por outro lado, faltava a essa mulher de cerca de trinta e cinco anos todo e qualquer pendor para os livros, os serviços domésticos, para tudo o que fosse intrincado, meditado, ponderado. Ela parecia estar bem somente quando podia pôr seus músculos em movimento na dança, na natação, na corrida, em qualquer atividade intensa – sempre cantarolando, sorrindo com prazer e constantemente disposta a uma conversa maliciosa. Comigo ela nunca falava a sério, incessantemente zombando de mim feito um moleque, na melhor das hipóteses me considerando parceiro de audaciosas provas de força. Essa natureza cheia de exuberância e brilho formava um contraste tão desconcertante com o estilo de vida de meu mestre, sombrio, ensimesmado, capaz de animar-se exclusivamente através do intelecto, que me levava com renovado pasmo a me indagar o que pudera ter um dia unido esses dois tipos de natureza essencialmente diferentes. Confesso com sinceridade, o contraste singular acabara me sendo útil. Se após o trabalho exaustivo trocava com ela uma palavra, era como se um elmo pesado me fosse retirado da fronte; após uma exacerbação extática tudo readquiria novamente o colorido normal, a alegre sociabilidade da vida exigia jocosa seus direitos sobre aquilo que eu quase desaprendera na companhia austera dele, o riso aliviava, benfazejo, a pressão excessiva do estudo intelectual. Uma sorte de camaradagem juvenil se estabeleceu entre mim e ela; justamente porque só tratávamos descontraídos de temas triviais ou íamos juntos ao teatro, nosso convívio era destituído de qualquer tensão. Uma única coisa interrompia o prazeroso clima de absoluta descontração de nossas conversas, e isso constantemente me confundia: era a menção do nome dele. Nessas ocasiões ela opunha implacavelmente um silêncio à minha curiosidade indiscreta ou, quando eu o elogiava com entusiasmo, um sorriso estranho lhe bailava nos lábios. Mas eles se mantinham cerrados: de uma maneira diferente, mas com similar veemência na atitude, ela excluía o marido de sua vida como ele a excluía da dele. Apesar disso, há quinze anos eles permaneciam juntos, vivendo sob o mesmo teto, sem alardes.

Quanto mais impenetrável esse mistério, mais intensa a sedução sobre minha ansiedade. Aqui havia uma névoa, um véu que eu percebia flutuar delicadamente ao sopro de cada palavra; mais de uma vez acreditei tê-lo apreendido, mas o desconcertante tecido se esvaía no instante seguinte, envolvia-me de novo sem nunca converter-se em palavra pronunciável ou forma tangível. Nada, contudo, intriga e instiga mais um jovem que o jogo excitante das suposições vagas: a fantasia ociosa ou cheia de rodeios distingue logo sua meta sinergética e ei-la então voluptuosa na lúdica perseguição caçadora. Sentidos desconhecidos afloravam no garoto insensível que eu era naquela época: uma fina membrana epidérmica da escuta que captava insidiosa as mínimas entonações de voz, um olhar perscrutador pleno de critério e agudeza, uma curiosidade investigativa farejando na escuridão; meus nervos estendiam-se tensos até o limite da dor, incessantemente excitados pelo contato com uma nova intuição e nunca se distendendo enfim em uma conclusão clara.

Não quero repreender, todavia, minha curiosidade persistente e dedicada, ela era pura. O que mobilizava ao extremo todos os meus sentidos não devia sua inflamação à impudica vocação do *voyeur* que ama descobrir um rasgo de humanidade imperfeita num personagem superior. Ao contrário, minha curiosidade era constituída por um temor secreto, por uma compaixão desconcertada e hesitante que com vaga preocupação intuía um sofrimento nessa criatura taciturna. Pois quanto mais eu me familiarizava com sua vida, mais intensamente me inquietava a sombra já gravada de maneira plástica sobre o rosto do meu querido professor, aquela melancolia nobre por ter sido dominada com a nobreza, que nunca decaía ao mau humor ou à cólera irresponsável. Se desde a primeira vista ele atraíra a mim, o forasteiro, pela iluminação vulcânica de sua palavra, agora comovia o amigo bem mais profundamente o seu silêncio, a nuvem de tristeza oscilando em sua testa. Nada comove com tanta força o espírito jovem que a nobre melancolia masculina: o "Pensador", de Michelângelo, afundado em seus próprios abismos, a boca amargamente contristada de Beethoven, essas máscaras trágicas do sofrimento universal emocionam mais fortemente o sentimento ainda em formação que a melodia cristalina de Mozart e a luz triunfante que cerca as imagens de Leonardo. Sendo sua beleza intrínseca, a juventude não carece da apoteose: no excesso de suas forças vitais está propensa ao trágico e com prazer permite que a melancolia sorva doces tragos de sua florescência ainda casta. Daí advém a eterna predisposição da juventude ao perigo e a mão fraternal eternamente estendida a todo sofrimento espiritual.

Eu via ali pela primeira vez um desses semblantes genuinamente marcados pelo sofrimento. Filho de gente simples, crescido sob a proteção do bem-estar burguês, eu não conhecia dificuldades mais que nas ridículas máscaras do cotidiano disfarçadas de contrariedade, cobertas pelo manto amarelo da inveja ou soando ruidosas ao tilintar do dinheiro. Mas a perturbação desse rosto provinha, como logo vim a perceber, de um elemento mais sagrado. Esse ar sombrio nascia de outras obscuridades. Era do interior que uma punção cruel gravava rugas e sulcos nas faces prematuramente flácidas. Às vezes, quando eu entrava em seu gabinete (sempre com o respeito de um menino adentrando a morada onde habitam demônios) e absorto em seus pensamentos ele nem me ouvia bater, e eu assim me encontrava de súbito constrangido e perplexo ante o homem que se esquecia de si mesmo, me parecia ter ali apenas a máscara, Wagner no traje de Fausto, enquanto o espírito vagava através de veredas enigmáticas em meio a pavorosas noites de Valpúrgis. Nesses momentos seus sentidos estavam inteiramente vedados, ele não ouvia os passos se aproximando, tampouco a tímida saudação. Quando por fim se reanimava bruscamente, recuperando os sentidos, tentava dissimular seu embaraço com palavras atropeladas. Caminhava pelo aposento de um lado para outro e através de perguntas se esforçava para afastar de si o olhar intrigado. Mas a sombra obscurecia ainda durante longo tempo sua fronte, e somente o ardor da conversação podia dissipar as nuvens que toldavam sua alma.

Provavelmente ele percebia o quanto seu estado me emocionava, talvez o sentisse em meus olhos, em minhas mãos inquietas, adivinhasse, quem sabe, que em meus lábios pairava invisível uma súplica de confiança, ou reconhecesse em minha atitude tateante o desejo ardente de acolher em mim e para mim seu sofrimento. Sem dúvida devia notar algo, porque interrompia inesperadamente a conversa alentada e me fitava com emoção; sim, esse olhar curiosamente cálido e obscurecido pela sua própria riqueza me envolvia inteiramente. Então, com frequência, pegava minha mão e a segurava durante longo tempo com inquietação. Eu sempre esperava: "agora, agora, agora ele falará".

Mas em vez disso o que quase sempre sucedia era um gesto brusco, até mesmo uma palavra fria, intencionalmente desconcertante ou zombeteira. Ele, que era o entusiasmo personificado, que o revelara e cultivara em mim, afastava-o de repente de mim, como um erro que se apaga na lição mal redigida, e quanto mais entregue eu me via, aspirando à sua confiança, mais evidente era a aspereza das palavras geladas, como: "O senhor não entende nada disso!" ou "Deixe desses exageros!"

Palavras que me impressionavam e me levavam ao desespero. O quanto sofri por causa desse homem tormentoso e de humor instável, ora ardente, ora glacial, que com seu fogo me emocionava e ato contínuo me tratava com frieza, cuja paixão acalentava a minha para logo a seguir brandir o chicote do comentário irônico. Sim, eu tinha a atroz sensação de que quanto mais tentava me aproximar dele mais ele me rechaçava com dureza e inclusive com angústia. Nada devia, nada podia acercar-se dele, penetrar seu segredo.

Porque um segredo, eu tinha consciência clara disso, um segredo sinistro e insólito habitava o seio dessa criatura fascinante. Eu intuía algo silenciado em seu olhar curiosamente fugidio, que avançava vívido e se retirava tímido quando alguém se abandonava terno a ele, intuía-o no ricto amargo dos lábios de sua mulher, na reserva fria e singular da gente da cidade, que reagia quase indignada quando se falava bem dele, em centenas de bizarrices incongruentes e súbitos detalhes. E que tormento era crer-se já admitido na intimidade de uma vida como essa e, na realidade, errar por ela às cegas e em círculos, como num labirinto, ignorando o caminho da origem e do coração!

O mais inexplicável, o mais aborrecido para mim eram suas escapadas. Um dia, ao chegar à sala de aula, encontrei ali um recado anunciando que o curso estava suspenso por dois dias. Os estudantes não pareciam admirados, mas eu, que no dia anterior estivera com ele, corri à sua casa levado pelo temor de que tivesse adoecido. Sua mulher não fez mais que sorrir secamente, quando minha entrada precipitada revelou tal apreensão:

– Não é novidade – disse ela com uma estranha frieza. – Só que o senhor ainda não sabe disso.

De fato os colegas me contaram que com frequência ele desaparecia sem mais nem menos durante a noite, às vezes se desculpando através de um simples telegrama. Certa feita um estudante o encontrara às quatro da madrugada numa rua de Berlim, um outro o vira na taberna de uma cidade remota. Sumia num ímpeto como a rolha que salta da garrafa, retornava e ninguém sabia onde estivera. Essa desaparição inesperada me afetou como uma doença. Durante dois dias não fiz mais que perambular de um lado para outro, distraído, intranquilo, com o espírito ausente. Sem sua habitual presença, o estudo me parecia de repente ordinário e banal, eu me consumia em hipóteses confusas e ciumentas, e até um pouco de ódio e de ira eu sentia contra seu retraimento, pois que me excluía assim de sua vida verdadeira, como se deixa um mendigo no frio glacial, a mim que o adorava mais que tudo. Em vão eu tentava me convencer de que não era mais que um jovem, um aluno, não tinha direito de exigir explicações ou satisfações, porque sua bondade me concedia cem vezes mais confiança do que a devida por um professor universitário. Mas a razão não tinha poder sobre a candente paixão, dez vezes ao dia fui novamente perguntar se ele ainda não voltara, até que por fim percebi certa irritação nas negativas gradativamente mais e mais bruscas de sua mulher. Passei metade da noite em vigília, esperando ouvir suas passadas quando reentrasse em casa. Na manhã seguinte eu rondava inquieto à porta, agora sem me atrever a perguntar. E quando enfim no terceiro dia ele entrou inesperadamente em meu aposento desabafei um suspiro; meu susto foi decerto enorme, foi o que pelo menos se refletiu em sua expressão de embaraçada surpresa, que rapidamente uma série de perguntas esfarrapadas tentou esconder. Seus olhos se esquivavam dos meus. Pela primeira vez nossa conversa se movia enviesada em círculos, as palavras tropeçavam umas nas outras, e como nós dois evitávamos a todo custo qualquer alusão à sua ausência, era precisamente a contenção que barrava a fluência do diálogo. Quando ele foi embora, a curiosidade queimava feito uma tocha, que pouco a pouco me consumiu o sono e a vigília.

VÁRIAS SEMANAS DUROU essa luta por esclarecimento e pela compreensão mais íntima: obstinado me empenhava em descobrir o núcleo de fogo que eu acreditava sentir vulcânico sob seu pétreo silêncio. Por fim, numa hora feliz consegui enveredar pela primeira vez em seu mundo interior. Uma vez mais eu estivera sentado em seu gabinete até o entardecer, então ele buscou de uma gaveta trancada à chave alguns sonetos de Shakespeare, leu em primeiro lugar sua própria tradução de alguns desses concisos poemas que parecem gravados em bronze e, depois, interpretou essa escritura cifrada e praticamente impenetrável com tal magia que em meio ao meu encantamento me invadiu a tristeza de que todos os tesouros magníficos com que esse mestre generoso me presenteava se perderiam de todo na forma da palavra fugaz e efêmera. Aí me ocorreu – de onde a tirei? – súbita coragem de perguntar-lhe por que ele não concluía sua grande obra *O Globe Theatre: sua história, sua representação, seus poetas*. Nem bem me atrevera a abordar o assunto, porém, e constatava chocado que involuntariamente e por azar eu acabava de pôr o dedo numa ferida íntima e ao que tudo indicava dolorosa. Ele se levantou, se virou para o outro lado e se calou por um bom tempo. O gabinete se encheu de penumbra e quietude. Enfim, ele se aproximou de mim, me olhou bem nos olhos e seus lábios estremeceram muitas vezes antes de se entreabrirem ligeiramente. Ele então proferiu a confissão:

– Não consigo executar um grande projeto. Foi-se o tempo; só a juventude faz projetos tão ambiciosos. Falta-me tenacidade, tornei-me, por que negá-lo?, um sujeito sem fôlego, não posso perseverar por muito tempo. Antigamente eu tinha mais energia, agora a perdi por completo. Só posso falar, então às vezes me sinto inspirado pela palavra, algo me eleva acima de mim mesmo. Mas trabalhar em silêncio no gabinete sem me mover, sempre só, sempre só, não consigo mais.

Sua atitude resignada me comoveu. Levado por uma íntima convicção o estimulei a elaborar enfim, com pulso firme, aquilo que nos oferecia no dia a dia com mão ligeira, e que não se satisfizesse meramente em expressar, mas cuidasse de atribuir a forma de obra às próprias reflexões.

– Não posso escrever – repetiu cansado. – Não tenho concentração o bastante.

– Então dite!

Arrebatado pela ideia, insisti quase suplicando:

– Basta ditar para mim. Vamos tentar uma vez! Quem sabe apenas o começo... e depois o senhor mesmo não voltará atrás. Peço-lhe que experimente ditar, pelo bem que me quer!

Ele elevou os olhos, a princípio surpreendido, logo pensativo. Parecia tentado pela sugestão.

– Pelo senhor? – repetiu. – O senhor acredita mesmo que alguém possa ainda se alegrar quando um velho como eu empreende um projeto?

Compreendi que com isso sinalizava incipiente e timidamente o consentimento, notei-o em seu olhar ainda há pouco turvado pelas nuvens, mas que agora límpido de cálida esperança se aventurava aos poucos a olhar de frente, deixando-se iluminar por ela.

– O senhor acredita mesmo nisso? – repetiu ele.

Notei a disposição interna animando sua vontade e, por fim, sua decisão:

– Pois bem, vamos experimentar! A juventude sempre tem razão, ceder a seu ímpeto é sábio!

Minha alegria transbordante, meu triunfo pareceu revigorá-lo, ele andava de lá para cá dentro do aposento com uma disposição quase juvenil, e nós firmamos que todas as noites às nove horas, após o jantar, tentaríamos trabalhar durante uma hora diariamente. E na noite seguinte nós começamos com o ditado.

Como eu poderia descrever essas horas! Eu esperava por elas o dia inteiro. Já no início da tarde uma ansiedade febril, abalando-me os nervos, pesava elétrica sobre meus sentidos impacientes, mal podia tolerar o decorrer do tempo, até por fim a noite chegar. Imediatamente após o jantar nós íamos, então, para seu gabinete de estudo. Eu me sentava à escrivaninha, de costas, enquanto ele ziguezagueava pelo cômodo atrás de mim com passos agitados, até o ritmo interior se centrar e sua voz elevada iniciar o compasso. É que esse homem singular concebia tudo a partir da musicalidade do sentimento, necessitava de um impulso para colocar as ideias em movimento. Na maioria das vezes era uma imagem, uma situação plástica que, instilando um desenvolvimento gradativo, se ampliava à cena dramática. Algo semelhante à sublime fulguração da gênese da natureza surgia da torrente dessas improvisações. Lembro-me de frases que pareciam estrofes de um poema jâmbico, de outras que jorravam feito cataratas derramando enumerações possantes e abundantes como o catálogo das naves de Homero e os hinos bárbaros de Walt Whitman.

Pela primeira vez eu, jovem inexperiente, tinha a oportunidade de assomar ao mistério da criação. Via como o pensamento ainda incolor, não sendo mais que mero calor líquido, fluía como bronze fundido do caldeirão da comoção impulsiva e encontrava pouco a pouco, enquanto esfriava, sua forma. E via em seguida a forma arredondar-se e realizar-se vigorosa, até que, por fim, a palavra brotava dela, clara, e, assim como o badalo faz ressoar o sino, conferia ao que fora intuído poeticamente a linguagem dos homens. E assim como cada parágrafo isolado nascia do ritmo, cada representação da imagem configurada dramaticamente, assim a obra inteira concebida de modo sublime surgia totalmente antifilológica de um hino, um hino ao mar como a configuração da eternidade visível e sensível desse mundo, rolando suas vagas de horizonte a horizonte, olhando em direção aos céus e ocultando abismos, em entretempos jogando através do sentido e da sua falta com o destino terreno, com as frágeis barcas dos homens. Dessa imagem do mar crescia em uma comparação grandiosa uma descrição do trágico como sendo a força elementar avassaladora e destrutiva que vivifica nosso sangue. Então a onda criativa vagava rumo a uma nação: a Inglaterra surgia, a ilha eternamente circundada pelo elemento vívido que abarca perigosamente todas as costas da Terra, todas as latitudes e todas as zonas do globo terrestre. Lá, na Inglaterra, a onda lhe conferia a forma de Estado: até o fundo vítreo do olho, cinzento e azulado, penetra o olhar direto e claro do mar. Cada indivíduo é homem do mar e ao mesmo tempo ilha, tal como o país, e as tempestades e o perigo conferem sôfregas paixões inopinadas e tempestuosas a essa espécie humana, que por séculos de viagens marítimas incansavelmente pôs suas forças à prova. Por fim reina a paz sobre o país cercado pelas águas, mas seus habitantes acostumados aos temporais seguem querendo o mar, o rude desenrolar dos acontecimentos com seus perigos cotidianos, e assim passam a criar novas emoções estimulantes nos jogos sangrentos. Primeiramente se constrói o palco de tábuas para a caça de feras e a luta dos animais. Ursos sangram, rinhas de galo preludiam bestialmente a volúpia do horror, mas logo um sentido mais refinado exige a emoção mais pura na confrontação heroica dos humanos. É a partir dos cenários sagrados, dos mistérios eclesiásticos que surge outro importante jogo de paixões dos homens, a retomada de todas aquelas aventuras e viagens, agora nos mares interiores do coração. Nova imensidão, novos oceanos com os maremotos da paixão e tumultos do espírito, cuja navegação agitada e cujo difícil domínio das oscilações constituem o novo prazer do percurso dessa estirpe anglo-saxônica tardia, forte como as antecedentes. Surge assim o drama da nação inglesa, o drama elisabetano.

E a palavra criadora, repleta de imagens, ressoava quando meu mestre se lançava fanaticamente à descrição desses primórdios bárbaros e primitivos. Sua voz, de início sussurrante, estendia músculos e cordas sonoras, se convertia num avião de metal brilhante que ascendia sempre mais livre, sempre mais alto. Carecia de espaço, e o aposento era demasiado estreito, as paredes dispostas demasiado juntas para reverberá-la. Eu sentia a desvairada tempestade rugindo em torno de mim, os lábios clamorosos do mar gritavam poderosos sua palavra retumbante. Inclinado sobre a escrivaninha, era como se eu estivesse novamente em minha terra e ao meu encontro viessem, respirando nas dunas, o fragor violento de milhares de ondas e o vento espumante. Toda emoção dolorosa que acompanha o nascimento de um homem e igualmente de uma palavra irrompia bruscamente pela primeira vez à minha alma sobressaltada mas cheia de encantamento.

Quando meu mestre terminava, então, o ditado, no qual uma inspiração poderosa arrebatava magnífica a palavra do intento científico e o pensar se transformava em poesia, eu me levantava embriagado. Um torpor ardente pesava abafado e forte sobre mim, uma fadiga bem diferente da dele, que era esgotamento das forças exauridas, ao passo que eu, transido, ainda vibrava sob a efusão da plenitude. Mas nós dois precisávamos então de uma conversa mais descontraída para poder encontrar o caminho do repouso e do sono: geralmente eu também relia as anotações. E é curioso: à medida que as letras se convertiam em palavras, uma outra voz distinta da minha falava, respirava e soava em mim, como se alguém tivesse trocado a linguagem em minha boca. Dei-me conta de algo interessante: ao repetir, eu escandia as palavras como ele e imitava sua entonação com tamanha fidelidade que se diria que ele falava em mim, não eu próprio. A tal ponto eu encarnara a ressonância de seu ser. O eco de sua palavra. Tudo isso aconteceu há quarenta anos, no entanto, ainda hoje, quando no meio de uma exposição a palavra se transporta livre e vibrante, sinto de súbito com certo embaraço que não sou eu quem fala, mas outra pessoa se exprimindo através de minha boca. Reconheço nisso a voz de um morto querido, um morto que não respira mais senão por meus lábios: sempre que o entusiasmo se apodera de mim, eu sou ele. E eu sei que aquelas horas me moldaram.

A OBRA CRESCIA, crescia ao meu redor como uma floresta, com sua sombra, cerrando aos poucos a vista do mundo exterior; eu somente vivia no interior, na penumbra da casa, sob as ramagens sonoras cada vez mais intrincadas da obra em expansão, na presença envolvente e calorosa desse homem.

Com exceção das poucas disciplinas na universidade, todo o meu dia lhe pertencia. Comia à sua mesa, noite e dia as mensagens subiam e desciam a escada de seu apartamento ao meu, eu possuía a chave de sua casa e ele, a minha. Assim ele podia me encontrar a qualquer hora sem ter necessidade de acorrer à velha senhoria meio surda. Mas quanto mais se estreitavam as nossas relações, mais eu ia me isolando do mundo exterior. Com o calor daquele ambiente íntimo, eu compartilhava ao mesmo tempo o isolamento glacial e marginal de sua existência. Meus colegas manifestavam sem exceção certa frieza, certo desprezo por mim. Seria uma conjuração secreta ou simplesmente o ciúme irritado pelos meus evidentes privilégios? Em qualquer caso, eles me excluíam de suas conversas e nos debates do seminário evitavam, como se estivessem combinados, me cumprimentar, falar comigo. Inclusive os professores não dissimulavam sua antipatia hostil; uma vez, quando fui pedir uma informação insignificante ao professor de filologia românica, ele me respondeu com ironia:

– Na qualidade de íntimo do professor... deveria estar a par do assunto.

Em vão eu tentava me explicar essa imerecida proscrição a que fora lançado. Palavras e olhares, porém, me negavam qualquer compreensão. Desde que vivia completamente a sós com esses dois solitários, tornara-me também eu um solitário.

Esse isolamento social não teria me preocupado em absoluto, dado que minha atenção se voltava de todo às questões do espírito, mas pouco a pouco meus nervos não resistiam mais à permanente pressão. Não se pode viver semanas a fio impunemente num contínuo excesso intelectual. Ademais eu talvez tivesse modificado meu estilo de vida depressa demais, passara de um extremo ao outro com exagerada veemência para não pôr em perigo esse equilíbrio que a natureza estabeleceu secretamente entre nós. Com efeito, enquanto em Berlim a descontraída vagabundagem me relaxava os músculos de modo agradável e as aventuras com as mulheres liberavam como um jogo toda a tensão reprimida, aqui uma atmosfera densa e tumultuada oprimia com tal intensidade meus sentidos exacerbados que eles se manifestavam em mim apenas através de incessantes vibrações e sobressaltos carregados de eletricidade. Desaprendi o sono profundo e saudável, embora ou talvez porque por puro gosto transcrevesse sem pausa madrugada adentro o ditado da noite (com impaciência febril e vaidosa de apresentar as folhas a meu querido mestre o quanto antes). Depois a universidade, a leitura ativa de textos exigiam de mim maior disponibilidade, e a modalidade de diálogo que mantinha com meu mestre não provocava menor excitação, porque nela cada um de meus nervos se estendia ao máximo para nunca lhe dar a impressão de ser indiferente às suas palavras. O corpo assim ofendido não tardou a vingar-se por esses exageros. Sofri vários desmaios, sinais de alarme da natureza em perigo que em meu desvario negligenciei. Mas os estados de cansaço letárgico se multiplicavam, toda expressão de sentimentos se tornou veemente, e as fibras estimuladas enervavam-me o corpo inteiro, destruindo meu sono e incentivando em mim confusos pensamentos até então contidos.

A primeira pessoa a perceber o meu verdadeiro estado de saúde foi a mulher do meu mestre. Eu sempre notara seu olhar preocupado constantemente me examinando com atenção; de propósito ela intervinha em nossas conversas com recomendações cada vez mais frequentes dizendo, por exemplo, que eu não deveria querer conquistar o mundo num semestre. Por fim, ela falou claramente:

– Agora basta – disse num magnífico domingo de sol, quando eu decorava a gramática.

E determinada, arrancou-me o livro das mãos, dizendo:

– Como pode um jovem cheio de vida ser a tal ponto escravo da ambição? Não tenha sempre meu marido como modelo: ele é velho, o senhor é jovem, tem de viver de outra maneira.

Toda vez que se referia ao marido, ela insinuava a centelha subliminar de desprezo, contra o qual eu, seu devotado discípulo, me indignava. Intencionalmente, eu o adivinhava, que por uma espécie de ciúme equivocado, ela tentava com frequência me separar dele e, com seus comentários irônicos, frear minha afeição exagerada. Se à noite nós nos demorávamos mais tempo com o ditado, ela batia energicamente à porta e, indiferente aos protestos irritados do marido, obrigava-nos a interromper o trabalho.

– Ele ainda vai destroçar seus nervos, vai destruí-lo – disse-me certa ocasião com amargura, ao me encontrar prostrado. – Em que já o transformou em algumas semanas! Não posso suportar a maneira como o senhor prejudica a si mesmo. Sem falar que...

Ela se deteve sem completar a frase. Mas tinha os lábios pálidos e tremia de cólera mal contida.

Com efeito meu mestre não facilitava minha vida; quanto mais fervorosamente eu o servia, tanto menos ele parecia valorizar minha admiração. Era raro que me agradecesse. Se de manhã eu lhe levava o trabalho que me custara a noite de sono, ele se manifestava com impaciência seca:

– Não tinha tanta pressa.

Se no zelo ambicioso de agradá-lo eu incluía alguma iniciativa delicada não solicitada, seus lábios se comprimiam de súbito em meio à conversa e uma palavra mordaz me dissuadia da intenção. É preciso admitir que, vendo-me esgueirar-me humilhado e confuso, então seu olhar cálido e envolvente procurava abrandar meu desespero, mas isso em raras exceções, bem raras! Essa alternância de frieza e calor, esse modo ora afável e próximo, ora agastado e distante, confundia por completo meu desolado sentimento que aspirava a...

Não, nunca consegui definir exatamente a que de fato aspirava, o que desejava, exigia, perseguia, que sinal de afeto esperava obter com minha dedicação entusiástica. Porque quando uma paixão amorosa, mesmo muito pura, é dirigida a uma mulher, inconscientemente ela tende ao desejo da satisfação carnal; a natureza a imbuiu da imagem da suprema união através da possessão do corpo. Mas a paixão do espírito, diferentemente, despertada entre dois homens, não podendo ser realizável, como pretende a consumação plena? Insatisfeita ela rodeia a pessoa adorada, alçando-se sempre a novos êxtases, e nunca se acalma por uma última rendição. Flui constantemente e jamais pode se esgotar, em eterna incompletude tal como o espírito. Assim, a proximidade de meu mestre não me era nunca suficiente, nem sua presença era manifesta o bastante, tampouco satisfatória nas longas discussões. Até mesmo quando ele abolia as distâncias e reservas, eu sabia que no instante seguinte um gesto cortante poderia romper essa harmonia mútua. Sempre e tanto essa instabilidade perturbava minha disposição de ânimo, e não exagero se disser que em minha irritação estive mais de uma vez a ponto de cometer um desatino, simplesmente porque ele pusera displicentemente de lado um livro que eu lhe recomendara, ou porque à noite, quando uma conversa profunda nos unia e eu respirava absorto sob o alento de seus pensamentos, então com um golpe – após ter apoiado suavemente a mão sobre o meu ombro – ele se levantava e dizia:

– Agora o senhor pode ir embora! Está tarde. Boa noite!

Essas pequenas coisas eram suficientes para me desorientar durante horas e dias. Talvez minha propensão à suscetibilidade visse ofensas onde elas não tinham sido intencionais? Ora, de que serve toda autocomiseração ulterior contra essa condição perturbada da alma? Todos os dias a situação se repetia: eu sofria penosamente em sua companhia e em sua ausência meu coração congelava; eu me decepcionava sempre, nas mínimas circunstâncias, com seu retraimento e nada me consolava; qualquer casualidade me desconcertava.

Curiosamente todas as vezes que ele me magoava eu me amparava junto à sua mulher. Quem sabe um impulso inconsciente de encontrar uma criatura humana que também pensasse sob essa reserva muda? Quem sabe a mera carência de poder falar com alguém e encontrar, se não ajuda, pelo menos compreensão? Seja como for eu me refugiava junto a ela, como a um aliado secreto. De costume ela sabia amenizar meus melindres ou me repreendia, com um frio alçar de ombros, que era tempo de eu saber lidar com essas esquisitices dolorosas. Às vezes, entretanto, quando meu súbito desespero atirava diante dela um monte de repreensões, lágrimas convulsas e palavras balbuciantes, ela me fitava intensa e grave com um olhar quase maravilhado, mas não dizia uma palavra; somente em torno de seus lábios se mostrava a crispação contida, e eu percebia que lhe demandava grande esforço não prorromper em cólera desabrida. Não tinha dúvida de que ela também guardava algo consigo, me escondia um segredo, talvez o mesmo que ele; mas enquanto ele me rechaçava em abrupta defensiva tão logo eu o pressionava, ela no mais das vezes se esquivava de maiores explicações com uma brincadeira ou um chiste de improviso.

Numa única ocasião estive perto de arrancar-lhe a palavra. De manhã, ao levar o ditado, não pudera evitar confessar todo entusiasmado a meu mestre o quanto me comovera precisamente essa descrição (tratava-se do retrato de Marlowe). Acalorado ainda em minha admiração, acrescentei com euforia que ninguém teria sido capaz de traçar um retrato tão magistral. Ao que ele, afastando-se mal-humorado, jogou as folhas sobre a mesa e resmungou desdenhoso:

– Não fale besteiras. O que o senhor entende de mestria?

Esse comentário brutal (decerto máscara buscada às pressas para disfarçar uma timidez nervosa) bastou para aniquilar o meu dia. À tarde, estando por um instante a sós com sua mulher, tomei-lhe as mãos e estourei de repente numa espécie de ataque histérico:

– Diga-me, por que seu marido me detesta tanto? Por que me despreza? O que lhe fiz, por que toda palavra minha o exaspera tanto? O que devo fazer, me ajude! Por que ele não me suporta? Me diga, eu suplico!

Contaminados por esse ataque selvagem, seus olhos intranquilos me contemplavam:

– Não o suporta?

E soltou uma gargalhada entredentes, um riso que terminou enfim com um remate tão maligno que involuntariamente me afastei.

– Não o suporta? – repetiu de novo olhando-me furiosa nos olhos confusos.

Mas ela então se inclinou para junto de mim – seus olhos se tornaram brandos, cada vez mais, exprimiam algo como compaixão, e naquele momento ela me acariciou (pela primeira vez) os cabelos.

– O senhor é de fato um menino, um menino meio tonto que nada percebe, nada vê, nada sabe. Mas é melhor que seja assim, ou ficaria ainda mais intranquilo.

E com um brusco movimento me deu as costas. Tentei inutilmente me acalmar; como se estivesse amarrado dentro do saco escuro de um pesadelo infindável, eu me debatia por uma explicação, querendo despertar do intrincado mistério desses sentimentos contraditórios.

Dessa maneira se passaram quatro meses, semanas de exaltação e transformação. O semestre estava prestes a se acabar, com temor eu via as férias se avizinhando, pois amava meu purgatório e via o aconchego doméstico em minha casa como ameaça de exílio e sequestro. Já ruminava em segredo planos secretos para sugerir a meus pais que importantes trabalhos me prenderiam ali, tecia habilmente uma rede de mentiras e desculpas, a fim de prolongar a duração dessa presença que me consumia. Mas o momento e a hora de minha partida estavam desde muito tempo definidos pelo destino. E essa hora permanecia suspensa, invisível para mim, como a badalada do meio-dia pende no bronze para então soar gravemente e lembrar aos descuidados o tempo do trabalho ou da despedida.

De que bela maneira começara aquela tarde funesta, com que pérfida beleza! Eu jantara com o mestre e sua esposa. As janelas estavam abertas e pelos batentes obscurecidos o céu crepuscular entrava aos poucos manchado de nuvens brancas. Lentamente algo doce e claro emanava de seus majestosos reflexos flutuando dourados, prolongando-se ao longe, e era possível sentir-se o peito apaziguado. Nós dois, sua mulher e eu, tínhamos conversado com mais naturalidade, calma e animação que de hábito. Meu mestre acompanhara a prosa em silêncio, mas eu diria que seu silêncio se estendia como asas pregadas sobre a conversa. Disfarçadamente eu o observava de soslaio: seu ser irradiava nesse dia uma estranha luminosidade, uma intranquilidade livre de angústia, como aquelas nuvens de verão. De vez em quando ele erguia sua taça de vinho e a admirava contra a luz, comprazendo-se com sua cor, e quando notava meu olhar contente acompanhando esse gesto ele sorria ligeiramente e elevava a taça em minha direção num brinde. Poucas vezes eu vira seu semblante assim radioso, seus movimentos tão tranquilos e harmoniosos; deixava-se estar com satisfação quase solene, como se ouvisse uma música vinda da rua ou apurasse os ouvidos para escutar uma conversa invisível... Seus lábios, em geral acometidos por vibrações imperceptíveis, encontravam-se imóveis e flácidos como natureza-morta, e seu rosto, que agora se voltava delicadamente para a janela, banhava-se nos tênues reflexos da lua e me parecia mais belo que nunca. Era maravilhoso vê-lo assim apaziguado. Seria o fulgor dessa serena tarde estival? Invadia-o algo benfazejo da doçura desse ar em matizes, ou seria um pensamento consolador que lhe brilhava na alma? Eu o ignorava. Mas, habituado a ler em seu rosto como num livro aberto, estava certo de uma coisa: um deus clemente alisara as rugas e os sulcos do seu coração.

E foi também com singular solenidade que ele se levantou e me convidou com o familiar meneio da cabeça a acompanhá-lo ao gabinete de estudo; ele, de costume tão apressado, precedeu-me com passos mesurados. Então se voltou mais uma vez para pegar do armário (algo também inusitado) uma garrafa de vinho arrolhada e a levou consigo para o gabinete, mantendo um ar cerimonioso. Bem como eu, a mulher parecia notar algo incomum em seus modos; perplexa ela levantava os olhos de sua costura e, como agora quando nos encaminhávamos ao trabalho, observava com calada curiosidade a atitude extraordinariamente compassada do marido.

O gabinete, como sempre invadido pela penumbra, nos esperava com sua íntima luminosidade crepuscular, somente a lâmpada arredondava um círculo de ouro em torno da brancura do monte de papéis que aguardavam. Sentei-me no meu lugar de sempre e repeti as últimas frases do manuscrito; como de um diapasão ele tinha necessidade de se apoiar sobre o ritmo para reencontrar o fio de sua exposição. Em vez de começar imediatamente a ditar após a última frase sonante, naquele dia a continuação se fez esperar.

O silêncio se instalou no aposento, já reverberava denso das paredes de volta para nós. Meu mestre parecia não ter se concentrado ainda, pois eu escutava atrás de mim que ele ia e voltava nervosamente.

– Leia mais uma vez!

Era estranho observar como sua voz passara de repente a vibrar.

Repeti os últimos parágrafos: dessa vez sua palavra se seguiu à minha, e ele ditou continuadamente, mais rápido e concentrado do que de costume. Em cinco movimentos a cena estava construída; o que ele até então estabelecera eram as premissas culturais ao surgimento do drama, um afresco da época, um esboço histórico. Decididamente ele focalizava agora o próprio teatro, que, deixando de ter as características do diletantismo do mambembe sobre carroça, por fim se estabelece sedentário com privilégios e direitos, primeiramente The Rose e Fortune, grosseiras barracas de ripas para peças, elas mesmas também rudes. Em seguida, contudo, os artesãos carpinteiros, acompanhando a expansão da arte, edificam uma nova sede de madeira, às margens do Tâmisa; cravada no barro úmido e barato ergue-se a rústica construção com sua enorme torre hexagonal, o Globe, em cujo cenário surge Shakespeare, o mestre. O seu teatro está lá solidamente ancorado no solo lodoso como um estranho barco fabricado pelo mar, com a bandeira vermelha dos piratas hasteada no mastro. No pavimento térreo se apinha, barulhenta como em um porto, a ralé, do alto das galerias a gente elegante sorri e proseia presunçosa acima dos atores. Impacientes exigem que comece o espetáculo, pateiam e alvoroçam, batem ruidosos com os castões das espadas contra as ripas de madeira, até que, enfim, o cenário inferior se ilumina pela primeira vez à luz de velas bruxuleantes, figuras fantasiadas se adiantam para representar uma comédia aparentemente improvisada. E nisso, recordo até hoje suas palavras, "explode de súbito a tempestade de palavras, aquele mar infinito da paixão que, a partir desse limite de madeira, lança sua onda sangrenta a todos os tempos, a todos os espaços do coração humano, inesgotável, insondável, alegre e trágico, pleno de variedades e à imagem mesma do homem – o teatro da Inglaterra, o drama de Shakespeare".

Após essas palavras pronunciadas com ênfase, a exposição cessou de súbito. Seguiu-se um longo e pesado silêncio. Inquieto eu me virei: o mestre estava em pé, pressionando com a mão o tampo da mesa numa expressão de esgotamento que eu conhecia nele. Mas dessa vez sua rigidez possuía algo de assustador. Saltei em sua direção, pensando que talvez estivesse se sentindo mal, e lhe perguntei se deveríamos fazer um intervalo. A princípio ele se limitou a me fitar com olhos fixos arregalados e ar ausente. Mas logo a estrela de seu olhar reapareceu azul brilhante, e com os lábios menos crispados ele se aproximou de mim:

– E então? O senhor atentou para alguma coisa? – e me fitava com insistência.

– Alguma coisa? – eu gaguejava perdido.

Ele suspirou fundo e esboçou um leve sorriso; há meses eu não sentia sobre mim aquele olhar envolvente, brando, terno.

– A primeira parte está pronta.

Com esforço reprimi um grito de alegria, minha surpresa foi enorme. Como eu pudera deixar de percebê-lo? Óbvio, toda a fundamentação estava clara, magnificamente estruturada desde as bases do passado até o umbral da elaboração, agora eles podiam vir, Marlowe, Ben Jonson, Shakespeare, e cruzá-lo em triunfo. A obra celebrava seu primeiro aniversário, me precipitei a contar as páginas. Essa primeira parte, a mais difícil, compreendia 170 folhas manuscritas em letra miúda. O que viria a seguir seria um trabalho mais livre de composição; até esse ponto a descrição a sujeitara ferreamente ao testemunho histórico. Não restava dúvida, ele completaria sua obra, nossa obra!

Não sei se fiz um grande estardalhaço, se dancei de alegria, de orgulho, de felicidade. Não sei. Mas a expressão de meu entusiasmo deve ter se expressado em efusões imprevistas de euforia, pois o olhar de meu mestre me seguia sorridente, enquanto eu ora relia as últimas páginas, ora contava zeloso o número de folhas, as apalpava e sopesava amorosamente, e minha imaginação se precipitava ansiosa a calcular quando poderíamos terminar a obra integralmente. Seu orgulho reprimido, profundamente recalcado, se via projetado em minha alegria, comovido ele me contemplava com um sorriso. Então ele veio andando a passos lentos para perto, para bem perto de mim, com as duas mãos estendidas ele segurou as minhas, estático me olhou nos olhos. Aos poucos suas pupilas, que em geral possuíam um tímido e intermitente fogo de cor, se encheram desse azul claro e animado, do qual, de todos os elementos, somente a profundeza das águas e o intenso sentimento do homem são capazes. E esse azul luminoso irradiava das suas pupilas, espalhava-se e me perpassava, eu sentia como a tépida onda emanando delas me inundava suavemente, proporcionando à minha alma um raro deleite, que transbordava. Todo meu peito se expandiu de súbito, dilatado por intensa força; percebi circular dentro de mim o bem-estar de um resplendente meio-dia italiano.

— Sei — sua voz atravessou aquele brilho — que eu jamais teria iniciado esse trabalho sem o senhor, nunca me esquecerei disso. O senhor deu à minha indisposição o impulso salvador, e o que fica de minha vida dilapidada e perdida o senhor terá salvo, tão só o senhor! Ninguém fez tanto por mim, ninguém me ajudou tão fielmente. Por isso não direi que sou grato ao senhor, mas sim... sou grato a você. Venha, vamos passar uma hora juntos como dois irmãos.

Conduziu-me com delicadeza à mesa e pegou a garrafa preparada. Lá estavam duas taças: como prova evidente de seu agradecimento meu mestre pensava dedicar-me um brinde simbólico. Eu vibrava de contentamento, nada confunde mais violentamente nosso sentimento íntimo do que a repentina concretização de um desejo candente. A prova reveladora de sua confiança, a prova que eu inconscientemente almejava, seu agradecimento encontrara a mais bela: o tratamento fraterno, estendido sobre a diferença de idade e cujo valor era sete vezes mais valioso em virtude da dificuldade para se transpor tal distância. A garrafa tinia, ainda muda a madrinha que deveria sossegar eternamente meu sentimento de angústia em fé, dentro do peito soava já algo solar como esse tom claro... quando um pequeno empecilho veio retardar o momento festivo: a garrafa estava fechada e não havia um saca-rolhas à mão. Meu mestre fez menção de ir buscá-lo, mas adivinhei sua intenção e saí feito uma flecha rumo à sala de jantar, desejando muito viver o instante de apaziguamento definitivo do meu coração, como a mais evidente prova de sua afeição por mim.

Ao sair precipitado pela porta ao corredor não iluminado, esbarrei no escuro com algo macio que logo cedeu: era a mulher do meu mestre, que estivera evidentemente à escuta do outro lado da porta. O curioso é que, embora a trombada tenha sido brutal, ela não soltou sequer um grito, mas retrocedeu em silêncio, e eu também, incapaz de um movimento, calei-me assustado. A situação durou um minuto, nós dois mudos, envergonhados, ela por ter sido flagrada à espreita, eu pela descoberta inusitada. Então soaram passos leves na escuridão, a luz se acendeu, e eu a vi pálida e desafiante, apoiada contra o armário. Seu olhar mediu-me gravemente e em sua atitude imóvel havia qualquer sombra parecida com uma advertência ou uma ameaça. Mas não disse uma palavra.

Minhas mãos tremiam quando eu, depois de procurar por um bom tempo tateando nervoso e meio às cegas, por fim achei o saca-rolhas. Tive de passar por ela duas vezes e a cada vez me deparei com aquele olhar fixo que brilhava duro e sombrio como madeira polida. Nada nela traía a vergonha de ter sido pega em flagrante escutando nossa conversa; ao contrário, em seus olhos cintilantes, hostis e resolutos, luzia agora uma ameaça dirigida a mim que eu não compreendia, e em seu gesto desafiador ela demonstrava a disposição de não abandonar o posto inconveniente e seguir atenta. Essa superioridade da vontade me desconcertava, inconscientemente me curvei sob esse fixo olhar incisivo. E quando, me esgueirando, por fim retornei ao gabinete onde meu mestre esperava impaciente com a garrafa na mão, minha alegria antes desmedida dera lugar a uma ansiedade estranha e glacial.

Mas ele, com que despreocupação me aguardava, com que serenidade seu olhar me acolheu! Eu sempre sonhara em poder um dia vê-lo dessa maneira, com a fronte livre das nuvens da melancolia! Agora, porém, quando pela primeira vez a fronte brilhava de paz voltada para mim, faltavam-me as palavras; toda a alegria se esvaíra como através de poros secretos. Confuso, envergonhado, ouvi-o novamente agradecer-me, empregando dessa vez o tratamento mais familiar, e as taças no brinde fizeram soar um som argentino. Enlaçando-me com o braço amigável, ele me levou às poltronas, nós nos sentamos um em frente ao outro, sua mão repousava entre as minhas, pela primeira vez percebi-o aberto e livre na manifestação do sentimento. Mas eu não era capaz de dizer uma palavra, sem querer mantinha meu olhar sempre resvalando para a porta, cheio de medo de que ela ainda estivesse à escuta. Ela ouve, eu pensava sem cessar, ela ouve cada palavra que ele me diz, cada palavra que eu digo, por que hoje? Por que justamente hoje? E quando ele, com aquele jeito caloroso, de repente disse:

– Hoje eu gostaria de contar a você de mim, de minha juventude.

Eu me levantei tão assustado para o seu lado, erguendo a mão com um gesto de súplica, que os seus olhos me fitaram com espanto.

– Hoje não – balbuciei –, hoje não... me desculpe.

Era-me insuportável a ideia de que ele poderia se trair diante de uma espiã, cuja presença eu estava obrigado a manter em segredo.

Surpreso, meu mestre me observava:

– O que é que há com você? – perguntou levemente aborrecido.

– Estou cansado... me perdoe... tudo isso me tocou muito... creio que... – pus-me de pé tremendo – é melhor eu ir embora.

Sem querer meu olhar tangenciou-o em direção à porta, atrás da qual eu supunha manter-se oculta aquela curiosidade hostil, em ciumenta espreita atrás da madeira.

Morosamente, ele também se ergueu da poltrona. Uma sombra lhe toldava o rosto, que de repente se tornara cansado.

– Você quer mesmo ir? Hoje? Justo hoje? – reteve minha mão, uma tensão a fazia pesada.

Mas ele a deixou cair bruscamente feito uma pedra.

– Que pena! – exclamou decepcionado. – Estava tão feliz por poder falar uma vez livremente com você. Que pena!

Por um instante o fundo suspiro voluteou pelo aposento como uma borboleta escura. Eu estava coberto de vergonha e com um medo inexplicável e desorientado. Retirei-me com passos desajeitados e fechei com cuidado a porta atrás de mim.

Tateei com esforço até o meu quarto e me atirei à cama. Mas não pude dormir. Jamais me dera conta tão claramente de que meu quarto de paredes estreitas estava suspenso sobre a residência do meu mestre, e nada senão escuras vigas travejadas os separava. E agora, graças aos meus sentidos apurados, sentia magicamente os dois, sem os enxergar, os dois despertos embaixo; via sem ver, ouvia sem ouvir, como ele zanzava inquieto pelo seu quarto, enquanto ela, silenciosa, em outra parte permanecia sentada ou vagava espreitando. Mas eu sentia seus olhos abertos e sua vigília me afetava terrivelmente, um pesadelo, toda a casa muda com suas sombras pesava sobre mim.

Atirei para um lado o cobertor. Minhas mãos ferviam. Onde é que eu viera parar? Bem de perto eu pressentira o mistério, seu hálito morno sobre meu rosto, e agora estava outra vez distante, embora seu espectro invisível e silencioso rondasse ainda pelos ares, eu o intuía perigoso pela casa, roçando como um gato sobre patas sutis, sempre presente, avançando e recuando sem cessar, sempre se aproximando e nos perturbando com o contato elétrico de sua pele quente, e contudo fantasmagórica.

Eu prosseguia sentindo no meio da noite o olhar envolvente do meu mestre, terno como sua mão estendida, e o outro olhar, incisivo, ameaçador, assustado da mulher. Que tinha eu a ver com seu segredo? Por que ambos me punham no centro de sua paixão com os olhos vendados? Por que me enredavam em seu conflito incompreensível e me carregavam o coração, cada um deles, com o fardo vivo de ódio e rancor?

Minha testa ardia ainda febril. Levantei-me de um salto e escancarei a janela. Lá fora a cidade dormia em paz sob esparsas nuvens estivais. Clarões de lâmpadas ainda brilhavam em algumas casas, mas a conversa amena unia os que lá estavam, ou os aquecia um livro ou a música familiar. E onde, atrás das brancas molduras das venezianas, reinava a escuridão, sem dúvida respirava o sono sossegado. Sobre todos esses telhados tranquilos pairava, como a lua entre vapores de prata, um doce repouso, um silêncio plácido de sereno encantamento, e as onze badaladas do relógio soavam sem rudeza no ouvido sonhador em vigília. Só eu, em minha casa, pressentia insone que ainda velavam por perto, e era assediado por pensamentos malévolos e detestáveis. Em meu íntimo eu me esforçava por decifrar esses ruídos confusos.

Naquele instante me sobressaltei. Teriam sido passos na escada? Endireitei-me para escutar melhor. E, realmente, algo tateava às cegas escada acima, passos cautelosos, hesitantes, inseguros, eu conhecia bem os rangidos e chiados daqueles degraus de madeira. Esses passos só podiam estar vindo em minha direção, ninguém mais habitava a mansarda além da velha senhora surda que há muito tempo dormia e nunca recebia visitas. Seria meu mestre? Não, esse não era seu passo rápido e decidido, mas sim um passo vacilante, indeciso e covarde – agora, outra vez! –, talvez um ladrão, um intruso se enveredasse assim cauteloso, mas não um amigo. Meus ouvidos zuniam com a tensão. Um súbito calafrio percorreu minhas pernas desagasalhadas.

Nisso, na fechadura se fez ouvir um atrito, ele já devia estar à porta, esse intruso sinistro. Uma corrente de ar atingiu meus pés nus, indicando-me que a porta externa estava aberta, mas a chave era ele quem tinha, somente ele, meu mestre. Entretanto, se fosse ele, por que hesitaria desse modo tão estranho? Estaria preocupado comigo, queria ver como eu estava? E por que o intruso sinistro se detinha agora no vestíbulo – pois o passo furtivo e dissimulado parara de um momento para o outro. E eu mesmo estava também paralisado de pavor. Pensei que fosse gritar, porém à minha garganta estava colado algo pegajoso. Quis abrir a porta, os pés não se moviam, como que cravados no solo. Havia entre nós dois agora apenas uma delgada parede, mas nem o invasor nem eu dávamos um passo em direção ao outro.

Então do campanário fez-se ouvir a hora: uma única badalada, onze horas e um quarto, mas o som rompeu minha imobilidade, abri a porta com força.

E de fato meu mestre estava lá, com uma vela na mão. A corrente de ar produzida pela abertura brusca da porta fez saltar a chama azulada, e atrás dele sua sombra tremulava gigantesca e autônoma, destacando-se como um bêbado de sua atitude estática. Mas ele próprio, ao ver-me, também fez um movimento, contraiu-se como alguém que, surpreendido no sono por uma lufada fria, se arrepia e puxa num gesto automático o cobertor. Só então retrocedeu, a vela oscilou gotejando em sua mão.

Eu tremia, mortalmente assustado consegui a custo balbuciar:

– O que o senhor tem?

Ele me olhou sem dizer nada, também tinha dificuldade para falar. Por fim, depositou a vela sobre a cômoda e imediatamente quietou-se o jogo da sombra bruxuleante feito morcego contra a parede. E ele pôde sussurrar:

– Eu queria... eu queria...

De novo lhe sumiu a voz. Parado ali ele olhava para o chão como um ladrão pego em delito. Era insuportável aquela angústia, os dois de pé ali, eu tremendo de frio sob o camisolão, ele encolhido e confuso de vergonha.

De pronto a débil silhueta se aprumou, virou-se em minha direção. Um sorriso malicioso de fauno, um sorriso que se irradiava unicamente do olhar, como uma ameaça, enquanto os lábios contraídos se apertavam, pousou em mim fixamente como uma máscara zombeteira, e em seguida a voz surgiu pontiaguda como a língua bifurcada da serpente:

– Eu queria lhe dizer... que é melhor deixarmos de nos tratar por "você"... Isso... Isso não é adequado entre um estudante e seu mestre... O senhor me entende? É preciso manter distância... distância... distância.

Ao mesmo tempo ele me olhava com tanto ódio, com uma maldade tão ofensiva, como bofetadas, que sua mão involuntariamente se cerrou em punho. Retrocedi um pouco, cambaleando. Teria enlouquecido? Teria bebido? Lá estava ele com o punho cerrado, como se quisesse se atirar sobre mim ou me dar um tapa no rosto.

Porém, esse horror não durou mais que um instante, logo o olhar agressivo esmoreceu sob as pálpebras. O mestre deu meia volta, murmurou alguma coisa que se assemelhou a uma desculpa e pegou a vela. Diabo sombrio e solícito, a sombra comprimida no assoalho voltou a crescer de um salto e o precedeu dançando pelo caminho até a porta. Depois ele mesmo saiu, antes que eu reunisse força bastante para dizer uma palavra que fosse. Novamente a porta se fechou, com violência, e a escada rangeu surda e atroz sob seus passos regulares e precipitados.

NÃO HEI DE ESQUECER essa noite; uma ira furibunda e um desespero perplexo e perdido se alternavam selvagemente em mim. Como mísseis os pensamentos se me entrecruzavam coriscantes. Por que me atormenta?, indagava eu cem vezes em meio à tortura que me afligia. Por que me detesta a ponto de subir às furtadelas no meio da noite com a única intenção de me atirar ao rosto essas ofensas hostis? O que lhe fiz eu? O que deveria eu fazer? Como me reconciliar, se ignoro a maneira como o magoei? Atirei-me impetuosamente à cama, levantei-me, escondi-me de novo sob o cobertor, aquela imagem fantasmagórica insistia em permanecer diante de mim, meu mestre se aproximando furtivo e encabulado em minha presença e, atrás dele, balançando-se macabra e enigmática sobre a parede, a monstruosa sombra.

Após uma breve e débil letargia, despertei na manhã seguinte e persuadi a mim mesmo de que tudo fora um sonho. Mas sobre a cômoda ainda estavam, redondas e amareladas, as manchas de estearina pingadas da vela. E minha horrorizada lembrança não cessava de sempre mais uma vez enxergar no meio do aposento inundado pela luz o pavoroso visitante da noite anterior.

Não saí pela manhã. A ideia de reencontrá-lo abatia as minhas energias. Tentei escrever, ler, tudo em vão. Meus nervos estavam extenuados, a qualquer instante poderiam explodir em acessos convulsivos, em soluços e choros. Eu via meus próprios dedos tremerem de modo bizarro, como as folhas de uma árvore, incapaz de mantê-los em repouso, e meus joelhos titubeavam como se lhes tivessem sido cortados os tendões. Que fazer? Que fazer? Eu me indagava à exaustão, o sangue vibrava forte em minhas têmporas e acentuava o azul das olheiras. Sobretudo não sair, não descer, não me confrontar com ele sem estar seguro, sem antes restabelecer a força dos nervos. Lancei-me de novo à cama, faminto, sem ter me lavado, confuso, e mais uma vez meus sentidos tentavam adivinhar o que se passava do outro lado do estreito chão de vigas, o que ele fazia nesse momento, estaria acordado como eu, estaria também desesperado?

Deu meio-dia e eu seguia no leito de fogo de minha perturbação, quando finalmente ouvi ruídos de passos na escada. Todos os nervos se alarmaram, no entanto essa passada era ligeira, despreocupada, percorrendo os degraus num afã de dois em dois; então uma mão bateu forte à porta. Pus-me de pé sem abri-la:

– Quem é? – perguntei.

– Por que não vem almoçar? – ouvi a voz ligeiramente irritada da mulher do meu mestre. – Está doente?

– Não, não – gaguejei atordoado. – Desço num instante.

Não tive outro remédio a não ser vestir-me às pressas e descer. Mas precisei me apoiar no corrimão, tão enfraquecidas estavam minhas pernas.

Entrei na sala de jantar. Ante um dos dois pratos postos me aguardava a mulher do meu mestre, e me cumprimentou com uma suave censura por tê-la obrigado a me chamar. O lugar dele à mesa estava vazio. Senti o sangue afluir-me à cabeça. Que significava essa ausência imprevista? Temeria ele ainda mais que eu mesmo nosso encontro? Envergonhava-se, ou não desejava a partir de agora seguir se sentando à mesa comigo? Por fim resolvi perguntar se o professor não viria.

Ela me olhou admirada.

– O senhor não sabia então que ele embarcou no trem dessa manhã?

– Viajou? – balbuciei. – Para onde?

Seu rosto de pronto se tornou tenso.

– Meu marido não se dignou a informar-me, decerto é uma de suas habituais escapadas.

Depois, inesperadamente, virando-se para mim ela perguntou direta:

– Mas que *o senhor* não o saiba? Ele ontem à noite ainda subiu expressamente para vê-lo. Pensei que tivesse sido para se despedir... É estranho, de fato estranho... Que ele também não tenha dito nada nem mesmo ao senhor.

– A mim? – exclamei incapaz de outra coisa que não fosse esse grito.

E para minha vergonha esse grito fez transbordar, tudo junto, o que as últimas horas tinham reprimido em mim. Um profundo soluço escapou-me como uma torrente de palavras desconexas e gemidos, como uma massa única e compacta de desespero, eu chorei, melhor dizendo, minha boca convulsa expelia em soluços histéricos todo o sofrimento reprimido. Meus punhos esmurraram a mesa enlouquecidos, um menino irascível fora de si, coberto de lágrimas, dei vazão às lágrimas que há semanas se continham em mim como uma tormenta. E embora sentisse alívio nessa expansão desenfreada, ao mesmo tempo experimentei imensa vergonha de me expor tanto diante dela.

– O que o senhor tem? Pelo amor de Deus!

Assim dizendo, ela se levantara alarmada. Mas em seguida acorreu rapidamente até mim e me conduziu da mesa até o sofá.

– Deite-se! Acalme-se!

Acariciava minha mão, alisava meus cabelos, enquanto sobressaltos ainda agitavam meu corpo.

– Não se atormente, Roland, não deixe que o atormentem. Conheço tudo isso, sentia que aconteceria.

Seguiu acarinhando meu cabelo, mas sua voz de repente endureceu-se:

– Sei até que ponto ele pode confundir alguém, sei disso melhor que ninguém. Mas, acredite, eu sempre tentei avisá-lo, quando via que o senhor se apoiava totalmente nele, sendo que ele próprio carece de equilíbrio. Não o conhece, o senhor é cego, é um menino. Não tem a mínima noção, nem mesmo agora. Ou talvez agora pela primeira vez tenha começado a compreender as coisas; melhor para ele e melhor para o senhor.

Permaneceu afetuosamente debruçada sobre mim, parecia-me que o conforto de suas palavras e o contato benéfico de suas mãos, que me amenizavam a dor, tinham uma profundidade suave. Fazia-me bem ter finalmente um pouco de compaixão e também uma mão feminina próxima, quase maternal. Talvez aquilo tenha me faltado durante um tempo demasiado longo e, agora, através do véu da tristeza, o afeto de uma mulher ternamente preocupada comigo me enchia de alegria em meio à dor. Mesmo assim, na minha desesperança me envergonhava daquela cena que me traía e me expunha. E a contragosto sucedeu que, me reerguendo com esforço, numa avalanche de gritos entrecortados, voltei então novamente a censurar tudo o que aquele homem me fizera, como me rejeitara, perseguira e novamente atraíra, como tinha me tratado com aspereza sem motivo, sem razão. Um carrasco ao qual eu no entanto estava vinculado pela afeição, a quem eu odiava com amor e amava com ódio. Tanto me alterei de novo que ela precisou tranquilizar-me outra vez. Suas mãos suaves me forçaram a retornar ao sofá do qual eu saíra nervoso. Aos poucos fui me serenando. Ela se calou inexplicavelmente pensativa, senti que compreendia tudo, talvez melhor do que eu próprio...

Durante alguns minutos o silêncio nos uniu. Então ela ficou de pé:

– Bem, agora o senhor foi menino por tempo suficiente, seja novamente homem. Venha se sentar à mesa e coma. Nada de trágico aconteceu, tudo não passou de um mal-entendido que se esclarecerá.

E quando tentei contestar, ela acrescentou energicamente:

– Sim, se esclarecerá porque não hei de permitir que o assediem e o confundam. Vamos pôr um fim nisso, ele precisa finalmente aprender a se dominar. O senhor é bom demais para seus jogos aventureiros, falarei com ele, confie em mim. Mas agora sente-se e almoce.

Atordoado e sem vontade me deixei conduzir de volta à mesa. Ela começou a falar, um tanto afoita e afobada, a respeito de assuntos triviais, e eu no fundo estava agradecido por ela não ter dado tanta atenção e praticamente ter esquecido meu ataque descontrolado. Então disse que no dia seguinte seria domingo, quando juntamente com o professor W. e a noiva ela planejava fazer um passeio a um lago das imediações; eu deveria ir também, me livrar um pouco dos livros, me distrair. Que todo o meu mal-estar decorria simplesmente do excesso de trabalho e da sobre-excitação dos nervos. Uma vez na água ou no campo, meu corpo reencontraria sem demora o equilíbrio.

Prometi acompanhá-los. Qualquer coisa, menos a solidão naquele momento, menos meu quarto e os pensamentos me sufocando na escuridão.

– E não fique hoje à tarde preso em casa. Vá passear, fazer uma corrida, se entreter – insistiu ainda.

Era impressionante como ela conseguia adivinhar meus pensamentos íntimos, como sempre sabia, embora mal nos conhecêssemos, o que me convinha, ao passo que ele, o sábio, me desconhecia e me destruía.

Prometi que seguiria suas recomendações. Olhando para ela com gratidão, vi-a com um novo aspecto. O semblante que em geral se mostrava zombeteiro e impertinente, conferindo-lhe normalmente modos espontâneos de menino, se transformara numa aura terna e amigável: eu jamais a vira tão séria.

— Por que ele nunca me olha assim, com ar de bondade? – perguntava-se dentro de mim um sentimento confuso. – Por que não percebe que me ofende? Por que nunca pousou as mãos solícitas e afáveis sobre meus cabelos, minhas mãos?

Beijei-lhe com gratidão as mãos, que ela retirou inquieta, quase violentamente.

— Não se aflija! – repetiu, e sua voz aproximou-se afável.

Mas de novo assomou a expressão atrevida em seus lábios, levantando-se de repente murmurou:

— Acredite em mim: ele não merece.

Essas palavras sussurradas e mal audíveis reacenderam a dor em meu coração que se apaziguava.

O QUE FIZ NAQUELA TARDE e naquela noite parece tão infantil e absurdo que anos a fio tive vergonha sequer de pensar nisso; inclusive uma censura interior em mim não tardou a borrar de todo qualquer recordação concernente àquele momento. Hoje em dia não me envergonho mais daquelas ridículas tolices, ao contrário, hoje entendo muito bem o moço impetuoso e apaixonado, querendo superar à força a própria insegurança emocional.

Vejo-me como no final de um imenso corredor, como através de um telescópio, vejo o jovem exaltado e imprudente que sobe ao quarto sem saber o que empreenderá contra si mesmo. Que de repente veste um casaco, adota uma atitude firme, no âmago de sua personalidade busca gestos resolutos e, então, com um passo enérgico e violento, sai para a rua. Sim, sou eu, me reconheço, compreendo todos os pensamentos desse pobre moço de outrora, tolo e atormentado, lembro-me até de ter me postado ante o espelho e dito a mim mesmo:

— Que importa, que vá para o diabo! Por que sofrer por causa de um velho louco? Ela tem razão, distrair-me, gozar a vida! Avante!

De fato, foi assim que saí então à rua. Foi uma saída improvisada para me libertar e, depois uma corrida rápida, uma fuga cega com o único e covarde desejo de escapar à evidência de que aquela energia jovial não era assim tão jovial e o bloco de gelo se mantinha intato em meu coração. Ainda lembro como caminhava pela rua portando a pesada bengala na mão, olhando fixamente cada estudante que passava; nutria a perigosa vontade de começar uma briga com quem quer que fosse, de descarregar a esmo, sobre o primeiro infeliz que cruzasse comigo pelo caminho, a ira que assolava sem trégua. Mas por sorte ninguém se dignou a prestar atenção em mim.

Por isso me dirigi ao café onde meus colegas do seminário costumavam se encontrar, disposto a me sentar à mesa deles sem ser convidado e a interpretar o mínimo ensejo como pretexto a uma provocação. Uma vez mais, porém, minha prontidão para o enfrentamento se frustrou. O dia ensolarado seduzira a maior parte dos estudantes para os passeios, os dois ou três ali presentes me cumprimentaram polidamente e não ofereceram o menor motivo à minha irritação febril. Aborrecido eu os deixei em seguida e fui a um conhecido bar de má reputação no subúrbio, onde ao som de uma medíocre orquestra de senhoritas a escória dos habitantes do lugarejo, sedenta de diversão, se apinhava grosseiramente entre tabaco e cerveja. Sem demora virei dois ou três copos goela abaixo, convidei à minha mesa uma fêmea de notória má fama, juntamente com sua amiga, também prostituta magricela e maquiada, e desfrutei a doentia satisfação de me comportar de maneira inconveniente. Todo o mundo me conhecia na pequena cidade, todos sabiam que eu era o discípulo orientado por aquele professor; por outro lado, as duas mulheres mostravam de maneira inconfundível o que elas eram, através de seus trajes espalhafatosos e de sua conduta. Portanto eu me entregava ao deleite duvidoso e estúpido de me comprometer e de comprometê-lo, a ele (como eu insensatamente acreditava). Que vejam, eu pensava, que a mim pouco interessa seu apreço. E diante de todas as pessoas eu flertava com essa mulher de seios fartos, da maneira mais desavergonhada e sem tato. Era uma embriaguez de maldade raivosa, em pouco tempo uma embriaguez literal, porque bebemos tudo misturado grosseiramente – vinho, aguardente, cerveja – e nos movíamos com tanta brusquidão que derrubávamos cadeiras e os vizinhos se afastavam cautelosos. Mas eu não me sofreava de jeito nenhum, ao contrário; que fique sabendo, pensava bobamente, que saiba quão pouco me importo com ele, ah, não estou triste, nem chateado, ao contrário:

– Mais vinho! Mais vinho! – eu gritava, esmurrando a mesa e fazendo tilintar os copos.

Ao final, saí de braços dados com ambas as companheiras, uma de um lado, a outra do outro, e atravessamos a rua principal onde o costumeiro horário de movimento, às nove horas, reunia estudantes e moças, paisanos e militares em um agradável burburinho. Um trio ébrio e oscilante, lá íamos os três pela calçada provocando tal alvoroço que, enfim, um policial se aproximou circunspecto e nos intimou com energia a conter a algazarra. Não sou capaz de contar com precisão o que sucedeu depois disso, um vapor azul e alcoólico turva as recordações; só sei que, enfastiado das duas mulheres embriagadas e eu mesmo não mais senhor dos meus sentidos, despachei-as com algum dinheiro, tomei em algum canto café e conhaque e em frente à universidade pronunciei, para júbilo de alguns estudantes que acorreram, um inflamado discurso contra os professores. Animado então pelo obscuro instinto de me conspurcar ainda mais, mas principalmente de difamar a ele – presunção desvairada e apaixonada de um instante de fúria! – queria ir a um bordel, mas não consegui encontrar o caminho e, por fim, retornei para casa cambaleando e muito mal-humorado. Destrancar a porta foi um trabalho ingrato para minha mão tateante, com esforço atroz me arrastei pelos primeiros degraus acima.

Mas ao chegar em frente à sua porta, toda a minha embriaguez se esvaiu repentinamente, como se tivessem me jogado um balde de água fria sobre a cabeça. Assim sóbrio, evidenciou-se em meu semblante descomposto minha própria estupidez, vã e furibunda. A vergonha me fez baixar a cabeça. Bem quieto, encolhido como um cachorro escorraçado para que ninguém me ouvisse, me safei discreto para o meu quarto.

DORMI COMO UMA PEDRA; quando despertei o sol inundava já o assoalho e subia aos poucos à beirada do leito. Me levantei com um salto. Na cabeça dolorida, animava-se paulatinamente a lembrança da noite anterior. Mas reprimi a vergonha, recusava-me a continuar sentindo vergonha. Eu me persuadia com hipocrisia de que era por sua culpa, sua única e exclusiva culpa, que eu me abrutalhava. Para tranquilizar-me dizia comigo mesmo que a farra da véspera não fora nada senão uma diversão de estudante, sem dúvida permitida a quem vinha semanas atrás de semanas debruçado sobre o trabalho. Mas minha justificação não me convenceu; bastante desconcertado, desci numa atitude de desalento para encontrar a mulher do meu mestre, dado que prometera participar com ela do piquenique.

Singular: mal toquei o trinco da porta e de novo pressenti a presença do meu mestre, e com isso também um desespero ardente, insano, doloroso, que muitas vezes me assediara. Bati de leve, sua mulher veio me receber com um olhar estranhamente ameno.

– Que besteira é essa que o senhor aprontou, Roland? – perguntou com mais pena que repreensão. – Por que se torturar desse jeito?

Fiquei consternado. Tudo indicava que teria ouvido sobre meu comportamento estúpido. Porém ela logo acalmou minha aflição:

– Mas hoje vamos ter juízo. Às dez horas o professor W. virá com sua noiva, então vamos sair para o campo, remar e nadar para esquecer todas as tolices.

Ainda ousei, com voz tristonha, perguntar inutilmente se o mestre retornara. Ela me olhou sem responder, eu mesmo sabia que a pergunta fora desnecessária.

Às dez horas em ponto chegou o professor W., um jovem físico que, como judeu, vivia bastante isolado na sociedade acadêmica, e para ser franco era o único que convivia conosco, os marginalizados. Estava acompanhado de sua noiva, melhor dizendo, talvez amante. Uma moça jovem, cujo sorriso pairava permanente nos lábios, ingênua e um tanto tola, mas por isso exatamente a companhia apropriada para uma escapada espontânea como aquela. Viajamos de trem, comendo sem cessar, conversando e rindo, até um pequeno lago situado nas imediações. As semanas de fatigante seriedade me haviam desacostumado a tal ponto da jovialidade da conversação que essa única hora foi suficiente para me inebriar como um vinho. Com sua alegria infantil e irreverente o grupo logrou tirar meus pensamentos daquela esfera escura e agitada em torno da qual revoluteavam com zumbidos. Mal saí ao ar livre e uma corrida casual com a jovem me fez sentir de novo meus músculos, e logo voltei a ser o rapaz despreocupado de antes.

Na margem do lago pegamos dois barcos, a mulher de meu mestre conduzia o leme do meu, e no outro o professor e sua amiga compartilhavam os remos. Nem bem tínhamos embarcado, se apoderou de nós o afã competitivo do esporte, a vontade de ultrapassar-nos mutuamente, mas eu estava naturalmente em desvantagem, pois eles dois remavam juntos, ao passo que eu remava sozinho contra ambos. Mas me desvencilhando de meu casaco, apossei-me com vigor dos remos e, perito em esportes aquáticos, com remadas possantes consegui várias vezes passar à frente do barco vizinho. Entre ambos os barcos, um vaivém contínuo de pilhérias e estímulos, incitávamos uns aos outros indiferentes ao ardente calor de julho e ao suor que nos encharcava, batendo-nos uns contra os outros, nós, indomáveis prisioneiros de galés, de todo o coração devotados ao esporte e ao desejo de vencer o adversário.

Finalmente o objetivo estava à vista, uma pequena restinga arborizada no meio do lago. Redobramos nossos esforços furiosos e, para triunfo de minha companheira de barco, também arrebatada pela disputa esportiva, nossa quilha foi a primeira a roçar a areia. Desembarquei acalorado e pingando suor, inebriado por aquele sol abrasador a que não estava acostumado, pelo sangue fervilhante e impetuoso, pela alegria da vitória. Meu coração palpitava fortemente no peito, as roupas se colavam ao meu corpo suado. O professor se encontrava em condição parecida, mas em vez de recebermos elogios nós, os tenazes combatentes, com nossa aparência lamentável, bufando, fomos motivo de piada para nossas impertinentes companheiras. Afinal elas nos concederam um momento de pausa para nos refrescarmos: por entre gracejos e risadas foram improvisadas duas cabines de toalete, uma para os cavalheiros e uma para as damas, à esquerda e à direita dos arbustos. Vestimos rapidamente nossas roupas de banho; por trás da folhagem cintilava o linho branco e os braços nus, e enquanto o professor e eu ainda terminávamos de nos aprontar, as duas mulheres já estavam na água nadando prazerosamente. O professor, menos cansado que eu, se atirou logo na água atrás delas; mas eu que ganhara na disputa contra dois, tendo talvez remado com ímpeto exagerado, sentia o coração martelar ainda precipitado contra as costelas, deitei-me primeiramente à sombra amena, e me detive a contemplar com muito gosto as nuvens se movendo acima de mim, saboreando com volúpia o doce torvelinho do cansaço na circulação acelerada do meu sangue.

Mas ao cabo de poucos minutos eles passaram a me chamar lá da água:

– Venha, Roland! Competição! Torneio de natação! Torneio de mergulho!

Eu não me mexia; tinha a impressão de que poderia ficar assim deitado durante mil anos, a pele ardendo suavemente ao sol que se filtrava pela folhagem, e ao mesmo tempo me refrescando à carícia da brisa amena.

Mas de novo eles riram de mim, e a voz do professor falou:

– Ele está de greve, nós acabamos com ele! Vá buscar esse folgado!

Com efeito eu ouvi pelo lago um chapinhar que se aproximava nadando, e em seguida a voz dela falou bem perto de mim:

– Roland, torneio de natação, precisamos dar uma lição naqueles dois!

Fiquei calado, me divertia ser procurado.

– Onde o senhor está?

O cascalho chiava, eu escutava os pés descalços correndo à minha procura, e de súbito ela estava diante de mim, o traje de banho molhado colado no corpo esbelto e andrógino.

– Aí está o senhor. Que preguiçoso! Mas agora vamos lá, folgado, os outros estão quase do outro lado.

Deitado de costas, me espreguicei indolente:

– Aqui está bem melhor, mais tarde vou ao encontro dos senhores.

Rindo ela gritou com as mãos em concha em direção à água:

– Ele não quer se mexer!

– Para dentro da água com o moleque! – respondeu de longe a voz do professor.

Ela insistiu impaciente:

– Venha logo! Não me deixe fazer papel ridículo!

Mas eu apenas bocejei preguiçosamente. Ela então, entre séria e zombeteira, quebrou um galho do arbusto.

– Vamos! – repetiu enérgica, e tocou no meu braço, para me animar.

Dei um pulo. O açoite batera forte demais, um risco vermelho e fino como sangue estriava meu braço.

– Agora é que não vou mesmo! – disse eu, entre brincalhão e descontente.

Mas então ela, furiosa, ordenou:

– Venha agora!

Como eu, teimoso, não fazia menção de me mover, ela me bateu de novo, agora mais forte, com um golpe que me deixou a carne ardendo. Levantei-me irritado para arrancar-lhe das mãos a varinha, ela recuou, mas eu a agarrei pelo braço. Nessa luta nossos corpos seminus se aproximaram. E ao pegar seu braço para lhe torcer a articulação e obrigá-la a deixar cair a varinha, ela cedeu com uma virada brusca para trás, quando soou um estalido: a fivela que prendia a alça do traje de banho sobre o ombro tinha se rompido, e o bojo esquerdo pendeu, deixando exposto o seu seio, o mamilo rígido e róseo apontado para mim. Não pude evitar olhar, por um segundo apenas, mas aquilo me perturbou; tremendo e envergonhado soltei sua mão prisioneira. Ela se voltou enrubescida para consertar a alça rompida, o quanto podia, com um prendedor de cabelo. Fiquei do seu lado sem saber o que dizer. Ela também guardou silêncio. E a partir desse momento se estabeleceu entre nós uma inquietude sufocante.

– Alô! Alô! Onde estão? – soavam as vozes da margem oposta.

– Eu já vou! – respondi atropeladamente e saltei à água feliz por escapulir de um novo embaraço.

Após algumas braçadas, o movimento rápido no límpido frescor da água, e logo tive a sensação de ter varrido os murmúrios e sussurros do sangue com um prazer puro e perfeito. Reencontrei os outros dois, logo desafiei o fraco professor a uma série de competições, as quais eu sempre vencia, depois nadamos de volta à península. Pronta e vestida, ela nos esperava para organizarmos juntos o piquenique ao ar livre, com o lanche que tínhamos trazido nos cestos. Porém por mais que as risadas ressoassem entre nós quatro, sem querer ela e eu tínhamos evitado dirigir a palavra um ao outro. Falávamos e ríamos, por assim dizer, como se nada nos dissesse respeito. Mas se nossos olhares se cruzavam, esquivavam-se vivamente, enquanto ambos experimentávamos o mesmo sentimento: a impressão constrangedora do incidente não se dissipara e sentíamos mutuamente a lembrança do outro com confusa inquietude.

Depois a tarde transcorreu depressa com uma nova rodada de remos, mas o ardor da paixão esportiva aos poucos dava lugar a uma branda exaustão: o vinho, o calor e o sol foram se infiltrando até nosso sangue, fazendo-o afluir, mais vermelho. O professor e sua amiga não tardaram a se permitir intimidades que nós dois tivemos de tolerar com certo embaraço. Eles acercavam-se cada vez mais um do outro, enquanto nós, tanto mais temerosos, mantínhamos distância. Mas a condição de pares se tornou mais manifesta, quando os dois ousados preferiram permanecer para trás no bosque, sem dúvida a fim de se beijarem à vontade, e enquanto nós estivemos a sós nossa conversa manteve-se sempre constrangida. Ao fim do dia estávamos os quatro contentes por voltar ao trem: eles na expectativa de uma noite de amor, nós com o alívio de nos livrarmos de uma situação incômoda.

O professor e sua amiga nos acompanharam até nosso prédio. Subimos sozinhos as escadas; senti de imediato a influência misteriosamente perturbadora da desejada presença dele.

– Que tenha retornado! – pensei com fervor.

Como se tivesse lido o mudo suspiro em meus lábios, ela exclamou:

– Vamos ver se ele voltou!

Entramos. A casa estava silenciosa. Em seu gabinete tudo indicava sua ausência. Inconscientemente minha sensibilidade emocionada desenhou na poltrona sua figura melancólica e trágica. Mas as folhas jaziam intatas, à espera como eu. E assim assomou-me de novo a amargura: por que ele tinha fugido, por que me deixava sozinho? Cada vez mais a ira violenta e enciumada me apertava a garganta, novamente nasceu dentro de mim com força o desejo tolo e insensato de empreender contra ele qualquer coisa cruel e odiosa.

A mulher me seguira.

— O senhor fica para jantar, não é? Hoje não deveria ficar só.

Como ela podia saber que eu temia o quarto vazio, os rangidos na escada, as recordações insistentes? Ela sempre intuía tudo a meu respeito, todo pensamento recôndito, todo desejo perverso.

Fui assaltado por um medo, um medo de mim mesmo e do ódio confuso que se agitava dentro de mim. Quis recusar seu convite. Mas fui covarde e não me atrevi a dizer não.

TODA A VIDA EU ABOMINEI o adultério, não por questão de ética estrita, moralidade, puritanismo ou virtude, não tanto por ser um furto na escuridão, a apropriação de um corpo alheio, mas sim porque quase toda mulher nesses momentos trai o segredo mais íntimo do esposo — cada uma é uma Dalila que rouba do enganado seu mistério mais humano e o entrega a um estranho, o mistério de sua fortaleza ou de sua fragilidade. O que me parece traição não é que as mulheres se entreguem elas mesmas, mas sim que, para se justificarem nessas ocasiões, elas quase inevitavelmente ergam o véu protetor da intimidade do marido e o expõem, desavisado em meio ao sono, à curiosidade alheia, a um riso cáustico de prazer.

Não é o fato de eu, que me encontrava atrapalhado pela cega desilusão, ter encontrado refúgio nos braços da mulher de meu mestre, a princípio plenos de compaixão, logo de ternura, o primeiro sentimento tendo levado ao segundo numa rapidez fatal; não é essa vilania que ainda hoje julgo a pior da minha vida (porque aconteceu sem querer, caímos ambos inconscientes/inscientes nesse abismo passional), mas sim ter-me deixado ouvir confidências a respeito dele sobre os mornos travesseiros, ter permitido à mulher ofendida trair os segredos do casamento. Por que tolerei sem protestar que ela me segredasse estar ele há anos evitando o contato carnal com ela, e se expandisse em alusões implícitas? Por que não lhe mandei energicamente se calar sobre as intimidades da vida pessoal e sexual do meu mestre? Mas eu ansiava tanto conhecer seu mistério, estava tão sedento por sabê-lo culpado perante mim, perante ela, perante todos, que acolhi fervorosamente a confissão indigna de sua negligência como marido. Havia nisso alguma similaridade com meu próprio sentimento de abandono! Assim aconteceu que ambos, levados pelo ódio confuso e comum, fizemos algo que podia se passar por ato amoroso. Mas enquanto nossos corpos se abraçavam e se penetravam, nós dois só pensávamos nele e dele falávamos, sempre e sem cessar. Às vezes suas palavras me causavam sofrimento e eu me sentia vil por permanecer ali enredado no que me desagradava. Mas eu não era mais senhor do meu corpo, selvagem ele se abandonava ao próprio gozo. E com um calafrio eu beijava os lábios que traíam o homem que eu amava mais que tudo.

Na manhã seguinte me esgueirei, na boca o amargor da repugnância e da vergonha. A partir do momento em que o calor do corpo dela deixou de turvar-me os sentidos, me dei conta da realidade opressiva e da minha ignóbil traição. Nunca mais, imediatamente o soube, eu poderia voltar a olhá-lo nos olhos, nunca mais apertar sua mão. Não fora dele, mas de mim mesmo que eu usurpara o bem mais precioso.

Agora só existia uma saída: a fuga. Febrilmente enfiei na mala todas as minhas coisas, empacotei meus livros, paguei a senhoria. Ele não deveria me encontrar de novo, eu deveria desaparecer à sua maneira, igualmente sem motivo e cheio de mistério.

Em meio à faina da arrumação, minhas mãos de repente estacaram. Eu tinha ouvido o ranger da escada de madeira, passos subiam os degraus às pressas – seus passos. Devo ter empalidecido feito um morto, porque logo ao entrar ele reagiu assustado:

– O que você tem, menino? Está passando mal?

Dei um passo atrás. Eu o evitei, quando ele agora tentou chegar mais perto e me ofereceu a mão como apoio.

– O que há? – perguntou preocupado. – Aconteceu alguma coisa? Ou... ou ainda está zangado comigo?

Implacável voltei-me para a janela. Não podia mais olhar para ele. Sua voz cálida e empática me abria uma espécie de ferida; prestes a desmaiar eu senti brotar dentro de mim um calor forte, intenso, que devorava a mácula.

Ele também estava surpreendido, aturdido. E súbito (sua voz embargou-se constrangida, desanimada) ele murmurou uma pergunta estranha:

– Alguém... alguém lhe contou algo... a meu respeito?

Sem me virar, neguei com a cabeça. Mas algum pensamento receoso parecia dominá-lo, ele repetiu, persistente:

– Diga-me, confesse... alguém lhe contou alguma coisa a meu respeito... alguém... qualquer pessoa, não pergunto quem.

Neguei mais uma vez, ele permanecia perplexo. Então se deu conta de que minha mala estava feita, meus livros embalados e que sua chegada interrompera meus últimos preparativos de viagem. Ele se aproximou emocionado:

– Você quer partir, Roland, estou vendo... Diga-me a verdade.

Então eu me refiz:

– Preciso ir... me desculpe... Não posso falar sobre isso... eu lhe escreverei.

Não era capaz de continuar falando, tão estrangulada eu sentia a garganta, tão fortemente me pulsava o coração.

Ele continuou lívido. Então de repente foi abatido por aquela atitude cansada:

– Talvez seja melhor assim, Roland... sim, com certeza será melhor assim... para você e para todos. Mas antes que você se vá, queria conversar com você novamente. Venha às sete horas, à hora habitual... então nos despediremos de homem para homem... Nada de fugir de si mesmo, de escrever cartas... isso seria infantil, indigno de nós. E, além do mais, o que tenho a lhe dizer não quer ser escrito... O que me diz? Virá, não é?

Limitei-me a acenar a cabeça concordando. Meu olhar não ousava se afastar da janela. Mas eu não via o clarão daquela manhã, um espesso e escuro véu se interpusera entre mim e o mundo.

ÀS SETE HORAS ENTREI pela última vez naquele gabinete de estudo do qual tanto gostava. Entardecia precocemente, e a luz incidia por detrás dos reposteiros, ao fundo, brilhava apenas tenuemente a pedra lisa das figuras de mármore, e os livros dormiam no escuro atrás dos vidros de reflexos nacarados. Espaço secreto de minhas recordações, onde a palavra se tornava mágica para mim, onde eu saboreava como nenhures a embriaguez e o êxtase do espírito: sempre o evoco nessa hora de despedida e sempre revejo a figura venerada, que agora se levanta descolando-se lentamente do espaldar da poltrona e vem ao meu encontro como uma sombra. Apenas a testa alveja, como luz de alabastro na penumbra, e acima dela, as cãs do velho homem ondulam flutuantes como fumaça. Estendida a muito custo surge agora uma mão, que vem de baixo em busca da minha, então lhe reconheço os olhos graves voltados para mim e o sinto suave tocando-me depois o braço para me conduzir a uma poltrona.

– Sente-se, Roland, vamos conversar claramente. Somos homens e precisamos ser sinceros. Não pretendo pressioná-lo, mas concorda que seria melhor se houvesse nessa última hora uma total franqueza entre nós? Portanto diga-me, por que quer ir embora? Está aborrecido comigo por causa de qualquer ofensa absurda?

Neguei com um gesto. Era insuportável que ele, traído e enganado, quisesse assumir a culpa!

– Eu o magoei consciente ou inconscientemente? Às vezes sou bem estranho, admito. E o irritei, o atormentei contra minha própria vontade. Nunca lhe agradeci o suficiente pela ajuda, eu sei, sempre soube disso, inclusive quando eu lhe tratava mal. É essa a razão? Diga-me, Roland, pois gostaria que nossa despedida acontecesse em clima de lealdade.

De novo meneei a cabeça, era incapaz de falar. Sua voz estivera firme, agora desorientava-se ligeiramente:

– Ou... volto a perguntar... alguém disse algo sobre mim... algo que você considera repugnante... abjeto... qualquer coisa que faz com que me desprezei?

– Não! Não!... Não!

O protesto saiu de mim como um soluço: eu desprezá-lo! Desprezar a ele!

Sua voz tornou-se então impaciente:

– O que é então...? O que poderia ser...? Está cansado do trabalho...? Algo o chama fora daqui...? Uma mulher... Seria uma mulher...?

Calei-me. Esse silêncio foi de tal forma peculiar que ele captou a afirmação. Ele se inclinou mais e sussurrou em voz bem baixa, mas sem emoção ou ira:

– É uma mulher? A *minha* mulher?

Prossegui calado. E ele compreendeu. Um calafrio me percorreu: agora, agora, agora ele explodiria, cairia sobre mim, me bateria, me castigaria... E quase desejei que me açoitasse, a mim, o usurpador, ladrão, o traidor, que me escorraçasse de sua casa desonrada como a um cachorro sarnento. Mas curiosamente ele permaneceu impassível. E soou quase como um alívio o que, pensativo, ele disse para si mesmo:

– Isso eu na verdade deveria ter imaginado.

Andou duas vezes de um lado ao outro do gabinete. Logo parou na minha frente e disse num tom que pareceu de menosprezo:

– E isso... isso você leva tão a sério? Pois ela não lhe contou que é livre para fazer o que quiser, que não tenho direito sobre ela...? Nenhum direito de proibi-la de qualquer coisa e nem o mínimo desejo... E por que ela deveria dominar-se, por amor a quem, e precisamente com você...? Você é jovem, você é límpido e belo. Esteve próximo de nós... Como ela não iria amá-lo, a você... belo, jovem? Como ela não o amaria? Eu...

Sua voz começou de repente a embargar-se. E ele chegou tão próximo, tão próximo a mim, que senti seu hálito. Mais uma vez notei o cálido envolvimento de seu olhar, mais uma vez essa luz estranha... assim como nesses raros e singulares momentos que se sucederam entre mim e ele... Aproximou-se cada vez mais. E depois sussurrou em voz bem baixa, mal movendo seus lábios:

– Pois eu... eu também o amo.

SERÁ QUE ME SOBRESSALTEI? Retrocedi com um movimento involuntário? Mas algum gesto de surpresa e fuga devo ter deixado escapar de meu corpo, porque ele vacilou, recuando como se repelido. Uma sombra se abateu sobre seu rosto.

– Você me despreza agora? – perguntou à meia-voz. – Me acha repulsivo?

Por que naquela ocasião eu não encontrei as palavras adequadas? Por que me mantive simplesmente mudo, indiferente, constrangido, perplexo, em vez de voltar-me para esse homem amoroso e poupar-lhe a aflição equivocada? Mas em mim se agitavam tumultuadas todas as recordações. Como se de um golpe uma chave tivesse decifrado a linguagem de todas as mensagens incompreensíveis, assim eu compreendi tudo em terrível crueza, sua aproximação carinhosa e sua brusca defensiva, compreendi comovido aquela visita noturna e a sua obstinada fuga ante o ardor que eu demonstrara com insistente entusiasmo. Amor, eu sempre o percebera, sim, nele, terno e tímido, às vezes transbordante, às vezes reprimido de novo a duras penas. Eu amara esse amor, o fruíra em cada um de seus fugazes raios que casualmente caíam sobre mim. Contudo, agora que a palavra "amor" era pronunciada por essa boca masculina num tom de ternura sensual, uma sensação ao mesmo tempo doce e terrível percorreu-me as têmporas. E por mais que eu acalentasse devoção e piedade em relação a ele, não encontrei, menino aturdido, trêmulo e surpreendido que estava, uma palavra para responder à sua paixão que me fora revelada de surpresa.

Lá estava ele sentado, aniquilado diante do meu silêncio:

– É tão espantoso para você, então, tão espantoso – murmurou. – Tampouco você, tampouco você me perdoa portanto, nem você, diante de quem cerrei meus lábios até quase sufocar-me. De quem me escondi como nunca me escondera de alguém. Mas é melhor, agora você sabe, o segredo não me sufoca mais... Pois já era demais para mim... oh, demais! É melhor, melhor ter um fim a manter silêncio e fingimento.

Com que tristeza, com que ternura e pudor ele dizia essas palavras! O acento comovente me tocou fundo. Tive vergonha de me calar com tanta frieza, tão insensível e glacial perante o homem do qual eu tinha recebido mais do que de qualquer outra pessoa, e que agora se humilhava de maneira insensata na minha presença. Minha alma ardia de desejo de lhe dizer uma palavra consoladora, mas os lábios trêmulos não obedeciam. E tão atônito eu me encurvava no sofá, figura lamentável, encolhida, que ele, quase a contragosto, tentou me encorajar:

– Não fique aí sentado sem dizer uma palavra, Roland... Reaja! É tudo assim tão terrível para você? Eu lhe inspiro vergonha a esse ponto? Agora tudo passou, eu já lhe disse tudo o que tinha a dizer. Permita ao menos que nos despeçamos honestamente um do outro, como convém a dois homens, dois amigos.

Mas eu ainda não tinha domínio sobre mim próprio. Ele então tocou meu braço:

— Venha, Roland, para perto de mim. Para mim é mais fácil agora que você sabe, agora que enfim há clareza entre nós... Antes eu estava sempre receoso de que você adivinharia o quanto me é caro... Depois, ao contrário, tive a esperança de que você o perceberia, me poupando com isso esta confissão. Mas está feito, doravante sou livre. A partir de agora posso conversar com você como jamais conversei com outra pessoa. Pois você foi meu amigo íntimo como ninguém mais foi nos últimos anos. Eu o amei como não amei ninguém. Como ninguém, menino, você despertou algo profundo no meu ser. Por isso, nesse momento de despedida, há de saber de mim mais que ninguém, porque em todas as nossas horas juntos eu percebi sua muda indagação. Unicamente você, você, conhecerá minha vida inteira. Quer que eu lhe conte?

Dentro dos meus olhos, perturbados pela emoção, ele leu um sim:

— Aproxime-se... para perto de mim... Essas coisas eu não consigo falar em voz alta.

Inclinei-me em sua direção, com devoção, eu diria. Mas mal me sentei à sua frente, todo ouvidos e à espera, ele voltou a se levantar.

— Não. Assim será impossível. Você não pode me olhar, porque assim, assim não consigo falar.

E, estendendo o braço, apagou a luz.

A meia-luz nos envolveu. Eu percebia que ele estava do meu lado, sentia-o pela sua respiração, árdua, que se agitava intermitente e invisível. E em certo momento uma voz se ergueu entre nós e me contou a vida de meu mestre.

DESDE AQUELA NOITE em que esse homem adorado me descerrou seu destino como se abrisse uma concha dura, desde aquela noite há quarenta anos, tudo continua me parecendo pueril e banal, o que nossos escritores e poetas escrevem nos livros como se fosse extraordinário, o que os dramas mascaram de trágico com os cenários. Será indolência, covardia ou miopia o que os induz a desenhar a superfície luminosa da existência, onde os sentimentos se expõem abertos e regulares, enquanto abaixo, nos porões, nas raízes ocas e cloacas do coração, as perigosas bestas da paixão se inquietam soltando faíscas fosforescentes, copulando e destroçando-se às escondidas nas mais variadas e fantásticas formas de envolvimento? Será que os assusta o sopro tórrido e devorador dos instintos demoníacos, o vapor do sangue em ebulição? Têm medo de sujar as mãos delicadas demais nas úlceras da humanidade, ou seu olhar habituado à luz mais embaciada é incapaz de conduzi-los até esses degraus escorregadios, perigosos e cobertos pela podridão? No entanto, para o homem sábio nenhum prazer se iguala ao que o oculto propicia, nenhum arrepio é tão dilacerante como o que emana do risco, e nenhum sofrimento é tão sagrado como o que não ousa se manifestar devido ao pudor.

Mas eis aqui um ser humano que se revelava a mim em sua inteira nudez, rompia o peito, ávido e pronto para mostrar o coração martirizado, envenenado, consumido, purulento. Uma volúpia infrene exalava, como nos flagelos, dessa confissão reprimida por anos e anos. Somente quem se envergonhara durante uma vida inteira, quem havia se encolhido e escondido, podia se entregar com tamanha e tão avassaladora coragem a uma confissão implacável como aquela. Um ser humano arrancava aqui a vida do peito, pedaço por pedaço, e nessa hora eu, ainda um moço, vislumbrei pela primeira vez as profundidades inimagináveis do sentimento terreno.

A princípio sua voz vagava imaterial no espaço, turva fumaça da excitação, alusão incerta a fatos secretos, e, apesar disso, precisamente nesse árduo domínio do entusiasmo se pressentia a fúria posterior, assim como em certos compassos atenuados prenuncia-se nos nervos o ritmo enfático do *furioso*. Mas gradativamente as imagens começaram a surgir flamejantes, elevando-se dos frêmitos intrínsecos da paixão, gradualmente mais nítidas.

Primeiro eu vi um menino tímido e retraído que não ousava dirigir uma palavra aos colegas, a quem um desejo confuso e imperioso impele apaixonadamente justo aos jovens mais bonitos da escola. Em suas aproximações por demais ternas, um deles o repeliu irritado, um outro zombou dele com palavras de odiosa crueldade, e o que é pior: ambos revelaram aos demais essa inclinação desviada. Imediatamente uma fileira cerrada de desdém e desprezo exclui o menino aturdido da alegre convivência com os colegas. O caminho da escola se converte num calvário cotidiano, e as noites desse ser prematuramente estigmatizado num inferno de desgosto consigo mesmo: o excluído sente seu desejo transviado e realizado apenas em sonho como loucura e vício desonroso.

A voz narradora vacila insegura, por um instante parece extinguir-se na escuridão. Mas um suspiro restitui-lhe a energia, e do negro turbilhão de névoa emergem agora novas imagens que se alinham como sombras e fantasmas. O moço jovem tornou-se estudante em Berlim, pela primeira vez a cidade subterrânea permite à sua inclinação longamente refreada se satisfazer. Mas como eram poluídos pelo desgosto e envenenados pelo medo esses encontros furtivos em esquinas afastadas, na escuridão das estações e pontes! Quão pobres são em prazer e apavorantes pelo perigo atroz e implícito na maioria das vezes das extorsões, cada contato trazendo consigo um visco de terrível medo que se arrastava por semanas! Trilhas infernais entre a sombra e a luz: enquanto durante o dia claro e laborioso o cristal do espírito purifica o sábio, à noite uma vez mais atrai a criatura aos ermos arrabaldes, à companhia de sujeitos duvidosos que fogem à simples vista de um uniforme de polícia, às tavernas de atmosferas nebulosas, cuja porta desconfiada somente se abre ante certo sorriso cúmplice. E a vontade precisa ter férreo controle para ocultar essa duplicidade na vida cotidiana, para esconder do olhar alheio esse segredo de Medusa, exibindo durante o dia a compostura grave e digna de um professor, na madrugada percorrendo incógnito o mundo subterrâneo de aventuras vergonhosas à meia-luz das lanternas vacilantes. Com o chicote do autodomínio o torturado tenta reconduzir a preferência desviada a seus limites, uma e outra vez mais o instinto resvala ao escuro do risco. Dez, doze, quinze anos de batalhas extenuantes contra a força invisível e magnética da propensão insuperável se sucedem como uma longa convulsão. Gozo sem prazer, vergonha sufocante e aos poucos o olhar turvo e covardemente voltado a si mesmo devido ao medo da própria paixão.

Enfim, já tarde, passados os trinta anos de vida, uma tentativa enérgica de remeter o carro aos trilhos. Na casa de uma parente ele conhece sua futura esposa, uma moça que, atraída vagamente pelo que a criatura possuía de misterioso, lhe devota sincera afeição. E o corpo andrógino e a feição juvenil petulante dessa mulher conseguem pela primeira vez enganar durante breve tempo sua paixão. Um relacionamento fugaz consegue sobrepujar sua aversão pelo feminino, pela primeira vez sua inclinação é vencida e assim, na esperança de dominar a tendência desviante, impaciente por se unir a quem pela primeira vez lhe fornecia amparo contra a cicatriz intrínseca do perigo, ele a desposa apressadamente após confessar-lhe tudo. Com isso ele crê evitar a tentação de retornar às zonas pavorosas. Durante umas poucas semanas vive despreocupado, mas não tarda o novo estímulo a se demonstrar impotente, o desejo frenético ressurge imperioso. A partir daí a mulher decepcionada que também o decepcionou se presta somente a fachada para a sociedade, um anteparo face às recidivas de sua inclinação. Uma vez mais a trilha perigosa conduz abaixo, às trevas do risco.

E uma particular tortura se soma à confusão íntima quando é designado ao cargo no qual sua disposição significará maldição. O convívio constante com os jovens é uma obrigação oficial para o livre-docente da faculdade que em breve se torna professor titular; a tentação oferece sempre ao seu alcance uma nova leva da juventude cheia de viço, efebos de um ginásio invisível no meio de um mundo regido pelos parágrafos da lei prussiana. E todos – nova maldição, novo perigo! – são devotados a ele, sem reconhecerem o rosto de Eros atrás da máscara do professor. Ficam honrados quando por um gesto jovial ele os toca (vibrando em segredo), desperdiçam sua energia com alguém que ante eles precisa constantemente se conter. Suplícios de Tântalo! Mostrar-se duro em face do afeto, em constante e interminável luta contra a própria condição. E, sempre que estava prestes a sucumbir à tentação, então empreendia de súbito uma fuga! Eram aquelas escapadas abruptas que tanto me tinham perturbado;

agora eu compreendia nessa terrível evasão de si mesmo a fuga. Ao horror das sendas oblíquas e dos abismos. Nessas ocasiões ele viajava a uma cidade grande, onde em recantos ermos encontrava cúmplices, pessoas de classe baixa cujo trato desagradava, juventude decaída à prostituição em vez daquela que o tratava com respeito. Mas precisava desse asco, dessa lama, dessa adversidade, desse veneno picante da desilusão, a fim de mais tarde, quando de volta ao círculo dos estudantes, pudesse se sentir mais seguro, novamente senhor de seus sentidos. Oh, que encontros! Que figuras de fantasmas e, mesmo assim, terrenas e fétidas, suas confissões me conjuravam!

Pois esse nobre homem do espírito, para quem a beleza das formas representava uma necessidade inata, vital, o conhecedor refinado de todos os sentimentos, ele tinha de infligir-se as mais extremas humilhações naquelas tavernas tenebrosas e enfumaçadas abertas somente aos iniciados. Ele conhecia as exigências insolentes dos meninos embonecados que requebravam pelas calçadas, a familiaridade insinuante dos perfumados ajudantes de cabeleireiros, as risadinhas histéricas dos transvestidos em roupas femininas, a ganância por dinheiro dos atores sem contratos, a tosca carícia dos marinheiros que mascavam tabaco, todas as formas retorcidas, atemorizadas, transgressoras e fantásticas nas quais o sexo desviado se procura e se encontra na margem mais ignóbil das cidades. Ele experimentara todas as humilhações, abjeções e violências nesses caminhos viscosos; várias vezes tivera todos os seus pertences roubados (fraco demais, nobre demais para brigar com um moleque de rua), retornara para casa sem relógio, sem casaco e ainda por cima escarnecido pelo embriagado parceiro daquele sórdido hotel suburbano. Chantagistas se tinham colado a seus calcanhares, um deles o perseguira durante meses até a universidade, sentara-se atrevido na primeira fila de carteiras e então, com zombeteiro sorriso, encarara o professor diante de todos os estudantes, e era a muito custo que ele terminava de ministrar o seminário, tremendo ante as piscadelas confiadas. Certa vez – meu coração parou quando ele me confessou também esse episódio – ele fora detido à meia-noite pela polícia de Berlim, com todo um bando, numa taverna suspeita. Com o riso sardônico e mordaz de um subalterno que uma vez na vida pode vangloriar-se às custas de um intelectual, um guarda da polícia, corpulento e de faces rosadas, tomou nota numa caderneta do nome e da profissão do pobre professor à sua frente, comunicando-lhe por fim, indulgentemente, que dessa vez estava livre, mas que de ora em diante seu nome constava de uma certa lista. Assim como uma roupa impregna-se indelevelmente do cheiro de aguardente barata após muito tempo em casas com esse odor, assim também, ali em sua própria cidade, paulatinamente tornou-se perceptível um rumor difamador, sem que se pudesse apurar de onde vinha, porque, como outrora no colégio, a conversação e a saudação dos colegas congelavam-se cada vez mais ostensivamente, até que um ambiente de cristalino estranhamento acabou por ilhar esse homem sempre solitário. E não obstante sua reclusão em casa ele tinha a sensação de ser espiado e estar exposto.

Nunca esse coração torturado e temeroso obtivera a graça de uma amizade pura e nobre, a ternura de um afeto masculino, sempre se via obrigado a repartir seu sentimento, concedendo uma parcela às relações delicadas de doces desejos com os jovens companheiros intelectuais da academia e outra aos comparsas conquistados nas sombras, dos quais pelas manhãs só se lembrava com arrepios. A esse homem maduro jamais fora concedido viver a experiência da afeição genuína de um adolescente de alma generosa que se devotasse a ele – e, exaurido pelas desilusões, os nervos destroçados pela busca na densa selva, o resignado já se dera por vencido... Eis então que novamente surgiu um jovem em sua vida, dedicando-se apaixonadamente a ele, ao velho mestre, e ofertando amável a si mesmo com sua palavra e seu ser, desejoso de sacrificar-se em seu ardor ante o envelhecido e encanecido, que assustado não esperava mais pelo milagre, que não se sentia mais digno de uma dádiva tão ingênua e doada com tanta pureza. Uma vez mais um mensageiro da juventude viera em bela figura e temperamento amoroso, nutrindo por ele uma afeição espiritual, mostrando-se ternamente vinculado pelos laços da simpatia, almejando sua amizade mas desavisado do perigo.

Portando a tocha de Eros em sua alma pura, audacioso e cândido como Parsifal, ele se inclinava sobre a ferida envenenada, ignorando o malefício e trazendo consigo a cura. Ele que fora por tanto tempo esperado, uma vida inteira, entrara em sua casa ao fim do dia, à hora do crepúsculo: demasiado tarde.

Enquanto descrevia essa personagem a voz, a própria voz saiu da escuridão. Uma luz parecia transfigurá-la, uma ternura vívida e profunda lhe conferia musicalidade, enquanto a boca eloquente falava do homem jovem, do bem-amado tardio. Eu o ouvia tremendo comovido, com feliz simpatia pela alegria, mas de repente meu coração acusou um abalo violento. O moço ardoroso a quem se referia meu mestre era... era... o rubor subiu-me às faces: era eu mesmo! Eu via minha imagem se destacando de tal modo envolta no brilho de um amor insuspeitado, que seu resplendor bastou para me acalentar a alma. Sim, era eu – eu reconhecia cada vez mais distintamente meu jeito de ser, impulsivo e entusiasmado, o desejo fanático de estar a seu lado, o êxtase exigente que não se contentava com o intelecto, eu, o jovem tolo e vital, que ignorante de seu próprio poder voltara a despertar nesse homem exaurido a fonte fecunda da criação e a reacender em sua alma a chama de Eros que em seu cansaço se apagara. Perplexo eu reconhecia agora o que eu, o estudante desajeitado, representara para ele, que amava minha devoção como a mais sagrada surpresa de sua velhice. Ao mesmo tempo dei-me conta da luta sobre-humana que sua força de vontade tivera de travar por minha causa, pois justo de mim, amado com pureza, ele não queria receber sarcasmo ou desprezo, nem o arrepio de carnalidade ofendida. Ele não queria entregar ao jogo lascivo a última graça do destino hostil. Por isso opunha obstinada resistência a meus avanços, espantava meu sentimento efusivo com a glacial ironia, dava à palavra amiga de doce fluência uma dureza formal e refreava o carinho envolvente de sua mão. Exclusivamente por mim ele se forçou a todos esses modos rudes que deveriam despertar-me à razão e protegê-lo, e que durante semanas tinham perturbado meu ânimo. Agora eu percebia com clareza assustadora a confusão deplorável daquela noite quando, sonâmbulo de seus imperiosos instintos, ele subiu a escadaria rangente, a fim de então, através da palavra ofensiva, salvar a si mesmo e à nossa amizade. E emocionado, consternado, agitado como se acometido por febre, desfeito pela compaixão, eu compreendi o quanto ele sofrera por minha causa, com que heroísmo se dominara por minha causa.

Essa voz na escuridão, essa voz em meio às trevas – ah, como eu a sentia penetrar até o cerne mais fundo do meu ser! Nela soava um tom que jamais ouvira antes, e como jamais voltei a ouvir, um acento vindo de paragens a que o destino dos homens médios não tem acesso. Um ser humano não fala dessa maneira a outro ser humano senão uma única vez na vida, para em seguida calar-se para sempre, como se diz na lenda do cisne, que somente uma única vez, ao morrer, pode alçar seu grito roufenho ao canto. E eu acolhia em mim num frêmito doloroso essa voz quente e inflamada, como a mulher acolhe em si o homem.

De um momento para o outro ela emudeceu, e entre nós restou apenas a escuridão. Eu o sabia próximo de mim. Não teria senão que erguer a mão e estendê-la para tocá-lo. Tive um poderoso desejo de consolá-lo em seu sofrimento.

Mas logo ele fez um movimento. Acendeu a luz. Uma figura cansada, envelhecida e abatida se ergueu da poltrona. Um homem velho e esgotado veio lentamente em minha direção.

– Seja feliz, Roland. Nem mais uma palavra entre nós! Foi bom que você tenha vindo e é bom para nós dois que agora se vá. Adeus e deixe que eu lhe dê um beijo de despedida!

Como que impelido por um encantamento, oscilei em sua direção. Aquela luz em seus olhos que em geral parecia esmaecida por uma névoa turva agora ardia, abertamente: flamas vívidas saltavam deles. Ele me puxou para si, seus lábios premeram sedentos os meus, com um gesto nervoso e numa sorte de convulsão trêmula me estreitou em seus braços.

Foi um beijo como eu nunca recebera de uma mulher, um beijo ávido e desesperado semelhante a um grito de agonia. O estremecimento convulso de seu corpo contaminou o meu. Vibrei preso de uma ambivalente sensação, estranha e terrível, a minha alma se entregava a ele e eu, todavia, estava inteiramente assustado pela repulsa contrariada do meu corpo às carícias de um homem: inquietante confusão de sentimentos, que fazia esse segundo comprimido estender-se por uma atordoante eternidade.

Por fim me soltou – foi um movimento brusco como um corpo que se desarticula sob a ação da violência –, ele se virou morosamente e se lançou sobre a poltrona, dando-me as costas. Durante alguns minutos o corpo rígido permaneceu olhando fixamente o vazio. Mas pouco a pouco a cabeça começou a pesar-lhe, ele se curvou, a princípio mais cansado e exausto, e por fim, como um peso excessivo que oscila longamente e de súbito despenca, a testa inclinada golpeou pesadamente a escrivaninha provocando um som abafado e surdo.

Uma piedade infinda me dominou. Involuntariamente fiz menção de me aproximar, mas seus ombros fundidos se recompuseram uma vez mais e, virando-se para mim, soltou um gemido ameaçador surdo e rouco através das mãos crispadas com que cobrira o rosto, gemeu ameaçador:

— Vá embora! Vá embora! Não, não se aproxime... pelo amor de Deus... por amor a nós dois... vá embora, vá!

Compreendi. Assustado retrocedi, como um fugitivo deixei o aposento que eu adorava.

Não voltei a vê-lo nunca mais. Nunca recebi dele carta ou notícia. Seu livro nunca foi publicado, seu nome foi esquecido; ninguém exceto eu sabe alguma coisa sobre ele. Mas ainda hoje conservo o sentimento, como o menino inseguro de então: a ninguém tenho tanto a agradecer como a ele, nem a meu pai ou a minha mãe antes dele, nem a minha mulher e filhos depois. A ninguém amei tanto.

Sobre biografias e sutilezas

Quando chegou à Rússia soviética, em 1928, uma das figuras que Zweig primeiro procurou foi o cineasta Serguei Eisenstein, já celebrado internacionalmente pelos clássicos *Encouraçado Potemkin*, *Outubro*, *A greve*. Recebido afetuosamente no modesto apartamento em Moscou (falavam em alemão), a primeira pergunta do cineasta, no entanto, foi devastadora: queria saber se a novela *Verwirrung der Gefühle* fora inspirada numa experiência pessoal. Surpreendido, Zweig desconversou, balbuciou algo sobre um amigo da juventude enquanto o anfitrião percebia a gafe e apressava-se em tirar o visitante da situação embaraçosa. Falam então sobre psicanálise e outros assuntos que tanto interessavam o cineasta e considerados tabus na URSS.*

A mesma "confusão de sentimentos" que despertara a incontida curiosidade de um homossexual como Eisenstein dois anos antes fora considerada por um cientista como Freud autêntica obra-prima "escrita com arte, franqueza, amor à verdade, livre de qualquer fingimento e do sentimentalismo da nossa época". Termina: "Confesso que não consigo imaginar algo tão afortunado..."**

Zweig não completara cinquenta anos, mas assumiu-se mais velho (faz isso com frequência, mesmo na vida real): impôs-se voz mais grave, profunda, apropriada ao ritmo compassado que desejava imprimir ao turbilhão de experiências. Assim equipado, entoa sua elegia inspirada em sentimentos sutis, imprecisos, estranhamente aliciantes.

---

* O episódio foi narrado pelo cineasta na sua autobiografia, *Memórias imorais*, no capítulo "Zweig-Babel-Toller-Mayerhold-Freud" (São Paulo, Companhia das Letras, 1987, p.224-31). Concluída em 1948, mas só publicada no ocidente em 1964, à espera do fim do período stalinista. O encontro com Zweig foi escrito no dia seguinte à publicação da notícia sobre o seu suicídio, em fevereiro de 1942.
** Carta de Sigmund Freud para Stefan Zweig (então vivendo em Kapuzinenberg, Salzburg), de 4 de setembro de 1926. O ano de publicação do livro é 1927.

Verwirrung é mais do que confusão, é um desconcerto, desacerto. Ou desordem, como aventou o germanista francês Jean-Pierre Lefebvre, um dos mais completos zweignianistas já aparecidos.*

Com mais de sessenta páginas manuscritas, revela-se uma de suas novelas mais longas, complexas, elaboradas, um quase romance pontilhado de inesperadas sobreposições, desencaixes e equívocos. De novo envereda pela linha do *Bildungsroman* – agora plenamente –, ao remontar um aprendizado perturbador, com toques confessionais mais intensos do que os expostos na autobiografia, entremeados com digressões sobre a universidade, filologia, teatro elisabetano (Shakespeare, Marlowe, Ben Jonson, principalmente este) e a arte da biografia.**

Um encanecido mestre está revivendo emoções passadas enquanto folheia uma biografia montada pelos antigos alunos como homenagem aos seus sessenta anos e trinta de magistério. Não se reconhece: "Todas as informações procedem, mas falta o essencial. Descreve-me, mas sem aprofundar; fala simplesmente de mim, mas sem relevar o que sou." Na verdade, uma advertência aos leitores para não esquecer que mesmo esmeradas biografias arriscam-se a deixar intocada a essência do biografado. O refinado Eisenstein, pelo visto, não percebeu o recado ao imaginar que a novela teria sido recortada de um lance na vida do autor. Possivelmente foi imaginado, porém graças à maestria de Zweig em embaralhar e confundir emoções e personagens tudo se torna plausível e improvável, possível e duvidoso.

Na longa carta em que comenta a novela, Sigmund Freud diagnostica que, ao contrário do histérico e neurótico Dostoiévski, Zweig não é violento. De fato não é. Zweig é incômodo, inquietante. Perturbador.***

---

* Organizador e comentador de *Romans, nouvelles et recits* de Stefan Zweig, em dois volumes pela Bibliothèque de la Pléiade (Gallimard, Paris, 2013).
** No manuscrito original, o subtítulo "Aufzeichnungen eines alten Mannes" (Anotações de um homem velho) foi alterado para "Private Aufzeichnungen des Geheimrates R. v. D." (Anotações particulares do conselheiro R. von D.).
*** Carta de 4 de setembro de 1926. O caráter introspectivo da novela é o responsável pela dificuldade em adaptá-la para o cinema, TV ou teatro. A única versão audiovisual, *La confusion des sentiments*, foi adaptada e dirigida por Etienne Périer, coprodução franco-alemã de 1979/1980 com Michel Picolli e Gila von Weitershausen.

A coleção invisível

Um episódio da inflação alemã

Duas estações depois de Dresden um senhor de certa idade embarcou em nosso compartimento, cumprimentou-nos polidamente e então, detendo o olhar em mim, inclinou expressamente a cabeça como a um conhecido de longa data. No primeiro momento, não fui capaz de me lembrar quem seria; porém, mal ele mencionou o seu nome com um leve sorriso, recordei de imediato: era um dos antiquários mais influentes de Berlim, em cuja loja eu com muita frequência admirara e comprara livros antigos e manuscritos originais em tempos de paz. Conversamos a princípio sobre coisas banais. De repente, ele disse sem mais nem menos:

– Preciso lhe contar de onde acabo de vir. Pois esse episódio é realmente o mais extraordinário que me ocorreu nos trinta e sete anos de minha atividade, a mim, que sou um velho antiquário. O senhor sem dúvida está ciente da atual situação do comércio de objetos de arte, desde que o valor do dinheiro foi literalmente pelos ares: os novos-ricos de súbito passaram a se entusiasmar por madonas góticas, incunábulos, velhas estampas, quadros, nada é suficiente para eles; precisamos inclusive ficar atentos para que não nos esvaziem a casa e as gavetas. Se deixarmos nos compram as abotoaduras das mangas e a luminária da escrivaninha. Com isso torna-se um verdadeiro quebra-cabeça estar sempre obtendo novas mercadorias para eles. O senhor desculpe se chamo agora de mercadorias esses objetos que comumente reverenciamos, mas essa súcia é que nos acostumou a considerar um esplêndido incunábulo veneziano como mero equivalente a um punhado de dólares, e um desenho de Guercino como a soma de algumas notas de cem francos. Contra a penetrante insolência desses súbitos compradores enfurecidos é inútil tentar resistir.

"E assim um dia amanheci de novo completamente exaurido e teria preferido cerrar as persianas, de tal modo me envergonhava de ver em nosso negócio de tradição, que já meu pai herdara do meu avô, tão só um deplorável refúgio remexido, que outrora nenhum comerciante de sucata no norte teria colocado na carroça.

"Em meio a esse apuro me ocorreu folhear nosso velho livro de contas para desenterrar clientes antigos dos quais eu talvez pudesse reaver algumas obras repetidas. Uma lista de clientes antigos é sempre uma espécie de campo de escombros, em especial nos dias de hoje, e ela na verdade não apontou saídas: a maioria de nossos antigos compradores se vira há muito tempo obrigada a depositar seus bens em penhores ou morrera, e dos poucos sobreviventes não havia nada a se esperar. Foi quando me deparei com um maço completo de cartas do nosso cliente seguramente mais antigo, que só sumira de minha memória porque desde a eclosão da Guerra Mundial, desde 1914, ele não nos procurara mais com qualquer encomenda ou consulta. A correspondência se estendia – sem nenhum exagero! – a quase sessenta anos atrás. Ele tinha comprado de meu pai e de meu avô, mas eu não recordava que ele alguma vez tivesse adentrado a loja nos trinta e sete anos de minha atividade pessoal.

"Tudo levava a crer que se tratava de uma pessoa estranha, antiquada e excêntrica, um desses alemães extintos saídos de uma pintura de Menzel ou Spitzweg, dos quais somente poucos se conservaram em nossos tempos como uma peça rara, aqui e acolá, em cidadezinhas isoladas. Suas cartas eram artes caligráficas sem rasuras e com os valores sublinhados a régua e tinta vermelha; ele também repetia os valores para não dar a menor margem a equívocos. Isso, bem como o emprego exclusivo de páginas brancas destacadas de livros e envelopes bancários, indicava a mesquinharia e a fanática mania de economizar de um inveterado provinciano. Esses esquisitos documentos vinham sem exceção assinados com circunstanciados títulos além do nome: conselheiro florestal aposentado, tenente da reserva detentor da Grã-Cruz de Ferro. Como veterano de 1870, portanto, ele precisava ter bem uns oitenta anos nas costas, se é que ainda estava vivo. Mas esse personagem original e absurdo demonstrava qualidades incomuns de

A coleção invisível 163

colecionador de artes gráficas. Era dotado de excelente conhecimento das imagens e do mais apurado bom gosto. Ao considerar em detalhes suas aquisições num período de quase sessenta anos, a primeira comprada ainda por tostões de prata, notei que, nos tempos em que ainda se podia comprar por um táler as mais belas xilogravuras alemãs, o sujeitinho provinciano devia ter constituído sem alarde uma coleção de gravuras em cobre que podia superar condignamente as espalhafatosas coleções dos chamados novos-ricos. Pois só as peças que comprara em nosso estabelecimento por modestas somas de marcos e pfennige ao longo de meio século representavam hoje um valor considerável. E, de resto, seria de se supor que ele devia ter operado com o mesmo êxito junto a outros fornecedores e antiquários. Para falar a verdade, desde 1914 nós não tínhamos mais recebido encomendas dele. No entanto, eu estava demasiado bem a par das transações no comércio das artes para que me escapasse inadvertidamente um leilão ou qualquer negociação fechada de um lote dessa relevância. Por essas considerações, concluí que esse personagem estranho devia continuar vivo, ou a coleção tinha passado às mãos de seus herdeiros.

"O assunto me intrigou e parti logo no dia seguinte, quer dizer, ontem à tarde, a fim de tratar disso pessoalmente em uma das cidades mais longínquas da Saxônia. E, passeando ao sair da pequena estação pela rua principal, pensei que era quase inconcebível que lá, em meio a essas casas feias e banais com fachadas pequeno-burguesas, em algum canto morasse alguém que possuísse as mais primorosas águas-fortes de Rembrandt e as gravuras de Dürer e de Mantegna num perfeito estado de conservação. Para meu assombro, no correio local confirmaram, quando indaguei se um conselheiro florestal com o nome fulano de tal residia ali, que efetivamente o velho senhor ainda vivia. Admito com sinceridade que não foi sem certa apreensão que, ainda de manhã, me pus a caminho de sua casa.

"Não foi difícil encontrar sua residência. Ele morava no segundo andar de um daqueles sóbrios edifícios provincianos que um construtor especulador devia ter erguido às pressas sem bons alicerces por volta dos anos 1860. No primeiro pavimento vivia um respeitável alfaiate; à esquerda, no segundo pavimento, brilhava a placa de um chefe dos correios; à direita, finalmente, a plaqueta em porcelana com o nome do conselheiro florestal. Ao meu hesitante toque de campainha, abriu de imediato a porta uma senhora muito idosa com os cabelos brancos cobertos por uma esmerada touquinha preta. Apresentei a ela meu cartão de visita e indaguei se o conselheiro poderia me receber. Admirada e de certo modo desconfiada ela olhou primeiramente para mim, depois para o cartão: naquela cidadezinha perdida e na modesta residência uma visita forasteira parecia ser um acontecimento extraordinário. Mas ela me pediu cordialmente para aguardar um instante, pegou o cartão e seguiu ao cômodo contíguo. Ouvi seus cochichos, e logo em resposta uma expansiva voz masculina exclamou em alto e bom som:

"– Ah! O sr. R. de Berlim, da conhecida loja de antiguidades, pois que entre, que entre! É um prazer!

"A boa velhinha retornou com passadas miúdas e me pediu para acompanhá-la à sala de estar. Tirei o agasalho e entrei. No centro da modesta sala um homem de idade, mas ainda robusto, com espesso bigode, enrolado num roupão como um soldado em seu uniforme, se mantinha de pé aprumado e me estendia ambas as mãos com cordialidade. Esse gesto claramente hospitaleiro de franca e afável saudação contrastava porém com uma estranha rigidez da postura. Ele não se adiantou ao meu encontro, e um pouco surpreso tive que me aproximar dele para apertar-lhe a mão. Quando quis alcançá-la, porém, vi que as mãos imóveis na horizontal não buscavam as minhas, mas as esperavam. Naquele momento entendi tudo: o homem era cego.

"Desde minha infância sempre experimentei uma sensação desagradável ao lidar com um cego. Nunca conseguia reprimir uma espécie de perturbação e constrangimento por sentir a pessoa viva que por sua vez não me sentia como eu a ela. Nessa ocasião eu me dominava com calafrios olhando esses olhos apagados que fitavam o vazio sob as sobrancelhas brancas e hirsutas. Mas o cego não me deixou muito tempo para o estranhamento, pois mal minha mão tocou a sua ele sacudiu a minha com vigor e me repetiu as boas-vindas com seu jeito efusivo e agradavelmente expansivo.

"– Uma visita excepcional – disse ele sorrindo para mim. – É incrível que um dos importantes homens de Berlim se aventure por nossas paragens... É preciso ficar de sobreaviso quando um cavalheiro berlinense se dá ao trabalho de vir até aqui. Em casa dizemos sempre que é necessário trancar as portas se os ciganos chegam. É, eu posso logo imaginar por que o senhor vem à minha procura. Os negócios vão de mal a pior no momento em nossa pobre e arruinada Alemanha, não há mais compradores, e assim os comerciantes que se prezam reconsideram novamente sua velha clientela e saem no seu encalço como ovelhinhas. Temo que no meu caso o senhor não terá sorte, pobres de nós, idosos aposentados, já nos damos por contentes quando conseguimos o pão de cada dia. Em virtude dos preços absurdos que vocês cobram hoje em dia, não podemos comprar nada. Pessoas como nós estão definitivamente fora do circuito.

"Apressei-me a esclarecer que ele me entendera mal. Eu não viera vender coisa alguma, estava simplesmente de passagem pelas imediações e não quis perder a oportunidade de render visita a um dos nossos mais antigos clientes, e um dos maiores colecionadores da Alemanha.

"Nem bem eu pronunciara as palavras 'um dos maiores colecionadores da Alemanha', uma estranha metamorfose se operou no rosto do velho senhor. Ele continuava aprumado, imóvel no centro da sala, no entanto uma expressão súbita de iluminação e orgulho interior o animou. Ele se virou na direção onde supunha encontrar a mulher, como se quisesse lhe dizer 'Ouviu isso?'. E, renunciando ao rígido tom militar que usara a princípio, se voltou para mim com suavidade:

"– Isso é realmente muito amável de sua parte. Asseguro que o senhor não terá feito a viagem em vão. Há de admirar algo que não se pode ver todo dia, nem mesmo na sua opulenta Berlim, algumas estampas como nem no Albertina ou na maldita Paris se encontrará mais belas. É. Quando se coleciona sessenta anos a fio acaba-se selecionando objetos que não se encontra em qualquer esquina. Louise, me dê a chave do armário!

"Foi quando sucedeu algo inesperado. A velha senhora, que se encontrava ao lado dele e assistira com polidez e um sorriso discreto à nossa conversa, levantou de repente ambas as mãos para mim num gesto suplicante e ao mesmo tempo fez com a cabeça um movimento violento de negação, sinal que de início eu não estava entendendo. Logo em seguida ela chegou mais perto do esposo e lhe pousou amavelmente as mãos sobre os ombros:

"– Mas Herwarth – advertiu –, você nem perguntou ao cavalheiro se ele está com tempo para ver agora a coleção. Já é quase meio-dia. Após o almoço você deve repousar por uma hora, foi o que o médico prescreveu expressamente. Não seria melhor se você lhe mostrasse todas as coisas depois do almoço, e então nós poderíamos tomar juntos o café? A Annemarie estará aqui, ela está mais a par de tudo para ajudá-lo!

"De novo, mal dissera essas palavras, ela repetiu o insistente gesto de súplica por sobre os ombros do marido, sem que ele suspeitasse de nada. Enfim a entendi. Eu deveria recusar ver a coleção naquele momento, então aleguei sem demora um compromisso para o almoço. Seria um prazer e uma honra poder conhecer a coleção, mas isso não seria possível antes das três horas, quando eu certamente poderia retornar com gosto.

"Contrariado como uma criança de quem se toma o brinquedo predileto, o velho replicou:

"– Naturalmente – resmungou –, os homens de Berlim nunca têm tempo para coisa alguma. Dessa vez, porém, o senhor precisa arranjar algum tempo, pois não se trata de três ou cinco peças, mas sim de 27 pastas, cada uma reservada a um artista, e todas bem recheadas. Portanto, nos vemos às três horas, mas seja pontual, senão não chegaremos ao fim.

"De novo ele estendeu a mão a esmo em minha direção.

"– Devo adiantar que ou o senhor vai se alegrar, ou se aborrecerá. Quanto mais se aborrecer, mais me alegrará. Nós colecionadores somos sempre assim: tudo para nós mesmos e nada para os outros!

"E ele voltou a me apertar a mão vigorosamente.

"A senhorinha me conduziu à porta. O tempo todo eu havia reparado nela certa inquietação que expressava uma angústia dissimulada. No instante em que eu estava prestes a sair ela balbuciou com voz embargada:

"– Será que... Será que nossa filha Annemarie poderia ir buscá-lo no hotel e trazê-lo até aqui? Isso seria bom por várias razões... O senhor almoçará no hotel, não é mesmo?

"– Claro, por que não? Será um prazer! – respondi.

"De fato, uma hora mais tarde, eu acabara de terminar minha refeição no pequeno hotel da praça do Mercado quando uma moça mais velha vestindo roupas simples se adiantou pela sala de jantar com ar de quem procura alguém. Apresentei-me e declarei que estava pronto a ir com ela para conhecer a coleção do seu pai. Mas, enrubescendo subitamente, e com o mesmo constrangimento que sua mãe demonstrara, ela indagou se antes ela não poderia conversar um pouco comigo. Vi logo que lhe era difícil entabular o assunto. Toda vez que ela tomava fôlego e tentava falar, o rubor subia pelo seu rosto até a testa e as mãos se crispavam na bainha da roupa. Até que finalmente ela começou, titubeante e sempre perturbada:

"– Minha mãe me pediu que viesse. Ela me contou tudo e... nós gostaríamos de lhe pedir um favor... Nós gostaríamos de informar, antes que o senhor se encontre com nosso pai... O pai quer evidentemente lhe mostrar sua coleção, e a coleção... a coleção... ela não está mais completa... Falta uma série de gravuras... infelizmente uma parcela bem numerosa...

"Mais uma vez precisou tomar fôlego, então ela me olhou de súbito e disse rapidamente:

"– Preciso ser franca com o senhor... o senhor sabe o tempo em que vivemos, compreenderá tudo. Logo após a eclosão da guerra, o pai perdeu completamente a visão. Já antes disso ele tinha muitas vezes problemas de vista, mas a agitação acabou cegando-o de todo. Não obstante seus setenta e seis anos de idade, ele ainda quis partir para a França. Constatando que o exército não avançava tão bem como em 1870, foi tomado por grande agitação e com isso sua visão declinou num ritmo vertiginoso. Afora isso, a saúde dele está perfeita. Até há pouco tempo caminhava ainda durante horas, inclusive ia às suas adoradas caçadas. Mas agora acabaram-se os passeios e a única alegria que lhe resta é a coleção que ele todos os dias revê... Ou, melhor dizendo, não vê mais, nada mais ele vê, mas todas as tardes ele reabre todas as pastas para pelo menos tocar as gravuras, uma após outra, ordenadas na mesma sequência que ele conhece há décadas de cor e salteado. Nada mais interessa a ele hoje em dia, preciso estar sempre lendo para ele os anúncios no jornal sobre leilões, e quanto mais ele ouve sobre a alta dos preços mais se alegra, pois... Isso é o mais terrível: o pai não entende mais os preços e a situação atual. Ele ignora que perdemos tudo e que com o valor de sua pensão não poderíamos sobreviver senão dois dias do mês. Isso não é tudo! O marido de minha irmã morreu na guerra e ela ficou com quatro crianças pequenas. O pai, como o senhor vê, ignora nossas dificuldades materiais. No início nós economizamos, economizamos mais do que já economizávamos antes, mas em vão. Em seguida começamos a vender; não tocávamos em sua estimada coleção. Vendemos as poucas joias que possuíamos. Meu Deus! Não era grande coisa, se durante sessenta anos o pai gastara até a última moeda de nossas economias na compra de suas gravuras. Nós não tínhamos mais recursos, e assim a mãe e eu vendemos uma das estampas. O pai não teria permitido, ele não sabe como a vida está difícil, não tem noção da dificuldade de se conseguir no mercado negro o parco alimento, ele não sabe que perdemos a guerra e a Alsácia-Lorena. Nós não lemos mais para ele essas notícias, para evitar que se agite.

"Foi uma obra preciosa a que vendemos, uma água-forte de Rembrandt. O antiquário nos ofereceu milhares de marcos e tínhamos a esperança de que nos sustentaria por alguns anos. Mas o senhor sabe como o dinheiro se esvai. Nós o depositamos no banco, e dois meses depois já não restava nada. Logo foi necessário vender mais uma obra, e mais uma. O comerciante atrasava tanto o pagamento que quando o recebíamos tinha perdido muito seu valor. Tentamos então participar dos leilões, mas também nesse caso nos ludibriaram, apesar dos preços milionários. Quando os milhares por fim chegavam a nós, não passavam de papéis sem valor. Assim aos poucos foi desaparecendo o melhor da coleção, salvo uma ou duas peças, unicamente com o fito de nos permitir sobreviver de modo precário, e nosso pobre pai nada sabe disso.

"Por isso minha mãe se assustou hoje quando o senhor se apresentou. Se ele lhe mostrasse as pastas, então tudo teria vindo à tona. Pois nós inserimos nos velhos passe-partouts, que ele reconhece pelo tato, reproduções ou folhas com texturas semelhantes àquelas imagens vendidas, de maneira que ele não nota quando passa a mão. Mesmo que só possa tocá-las e conferi-las (ele se recorda perfeitamente da sequência de sua classificação), ele experimenta a mesma satisfação de antigamente, quando as via com seus próprios olhos. Em geral não há ninguém nesta cidade a quem o pai tenha julgado digno de mostrar seus tesouros. Ele ama cada uma das gravuras com um amor tão entusiasmado que seu coração certamente se partiria de dor se suspeitasse que aquilo que crê entre seus dedos há muito se evaporou. O senhor é o primeiro em todos esses anos, desde que o antigo diretor do Gabinete de Gravuras de Dresden morreu, a quem ele acredita ter a honra de mostrar sua coleção. É por isso que lhe suplico...

"De súbito, a jovem envelhecida ergueu as mãos, seus olhos cintilavam úmidos.

"– ... nós lhe pedimos que não o faça infeliz, não nos faça infelizes, destruindo essa última ilusão; ajude-nos a fazê-lo acreditar que todas essas folhas que ele descreverá de fato correspondem ao que diz. Ele não sobreviveria se duvidasse disso. Talvez tenhamos agido mal com ele, mas não tinha outro jeito; é preciso viver... e as vidas humanas de quatro crianças órfãs como as de minha irmã são mais importantes que xilogravuras... Até hoje nós nunca o privamos de suas alegrias; ele está contente de poder folhear suas pastas todas as tardes durante três horas, conversar com cada uma das gravuras como com um amigo. E o dia de hoje poderia ser para ele o mais glorioso, pois há anos ele espera a oportunidade de mostrar seu tesouro a um perito. Por favor, peço de mãos juntas, não o prive dessa alegria!

"Tudo isso foi dito com uma voz bastante emocionada, de um modo que minhas palavras não são capazes de recontar. Meu Deus, como negociante, encontrei muitas dessas pessoas vergonhosamente pilhadas, enganadas vilmente pela inflação, cujo precioso patrimônio ancestral foi surrupiado por um pedaço de pão. Mas nesse caso o destino me confrontava com uma situação especial que me tocava profundamente. Claro que prometi à moça que guardaria o segredo e faria o melhor que pudesse.

"Nós nos dirigimos juntos à casa deles. A caminho ainda me inteirei indignado da bagatela que tinham pago pelas obras a essas pobres mulheres ignorantes, o que no entanto somente veio reforçar meu propósito de fazer o máximo por elas. Subimos a escadaria, nem sequer tínhamos entrado e já ouvíamos vindo da sala de estar a voz amigável e ruidosa do ancião:

"– Entrem! Entrem!

"Com seus sensíveis ouvidos de cego ele deve ter escutado nossos passos desde a escadaria.

"– Herwarth não pôde pregar os olhos de tanta ansiedade para lhe mostrar seus tesouros – disse a velha senhora sorrindo.

"Uma simples troca de olhares entre mãe e filha bastou para sossegá-la quanto à minha aquiescência. Em cima da mesa estavam espalhadas as pilhas de pastas e, tão logo sentiu minha mão, o cego me puxou pelo braço e me fez sentar na poltrona.

"– Bem, e agora vamos começar, é muita coisa para se ver, e os senhores de Berlim nunca têm tempo. Essa primeira pasta aqui é de Dürer e, como haverá de se convencer, está bem completa: cada exemplar mais lindo que o outro. Julgue por si mesmo! Vamos lá.

"Ele abriu a pasta na folha denominada *O grande cavalo*. Com o extremo cuidado com que se toca um objeto frágil, retirou da pasta um passe-partout no qual uma folha amarelada de papel em branco estava emoldurada e, delicadamente, com as pontas dos dedos, ergueu entusiasmado até à frente dos olhos apagados o papel sem valor. Contemplou-o por alguns instantes sem o ver de fato, mas segurando extasiado a folha branca na mão esticada à altura dos olhos, seu rosto exprimindo o êxtase do encantamento. E em seus olhos que fitavam como estrelas de luz extinta perpassou de repente – teria sido o reflexo do papel ou um brilho interior? – uma cintilação luminosa, uma luz onisciente.

"– Bem – disse ele orgulhoso –, o senhor algum dia viu uma reprodução tão primorosa? Como é nítida, com que clareza os mínimos detalhes se destacam. Comparei essa cópia com o exemplar de Dresden que, ao contrário, me pareceu impreciso e fosco. E repare na proveniência aqui no canto.

"E ele virou a folha e indicou com a unha os pontos precisos no verso do papel em branco, de sorte que involuntariamente procurei, para ver se as marcas não estariam mesmo ali.

"– Eis o carimbo da coleção Nagler, bem como o de Rémy e Esdaile. Meus ilustres predecessores não poderiam jamais imaginar que tal obra viria um dia parar num apartamento simples como este.

"Um calafrio me percorreu a espinha enquanto ele enaltecia assim animado um papel completamente em branco. E era fantasmagórico acompanhar como ele apontava com a unha do indicador, numa precisão milimétrica, todos os invisíveis carimbos dos colecionadores que continuavam a existir apenas em sua imaginação. Com a garganta apertada pelo horror, eu não sabia o que responder. Mas quando, confuso, olhei para ambas as mulheres trêmulas e ansiosas, percebi de novo suas mãos suplicantes erguidas. Contive-me e comecei a desempenhar meu papel.

"– Impressionante! – consegui finalmente balbuciar. – Uma cópia magnífica.

"E logo todo seu semblante irradiou de orgulho. Ele triunfava:

"– Isso é apenas o começo! O senhor ainda há de ver a *Melancolia* e até mesmo a *Paixão*, um exemplar iluminado quase singular em qualidade. Veja por si mesmo – e mais uma vez seus dedos tateavam os contornos imaginários – o frescor e o calor da textura. Seria um alvoroço entre os senhores antiquários e diretores de museu de Berlim!

"E assim prosseguiu esse triunfo deslumbrado e loquaz durante umas boas duas horas. Não, não sou capaz de lhe descrever quão assustadora foi essa apresentação de cem ou duzentas folhas de papel em branco ou reproduções miseráveis, as quais na lembrança daquele trágico homem que de nada suspeitava, porém, eram tão incrivelmente reais que ele as descrevia e as elogiava em seus mais minuciosos detalhes sem equívocos, na perfeita sequência de cada uma. A coleção invisível há muito tempo disseminada pelos quatro cantos do mundo ainda existia intacta para aquele cego, para aquele homem enganado de modo comovente. E a paixão visionária tinha algo de impressionante que quase me levava a acreditar nela. Uma única vez o risco da terrível revelação ameaçou a segurança sonambúlica de seu entusiasmo alucinado. Ele elogiara novamente o refinamento da *Antíope*, de Rembrandt (sem dúvida essa obra devia ter um valor inestimável), e nisso seus dedos acurados roçaram com amor as linhas da gravura, mas sem que através do tato pudessem perceber as nervuras primorosas daquele papel estranho. Então uma nuvem toldou por um átimo seu semblante, a voz titubeou:

"– Essa é mesmo a *Antíope*? – murmurou um pouco embaraçado.

"Ao que imediatamente me apressei a tomar-lhe das mãos a folha emoldurada e a descrever em todas as suas possíveis nuanças a gravura naquele momento também para mim bem presente na lembrança. Suas feições nubladas de cego desanuviaram-se novamente aliviadas. Quanto mais eu elogiava, mais os traços endurecidos e enrugados daquele homem adquiriam uma cordialidade jovial, uma profunda satisfação. Virando-se para as duas mulheres, ele exclamou:

"– Eis alguém que entende do negócio. Enfim vocês também ouvem uma voz confirmando o valor inestimável desses papéis. Vocês sempre me repreenderam com desconfiança por eu ter investido todo o dinheiro nessa coleção. É verdade, durante sessenta anos, nada de cerveja, vinho, tabaco, viagens, teatro ou livro, somente economizando, economizando para as gravuras. Mas vocês hão de ver, quando eu não estiver mais aqui, como ficarão ricas, mais ricas que a cidade inteira, e ricas como os mais afortunados de Dresden. Então ficarão gratas pela minha extravagância. Enquanto eu viver, no entanto, nenhuma dessas obras sai de nossa casa. Primeiro me levam para fora, só depois minha coleção.

"Ao mesmo tempo, acariciava docemente, como se fossem seres vivos, as pastas há muito esvaziadas. Cena horrível e ao mesmo tempo tocante para mim, pois em todos esses anos de guerra nunca vira um rosto alemão se iluminar em tão pura expressão de felicidade.

"Ao seu lado estavam as duas mulheres, misteriosamente semelhantes às figuras femininas daquela água-forte do mestre alemão que, indo visitar o túmulo do Salvador, quedam-se paralisadas diante da sepultura aberta e vazia com expressão mesclada de profundo assombro e de êxtase místico e alegre. Assim como nessa imagem as santas mulheres são iluminadas pela intuição celeste, da mesma maneira aquelas duas pobres pequeno-burguesas envelhecidas e fatigadas o eram pela alegria infantil ditosa do velho colecionador, ora rindo, ora chorando, um espetáculo comovente como eu nunca vivenciara antes.

"Ele, porém, não se dava por satisfeito com minhas louvações, não cessava de buscar e revirar as páginas, sorvendo avidamente cada palavra.

Portanto, suspirei aliviado quando por fim as pastas enganadoras foram deixadas de lado e ele, contrariado, precisou liberar a mesa para o café. Mas que importava meu suspiro cheio de remorso em face da exuberância esfuziante e impetuosa daquele homem como que trinta anos rejuvenescido! Ele contava milhares de anedotas sobre suas compras e bons negócios. Inebriado e enlevado, como se pelo efeito do vinho, tateava, recusando qualquer tipo de ajuda, para sempre e mais uma vez procurar uma e outra gravura. Quando eu por fim disse que precisava me despedir, ele se assustou, fez muxoxo como criança teimosa e bateu os pés dizendo que não era possível, eu não vira nem a metade da coleção. As duas mulheres tiveram muito trabalho para vencer seu pesar, argumentando que não poderia me prender mais, ou eu perderia o trem.

"Quando depois de desesperada resistência ele enfim se resignou a me deixar partir, sua voz suavizou-se. Ele me tomou ambas as mãos, seus dedos acariciando-as com toda a expressividade de um homem cego, como se eles quisessem saber mais de mim e me falar com mais amor do que as palavras são capazes. Com uma emoção perturbadora que jamais esquecerei, ele disse:

"– O senhor me proporcionou uma imensa alegria com sua visita. Foi mesmo um reconforto finalmente passar em revista minhas preciosas gravuras em companhia de um especialista. Mas esteja certo de que não veio em vão à casa deste velho cego. Eu lhe faço uma promessa, tendo minha mulher como testemunha, de que acrescentarei uma cláusula a meu testamento, dispondo que sua respeitável casa ficará encarregada da venda de minha coleção. O senhor terá a honra de administrar esse tesouro desconhecido!

"A essas palavras ele apoiou a mão com amor sobre as pastas dilapidadas.

"– Administrará tudo até o dia em que a coleção se dispersar pelo mundo. Prometa-me que fará um belo catálogo. Ele será a pedra do meu túmulo, não poderia haver melhor lápide.

"Olhei para a sua senhora e sua filha; as duas permaneciam de pé bem juntas, uma vez ou outra um arrepio as percorria como se não formassem mais que um único corpo que vibrava em unânime emoção. Quanto a mim, ressentia algo solene ouvindo desse homem patético e desavisado a promessa de me atribuir como uma preciosidade a administração de sua coleção invisível há muito desaparecida. Comovido, prometi a ele o que jamais poderia cumprir: novamente em seus olhos apagados perpassou um brilho. Senti sua íntima esperança procurando se exprimir pela ternura e pelo carinho dos dedos que retinham os meus num gesto de gratidão e promessa.

"As mulheres me conduziram à porta. Não ousavam falar, porque os apurados ouvidos do ancião teriam escutado o mínimo sussurro, mas quão cálidos, entre lágrimas, quão transbordantes de gratidão brilhavam seus olhares que me contemplavam cheios de reconhecimento! Completamente aturdido desci os degraus da escada. No fundo estava envergonhado: chegara como um anjo de conto de fadas à casa daquela pobre gente. Durante uma hora permitira que um velho cego enxergasse, nada fazendo além de mentir e endossar um engodo falacioso. Pois eu, na verdade, viera como mesquinho negociante para arrancar dele, com vantagem, um punhado de peças de valor. O que agora levava comigo era mais que isso: me fora concedido vivenciar ainda uma vez, num tempo sórdido e triste, a vibração do entusiasmo puro, uma espécie de êxtase pelo espírito inteiramente devotado à arte, como nossos contemporâneos parecem ter esquecido há muito tempo.

"E não posso dizer de outro modo, uma veneração respeitosa me invadia, não obstante a vergonha que insistia, sem que eu soubesse exatamente a razão. Já chegara à rua quando no alto uma janela se abriu com estardalhaço e em seguida ouvi meu nome. Realmente o velho homem não conteve o gosto de dirigir seus olhos apagados a mim, na direção em que me supunha. Ele pendia tanto para fora que as duas mulheres tiveram de segurá-lo por precaução, agitava no alto o lenço e gritava com a voz revigorada de um menino:

"– Boa viagem!

"Inesquecível para mim esse quadro! O semblante alegre do ancião de cabelos grisalhos lá no alto à janela, planando acima dos passantes ocupados, inquietos e mal-humorados da rua, levemente transposto de nosso mundo real abjeto pela branca nuvem de uma benfazeja loucura. E tive de me lembrar de novo do antigo dito, tão sábio, de Goethe, creio: 'Os colecionadores são pessoas felizes.'"

Sobre ilusões e inflação

Publicada originalmente na edição dominical do *Neue Freie Presse* (Viena, 31 de maio de 1925), dois anos depois incluída no *Almanach* da editora Insel, a curta novela – rara, talvez única experiência literária inspirada em fenômeno macroeconômico – reúne com excepcional nitidez os contrastes que marcam o estilo Zweig de fabulação: singularidade do enredo e linearidade do relato.

A diluição dos valores produzida pela fulminante espiral inflacionária nos primeiros tempos da República de Weimar ganha aqui dimensões trágicas graças à colisão de vetores antagônicos: a paixão do colecionismo e a cegueira do colecionador ferido na Guerra Franco-Prussiana (1870-71), incapaz de verificar o que se passa com a sua preciosa coleção.

Conhecia bem os ingredientes: acompanhou de perto a inflação alemã e a sua coleção de manuscritos, iniciada depois da adolescência, àquela altura era uma das mais apreciadas da Europa. Com horror cada vez maior às guerras, arquiteta e executa o choque com maestria. Tudo narrado durante uma conversa descontraída em agradável viagem ferroviária pelo antiquário que tentara comprar a coleção. O dono de um tesouro ignora que a riqueza evaporou – este é o teste a que Zweig gostava de submeter seus enredos: compactá-los numa frase para verificar se, mesmo reduzidos, despertam alguma emoção.

A certeza de que foi bem-sucedido se patenteia mais uma vez décadas depois (quase oito) graças ao cineasta franco-baiano Bernard Attal, que transferiu de forma impecável a universalidade da fábula ascensão-e-declínio ambientada originalmente na atmosfera burguesa e decadente da República de Weimar para o clima passional de uma opulenta e agora arruinada fazenda na região cacaueira do sul da Bahia.*

---

* *A coleção invisível* (2012). Adaptações anteriores: *Die unsichtbare Sammlung*, telefilme alemão apresentado em agosto-setembro de 1953 (direção e roteiro de Hanns Farenburg);

Tudo é literatura, diria Zweig, exímio catador de fiapos, retalhos, tecelão de histórias: o ator escolhido pelo cineasta, Walmor Chagas, estava quase cego e suicidou-se na sua estância em São Paulo depois de exibido o filme.

Inflacja 1924, produção polonesa de 1972 (direção de Z. Zbrojewski e roteiro de Z. Zbrojewski e J. Lorentowicz); e *Stastie zberatelov*, telefilme eslovaco do mesmo ano (direção de Stanislav Párnický e roteiro de Alex Königsmark).

Júpiter

Nunca me esquecerei da sua imagem à beira do canal, contemplando a obra que ele – aquele criminoso, aquele monstro! – realizara. Só Deus sabe que, naquele momento, nenhum de nós era capaz de raciocinar. Ainda assim, lembro de saber muito bem o que se passava em seu pequeno cérebro vingativo e extraordinário.

Tentarei agora contar desde o início a história toda, quem sabe só para mim mesmo.

Quando me retirei dos negócios, há cerca de oito anos, minha mulher e eu resolvemos procurar um recanto tranquilo no interior. Encontramos o que procurávamos próximo do vilarejo de Dover, no norte do estado de Nova York. A região era permeada por um velho canal que cem anos antes costumava ficar repleto de barcos. Mas então chegou a ferrovia e o tráfego no canal diminuiu, os guardadores das eclusas foram demitidos e hoje essa atmosfera especial de solidão torna a região romântica e misteriosa.

Ali, num morro perto do canal, ficava a casa que compráramos, a poucas milhas da cidade. Sentados no nosso terraço ao ar livre, víamos a casa, as árvores, o jardim e a relva refletidos na suave superfície da água. Não estávamos completamente isolados, pois a algumas centenas de jardas de distância havia outra casa, bastante parecida com a nossa.

Certa manhã, pouco tempo depois de nos mudarmos para a casa, apareceu uma jovem esguia e bonita, de seus vinte e oito ou vinte e nove anos, que se apresentou como mrs. Surgis. Tinha olhos inteligentes e gentis, era simpática, e em pouco tempo já estávamos conversando como velhos conhecidos. Mr. Surgis trabalhava em Buffalo, e embora precisasse viajar uma hora e meia de trem de manhã e à noite, fazia-o de bom grado por causa da beleza da paisagem.

Achei estranha a maneira como a jovem se referia ao marido e tive a impressão de que ela não sentia sua falta, embora, de alguma maneira, gostasse dele.

Quando, alguns dias depois, passeávamos à margem do canal, escutamos passos atrás de nós. Um homem grande e forte veio ao nosso encontro e apertou nossas mãos. Era Roger Surgis. Disse que sua mulher lhe falara a nosso respeito e que, ao nos ver passando, quis nos cumprimentar. E não era uma linda manhã? Também não achávamos que aquele era o melhor lugar do mundo? E não era inimaginável querer viver na cidade, se existia um lugar como aquele?

Ele falava com tanto entusiasmo que era difícil interrompê-lo, mas assim pelo menos pude observá-lo minuciosamente. Devia ter uns trinta e cinco anos, um metro e oitenta de altura, um verdadeiro gigante de ombros largos e quadrados. E que homem bondoso! Falava e ria sem parar. Ao mesmo tempo, irradiava tal sentimento de felicidade e profundo contentamento que, querendo ou não, nos contagiava. Ambos fomos arrebatados pelo seu bom humor e ficamos encantados em ter um vizinho tão jovial.

Mas nosso entusiasmo não durou muito tempo. Na realidade, não havia a menor objeção a fazer a Roger Surgis. Era cortês, simpático e solícito – um homem gentil e confiável. E no entanto...

Para dizer a verdade: com o passar do tempo, foi ficando difícil suportar a sua presença, por ser tão ruidoso e ininterruptamente alegre. Para ele, tudo sempre estava ótimo, no melhor dos mundos. Sua casa era perfeita, a mulher era o ideal e o seu cachimbo o melhor jamais fabricado. Antes de conhecer Roger Surgis, nem em sonhos eu imaginara como virtudes honradas podem ser cansativas e capazes de nos levar ao desespero.

Aos poucos, comecei a compreender a estranha ambiguidade com que sua mulher falava dele. Ele a amava apaixonadamente, assim como amava qualquer coisa que fosse sua. Mimava-a com um carinho exagerado e chegava a ser constrangedor o orgulho que sentia dela. Ela tinha plena consciência desse constrangimento, mas o que podia fazer? Era simplesmente impossível aborrecer-se com pessoa tão devotada.

Minha mulher e eu conversamos sobre os dois e chegamos à conclusão de que lhes fazia falta um filho. Ela me contou que mrs. Surgis desejava engravidar, e que aquela era a grande decepção do casamento. Haviam contado com um filho no primeiro, no segundo e no terceiro ano da união, mas depois de oito anos já haviam perdido as esperanças.

Naquela altura, Betty, minha mulher, foi visitar velhos amigos em Rochester e, ao voltar, acreditava ter uma ideia brilhante. Seus conhecidos tinham uma cadela bull terrier que acabara de dar cria. Betty recusara um dos filhotes que a amiga quis lhe oferecer por achar que não poderíamos cuidar adequadamente dele, mas disse que um cachorrinho seria a melhor coisa para mrs. Surgis. Concordei, e na mesma noite perguntei o que achariam de ter um filhote de cachorro. Mrs. Surgis ficou calada, como sempre quando o marido estava por perto, mas ele imediatamente aceitou nossa oferta. Maravilhoso! E por que não haviam pensado nisso antes? Que ideia maravilhosa! Ele não parava de nos agradecer.

Dois dias depois chegou o cachorrinho. Era uma criatura engraçada, amável e pequena, de pelo branco, muitas dobras e patas imensas, um exemplar típico da raça. E aconteceu o exato contrário daquilo que pensáramos.

Havíamos imaginado o cachorro como companheiro para a mulher. Todavia, Surgis apoderou-se dele. Pouco depois ele me contava, a qualquer oportunidade, que no mundo inteiro não havia cão mais inteligente e belo, e que era especial, um rei de sua raça.

Parece quase inacreditável o que essa nova paixão fez com Roger Surgis. Às vezes, escutávamos latidos altos na casa vizinha, mas não era Júpiter que latia. Era Surgis que, deitado no chão, brincava como uma criança com seu xodó. Eu seria capaz de jurar que ele se preocupava mais com a dieta do animal do que com a sua própria e lembro que, quando certa vez o jornal informou sobre um caso de tifo na vizinhança, Júpiter passou a ganhar apenas água mineral para beber.

Havia uma única vantagem para nós: com Surgis concentrado no cão, sua impetuosidade afetava menos a sua mulher e a nós. Passava horas brincando com o cachorro sem se entediar e fazia longos passeios com ele. E Deus sabe que mrs. Surgis não era ciumenta. Seu marido encontrara um novo ídolo para adorar, o que foi um imenso alívio para ela.

Júpiter cresceu e se desenvolveu. Preencheu as dobras de seu pelo com carne rija e firme, seu peito se alargou, as ancas tornaram-se fortes e as patas, imensas. Admito que, com seu pelo sedoso e cuidadosamente escovado, era um belo animal. De início, ainda tinha boa índole. Mas isso logo mudou – primeiro sem que percebêssemos, e depois de forma cada vez mais visível. Era inteligente e logo descobriu que seu senhor – ou melhor, seu escravo – idolatrava-o e fazia vista grossa para todas as suas travessuras. O resultado foi inevitável.

Ele parou de obedecer – não só isso: tornou-se tirânico. Tudo na casa precisava girar em torno dele. Quando chegava visita e ele era deixado do lado de fora, na esperança de que Surgis viesse correndo atirava-se com tal ímpeto contra a porta que ela rangia. Então aparecia na sala, sem se dignar sequer a olhar para as visitas, e saltava no sofá, o móvel mais valioso, onde se esparramava, distraído e entediado. Sempre demorava para atender os chamados de Surgis. Somente dava o ar de sua graça se o dono o pressionasse e suplicasse. E, embora durante o dia se comportasse como um cão normal, cruzando campos e relvas em grande velocidade, caçando galinhas, cavando buracos e explorando a área, seu comportamento se alterava radicalmente quando Surgis voltava da cidade à noite.

Preguiçoso, ficava deitado no sofá, sem tomar o menor conhecimento do dono, que se precipitava sobre ele com um afetivo "Olá, velho Júpiter", e nem sequer abanar o rabo em resposta à saudação.

Ele era um tirano cada vez mais consciente de seu poder. Foi quando descobriu uma nova brincadeira. Algumas mulheres pobres de uma vila nas vizinhanças costumavam levar cestos de roupa para lavar no canal. Júpiter sabia muito bem os dias em que vinham. Esgueirava-se para perto delas, apoderava-se de seus cestos num momento propício e com um golpe de sua cabeça poderosa lançava-os n'água. Em seguida, desaparecia com a boca entreaberta, como se estivesse rindo. Seus pequenos olhos cor-de-rosa brilhavam, parecendo zombar das lavadeiras que corriam atrás dele e tentavam pegá-lo. E mesmo quando conseguiam não adiantava nada, pois ele tinha a força de um cavalo. Elas acabaram indo lavar sua roupa em outro ponto do canal, e Júpiter perdeu um pouco de seu poder.

Assim se passou um ano. Júpiter estava totalmente desenvolvido. Era agora um animal crescido, insolente e arrogante que só dominava bem uma arte: a de espezinhar seu senhor, que a ele se submetia como um escravo.

Então chegou o dia em que tudo mudaria.

Havia algum tempo tínhamos a impressão de que mrs. Surgis evitava qualquer conversa conosco. Essa estranha relutância chamou nossa atenção, e um belo dia Betty decidiu tentar descobrir o motivo.

– Judith – disse ela –, sou bem mais velha que você e não tenho razão alguma para acanhamento. Por isso, resolvi quebrar o gelo. Se fizemos algo que a ofendeu, peço que diga o que foi.

Mrs. Surgis gaguejou um pouco, hesitou um momento e em seguida nos confidenciou a grande novidade. Depois de nove anos de casada, já não acreditava mais que poderia ser mãe, mas agora estava grávida. Estivera no médico e ele confirmara suas suspeitas. Sua alegria era imensa, mas de alguma maneira não conseguia falar com o marido a esse respeito. Ela temia um pouco a virulência da sua reação. Nós sabíamos como ele era. Por isso, pensara em nos pedir que falássemos com ele para preparar o seu espírito. Naturalmente, ficamos encantados. Deixei uma mensagem para Surgis, pedindo que nos procurasse tão logo voltasse da cidade. Às seis e meia em ponto ele chegou, com toda a sua vitalidade.

– Roger – eu lhe disse –, posso lhe fazer uma pergunta, de brincadeira? O que você pediria se tivesse direito a um desejo?

Meio sério, meio rindo, Surgis balançou a cabeça.

– Quer saber o que eu pediria? Por quê?

– Certamente deve ter algum sonho!

– Mas o que é isso?

– É sério. Qual seria seu maior desejo?

Ele sorriu.

– Ai de mim se eu soubesse o que quero... Tenho tudo de que necessito: minha mulher, minha casa, minha profissão e meu...

Ele queria dizer "meu cachorro", mas no último momento mudou de ideia, pois sabia bem o que achávamos daquele animal diabólico.

– Bem, e o que será que mrs. Surgis mais gostaria de ter?

Estupefato, ele me olhou.

– O que ela poderia querer?

– Talvez algo mais que um cachorro.

Por fim, ele compreendeu. Arregalou os olhos de tal maneira que se via apenas a parte branca. Ergueu-se de um salto e atravessou o gramado correndo, pulou a cerca e só escutamos a porta batendo.

Rimos. Sua reação não nos surpreendeu.

Mas houve quem ficasse surpreso: alguém que estava deitado no sofá, de olhos fechados, esperando a reverência cotidiana que, na sua opinião, o seu dono lhe devia. Alguém que esperava que o homem entrasse na sala, se ajoelhasse a seu lado e o acariciasse – e que esperava poder ignorar totalmente essa veneração.

Mas o que era aquilo? Sem uma palavra sequer, o homem passou correndo por ele até o quarto, e ele escutou um falatório interminável, risadas e choro. Ninguém deu atenção a ele, Júpiter, o tirano, o maravilhoso e orgulhoso Júpiter.

Passou-se uma hora. A empregada lhe trouxe a tigela com a ração. Ele a desprezou. Chegou até a rosnar para a mulher. Que todos vissem que ele não admitia ser tratado daquela maneira! Mas naquela noite ninguém parecia notar que ele desprezara sua comida. Surgis falava incessantemente com a esposa, inundando-a com seus conselhos preocupados e com seu carinho. Júpiter estava orgulhoso demais para forçar a atenção do dono para si. Enroscado em seu canto, ficou esperando.

Mas esperou em vão.

Na manhã seguinte, Surgis voltou a passar correndo por ele, sem sequer lhe lançar um olhar. A mesma sensação amarga ele teria à noite, e na manhã e na noite seguintes – dia após dia.

O animal era inteligente, mas aquilo superava sua capacidade de compreender. Ficou nervoso e irritadiço. Não correria atrás do dono, jamais! Surgis que voltasse ao normal e desse o primeiro passo para aproximar-se dele.

Na terceira semana, começou a mancar. Em circunstâncias normais, Surgis teria chamado um veterinário, mas dessa vez nem ele nem qualquer outra pessoa da casa reparou naquele comportamento, e assim ele desistiu, cheio de amargura. Alguns dias mais tarde, tentou uma greve de fome. Era suficientemente inteligente para lançar mão também desses expedientes sutis. Mas ninguém ligou. Durante dois dias, ele recusou qualquer alimento. Se ninguém se preocupasse, morreria de inanição. Mas no final sua fome foi maior do que a força de vontade. Sim, eu disse força de vontade, pois eu conhecia aquele cachorro – e ele voltou a comer, mas certamente sem a menor alegria.

Emagreceu. E começou a se mover de maneira diferente. Em vez de correr por aí, indômito e insolente, agora se esgueirava pelos cantos. Seu pelo, antes cuidadosamente escovado, perdeu o brilho sedoso. Seus olhinhos cor-de-rosa tinham um ar desorientado. Quando o encontrávamos, baixava a cabeça e passava direto por nós, para que não pudéssemos ver seus olhos.

Sua greve de fome, mancar, todos os seus truques haviam sido inúteis. Algo mudara naquela casa que ele dominara. O que diferencia a mente animal da humana é que a primeira se limita ao passado e ao presente; o futuro, para ela, é uma dimensão desconhecida. E assim Júpiter estava condenado a sentir, com medo e desespero, que algo invisível crescia na casa e se preparava, algo que era contra ele: um ladrão vil e diabólico.

Meses depois, ele estava no fim de suas forças – pelo menos parecia o fim. Se fosse uma pessoa, com certeza teria cometido suicídio. Sumiu durante três dias inteiros. Na noite do terceiro dia, voltou, sujo, faminto e estropiado, parecendo que saíra de uma luta. Em sua fúria irada e cega deve ter atacado todo e qualquer cachorro que tinha cruzado o seu caminho. Mas voltou como um homem que atravessara as piores profundezas. Quem sabe algo havia mudado...

Porém novas humilhações o esperavam. Ninguém o recebeu, ninguém se alegrou com o seu retorno. A empregada sequer o deixou entrar.

Foi uma decisão acertada, pois o parto de mrs. Surgis estava por acontecer e a casa estava repleta de gente ocupadíssima. Surgis quis que o bebê nascesse em casa, e como o hospital mais próximo estava superlotado, o médico concordara. Assim, todos estávamos reunidos: o médico, uma enfermeira, a mãe de mrs. Surgis, minha mulher e eu.

E naturalmente Roger Surgis. Trêmulo de nervosismo e com as faces ardentes, ele ficava atravancando o caminho de todos.

E diante da porta havia mais alguém à espera: Júpiter!

O que acontecia ali dentro? Ele escutava vozes, o ruído de água, o tilintar de vidro e barulho de metal. Alguma coisa se passava ali que ele não entendia, mas instintivamente ele sabia que o responsável era aquele ser misterioso que causara sua derrota e sua humilhação – aquele inimigo invisível, infame, covarde.

No momento em que a porta se abrisse, aquele ser apareceria – e não haveria de lhe escapar.

Seus poderosos músculos se retesaram. Ele se agachou e esperou.

Dentro de casa, nem imaginávamos nada daquilo. Betty e eu havíamos sido incumbidos de reter Surgis na sala. Dada a sua excitação, foi uma missão torturante para nós. Mas finalmente veio a boa-nova: era uma menina. E logo a porta do quarto se abriu e a enfermeira apareceu com uma pequena trouxa. O médico a seguiu, sorridente.

– Bem, mr. Surgis – disse –, venha e segure sua filha um momento, e nos conte como se sente como pai.

Trêmulo, o homem imenso estendeu os braços e a enfermeira lhe entregou o bebê, que ele admirou com os olhos marejados.

O médico calçou as luvas para sair.

– Tudo em ordem – disse. – Não precisa se preocupar. Eu me vou, pois.

Depois de se despedir de todos, abriu a porta de entrada.

Naquele instante algo passou voando por entre suas pernas, e eis que Júpiter estava no meio da sala.

Encarou Surgis. Seus pequenos olhinhos cor-de-rosa estavam fixados na trouxa que seu dono segurava, e finalmente ele compreendeu – tenho certeza disso! – que aquele pacotinho branco era o ser misterioso.

Atacou, latindo furioso.

E o ataque foi tão súbito e violento que o homem pesado e largo cambaleou sob o impacto e caiu contra a parede. No último instante, ainda tentou instintivamente salvar a criança, erguendo o travesseiro com o bebê. Betty estava a seu lado. Agarrou a trouxinha e passou-a para a enfermeira, que estava na porta do quarto. Em seguida, empurrou a enfermeira para o quarto e bateu a porta com toda a força.

Enquanto isso, Surgis recuperara o equilíbrio. Acometido pela mesma fúria do cachorro, atirou-se sobre Júpiter. Cadeiras e mesas voaram. Finalmente, o médico e eu voltamos à razão. Batemos em Júpiter com tudo o que nos caía nas mãos, até o animal ficar inconsciente. Então, amarramos as suas patas e o arrastamos para o gramado. Surgis cambaleava como um bêbado. Seu sobretudo estava rasgado e só então vimos – ele próprio ainda não notara – que seu braço direito estava bastante ensanguentado. O doutor o levou para o outro quarto, tirou a sua roupa e tratou das feridas causadas pelos dentes de Júpiter. Só então Surgis caiu no sono, exausto física e psiquicamente.

E o que devia acontecer com Júpiter?

– Vamos dar-lhe um tiro de misericórdia – sugeri ao médico, que foi contra, dizendo que seria melhor observá-lo por algum tempo, a fim de verificar se era hidrófobo, pois nesse caso Surgis teria que ser submetido a um tratamento especial.

Assim, Júpiter foi levado embora no carro do médico, meio inconsciente, com as patas amarradas.

Mais tarde soubemos que os exames de Pasteur tinham sido negativos e que Júpiter se comportava dentro da absoluta normalidade. Surgis, seu dono, que antes o idolatrara, naturalmente nunca mais quis vê-lo. Por um acaso, o médico soube que um comerciante de ferro procurava um cão de guarda. Ofereceu-lhe Júpiter, e ele aceitou.

Assim, o cachorro desapareceu por algum tempo do nosso horizonte. Não pensamos mais nele, nem mesmo Surgis. Pois ele agora tinha um novo ídolo, infinitamente mais precioso. E com ele esbanjava toda a sua paixão e o seu carinho. A cada dia, cada hora, cada minuto ele descobria novos deleites no seu lindo bebezinho. Mal aguentava despedir-se dele de manhã e ir para o escritório. De lá, ligava durante o dia para ouvir como estava o bebê. E toda noite quando voltava trazia um chocalho, um mordedor ou outros brinquedos. Sua idolatria era total.

Todos esquecemos de Júpiter – ele não passava de um pesadelo –, até, certa noite, eu ser lembrado dele por um acaso.

Por algum motivo, eu não conseguia dormir. Finalmente, levantei-me, vesti o roupão e fui à cozinha para esquentar um pouco de leite. Quando voltei e passei pela sala, olhei pela janela e vi como estava bonita a noite. A lua estava escondida atrás de um tênue véu de nuvens prateadas, e toda vez que aparecia, pura e clara, o jardim inteiro brilhava como se estivesse coberto de neve. Tudo estava em silêncio; acho que escutaria se uma única folha se movesse.

Assustei-me ao notar de repente uma sombra se mexendo sem ruído algum naquele silêncio absoluto na cerca entre os nossos dois jardins.

Era Júpiter.

Rastejando, a barriga quase tocando o chão, avançava devagar. Parecia que viera para investigar e espionar o terreno, mas dessa vez sem aquela segurança arrogante e rápida que o caracterizavam antes. Instintivamente, me inclinei na janela para observá-lo melhor. Meu cotovelo bateu num vaso de plantas, que caiu no chão com grande ruído. Com um salto silencioso, o imenso cão desapareceu no escuro. O jardim voltou a ficar à luz do luar, brilhante e solitário.

Fechei a janela, trancando-a.

No dia seguinte, tudo me pareceu inacreditável. Afinal, não passava de um cachorro, não era um ser pensante, nem mesmo um lobo, um tigre ou uma fera. Assim, não mencionei nada para Surgis. No entanto, alguns dias mais tarde, enquanto trabalhava no jardim, vi a empregada deles pendurando a roupinha do neném no varal e perguntei se ela vira Júpiter nos últimos tempos.

Ela respondeu que não quisera contar nada para mrs. Surgis para não deixá-la preocupada, mas que há cerca de uma semana ela vira algo inusitado. Quando estava passeando com o bebê, um carro passara por eles. No momento em que o carro emparelhou com elas, ouvira um latido nervoso. Olhando para cima viu um grande cachorro branco sentado ao lado do motorista. Era um carro de entregas com a inscrição "Artigos de ferro".

Devia ser Júpiter. E havia apenas uma explicação: ele vira e reconhecera a babá, o carrinho e o bebê e latira exprimindo todo o seu ódio. Então fiquei preocupado. O cachorro não esquecera nada. Eu o vira casualmente uma noite, mas quantas noites antes ou depois ele ainda se esgueirara por perto da casa?

– Se voltar a vê-lo, conte logo para mr. Surgis ou para mim, se ele não estiver em casa – disse eu para a babá. – Na próxima vez em que eu estiver na cidade, direi ao ferragista que não deixe o cachorro solto.

Mas me fiz a seguinte pergunta: era possível que um cachorro se lembrasse de maneira tão vívida e dolorosa? Entre humanos, rivalidade é um sentimento natural, mas aquele era um animal normal, sem capacidades intelectuais, que há meses já tinha um dono novo e vivia em outro ambiente. Seria possível um cão ter tal memória?

Isso não aconteceria com qualquer cachorro doméstico normal – o bom e velho Rover, Jack ou Sport. Mas Júpiter não era um cachorro comum. Em primeiro lugar, tinha sido mimado ao extremo. Havia sido coberto de atenção e veneração, e de um só golpe fora privado de tudo. Aquele cachorro era inteligente, de uma inteligência insidiosa, amarga. Eu o odiava, mas só o fato de ter tais sentimentos por ele, como jamais imaginaria ter por um animal, revelava que eu acreditava em sua inteligência.

O que eu deveria fazer? Informar a polícia sobre meus temores e pedir que impedissem a circulação do cachorro? Talvez devesse ter feito isso. Mas a ideia me pareceu demasiado absurda e até imaginei os policiais rindo de mim.

– O que? Quem é o criminoso? Um cachorro? Ou o seu dono?

E pensava também no comerciante de artigos de ferro:

– Por quê? O que aconteceu? É um cachorro maravilhoso, um excelente cão de guarda, além disso tem pedigree. Eu o ganhei de presente e quero ficar com ele.

Assim, nada fiz. Mas continuei preocupado, dando tratos à bola, sem fazer nada. E assim se passaram os dias até aquele domingo fatídico e inesquecível.

Era uma belíssima tarde e nós tínhamos ido visitar os Surgis. Estávamos sentados conversando no terraço inferior, de onde descia um gramado num declive suave até o canal. Perto de nós e no mesmo plano estava o carrinho de bebê, e não preciso mencionar que Surgis interrompia sempre a nossa conversa para ir até o bebê e falar com ele, rir e brincar.

Depois de algum tempo, mrs. Surgis nos chamou para a casa, que ficava uns cem pés acima do terraço interior:

– Venham tomar o chá logo, senão as torradas esfriam!

Nós subimos e Surgis nos seguiu alguns instantes depois. Já estávamos sentados à mesa quando ele entrou. Mrs. Surgis serviu a todos e nós conversamos sobre o tempo, as rosas e outras coisas, até Surgis, como sempre, falar do seu assunto preferido.

– A bebê está dormindo. Sabem, acho maravilhoso, ela mal nos dá trabalho. Jamais nos acorda à noite, nunca chora...

– Ela está no sol? – perguntou mrs. Surgis.

– Um pouco, mas é bom para ela. Pensei em trazê-la, mas achei que poderia despertar com o movimento.

– Você a deixou no terraço? – perguntei, na suposição de que ele teria empurrado o carrinho para cima.

– Sim. Ela estava dormindo, e eu pensei...

Tive um pressentimento ruim. Ele percebeu, fez menção de se erguer e olhou para mim. Era como se o seu amor incomensurável e devotado pela filha o tivesse habilitado a ler o pensamento que nem terminara de pensar.

– Oh, Roger, agora sente e tome o seu chá – disse mrs. Surgis. – Você realmente é mais preocupado do que uma avó!

Ela sorriu. Ele, não. Olhei para ele, ele para mim, e embora eu tentasse espantar o pensamento, não consegui. Ele não se sentou mais. Alguma coisa, talvez um leve ruído bem ao longe, o fez ir até a porta. Então escutamos o seu grito terrível e desesperado.

Ele não gritou alto, mas acho que foi o pior ruído que jamais escutei – abafado, lamurioso, como o último som de um moribundo.

– Pelo amor de Deus, o que aconteceu? – berrei.

Era como se Surgis tivesse ficado totalmente petrificado com a cena terrível que vira. Empurramos nossas cadeiras e corremos em sua direção. Esse movimento o tirou de seu imobilismo. Ele abriu a porta e saiu correndo pela varanda.

O carrinho de bebê não estava mais no terraço.

Foi quando o vi flutuando no canal. Rolara morro abaixo até a água. Como por milagre, ainda estava em pé, mas enquanto olhávamos e ainda tentávamos compreender o inacreditável, ele tombou e afundou em poucos segundos.

E Júpiter estava ali.

Júpiter, o imenso animal branco que, quando ainda dominava a casa, divertia-se descendo até o canal e jogando os cestos de roupa dentro d'água, empurrando-os com seus poderosos músculos.

Ali estava ele, assistindo como o carrinho afundava lentamente, um vencedor que, no final, triunfava sobre todos.

O carrinho virou para o lado. Vimos panos brancos, bracinhos e perninhas se agitando e a criança caindo n'água.

Então eu vi como os poderosos músculos do animal se retesaram. Vi como ele se lançou no canal. Só precisou nadar um pouco. Seus poderosos maxilares se abriram e ele agarrou a criança. Mas foi uma mordida suave. Júpiter voltou nadando e deitou o bebê na margem. E Surgis já chegara. Ele abraçou a criança e a apertou contra si. Viu que respirava e estava incólume. O cachorro estava lá, olhando para ambos: o senhor que o venerara e o inimigo que lhe roubara a veneração, e que agora era amorosamente abraçado pelo seu senhor – o inimigo que ele, Júpiter, voltara a entregar ao seu senhor.

Surgis se ajoelhou. Os músculos de seu rosto se contraíram. De joelhos, abraçava a criança, mas olhava para o cão. E eu o escutei dizendo:

– Júpiter.

A mão estava estendida para acariciar o cão. O cachorro ficou imóvel.

– Vem, meu velho!

Júpiter se virou e saiu andando, e Surgis ficou para trás com o bebê.

Eu sei quem foi o vencedor.

Foi ele?

Pessoalmente tenho quase certeza de que foi ele o assassino, mas me falta a última e irrefutável prova.

– Betsy, você é uma mulher inteligente, observadora arguta e rápida – o meu marido costuma dizer –, mas se deixa levar pelo seu temperamento e muitas vezes é precipitada nos julgamentos.

Bem, meu marido me conhece há trinta e dois anos e talvez – é mesmo provável – sua advertência seja justificada. Portanto, preciso me forçar a reprimir minhas suspeitas diante de terceiros, já que me falta a prova cabal. Mas toda vez que o vejo e ele vem em minha direção, gentil e probo, meu coração para. E uma voz interior me diz: foi ele o assassino, só ele.

Tentarei, portanto, reconstruir todo o desenrolar dos acontecimentos, diante de mim e apenas para mim mesma. Há uns seis anos, meu marido terminara seu tempo de serviço como alto funcionário do governo nas colônias e nós decidimos nos retirar para um recanto calmo no interior da Inglaterra para passar o restante de nossas vidas tranquilamente – nossos filhos já se casaram há muito tempo – em companhia de coisas pequenas e quietas da vida, como flores e livros. Nossa escolha recaiu sobre um pequeno vilarejo rural próximo de Bath. Daquela velha e honorável cidade, depois de serpentear sob várias pontes, um pequeno córrego desce em direção ao vale eternamente verde de Limpley Stoke: é o canal Kennet e Avon. A construção desse curso d'água fora feita à custa de muito engenho e dinheiro, com diversas eclusas de madeira e estações de controle, para permitir o transporte de carvão de Cardiff até Londres. Nas estreitas sendas laterais à direita e à esquerda do canal, cavalos trotavam, puxando lentamente as largas barcaças negras. Era uma instalação imponente e promissora para uma época em que o fator tempo ainda não valia tanto. Mas depois veio a ferrovia, que levava a carga negra até a capital mais rápido, mais barato e com maior conforto. O tráfego no canal parou, os guardadores das eclusas foram demitidos, o canal secou e virou um pântano, e precisamente essa solidão e sua completa inutilidade lhe conferem hoje um toque tão romântico e misterioso. Na água turva parada, as algas no fundo crescem tão densas que a superfície brilha num tom verde-escuro como malaquita. Ninfeias coloridas flutuam na superfície lisa, que, em sua imobilidade modorrenta, reflete com fidelidade fotográfica as encostas floridas, as pontes e as nuvens: aqui e ali, vê-se à margem um velho barco quebrado, resquício daqueles tempos agitados, meio submerso e já coberto de vegetação colorida, e os pregos nas eclusas já há muito estão enferrujados e cobertos de limo. Ninguém mais se preocupa com esse canal antigo, nem os banhistas de Bath o conhecem, e quando nós dois passeávamos pelo caminho que o margeia, onde antes os cavalos puxavam as barcas por meio de cordas, durante horas não víamos vivalma, exceto um ou outro casal de namorados secretos que buscava aqueles ermos para esconder sua felicidade do falatório dos vizinhos – enquanto ela ainda não estava cimentada por noivado ou casamento.

Precisamente esse curso d'água romântico e calmo numa paisagem suave e ondulada nos agradou muito. No trecho onde o morro de Bathampton desce como uma relva verdejante até o canal, compramos um terreno no meio do nada. Num lugar mais elevado, construímos uma pequena casa de campo, cujo jardim descia até o canal com seus caminhos beirando árvores frutíferas, hortas com legumes e flores. Sentados na beira do nosso pequeno terraço ao ar livre, podíamos ver no reflexo da água a relva, a casa e o jardim. A casa era pacata e confortável e superava todos os meus sonhos, e eu só me queixava de que era um pouco isolada, sem vizinhos.

– Haverão de aparecer quando virem como é bonito o nosso pedaço – consolava-me o meu marido.

De fato, antes de nossos pés de pêssego e ameixa terem dado frutos, surgiram um dia sinais de uma obra vizinha, primeiro corretores zelosos, depois arquitetos e, depois deles, então pedreiros e marceneiros. Em três meses, a casinha com telhado vermelho estava gentilmente postada ao lado da nossa; depois veio o caminhão de carga com os móveis. Naquele silêncio, escutávamos sem cessar as marteladas e batidas, sem que tivéssemos visto ainda os nossos vizinhos.

Certa manhã bateram à nossa porta. Uma jovem esguia e bonita com olhos inteligentes e gentis, de seus vinte e oito ou vinte e nove anos, apresentou-se como nossa vizinha e pediu um serrote emprestado, uma vez que os operários haviam esquecido de trazer o seu. Começamos a conversar. Ela contou que o marido era funcionário de um banco em Bristol, mas que era um desejo antigo de ambos morar um pouco mais afastado, na natureza, e que tinham adorado a nossa casa quando passeavam à margem do canal num domingo. Para o marido, sem dúvida era uma hora de viagem até o trabalho de manhã e uma hora à noite, mas ele haveria de encontrar companhia e se habituaria. No dia seguinte, retribuímos a visita. Ela continuava sozinha em casa e contou, alegre, que o marido chegaria apenas quando tudo estivesse pronto. Antes disso, ela nem precisaria dele, e afinal não havia pressa. Não sei por que, mas me incomodou a maneira indiferente, quase contente, com que se referia à ausência do marido. Em casa, sozinhos à mesa, observei que ela parecia não se importar tanto com ele. Meu marido me repreendeu, dizendo que eu não deveria julgar precipitadamente e que a mulher era simpática, inteligente e agradável; e desejava poder dizer o mesmo do marido.

Pois bem, não tardou para que viéssemos a conhecê-lo. Quando, no sábado seguinte, saímos de casa à tarde para o passeio de sempre, escutamos passos rápidos e pesados atrás de nós, e, ao virar, um homem corpulento nos estendeu sua mão larga, vermelha e cheia de sardas. Disse que era o novo vizinho e soubera como tínhamos sido gentis com sua mulher. Naturalmente, não eram modos de nos abordar, assim em mangas de camisa em vez de nos render primeiro uma visita formal, disse ele. Mas sua mulher tinha dito tanta coisa simpática a nosso respeito que ele não quis perder nem um minuto para vir nos agradecer. E ali estava ele, John Charleston Limpley, e não era fantástico que o vale tinha sido batizado de Limpley Stoke em sua homenagem antes que ele sequer imaginasse que um dia moraria ali? Bem, agora estava ali e esperava permanecer enquanto Deus quisesse deixá-lo vivo. Achava o lugar o mais lindo do mundo e prometeu que seria um vizinho bom e correto. Falou tudo isso tão rápido e animado e com uma língua tão fluente que mal tivemos oportunidade de interrompê-lo. Assim, pelo menos tive tempo suficiente para observá-lo minuciosamente. Aquele Limpley era um homenzarrão de quase dois metros, com ombros largos e quadrados dignos de um estivador, e, como muitos gigantes, de uma bondade infantil. Seus olhos apertados e um pouco aguados piscavam cheios de confiança sob as pálpebras avermelhadas. Mostrava incessantemente seus dentes brancos e brilhantes ao sorrir; não sabia muito bem o que fazer com as manzorras grandes e pesadas, tinha dificuldade em mantê-las quietas, e era nítido que adoraria usá-las para dar um tapinha amigável nos ombros. Para extravasar a energia, estalava os dedos. Perguntou se podia nos acompanhar no nosso passeio como estava, em mangas de camisa. Quando concordamos, caminhou conosco falando sem parar, dizendo que seus antepassados por parte de mãe eram escoceses, mas que se criara no Canadá, e de vez em quando apontava para uma árvore frondosa ou uma encosta bonita, como aquilo era lindo, incomparavelmente lindo. Falava, ria, entusiasmava-se quase sem parar; aquele homem emanava um fluxo vital de força e felicidade que nos arrebatou sem querer. Quando, afinal, nos despedimos, os dois nos sentíamos estimulados.

– Há muito tempo não conhecia uma pessoa tão cordial e exuberante – disse meu marido, que, como já mencionei, costumava ser cuidadoso e cauteloso com seu juízo sobre outros.

Mas não tardou para que nossa alegria inicial com o novo vizinho começasse a desvanecer. Do ponto de vista humano, não havia a menor objeção a Limpley. Era bondoso até o excesso e de tal forma solícito que era preciso constantemente recusar suas ofertas. Além disso, era correto, probo, franco e nada ignorante. No entanto, tornava-se insuportável por seu modo ruidoso e barulhento de estar permanentemente feliz. Seus olhos aguados sempre brilhavam de felicidade sobre tudo e todos. Tudo o que lhe pertencia era ótimo, *wonderful*; sua mulher era a melhor do mundo, suas rosas as melhores, seu cachimbo o melhor cachimbo com o melhor tabaco. Era capaz de falar quinze minutos com meu marido para provar que um cachimbo devia ser enchido da maneira que ele fazia e que seu tabaco era um *penny* mais barato, sendo melhor do que todas as marcas caras. O tempo todo bufando de entusiasmo exagerado por coisas nulas, indiferentes e naturais, ele sentia a necessidade de fundamentar e explicar longamente aqueles encantamentos banais. O motor ruidoso dentro dele jamais parava. Limpley não sabia trabalhar no jardim sem cantar em alto e bom som, não sabia falar sem rir ou gesticular, não sabia ler o jornal sem saltar da cadeira e correr até a nossa casa quando via uma notícia que o atiçava. Suas mãos largas e sardentas eram sempre agressivas, como o seu grande coração. Além de dar tapinhas em qualquer cavalo e acarinhar qualquer cachorro, até meu marido, embora vinte e cinco anos mais velho, tinha que aguentar Limpley com sua descontração canadense camarada batendo no seu joelho. Como comungava de tudo com seu coração caloroso, transbordante de emoções e sempre a ponto de explodir, pressupunha que os outros também quisessem participar, e era preciso inventar centenas de pequenos ardis para se defender contra a sua bondade insistente. Não respeitava horas de descanso ou de sono, porque, com sua vitalidade plena, nem imaginava que outros poderiam estar cansados ou mal-humorados, e confesso que às vezes eu desejava secretamente amenizar essa vitalidade estupenda, mas quase insuportável, fazendo-a descer para um grau normal através de uma injeção diária de bromo. Diversas vezes peguei o meu marido abrindo instintivamente a janela depois que Limpley passara uma hora sentado conosco – ou, melhor, sentado não: saltava de vez em quando da cadeira, andando agitado pela sala –, como se o cômodo tivesse ficado quente demais com a presença daquele homem dinâmico e, de certa forma, bárbaro. Olhando para seus olhos claros, bons, transbordantes de bondade, era impossível ficar irritado com ele; somente depois a exaustão se fazia sentir, assim como o desejo de mandá-lo para o inferno. Antes de conhecer Limpley, nunca havíamos imaginado que, em doses penetrantemente exageradas, virtudes tão honradas quanto bondade, cordialidade, disponibilidade e afeto fossem capazes de nos levar ao desespero.

Então passei a compreender também o que, de início, me fora difícil entender: que não era falta de afeto quando sua mulher percebia a sua ausência com tanta satisfação e alegria. Pois ela era a verdadeira vítima de seus excessos. Naturalmente ele a amava com paixão, assim como era apaixonado por qualquer coisa que lhe pertencesse. Era comovente o carinho com que a tratava e os cuidados de que a cobria; bastava que ela tossisse uma única vez para que ele se levantasse e fosse buscar um agasalho ou mexesse na lareira para reavivar o fogo, e quando ela ia à cidade ele lhe dava mil conselhos, como se ela fosse enfrentar uma viagem perigosa. Jamais escutei uma palavra hostil entre os dois, ao contrário, ele adorava enaltecê-la e louvá-la a ponto de constranger os outros. Nem na nossa presença ele conseguia se abster de acariciá-la e afagar seus cabelos, e principalmente de listar todas as virtudes imagináveis. "Já viram as unhas encantadoras da minha Ellen?", perguntava ele, súbito, e apesar de seus protestos envergonhados ela se via obrigada a mostrar as mãos. De outra vez, fui compelida a admirar a forma como ela prendia o cabelo, e naturalmente precisávamos experimentar cada uma das geleias que ela fazia e que, segundo ele, eram incomparavelmente melhores que as das melhores fábricas da Inglaterra. A jovem modesta e quieta costumava ficar sentada com os olhos baixos, envergonhada com aquelas situações constrangedoras. Pelo jeito ela já desistira de se defender contra o comportamento torrencial do marido. Deixava-o falar e contar e rir e se limitava a salpicar um "ah, sim!" ou "sei".

– Não é fácil para ela – disse meu marido certa vez quando voltávamos para casa. – Mas, na realidade, não devemos ficar irritados com ele. No fundo, é um homem bom e ela pode ser feliz com ele.

– Ao inferno essa história de ser feliz – disse eu, revoltada. – É uma falta de respeito ser tão ostensivamente feliz e ficar expondo seus sentimentos de maneira tão desavergonhada. Eu enlouqueceria com tanto excesso, com tal abscesso de correção. Você não vê como ele deixa aquela mulher infeliz com essa coisa de felicidade e essa sua vitalidade letal?

– Não exagere sempre – repreendeu o meu marido, e, no fundo, ele tinha razão.

A mulher de Limpley não era de forma alguma infeliz, quer dizer, não era mais nem isso. Já era incapaz de sentir algo com nitidez, estava simplesmente anestesiada e exausta por aquela vitalidade desmedida. Quando Limpley saía de manhã para o escritório e seu último "adeus" ecoava pelo portão do jardim, observei que ela primeiro se sentava ou deitava sem fazer qualquer outra coisa, só para fruir o silêncio raro à sua volta. E o dia inteiro havia um ligeiro cansaço em seus movimentos. Não era fácil entabular uma conversa com ela, pois nos oito anos de casamento ela quase desaprendera a falar. Certa vez me contou como fora o casamento. Ela morava com os pais no campo, ele passou pela casa numa excursão e, com seu excesso selvagem, logo noivou e se casou com ela sem que ela soubesse direito quem ele era ou qual sua profissão. Nenhuma palavra, nenhuma sílaba daquela mulher gentil e quieta dava a entender que ela não fosse feliz, mas mesmo assim eu, como mulher, sentia pela sua maneira de se esquivar onde estava a verdadeira cruz daquele casamento. No primeiro ano, haviam esperado um bebê, e no segundo e terceiro também, depois de seis ou sete anos eles haviam perdido a esperança, e agora o seu dia era vazio e a noite excessivamente cheia com toda aquela turbulência ruidosa. "A melhor coisa seria ela adotar uma criança ou então fazer algum esporte ou buscar uma ocupação", pensei. "Ficar sentada à toa deve gerar uma melancolia, e essa melancolia, por sua vez, uma espécie de ódio contra sua alegria provocativa do marido, que exaure qualquer ser humano normal. Alguém ou alguma coisa teria que ajudá-la a diminuir a tensão."

Quis o acaso que eu devesse há semanas uma visita a uma amiga de juventude que morava em Bath. Conversamos agradavelmente; de repente, ela se lembrou de que queria me mostrar algo encantador e me levou até o pátio. Num estábulo, na penumbra, vi primeiro que alguma coisa se mexia no feno. Eram quatro filhotes de buldogue, de seis ou sete semanas de idade, que andavam desajeitadamente com suas patas largas e de vez em quando ensaiavam um latido. Eram encantadores quando saíam do cestinho em que estava a mãe, pesada e desconfiada. Levantei um deles, agarrando as dobras da nuca; era manchado de marrom e branco e, com seu focinho bonitinho, fazia jus ao pedigree nobre que sua dona me explicou. Não pude deixar de brincar com ele, provocando-o e permitindo que tentasse mordiscar meus dedos desajeitadamente. Minha amiga perguntou se eu não queria levá-lo, pois ela amava cachorros e queria dá-los de presente, contanto que fosse para um lar onde seriam bem cuidados. Hesitei, pois sabia que meu marido jurara nunca mais dar seu coração a um outro cão depois que perdera seu amado spaniel. Mas então me lembrei que talvez aquele animal encantador fosse um bom amigo para mrs. Limpley, e prometi à minha amiga informá-la no dia seguinte. À noite, apresentei minha proposta aos Limpley. A mulher calou; estava habituada a não externar sua opinião, mas Limpley concordou com seu costumeiro entusiasmo. Sim, era a única coisa que faltava. Uma casa sem cachorro não era uma casa. Se pudesse, em sua veemência teria me levado até Bath à noite mesmo, para invadir a casa da minha amiga e buscar o animal. Mas como recusei esse excesso, ele foi obrigado a se conter. E só no dia seguinte o jovem buldogue foi buscado em um cestinho, reclamando e estranhando aquela viagem insuspeitada.

O resultado, na verdade, foi bem diferente do que havíamos previsto. Minha intenção tinha sido dar à mulher calada e solitária uma companhia para a casa vazia. Mas foi o próprio Limpley que se lançou com toda a sua inesgotável carência sobre o cachorro. Seu entusiasmo com aquele bichinho engraçadinho era ilimitado e, como sempre, algo exagerado e um pouco ridículo. Naturalmente, Ponto – assim ele foi batizado, por alguma razão insondável – virou o cachorro mais bonito e inteligente da Terra, e a cada dia, cada hora Limpley descobria novas maravilhas e novos talentos nele. Comprava tudo o que havia em objetos para quadrúpedes – coleira, cestinho, focinheira, tigelinha, brinquedos, bolinhas e ossinhos; Limpley estudava todos os artigos e anúncios nos jornais que tratavam de cuidados caninos e alimentação específica e, a fim de obter conhecimentos mais sólidos, assinou até mesmo uma revista sobre cães; com ele, a imensa indústria que vive exclusivamente desses fanáticos por cachorros ganhou um cliente novo e infatigável; e o veterinário era convocado pelos mínimos motivos. Seria possível encher volumes inteiros para narrar todo o exagero produzido em sequência ininterrupta por essa nova paixão. Frequentemente escutávamos latidos altos na casa vizinha. Mas não era o cão que latia, e sim o seu dono, que se deitava no chão e imitava a linguagem canina, tentando estimular seu querido para um diálogo incompreensível a todos os demais humanos. Preocupava-se mais com a dieta do animal mimado do que com a própria; seguia temerosamente todas as orientações dos especialistas; a comida de Ponto era mais sofisticada do que a de Limpley e sua esposa, e quando certa vez o jornal informou sobre um caso de tifo – por sinal, numa província bem distante – o animal passou a dispor de água mineral. Se uma pulga desrespeitosa ousasse fazer uma visita ocasional ao amado animal, ferindo sua dignidade por forçá-lo a se coçar ou a se mordiscar, Limpley assumia a mísera tarefa de catar pulgas; inclinado em mangas de camisa sobre a bacia com água desinfetada, trabalhava sem parar com pente e escova até que o último dos hóspedes incômodos tivesse sido eliminado. Não temia esforço algum, nenhuma indignidade o desonrava, e nenhum príncipe jamais foi tratado com mais carinho e atenção. A única vantagem em meio a toda aquela insensatez era a circunstância de que, como Limpley concentrara todas as suas emoções num novo objeto, sua mulher e também nós éramos menos afetados por sua impetuosidade. Ele passava horas passeando com o cão, conversava com ele sem que o bicho de pelo espesso se deixasse incomodar, e a mulher olhava sorrindo e sem qualquer ciúme como o seu marido se desincumbia de seu serviço diário diante do altar de quatro patas. O que ele lhe subtraía em sentimentos era apenas o excesso incômodo e insuportável, restando ainda para ela uma medida grande de carinho. Assim, era nítido que o novo membro da casa tornara o casamento talvez mais feliz do que era antes.

Enquanto isso, Ponto crescia a cada semana que passava. As gordas dobras infantis de seu pelo começaram a ser preenchidas com carne dura, firme e musculosa. Tornou-se um animal possante de peito largo, dentes rijos e ancas firmes e bem escovadas. De gênio bom, só se tornou desagradável quando identificou sua posição de dominação na casa, passando a assumir um comportamento arrogante e dominador. O animal inteligente e observador não levara muito tempo para constatar que o seu dono – ou melhor, seu escravo – desculpava-lhe qualquer falta de educação. De início era só desobediente, mas logo assumiu modos tirânicos, negando, por princípio, tudo o que pudesse ser interpretado como submissão. Acima de tudo, não admitia nenhuma privacidade na casa. Nada podia acontecer sem a sua presença e sem a sua expressa aquiescência. Toda vez que vinha visita, atirava-se contra a porta, autoritário, certo de que Limpley se apressaria para abrir a porta, e, sem se dignar a olhar para os visitantes, subia numa poltrona para mostrar que era o verdadeiro dono da casa e que todos lhe deviam admiração e reverência. Óbvio: nenhum outro cão podia ousar chegar perto da cerca. Mas também certas pessoas contra as quais ele já manifestara sua aversão, como o carteiro ou o leiteiro, viam-se obrigadas a largar suas encomendas ou garrafas diante do portão em vez de levá-las para dentro de casa. Quanto mais Limpley se rebaixava em seu furor infantil, pior era tratado por aquele animal insolente. Pode parecer estranho, mas com o tempo Ponto até inventou um sistema para provar que tolerava carícias e entusiasmo, mas que não se sentia de forma alguma obrigado a retribuir gratidão por aquelas venerações cotidianas. Por princípio, fazia Limpley esperar a cada vez que este o chamava, e a desfarçatez infernal do bicho foi ao ponto de o dia inteiro fuçar aqui e acolá como um cachorro normal, correr atrás das galinhas, nadar na água, devorar avidamente qualquer coisa que achasse no caminho até se entregar à sua diversão preferida: sem fazer ruído, disparar maldosamente gramado abaixo até o canal com a velocidade de um petardo e, selvagem, empurrar cestas de roupa e tinas para dentro d'água com a cabeça e em seguida sair dançando com uivos triunfantes em volta das mulheres e moças desesperadas, que tinham de pescar a roupa, uma a uma. No momento em que Limpley chegava do trabalho, o astuto comediante trocava a atitude agitada e assumia a postura distante de um sultão. Preguiçoso, deitado, esperava sem dar o menor sinal de boas-vindas o seu dono, que se precipitava sobre ele com um ruidoso "oi, Ponty", antes mesmo de saudar a mulher ou de tirar o casaco. Ponto sequer abanava o rabo em resposta. Às vezes, magnânimo, deitava-se de costas e permitia que ele lhe fizesse carinho no pelo macio e sedoso da barriga, nem mesmo naqueles momentos benevolentes pensava em dar qualquer grunhido ou ronco de prazer mostrando que gostava dos afagos.

O seu escravo devia ver que era apenas um favor ele se submeter ao carinho. E com um breve rosnar – como para dizer: "agora chega" – virava-se subitamente, acabando com a brincadeira. Da mesma forma, era preciso suplicar que ele comesse o fígado cortado em pedaços que Limpley lhe oferecia. Às vezes, apenas farejava e ignorava o fígado desdenhosamente, apesar de todas as súplicas, só para sinalizar que não se dignava a fazer suas refeições quando aquele escravo bípede lhe servia. Convidado a dar um passeio, primeiro se espreguiçava e bocejava tanto que era possível ver o fundo da sua bocarra manchada de preto; toda vez ele insistia primeiro em mostrar que um passeio não lhe agradava especialmente e que só se ergueria do sofá mesma concessão a Limpley. Mimado e, por isso, insolente, com centenas desses truques obrigava seu dono a adotar o tempo todo diante dele a postura de alguém que mendiga e suplica; na verdade, a paixão servil de Limpley era mais "canina" do que o comportamento daquele animal impertinente que desempenhava o papel de um paxá oriental com requintes de perfeição teatral.

Meu marido e eu simplesmente não conseguíamos mais suportar a desfaçatez daquele tirano. Inteligente como era, Ponto logo notou nossa atitude de desprezo e procurou nos manifestar da forma mais grosseira o seu desdém. Que possuía caráter, isso não se podia negar. Desde o dia em que nossa empregada o expulsara energicamente do nosso jardim depois que ele deixou um rastro inconfundível de sua presença num canteiro de rosas, ele nunca mais transpôs a cerca espessa que limitava pacificamente nossos terrenos e se recusava a passar pelo portão, a despeito de toda insistência de Limpley. Nós renunciamos com prazer às suas visitas; constrangedor era que, com seu comportamento provocativo, o animal tirânico impedia qualquer conversa amigável mais longa quando encontrávamos Limpley em sua companhia na rua ou diante da casa e o gentil homem entabulava umas palavras. Após dois minutos ele já começava a uivar com raiva ou a rosnar, cutucando a perna de Limpley sem dó nem piedade com a cabeça, o que significava claramente: "Chega! Não converse com essas pessoas detestáveis!" E devo confessar que Limpley nessas ocasiões sempre ficava agitado. Primeiro, tentava apaziguar o animal:

– Já vamos, já, já!

Mas o tirano não atendia e o pobre escravo era obrigado a se despedir de nós, algo envergonhado e confuso. Erguendo orgulhoso as ancas, claramente triunfante por ter demonstrado a nós o seu poder ilimitado, o animal altivo ia se afastando. Não sou agressiva, mas a minha mão então sempre coçava com vontade de dar uma chicotada naquele vagabundo mimado.

Foi assim que Ponto, um simples cão, conseguiu esfriar nossas relações antes tão cordiais. Limpley sofria visivelmente com o fato de não poder invadir nossa casa a qualquer momento como antes; já a esposa se envergonhava por perceber o quanto o marido se ridicularizava na nossa frente com a sua submissão. Assim transcorreu mais um ano, ao longo do qual o animal se tornou ainda mais ousado e dominador e, sobretudo, ainda mais sofisticado nas humilhações que impunha a Limpley, até um dia acontecer uma transformação que surpreendeu todos os afetados em igual extensão – alguns, claro, de modo alegre, e os protagonistas de maneira trágica. Eu não conseguira deixar de relatar ao meu marido que nas duas ou três semanas anteriores sra. Limpley evitava qualquer conversa mais longa com um estranho acanhamento. Como boas vizinhas, costumávamos nos emprestar uma coisa ou outra, o que sempre dava ensejo a uma agradável conversa, pois eu de fato gostava bastante daquela mulher quieta e modesta. Nos últimos tempos, no entanto, eu notara nela um estranho constrangimento de se aproximar de mim; preferia mandar a empregada quando desejava alguma coisa. Se eu a abordava, ela se mostrava visivelmente reservada, evitando me olhar nos olhos. O meu marido, que a estimava muito, convenceu-me a procurá-la e perguntar diretamente se a tínhamos magoado de alguma forma.

– Não devemos deixar surgir tais contrariedades entre vizinhos. E talvez seja o exato contrário do que você teme e, quem sabe – até acredito! – ela apenas queira lhe pedir alguma coisa e não tem coragem de fazê-lo.

Decidi aceitar o conselho e fui à casa dela, encontrando-a de tal forma absorta em seus devaneios numa cadeira de jardim que nem sequer me ouviu chegar. Pousei a mão no seu ombro e lhe disse com franqueza:

– Sra. Limpley, já sou uma mulher de idade e não preciso mais ficar acanhada. Deixe-me tomar a iniciativa. Se estiver de alguma maneira chateada conosco, diga-me abertamente por quê.

A pobre mulher se assustou. Como poderia eu pensar algo parecido? Ela apenas deixara de nos visitar, porque... Enrubesceu em vez de continuar falando e começou a soluçar, mas, se posso dizê-lo, era um choro bom, de felicidade. Finalmente, confessou tudo. Depois de nove anos de casamento, já havia perdido todas as esperanças de se tornar mãe, e mesmo nas últimas semanas, quando tivera bons motivos para suspeitar que o impossível poderia acontecer, não tivera a coragem de acreditar. Mas na antevéspera fizera uma visita às escondidas ao médico e agora tinha certeza. Só que ainda não fora capaz de informar o marido – eu sabia como ele era, e ela tinha quase medo de sua alegria incontida. Ela não tivera ainda o ânimo de nos pedir – mas não seria melhor que preparássemos um pouco o seu espírito? Logo concordei e disse que meu marido falaria com ele com todo prazer. E ele decidiu fazer daquilo uma ocasião especial. Deixou um bilhete para Limpley, pedindo que nos procurasse tão logo voltasse do trabalho. Claro, o bom camarada acorreu em seu zelo maravilhoso sem sequer tirar o sobretudo. Estava visivelmente receoso de que algo tivesse acontecido conosco e se sentiu, por outro lado, feliz por nos provar – quase diria: extravasar – a sua solicitude amigável. Chegou ofegante. Meu marido pediu que ele se sentasse à mesa. Aquela solenidade incomum o preocupou, e, mais uma vez, ele não sabia onde meter suas manzorras pesadas e sardentas.

– Limpley – começou o meu marido –, pensei em você a noite passada, ao ler num livro antigo que o ser humano não deveria desejar coisas demais, e sim uma única coisa. Então, pensei: o que, por exemplo, nosso bom vizinho gostaria de ter se um anjo ou uma fada ou outro desses seres bondosos lhe perguntasse "Limpley, o que lhe falta? Concedo-lhe um único desejo"?

Surpreso, Limpley ergueu os olhos. Estava gostando da brincadeira, mas não confiava totalmente nela. Ainda suspeitava que havia outra coisa por trás daquela introdução formal.

— Bem, Limpley, considere que eu sou essa fada boa — acalmou-o o meu marido. — Algum desejo especial?

Meio sério, meio rindo, Limpley coçou os cabelos ruivos curtos.

— Na realidade, não quero nada — admitiu, finalmente. — Afinal, tenho tudo o que quero, minha casa, minha mulher, meu emprego seguro, meu...

Percebi que ele queria dizer "meu cachorro", mas no último momento achou que não era adequado.

— Sim, realmente tenho tudo o que quero.

— Então, nada a pedir à fada ou ao anjo?

Limpley foi ficando cada vez mais alegre. Estava radiantemente feliz por poder expressar o quanto estava feliz.

— Não, nada.

— Que pena! — disse meu marido. — Pena que não se lembre de nada.

E ficou em silêncio.

Limpley se sentiu desconfortável sob aquele olhar inquiridor. Sentiu que precisava se justificar.

— Claro, um pouco de dinheiro seria sempre bom... um pequeno adiantamento... mas, como já disse, estou satisfeito... não saberia o que desejar.

— Pobre anjo — disse o meu marido com solenidade ensaiada. — Precisa voltar de mãos abanando porque mr. Limpley não sabe o que pedir. Bem, felizmente, ele não foi embora logo e ainda perguntou a mrs. Limpley. Parece que, com ela, teve um pouco mais de sorte.

Limpley ficou estupefato. Com seus olhos aguados e a boca semiaberta, parecia agora um pouco abobalhado. Mas se controlou e disse, quase irritado — não podia conceber que alguém que pertencia a ele pudesse não estar totalmente satisfeito:

— Minha mulher? O que ela poderia querer ainda?

— Bem, talvez algo mais do que um cachorro.

Naquele momento, Limpley compreendeu. Foi como um raio. Sem querer, abriu os olhos de tal maneira que se via apenas a parte branca em vez da pupila. Ergueu-se de um salto sem se desculpar e correu para o outro lado, esquecendo seu sobretudo, para invadir o quarto da mulher como um louco.

Rimos, ambos. Mas não nos surpreendemos. Conhecendo sua famosa impetuosidade, não esperávamos outra coisa.

Mas houve quem ficasse surpreso: alguém que estava deitado no sofá, indolente, piscando os olhos meio fechados, esperando a reverência que seu dono lhe devia – ou supostamente lhe devia – àquela hora da noite: o bem-escovado e altivo Ponto. Mas o que era aquilo? Sem o cumprimentar, sem o acariciar, o homem passou correndo para o quarto e ele ouviu risadas e choro e vozes e suspiros, e aquilo demorou e ninguém se preocupava com ele, Ponto, a quem por lei devia ser dirigida a primeira saudação carinhosa. Passou-se uma hora. A empregada lhe trouxe a tigela com a ração. Ponto a ignorou com desdém. Estava habituado com súplicas e insistências para comer. Rosnou para a empregada, furioso. Todos veriam que ele não se deixava tratar daquela maneira indiferente. Mas ninguém notou, naquela noite agitada, que ele desprezou sua comida. Ponto continuava esquecido. Limpley falava sem parar com a mulher, inundando-a com seus conselhos preocupados e com seu carinho. Não tinha olhos para Ponto, e o animal arrogante, por sua vez, era orgulhoso demais para se aproximar e se fazer lembrar. Esperava, enroscado em seu canto, afinal só podia ser um mal-entendido, um esquecimento único, ainda que injustificável. Mas esperou em vão. Também na manhã seguinte Limpley, que quase perdeu o ônibus com inúmeras advertências para que a mulher se poupasse, voltou a passar correndo por ele.

O animal era inteligente, sem dúvida. Mas aquela súbita transformação superava a sua capacidade de compreender. Por acaso, eu estava à janela quando Limpley entrou no ônibus e vi como, mal o dono sumira, Ponto saiu lentamente da casa – eu quase diria meditativo – olhando para o veículo que desaparecia. Permaneceu assim durante meia hora, imóvel, evidentemente esperando que o seu dono voltaria para o adeus esquecido. Só então arrastou-se vagarosamente de volta. O dia inteiro não brincou nem correu, apenas rondava a casa, devagar e meditabundo; talvez – quem de nós saberia dizer de que maneira e até que grau um cérebro animal é capaz de formular imagens? – estivesse refletindo se não fora ele próprio o responsável pela ausência incompreensível da saudação habitual por algum comportamento desajeitado. No final da tarde, cerca de meia hora antes da chegada de Limpley, ele ficou visivelmente nervoso; esgueirava-se com as orelhas caídas até a cerca, repetidas vezes, para avistar o ônibus a tempo. Mas naturalmente evitava demonstrar a sua impaciência: mal o ônibus despontou à hora de sempre, ele voltou para a sala, deitou-se no sofá, como sempre, e esperou.

Mas também dessa vez esperou em vão. Mais uma vez, Limpley passou por ele correndo. E aquilo se repetiu dia após dia. Uma ou duas vezes Limpley reparou nele, lançou-lhe um breve "Ah, você está aí, Ponto!" e o acariciou de passagem. Mas era uma carícia indiferente, impensada. Nada restava da velha vassalagem, das palavras carinhosas, das brincadeiras, dos passeios, nada, nada. Limpley, homem profundamente bondoso, não podia ser responsabilizado por aquela dolorosa indiferença. Pois de fato não tinha pensamento ou preocupação que não fossem para a sua mulher. Mal chegava em casa, acompanhava-a em cada caminho e a levava pelo braço nos passeios cuidadosamente demarcados, para que ela não desse nenhum passo precipitado ou descuidado; supervisionava sua dieta e mandava a empregada dar relatórios precisos sobre cada hora do dia. Tarde da noite, quando ela já havia se recolhido, ele vinha nos ver quase todos os dias para buscar conselhos e apaziguamento comigo, mulher mais experiente. Nas lojas de departamento comprou logo todo o enxoval do bebê esperado, e tudo isso era feito num estado de permanente excitação. Sua própria vida estava totalmente anulada, às vezes ele se esquecia durante dois dias de fazer a barba e chegou várias vezes atrasado ao trabalho porque perdia o ônibus, com suas instruções infindáveis. Portanto, o fato de não levar mais Ponto para passear nem cuidar dele não era de forma alguma maldade ou uma deslealdade interior; era apenas a confusão de uma pessoa muito passional e quase maníaca que se perdia em uma só coisa com todos os seus sentidos, pensamentos e sentimentos. Mas, se até os homens, apesar de seu raciocínio lógico capaz de prever e de rememorar, mal conseguem perdoar uma ofensa sem ressentimento, o que esperar de um cão rude? A cada semana que passava, Ponto se tornava mais nervoso e irritado. Sua honra não admitia que ele, o dono da casa, fosse simplesmente ignorado e tivesse sido degradado para uma posição de coadjuvante. Se fosse sensato, poderia ter-se aproximado de Limpley, suplicando e lisonjeando. Talvez o seu antigo protetor tivesse se dado conta de suas negligências. Mas Ponto ainda era demasiado orgulhoso para rastejar. Não era ele que devia dar o primeiro passo para a reconciliação, e sim o seu dono. Dessa forma, resolveu chamar a atenção através de toda sorte de expediente. Na terceira semana, começou a mancar e a puxar da pata esquerda traseira. Em circunstâncias normais, Limpley o teria examinado logo, carinhoso e alvoroçado, para ver se não pisara num espinho. Teria ficado com pena e chamado imediatamente um veterinário, sem dúvida levantado três ou quatro vezes durante a noite para ver como estava o cão. Mas dessa vez, nem ele nem qualquer outra pessoa da casa reparavam naquele comportamento de comediante e Ponto não teve outra escolha senão desistir. Mais algumas semanas depois, tentou uma greve de fome. Deixou as refeições no pote durante dois dias. Mas ninguém estava preocupado com sua falta de apetite, enquanto antes, se ele não tivesse sorvido sua sopinha num dos seus surtos tirânicos, Limpley logo acorria com biscoitos especiais ou um pedaço de salsicha. Por fim, a fome dobrou sua determinação. Engolia suas refeições secretamente e de consciência pesada, sem vontade. Outra vez tentou chamar a atenção passando um dia inteiro escondido. Cuidadoso, enroscou-se num depósito de lenha abandonado, de onde poderia escutar com secreta satisfação os gritos de "Ponto, Ponto". Mas ninguém gritou, ninguém notou sua ausência ou se preocupou com ela. Sua tirania estava rompida, ele estava destronado, humilhado, esquecido, sem sequer saber por quê.

Acho que fui a primeira a observar a transformação do animal naquelas semanas. Ele emagreceu e começou a se movimentar de maneira diferente. Em vez de andar altivo, como antes, com as ancas bem levantadas, esgueirava-se como um cão surrado. Seu pelo, antes cuidadosamente escovado, perdeu o brilho sedoso. Quando o encontrávamos, baixava a cabeça de forma que não se conseguia ver os seus olhos, passando batido. Mas embora tivesse sido deploravelmente humilhado, seu velho orgulho não fora quebrado; ainda sentia vergonha e sua raiva interior não encontrou outra vazão senão redobrando os ataques aos cestos de roupa: em uma semana, empurrou três para dentro do canal para provar que ainda existia e devia ser respeitado. Mas isso tampouco ajudou, fora as ameaças das empregadas de surrá-lo. Todas as suas artimanhas e seus truques, a greve de fome, mancar, esconder-se, procurar o dono, foram inúteis – e em vão sua pesada cabeça quadrada se martirizava: algo muito misterioso devia ter acontecido naquele dia, algo que ele não entendia. Algo mudara na casa e em todas as pessoas e continuou assim. Desesperado, Ponto reconheceu que era impotente em face daquela coisa traiçoeira que acontecera ou ainda estava acontecendo ali. Sem dúvida: havia alguém contra ele, algum poder estranho e maléfico. Ele, Ponto, tinha um inimigo. Um inimigo mais poderoso do que ele, um inimigo invisível, intangível. Não se podia agarrá-lo, destroçá-lo, quebrar-lhe os ossos, a esse adversário vil, ardiloso, covarde que lhe roubara todo o poder na casa. Não adiantava farejar nas portas, observar, esperar de ouvidos afiados, pensar, observar: ele era e se mantinha invisível, aquele inimigo, aquele diabo, aquele ladrão. Por semanas Ponto andou como louco ao redor da cerca para descobrir traços daquele covarde, daquele infame, mas apenas percebeu com seus sentidos excitados que algo estava se preparando na casa, algo que ele não compreendia e que devia estar associado a esse arqui-inimigo. Ainda por cima, aparecera uma mulher mais velha – a mãe da sra. Limpley – que dormia à noite no sofá da sala de jantar, o "seu" sofá, em que ele costumava se espichar quando o seu grande cesto bem forrado já não lhe agradava mais. Depois, pessoas traziam – para quê? – diversos objetos, roupa de linho e embrulhos, sempre tocavam à porta e várias vezes apareceu um senhor de óculos e terno preto que tinha um cheiro horroroso de tinturas ácidas e desumanas. A porta para o quarto de dormir da mulher se abria e fechava constantemente, e sempre cochichavam atrás dela, ou então as mulheres sentavam-se juntas, tilintando com seu material de costura. O que significava tudo aquilo, e por que ele estava excluído e destituído de seus direitos? De tanto pensar, o olhar de Ponto foi se tornando fixo, quase vidrado. Pois o que diferencia a mente animal da humana é que a primeira se limita ao passado e ao presente e é incapaz de imaginar ou calcular o futuro. E aqui – era o que o animal bruto sentia com uma agonia torturante – algo estava surgindo e se preparando, algo que ele não podia prevenir nem combater.

Foram seis meses até que o orgulhoso, autoritário e mimado Ponto, exausto por aquela luta inútil, capitulasse, humilde. Curiosamente, foi a mim que ele procurou. Naquele fim de tarde de verão, enquanto meu marido jogava paciência no quarto, eu me sentara um pouco no jardim. De repente, senti alguma coisa morna encostando no meu joelho, bem leve e hesitante. Era Ponto, que, em sua vaidade ferida, durante um ano e meio não pisara mais no nosso jardim e agora buscava refúgio comigo em sua perplexidade. Eu devo ter falado com ele ou o acariciado ao passar enquanto todos o desdenhavam, fazendo com que, naquele seu derradeiro desespero, ele se lembrasse de mim, e jamais esquecerei o olhar suplicante e insistente que me dirigiu. O olhar de um animal acuado pode ser muito mais penetrante e expressivo que o dos seres humanos, pois nós exprimimos a maioria dos nossos sentimentos e pensamentos através da palavra, enquanto o animal, incapaz de falar, é obrigado a concentrar toda a expressão nas pupilas. Nunca vi o desamparo de uma forma tão comovente e desesperada como naquele olhar indescritível de Ponto, enquanto me arranhava de leve na bainha da saia com a pata. Aturdida, entendi o que ele pedia:

– Por favor, me explique, o que o meu dono tem contra mim? O que eles têm contra mim? O que está acontecendo naquela casa contra mim? Ajude-me, diga-me, o que devo fazer?

De fato, eu não sabia o que fazer face àquele pedido comovente. Afagando-o, murmurei à meia-voz:

– Meu pobre Ponto, o seu tempo já passou. Terá que se acostumar a isso, assim como nós precisamos nos acostumar a muita coisa triste.

Ponto empinou as orelhas ao ouvir minhas palavras, a testa se enrugou dolorosamente, como se quisesse adivinhá-las. Impaciente, ficou arrastando as patas, um gesto insistente, angustiado, querendo dizer:

– Não entendo. Me explique! Me ajude!

Mas eu sabia que não poderia ajudar. Acariciei-o para acalmá-lo. Mas, em seu íntimo, ele deve ter sentido que eu não podia consolá-lo. Calado, ergueu-se e desapareceu sem olhar para trás, tão quieto como chegara.

Ponto sumiu durante um dia e uma noite. Se fosse um ser humano, eu teria ficado preocupada que tivesse se suicidado. Só voltou na noite do dia seguinte, sujo, faminto, estropiado e um pouco ferido, como se tivesse atacado outros cães em sua fúria impotente. Mas uma nova humilhação o esperava. A empregada nem o deixou entrar e colocou o pote com sua comida do lado de fora da porta, sem olhar muito para ele. Esse insulto grosseiro se justificava por circunstâncias especiais, pois chegara a hora da mulher e a casa estava cheia de gente atarefada. Limpley estava desorientado, com o rosto afogueado, tremendo de nervosismo, a parteira entrava e saía, assistida pelo médico; a sogra estava sentada ao lado da cama, confortando a filha, e a empregada estava sobrecarregada de tarefas. Eu também viera e esperava na sala de jantar para poder ajudar em caso de necessidade, e, assim, a presença de Ponto de fato teria sido um estorvo. Mas como ele iria compreender aquilo com seu obtuso cérebro canino? O cachorro alvoroçado só conseguia entender que, pela primeira vez, era enxotado da casa – de sua casa – como um estranho, um mendigo, um intruso, e que o estavam mantendo afastado de algo importante que ali se passava atrás de portas fechadas. Sua raiva era indescritível e ele esmigalhou com os dentes poderosos os ossos jogados, como se fossem a nuca do inimigo invisível. Depois, começou a farejar, e os sentidos aguçados lhe indicaram que pessoas estranhas haviam penetrado na casa – a sua casa –, sentia no chão o rastro que já conhecia do odiado homem de óculos e roupa preta. Mas havia outros aliados, o que faziam ali dentro? O animal excitado ficou ouvindo com as orelhas em pé. Encostado na parede, escutava vozes falando baixo e alto, gemidos e gritos e depois o ruído de água, passos rápidos, objetos que eram empurrados, o tilintar de vidro e barulho de metal – alguma coisa acontecia ali dentro que ele não entendia. Mas instintivamente ele sabia: era contra ele. Era o responsável pela sua humilhação e a privação de seus direitos – era o inimigo invisível, infame, covarde, vil. Agora, ele se tornara visível. Agora, podia ser capturado e ter o pescoço quebrado. Com os músculos retesados e trêmulos de excitação, o animal possante agachou-se ao lado da porta para poder entrar no momento em que ela fosse aberta. Dessa vez, ele não escaparia, aquele inimigo traiçoeiro, usurpador de seu direito e de suas prerrogativas, o assassino de sua paz!

Dentro de casa, nós nem imaginávamos nada disso. Estávamos por demais excitados e atarefados. Eu tinha que acalmar e consolar Limpley – o que não era pouca coisa –, a quem o médico e a parteira haviam proibido de entrar no quarto; com sua enorme compaixão, ele sofreu talvez mais do que a parturiente durante aquelas duas horas de espera. Por fim veio a boa-nova, e depois de algum tempo o homem quase tonto de alegria e temor pôde entrar cautelosamente no aposento para ver o bebê – uma menina, como a parteira já anunciara – e a mãe. Permaneceu muito tempo ali, enquanto nós – a sogra e eu, que já havíamos vivenciado momentos parecidos – trocávamos amigavelmente longas reminiscências. Enfim a porta se abriu, Limpley apareceu, seguido do médico. Levava a criança em um travesseiro para nos mostrar, orgulhoso; levava-a como um sacerdote que ergue a custódia. Seu rosto probo, largo, um pouco simples estava quase iluminado pela irradiação da sua felicidade. As lágrimas escorriam sem parar pelo seu rosto e ele não podia secá-las, pois segurava a criança com as duas mãos como se fosse algo indizivelmente valioso e frágil. Atrás dele, o médico, acostumado a tais cenas, vestiu o sobretudo.

– Bem – riu –, meu serviço termina aqui.

O médico se despediu e foi até a porta, inocentemente.

Mas no breve segundo em que a abriu, algo passou voando pelas suas pernas, algo que estivera deitado com os músculos retesados, e eis que Ponto estava no meio da sala, preenchendo-a de uivos enlouquecidos. Logo reconhecera que Limpley segurava com carinho um novo objeto que ele ainda não conhecia, algo pequeno e vermelho e vivo que gemia como um gato e tinha cheiro de gente – ah!, era aquele o inimigo longamente procurado, escondido, oculto, o usurpador do seu poder, assassino da sua paz! Dilacerar! Despedaçar! Com os dentes arreganhados, saltou sobre Limpley para arrancar a criança de suas mãos. Acho que gritamos todos ao mesmo tempo, porque o ataque do possante animal foi tão súbito e violento que o homem pesado e largo cambaleou sob o impacto e caiu contra a parede. No último instante, ainda conseguira erguer instintivamente o travesseiro com a criança para salvá-la, e com um gesto rápido eu a agarrara antes de ele cair. Imediatamente o cachorro se jogou contra mim. Por sorte o médico, que voltara com os nossos gritos, teve a presença de espírito de arremessar uma poltrona pesada contra o animal enfurecido, que tinha os olhos injetados e espuma na boca, fazendo seus ossos estalarem. Ponto gemeu de dor e recuou um momento, mas logo voltou a me atacar em sua raiva frenética. Porém aquele instante bastara para Limpley se reerguer e se atirar sobre o animal com uma ira que se assemelhava assustadoramente à do cão. Iniciou-se uma luta terrível. Largo, pesado e forte, Limpley se lançara com toda a força de seu corpo sobre Ponto para estrangulá-lo com as mãos, e ambos rolavam como uma massa única pelo chão. Ponto tentava morder e Limpley apertava o seu pescoço, o joelho apoiado sobre o peito do animal, que buscava se esquivar da pressão; nós, mulheres de idade, fugimos para o quarto contíguo para defender a criança, enquanto o médico e a empregada também se jogaram sobre o animal enfurecido. Bateram em Ponto com tudo o que lhes caía nas mãos, madeiras estalando e vidros tilintando; a três, deram socos e chutes até os latidos ensandecidos se transformarem em um ronquido ofegante. Por fim o animal exausto, com a respiração fraca e em estertores, foi amarrado com sua correia de couro e cordas e amordaçado com uma toalha de mesa pelo médico, a empregada e o meu marido, que acorrera com tanto barulho. Totalmente indefeso e meio desmaiado, foi arrastado da sala. Lá fora, foi jogado de lado como um saco de batata, e só então o médico voltou para ajudar.

Nesse meio-tempo, cambaleando como um bêbado, Limpley fora até o outro aposento para ver a criança. Ilesa, ela o fitava com seus olhinhos sonolentos. A mãe, embora despertada pelo tumulto de seu sono pesado e exausto, também estava fora de perigo; esforçando-se, dedicou um sorriso pálido e afetuoso ao marido que lhe acariciava as mãos. Só agora ele conseguiu pensar em si. Seu aspecto era terrível, o rosto pálido com os olhos doidos, o colarinho rasgado, a roupa amarrotada e empoeirada; assustados, notamos que de sua manga direita dilacerada pingava sangue no chão. Nem ele se dera conta, em seu furor, de que o animal estrangulado o mordera a fundo duas vezes para se defender. Tiraram a sua roupa e o médico se apressou a fazer um curativo. A empregada trouxe uma dose de aguardente, pois o homem exausto estava próximo de um desmaio com o choque e a perda de sangue. Conseguimos deitá-lo em um sofá onde ele, que não dormira direito nas duas noites anteriores por causa da ansiedade e do nervosismo, caiu em um sono profundo.

Nesse meio-tempo pensamos no que fazer com Ponto.

– Vamos dar-lhe um tiro de misericórdia – exclamou o meu marido, e já ia buscar o revólver.

Mas o médico explicou que era seu dever levar o animal sem demora para verificar pelo muco se era hidrófobo, pois, nesse caso, a mordida de Limpley demandaria cuidados especiais. Disse que colocaria Ponto logo em seu carro. Saímos todos para ajudar o médico. Em frente à porta – uma visão que jamais esquecerei – jazia o animal indefeso em suas amarras; mal nos escutou chegando, o olho injetado de sangue parecia saltar das órbitas. Rangia com os dentes e engolia para cuspir a mordaça enquanto seus músculos se retesavam como cordas: seu corpo contorcido vibrava numa contração trêmula. Admito abertamente que, embora o tivéssemos imobilizado, todos hesitamos em tocá-lo. Nunca na vida eu vira nada semelhante a essa raiva concentrada, carregada de todos os instintos ruins, nunca vira tanto ódio como naquele olhar injetado e sanguinolento. Instintivamente, fui tomada pelo medo e pensei se meu marido não tinha razão com sua proposta de matar o animal logo. Mas o médico insistiu na remoção imediata, e assim o animal aprisionado foi arrastado para o carro e levado, apesar de sua resistência impotente.

Depois daquela saída inglória, Ponto desapareceu por algum tempo do nosso horizonte. Meu marido ficou sabendo que os exames de vários dias no Departamento Pasteur não haviam resultado no menor indício de hidrofobia, e como um regresso de Ponto ao local do crime estava fora de questão, ele foi dado para um açougueiro de Bath que estava à procura de um animal forte e feroz. Não pensamos mais nele, e mesmo Limpley, que usou uma tipoia no braço por dois ou três dias, esqueceu-se dele por completo; sua paixão e sua preocupação se concentravam inteiras na sua filhinha desde que a sua mulher deixara o leito, e nem preciso mencionar que eram tão fanáticas e exageradas como nos tempos de Ponto, quiçá ainda mais. Aquele homem grande e forte se ajoelhava diante do carrinho com o bebê como os três reis magos diante da manjedoura nas imagens dos velhos mestres italianos; a cada dia, cada hora, cada minuto ele descobria novos deleites naquele ser róseo e realmente encantador. A mulher calada e modesta sorria para aquela adoração paterna bem mais do que antes, nos tempos da veneração insensata do quadrúpede arrogante, e também nós tivemos muitas horas agradáveis, pois ter uma felicidade serena na vizinhança irradia uma luz amável para nossa própria casa.

Como já disse, todos havíamos esquecido completamente de Ponto quando, certa noite, fui lembrada de sua existência de maneira insólita. Eu voltara tarde com meu marido de Londres, aonde havíamos ido assistir a um concerto de Bruno Walter, e não conseguia dormir, não sei por quê. Seriam reverberações das melodias da *Sinfonia Júpiter* que eu me esforçava em encontrar inconscientemente, ou era a noite de verão branca e macia, iluminada pelo luar? Levantei-me – devia ser por volta de duas da manhã – e olhei para fora. A lua vagava lá em cima com uma força quieta, como que movida por ventos invisíveis, atravessando o véu de nuvens tênues, e toda vez que aparecia, pura e clara, o jardim inteiro brilhava como se estivesse coberto de neve. Tudo estava em silêncio; acho que eu escutaria se uma única folha se movesse. Assim, me assustei ao notar de repente algo se mexendo sem ruído algum naquele silêncio absoluto na cerca entre os nossos dois jardins, algo negro que contrastava com a grama iluminada. Olhei, interessada. Não era um ser, não era nada vivo, não era algo corpóreo que se mexia ali, inquieto. Era uma sombra. Apenas uma sombra. Mas devia ser a sombra de um ser vivo que, oculto na cerca, movimentava-se com cuidado, furtivamente, a sombra de um homem ou de um animal. Talvez não consiga descrever direito, mas aquele movimento encolhido, traiçoeiro, silencioso me inquietou. Medrosa como a maioria das mulheres, pensei primeiro num assaltante ou assassino, e o coração me saiu pela boca. Mas então a sombra já saíra da cerca viva até o terraço superior, onde começa a grade, e vi o ser vivo se esgueirando antes de sua sombra – era um cão, e reconheci imediatamente: era Ponto. Bem devagar, com muito cuidado, pronto para fugir ao primeiro ruído, Ponto farejava o caminho até a casa de Limpley; não sei por que tive essa impressão – era como se ele quisesse reconhecer o terreno, pois não era o farejar livre e leve de um cão que procura um rastro. Havia em sua atitude algo de quem faz uma coisa proibida ou planeja uma traição. Não farejava ao longo do solo, não andava com os músculos relaxados, mas rastejava polegada por polegada, a barriga quase tocando o chão, como um cão de caça se aproximando de sua presa. Instintivamente, eu me inclinei para melhor observá-lo. Mas devo ter batido na janela, causando um leve ruído, pois com um salto silencioso Ponto desapareceu no escuro. Parecia que eu sonhara tudo aquilo. O jardim voltou a estar sob a luz da lua – vazio, branco, imóvel.

Não sei por que, mas tive vergonha de contar aquilo ao meu marido; afinal, só podia ter sido uma impressão equivocada. Mas quando encontrei na manhã seguinte a empregada de Limpley na rua, perguntei-lhe se por acaso havia visto Ponto nos últimos tempos. A moça ficou embaraçada e até um pouco constrangida; só depois que eu insisti, confessou tê-lo visto diversas vezes e em circunstâncias estranhas. Não conseguia explicar, mas tinha medo dele. Havia cerca de quatro semanas, estivera na cidade com o carrinho de neném e de repente escutara latidos horríveis. Era Ponto, do carro do açougueiro, que gania contra ela ou, como ela acreditava, contra o carrinho da criança, preparando-se para saltar. Por sorte, o caminhão passara tão depressa que ele não ousou pular, mas o som furioso dos latidos lhe gelara o sangue nas veias. Naturalmente ela não informara mr. Limpley – afinal, isso o teria preocupado sem necessidade, e ademais ela achava que o cachorro estivesse em Bath, em segurança. Mas recentemente, à tarde, uma vez em que ela foi buscar lenha no velho galpão, viu algo se mexer na escuridão; já ia gritando de medo quando reconheceu Ponto, que se escondera ali e logo fugiu pela cerca do nosso jardim. Desde então, ela suspeitava que ele tinha o hábito de se entocar ali e que, à noite, rondava a casa, pois recentemente, depois de um temporal, ela vira rastros claros de patas na areia molhada, evidenciando que ele dera várias voltas na casa. Disse que ele nunca se mostrara abertamente; não cabia dúvida de que ele só se esgueirava pela nossa cerca ou a dos vizinhos quando estava seguro de que não era observado por ninguém. A mulher perguntou se eu achava que ele queria voltar. Mr. Limpley, disse ela, jamais o deixaria voltar para casa, e fome ele não podia estar sofrendo num açougue, até porque teria ido primeiro mendigar na sua cozinha. Ela achava um pouco suspeito aquele cão vagando e perguntou se eu não pensava que deveria falar com mr. Limpley ou ao menos com sua mulher. Nós consideramos a questão juntas e chegamos à conclusão de que, caso ele aparecesse de novo, deveríamos comunicar ao seu novo dono, o açougueiro, para que ele impedisse as estranhas visitas de Ponto. Mas nesse momento não queríamos lembrar Limpley da existência do odiado animal.

Acho que foi um erro da nossa parte, pois talvez – quem sabe? – tivesse evitado o que aconteceu no domingo seguinte, aquele domingo terrivelmente inesquecível. Meu marido e eu havíamos ido visitar os Limpley, estávamos sentados em leves cadeiras de jardim, conversando, no pequeno terraço inferior, de onde descia um gramado num declive bastante íngreme até o canal. A nosso lado, no mesmo terraço de grama plano, estava o carrinho de bebê, e não preciso dizer que o pai apaixonado se levantava de cinco em cinco minutos no meio da conversa para se deliciar com a criança. Afinal, era uma criança adorável, e naquela tarde luminosa e dourada estava realmente encantadora na sombra do carrinho, rindo com olhinhos azuis brilhantes para o céu e tentando pegar as gotas de sol na coberta com suas mãozinhas delicadas e ainda um pouco desajeitadas – o pai se entusiasmava como se um tal milagre nunca tivesse acontecido antes, e nós lhe fazíamos o favor de concordar, como se jamais tivéssemos visto nada daquilo. Essa última e feliz imagem ficou para sempre no meu cérebro. Então, a sra. Limpley nos chamou para o chá no terraço superior, à sombra da varanda da casa. Limpley acalmou a criança, como se ela conseguisse entender: "Já, já! Já vamos voltar!" Nós deixamos o carrinho com a criança no bonito gramado que estava protegido dos raios fortes do sol por um telhado de folhas, e caminhamos poucos minutos – uns vinte metros do terraço inferior ao superior, ambos separados por uma pérgula com rosas – até o lugar de costume para o chá à sombra. Conversamos, e nem preciso dizer sobre o quê: Limpley estava maravilhosamente alegre, mas dessa vez sua alegria não parecia deslocada, face a um céu tão azul, uma tal paz dominical e na sombra de uma casa abençoada: a sua alegria era como um reflexo humano daquele raro dia de verão.

De repente, nos assustamos. Do canal vieram gritos desesperados e agudos, vozes de crianças e berros de medo de mulheres. Rapidamente descemos a encosta, Limpley à frente. Seu primeiro pensamento foi para a criança. Mas, para nosso horror, o terraço inferior, onde há poucos minutos deixáramos em plena segurança o carrinho com o bebê adormecido, estava vazio, e a gritaria junto ao canal se tornou cada vez mais aguda e agitada. Descemos correndo. Na outra margem, mulheres e seus filhos gesticulavam e olhavam para o canal. Na água, emborcado, flutuava o carrinho que deixáramos dez minutos antes em paz e segurança no terraço inferior. Um homem já soltara um barco para salvar a criança, outro mergulhara. Tarde demais. Só depois de quinze minutos conseguiram retirar o pequeno corpo da água salobra cheia de algas verdes.

Não tenho palavras para descrever o desespero dos desgraçados pais. Ou melhor: nem quero tentar narrá-lo, pois nunca mais na vida quero me lembrar daqueles momentos. Chamado por telefone, um investigador da polícia veio para averiguar como aquela tragédia acontecera, se houvera descuido por parte dos pais, se era um acidente ou um crime. O carrinho flutuante já havia sido retirado da água e, por ordem do investigador, foi colocado onde estivera no terraço inferior. Em seguida, o delegado quis verificar pessoalmente se era fácil empurrar o carrinho para que ele rolasse pela encosta. Mas as rodas mal se moveram na grama densa e alta. Portanto, estava excluída a hipótese de que um golpe de vento tivesse ocasionado a súbita descida daquele terreno plano. O policial tentou pela segunda vez, empurrando com um pouco mais de força. O carrinho rolou um meio passo e parou. Mas o terraço tinha pelo menos sete metros de largura e, como provaram as marcas das rodas, o carrinho ficara a uma boa distância do começo do declive. Só quando o policial veio correndo e empurrou o carro com grande impulso ele desceu pela encosta. Portanto, algo imprevisto devia ter posto o carrinho em movimento. Mas quem ou o quê? O delegado tirou o boné da testa suada e coçou o cabelo encaracolado, pensativo. Não conseguia compreender. Perguntou se alguma vez um outro objeto – uma bola que fosse – já descera o terraço. "Não, nunca!", responderam todos. Se alguma criança estivera nas proximidades ou no jardim, uma criança que talvez tivesse brincado com o carrinho? Não, ninguém! Se alguém mais estivera por perto? Não, ninguém! O portão do jardim ficara trancado e nenhuma das pessoas que passeavam no canal vira qualquer pessoa chegando ou saindo. A única testemunha ocular de verdade era o trabalhador que pulara na água, decidido, para salvar a criança. Ainda pingando e confuso, sabia dizer apenas que ele e a mulher estavam caminhando inocentemente à beira do canal, quando de repente o carrinho viera rolando do declive do jardim, cada vez mais rápido, emborcando imediatamente ao cair na água. Como ele tivera a impressão de ver uma criança boiando, saíra correndo, tirara o casaco e tentara salvá-la, mas não conseguira avançar tão rápido quanto esperava por causa das algas densas. Mais do que isso, não sabia informar.

O delegado estava cada vez mais desesperado. Disse que nunca tratara de um caso de tamanha complexidade. E simplesmente não conseguia imaginar como o carrinho poderia ter começado a rolar. A única possibilidade era que a criança tivesse se erguido de repente ou então se jogado para o lado, desequilibrando-o levemente. Mas era difícil acreditar naquilo – ele, pelo menos, não conseguia. E perguntou se alguém de nós tinha alguma outra suspeita.

Involuntariamente, olhei para a empregada. Nossos olhares se cruzaram. Ambas pensamos a mesma coisa no mesmo instante. Sabíamos que o cachorro tinha um ódio mortal da criança. Sabíamos que, nos últimos tempos, ele se escondera diversas vezes no jardim com más intenções. Sabíamos que várias vezes empurrara maliciosamente os cestos de roupa no canal. Nós duas – notei pelos seus lábios pálidos que tremiam, nervosos – tivemos a mesma suspeita de que aquele animal ardiloso e que se tornara mau, vislumbrando finalmente a oportunidade de se vingar, saíra de algum esconderijo mal havíamos deixado a criança sozinha por alguns minutos, empurrando com um golpe selvagem e rápido o carrinho com o odiado rival em direção do canal e fugindo em seguida sem fazer ruído, como sempre. Mas nenhuma de nós pronunciou a suspeita. Eu sabia que a mera ideia de poder ter salvado sua filha caso tivesse matado o animal furioso naquela época deixaria Limpley fora de si. Além disso, apesar de todos os indícios lógicos, faltava a última evidência, a evidência factual. Nem nós duas nem os outros haviam visto o cão se aproximando ou saindo naquela tarde. A casinha de madeira, seu esconderijo preferido – fui logo averiguar – estava totalmente vazia, no solo seco não se via o menor rastro, não havíamos escutado qualquer sinal daquele latido selvagem e triunfante que Ponto costumava dar quando empurrava um cesto no canal. Por isso, não podíamos afirmar que tinha sido ele. Foi apenas uma hipótese dolorosa, cruelmente dolorosa. Foi apenas uma suspeita justificada, terrível. Mas faltava a última e inabalável certeza.

No entanto, desde aquele momento não me livrei mais da terrível suspeita – ao contrário, ela se fortaleceu nos dias seguintes, tornando-se quase uma certeza. Uma semana mais tarde – a pobre criança já tinha sido enterrada e os Limpley abandonado a casa porque não conseguiam suportar a visão daquele fatídico canal – aconteceu algo que me agitou profundamente. Precisei ir a Bath para comprar algumas coisinhas para a nossa casa; de repente, assustei-me, porque ao lado do carro do açougueiro vi Ponto – em quem eu não deixara de pensar nem um minuto, inconscientemente, em todas aquelas horas terríveis – andando com toda a calma, e no mesmo momento ele me reconheceu. Parou imediatamente, e eu também. Então deu-se o que até hoje oprime a minha alma: enquanto, em todas aquelas semanas desde a sua humilhação, eu só vira Ponto sempre perturbado, e ele se esquivara timidamente de qualquer encontro, desviando o olhar, encolhendo o corpo, dessa vez ele ergueu a cabeça, descontraído, encarando-me – não posso dizer de outra forma – com uma calma altiva e segura; da noite para o dia, voltara a ser o animal orgulhoso e arrogante de antes. Permaneceu um minuto naquela pose provocadora. Em seguida, rebolando, quase dançando, atravessou a rua em minha direção e parou a um passo de mim, como se quisesse dizer: "Eis-me aqui! Que acusação ou queixa você tem a lançar contra mim?"

    Fiquei paralisada. Não tive forças de enxotá-lo ou de suportar aquele olhar seguro e quase satisfeito. Fugi, afastando-me logo. Deus me proteja de acusar de um crime um animal inocente, que dirá um homem inocente. Mas desde aquele momento não me livro mais do terrível pensamento:

    – Foi ele. Foi ele quem fez aquilo.

Sobre cães e suas emoções

Stefan Zweig também amava cães. E mais do que isso, venerava o compromisso do escritor em preservar a sua obra. Zeloso, guardava os originais, publicados ou ainda inéditos, e, embora impiedoso no momento da criação, capaz de estraçalhar um texto palavroso reduzindo-o à metade, guardava a última versão, mesmo insatisfeito.

Explica-se assim a quantidade de escritos póstumos que o mantiveram na lista dos best-sellers tantas décadas depois de morto. O editor que nele convivia com o autor sempre se impôs, o que facilitou a publicação de tantos fragmentos, das gavetas direto para a revisão e edição.

O próprio Zweig definiu a relação com suas crias como "instinto de conservação" e "sentimentalismo" na última carta ao jovem amigo Viktor Wittkowski, poeta e também refugiado, horas antes de suicidar-se.* Tais cuidados com os manuscritos aumentam o mistério que envolve essas pouco cuidadas e quase ignoradas novelas caninas, estranhamente assemelhadas e surpreendentemente desgarradas, desprovidas de qualquer sinalização capaz de indicar parentesco ou intenção metafórica.

O mesmo aconteceu com as biografias de Maria Antonieta e Joseph Fouché, claramente aproximadas no tempo, no espaço e pela semelhança dos subtítulos – "Retrato de uma mulher comum" e "Retrato de um homem político" –, porém jamais referidas ou cogitadas como gêmeas.**

Há notícia de dois cães na vida de Zweig: em Salzburgo reinou Kaspar, o ajuizado spaniel que deixou inúmeras ninhadas. Um dos filhotes, batizado como Fouché, foi dado ao amigo Erich Ebermayer no início dos anos 1930; outro descendente, Schuschu, ficou com as enteadas, filhas de Friderike, e com elas e maridos percorreu o mesmo périplo da legião de

---

* De Petrópolis para o Rio, s/d, fevereiro de 1942 (*Correio da Manhã*, 18 abr 1945).
** Para mais, ver o posfácio a *Joseph Fouché* (Rio de Janeiro, Zahar, 2015, p.225-6).

intelectuais que fugiram do nazifascismo: abrigados nos arredores de Paris, com a blitz alemã foram enxotados para o sul da França e, de lá, salvos pelo americano Varian Fry para o Novo Mundo. (Epiléptico, dado a sumiços, o indômito Schuschu marchou com a família por estradas apinhadas de fugitivos, viajou de táxi e trem, cruzou os Pirineus a pé, chegou a Lisboa e, num velho vapor grego caindo aos pedaços, atravessou o Atlântico para desembarcar em Nova York são e salvo.) Em Petrópolis, no dia dos seus sessenta anos, Stefan ganhou do editor Abrahão Koogan um terrier com impecável pedigree: Plucky, que seis meses depois, quando os donos se suicidaram, foi doado à proprietária da casa.

Das experiências caninas na literatura de Stefan Zweig não sobrou pista. Soltas, inexplicadas, perderam o sentido. Acabaram publicadas em inglês e alemão em coletâneas de histórias caninas, relegadas à condição de pitorescas. Enredos e paisagens semelhantes com desfechos dramaticamente contrastantes, publicadas em idiomas, momentos e plataformas diferentes, não conseguiram até hoje estimular o instinto investigativo dos especialistas. Os mais abalizados – o alemão Knut Beck e o francês Jean-Pierre Lefebvre – simplesmente consignaram as semelhanças e diferenças mais visíveis e encerraram o assunto sem maiores comentários. Faltou juntá-las para dar-lhes dimensão.

Foi ele? foi publicada pela primeira vez em português, no volume póstumo inicial (*As três paixões*, 1942);* o original alemão, *War er es?*, só foi incluído nas obras impressas de Zweig em 1987. Cópia do manuscrito estava no espólio mantido na casa de Bath pelos herdeiros. Outra cópia remeteu de Petrópolis a Viktor Wittkowski, para ser revisada em troca de alguns dólares e devolvida a Koogan. Na sobrecapa de *As três paixões* a Editora Guanabara menciona seus ingredientes: "jogo, paixão e ódio". O jovem e empreendedor editor encontrou nesta novela algo que no após-guerra e no decorrer da Guerra Fria escapara aos críticos: o buldogue Ponto, ge-

---

* Acompanhada por *A partida de xadrez* e *Dívida tardiamente paga*, em tradução de Elias Davidovich.

ralmente bonachão, encarna o revanchismo rancoroso, deixando escapar um rosnar ressentido.

A contraparte, *Júpiter*, estreou postumamente em língua inglesa no famoso semanário americano *Collier's*, que, ao longo dos seus 69 anos de existência, ostentou nomes como os de Jack London, Upton Sinclair, Agatha Christie, Ernest Hemingway e sua primeira mulher, Martha Gellhorn, J.D. Salinger, Ray Bradbury e outros de igual porte.*

O que fazia Zweig na trepidante experiência jornalística em Springfield, Ohio, com uma história sobre cães? O mesmo que George Orwell pouco mais tarde, em livro, pretendeu com a celebrada *Revolução dos bichos*. Júpiter e Ponto não são cães, são alegorias, símbolos. Tal como Esopo e La Fontaine muito antes, Zweig se serviu da bicharada para fabular sobre a condição humana.

Buldogue um, bull terrier outro, linhagens distintas porém aparentadas no universo da cinofilia graças à imagem do touro, *bull*. Enredos e construções basicamente simétricas, desfechos diametralmente opostos. O casal narrador de uma novela é inglês, o outro, americano (assim também o casal protagonista). A ambientação é igualmente rural, verdejante, idílica.

A história de Ponto passa-se em Bath, condado de Somerset, onde Stefan e Charlotte Elizabeth Zweig se instalaram quando casaram e onde viveram até a véspera do embarque para a América (1939-40). Novela de mistério, claramente inglesa, impregnada de dúvidas, enigmas, suspeitas – a começar pelo título – e narrada por Betsy, experiente e desconfiada como todas as protagonistas de histórias policiais. Betsy, aliás, é o apelido

---

* *Collier's* de 3 de julho de 1943, ilustrada por John Pike; posteriormente foi retraduzida para o alemão por Ute Haffmans. Fundado em 1888 por Peter Collier, de tendência progressista e reformista, o semanário introduziu a reportagem investigativa de fôlego, a qual entremeava com ficção curta e novelas mais longas, serializadas. Foi a primeira publicação em todo o mundo a revelar a existência dos campos de extermínio nazistas, em reportagem assinada pelo oficial Jan Karski, que conseguiu escapar da Polônia ocupada e juntar-se ao governo polonês em Londres. Seus relatórios sobre o massacre do gueto de Varsóvia e os fornos crematórios não conseguiram persuadir Winston Churchill e Franklin Roosevelt a bombardeá-los. Como último recurso, recorreu à imprensa. Suas reportagens no *Collier's*, em 1944, venderam 2,5 milhões de exemplares. A revista foi descontinuada em 1957.

carinhoso de Elizabeth, nome intermediário de Lotte. Sinistra, quase inacreditável, a façanha do cão-vilão Ponto combina com o pessimismo que envolveu a Europa enquanto Hitler marchava imbatível. Triunfo do mal.

Júpiter transcorre no estado de Nova York, ao norte da grande metrópole, paisagem encantadora, não muito diferente de Ossining-on-Hudson, onde Stefan, Lotte e também a primeira mrs. Zweig, Friderike, conviveram no verão de 1941 enquanto o escritor preparava febrilmente suas memórias* antes de regressar ao Brasil. Inconfundivelmente americana, com direito a *happy-end*, irradia um cálido e discreto otimismo quando o cão-herói, modestamente, sai de cena deixando o pai acariciando a criança salva das águas. Triunfo da esperança.

Se o último semestre da vida de Zweig não tivesse sido tão corrido, melancólico, marcado pela surda contagem regressiva, possivelmente teria preparado um díptico para ser publicado logo após a liberação de *Júpiter*. Assoberbado por tantas instruções de última hora, ou apenas mortalmente fatigado com tantos ajustes finais e providências, desistiu de mais uma – armar um contraponto. Confiava, talvez, que os pósteros o fizessem. Insólito.

---

* *Autobiografia: o mundo de ontem*, Rio de Janeiro, Zahar, 2014.

Xadrez, uma novela

No GRANDE VAPOR de passageiros pronto para zarpar à meia-noite de Nova York para Buenos Aires reinavam a agitação e a movimentação habituais da última hora. Visitantes se acotovelavam para se despedir dos amigos que partiam, estafetas de telégrafos disparavam pelos salões com seus bonés tortos, correndo e gritando nomes; malas e flores eram carregadas, crianças curiosas corriam escada acima e abaixo enquanto a orquestra seguia tocando, indiferente a tudo. Um pouco afastado daquela azáfama, eu conversava com um conhecido no convés quando espocaram dois ou três flashes agressivos ao nosso lado, indicando que alguém famoso estava sendo entrevistado e fotografado às pressas pelos repórteres antes da partida. Meu amigo olhou e sorriu.

– É uma ave rara que está aí a bordo com vocês, esse Czentovic.

E como, pelo jeito, a minha expressão foi de incompreensão, acrescentou, à guisa de explicação:

– Mirko Czentovic, campeão mundial de xadrez. Rodou a América inteira de leste a oeste em torneios e agora parte rumo à Argentina, colher novos triunfos.

De fato, lembrei-me daquele jovem campeão mundial e até mesmo de alguns detalhes relacionados à sua meteórica trajetória. O meu amigo, leitor de jornais mais atento do que eu, ainda foi capaz de acrescentar algumas anedotas. Cerca de um ano antes, Czentovic subitamente galgara ao mesmo patamar dos mais renomados mestres da arte do xadrez, como Alekhine, Capablanca, Tartakower, Lasker, Bogoljubov; desde o surgimento do menino prodígio Rzecevski, de sete anos, no torneio de xadrez de 1922 em Nova York, nunca surgira naquela gloriosa guilda um total desconhecido que despertasse tanta atenção. Pois as qualidades intelectuais de Czentovic não pareciam lhe prenunciar carreira tão fulgurante. Não tardou muito para que vazasse o segredo de que, em sua vida particular, aquele campeão de xadrez era incapaz de escrever uma frase em qualquer língua sem erros de ortografia, e como disse, irritado e impiedoso, um de seus colegas, "sua ignorância era universal em todos os campos do conhecimento". Filho de um paupérrimo barqueiro eslavo do sul da região do Danúbio, cujo minúsculo barco certa noite fora abalroado por um vapor cargueiro de cereais, Czentovic, à época com doze anos, fora acolhido por piedade logo depois da morte de seu pai pelo pároco daquele vilarejo distante, e o bom religioso esforçava-se com afinco para compensar com aulas de reforço em casa tudo aquilo que o menino matuto, apático e de testa larga não conseguia aprender na escola da aldeia.

Mas os esforços foram inúteis. Mirko costumava olhar para aquelas letras que já lhe haviam sido explicadas centenas de vezes como se fossem corpos estranhos; faltava ao seu cérebro lento qualquer poder de retenção, mesmo para as matérias mais simples. Ainda aos quatorze anos, recorria aos dedos para fazer contas, e, para o rapaz já adolescente, ler um livro ou um jornal significava um esforço incomensurável. Mas não se podia dizer que Mirko tivesse má vontade ou que fosse renitente. Obediente, fazia o que lhe mandavam, ia buscar água, rachava lenha, ajudava nos trabalhos do campo, arrumava a cozinha e, diligente, cumpria qualquer serviço que lhe pedissem, ainda que com irritante lentidão. O que mais aborrecia o bom padre naquele rapaz ensimesmado era a sua apatia total. Ele não fazia nada que não lhe tivesse sido solicitado, nunca perguntava nada, não participava de brincadeiras com outros rapazes e nem buscava por iniciativa própria uma ocupação que não lhe tivesse sido expressamente ordenada; mal terminava os afazeres domésticos, ficava sentado imóvel na sala com aquele olhar vazio de ovelha no pasto, sem o menor interesse pelo que acontecia a seu redor. Enquanto o padre jogava suas três partidas habituais de xadrez com o guarda da gendarmaria à noite, pitando o seu longo cachimbo de camponês, o rapaz de franja loura permanecia calado, olhando sob suas pálpebras pesadas para o tabuleiro quadriculado, aparentemente sonolento e indiferente.

Certa noite de inverno, enquanto os dois parceiros estavam mergulhados em uma de suas partidas diárias, o som de guizos anunciava um trenó se aproximando pela rua da aldeia. Um camponês com o gorro coberto de neve entrou com passos pesados e céleres, disse que sua mãe estava à beira da morte e pediu que o pároco se apressasse para ministrar a extrema-unção. Sem hesitar, o padre o acompanhou. O policial, que ainda não esvaziara seu copo de cerveja, acendeu novamente o cachimbo para a despedida e se preparava para calçar as pesadas botas, quando reparou no olhar de Mirko preso ao tabuleiro com a partida iniciada.

– Então, quer continuar a partida? – brincou, certo de que o rapaz sonolento seria incapaz de mover uma peça sequer no tabuleiro. Tímido, o garoto ergueu o olhar, assentiu e se sentou no lugar do pároco. Quatorze lances depois, o guarda tinha perdido e se viu obrigado a admitir que sua derrota não fora em absoluto causada por um lance descuidado. A segunda partida não foi diferente.

– O asno de Balaão! – exclamou, surpreso, o pároco ao regressar, explicando ao policial menos versado em assuntos bíblicos que dois mil anos antes ocorrera milagre semelhante, quando uma criatura muda de repente encontrou a língua da sabedoria. Embora fosse tarde, o pároco não se conteve e desafiou o seu fâmulo semianalfabeto para um duelo. Mirko também o venceu com facilidade. Jogou tenaz, devagar, inabalável, sem erguer uma vez sequer a larga testa inclinada para o tabuleiro. Mas jogou com incontestável segurança; nos dias seguintes, nem o delegado, nem o pároco conseguiram ganhar uma só partida dele. O padre, mais capacitado do que qualquer outro a julgar o atraso de seu discípulo em todas as outras coisas, ficou muito curioso por descobrir até que ponto aquele talento unilateral resistiria a uma prova mais severa. Depois de mandar Mirko cortar seus desgrenhados cabelos cor de palha no barbeiro da vila para torná-lo mais apresentável, levou-o de trenó até a cidade vizinha, pois sabia que no café da praça principal havia um canto de enxadristas fanáticos, que sabidamente nem ele próprio era capaz de enfrentar. Não foi pequeno o espanto naquele grupo quando o padre empurrou para dentro do café o rapaz de quinze anos, louro e de bochechas rosadas, trajando seu casaco de pele de ovelha ao avesso e calçando botas pesadas de cano alto, que ficou parado em um canto, tímido e cabisbaixo, até ser chamado para uma das mesas de xadrez. Na primeira partida, Mirko foi derrotado porque nunca vira, na casa do bom pároco, a chamada abertura siciliana. Na segunda, já empatou com o melhor jogador. Da terceira e da quarta em diante, venceu todos, um após o outro.

É raríssimo que aconteça algo excitante numa cidadezinha eslava meridional; por isso, o surgimento daquele campeão camponês tornou-se imediatamente uma sensação entre os notáveis ali reunidos. Por unanimidade, resolveu-se que o menino-prodígio deveria ficar na cidade até o dia seguinte para que os outros membros do clube de xadrez pudessem ser convocados, e sobretudo para informar, em seu castelo, o velho conde Simczic, um fanático do jogo de xadrez. O pároco, que começava a ver o seu pupilo com um orgulho inteiramente novo, mas que, apesar da alegria com a descoberta, não quis deixar de celebrar a sua missa dominical, declarou-se pronto a deixar Mirko na cidade para mais uma prova. O jovem Czentovic foi alojado no hotel à custa do grupo de enxadristas e, naquela noite, viu pela primeira vez um vaso sanitário. Na tarde de domingo seguinte, a sala de xadrez estava abarrotada. Sentado, imóvel, durante quatro horas diante do tabuleiro, Mirko venceu um jogador após o outro, sem dizer uma só palavra ou erguer os olhos; por fim, propuseram uma partida simultânea. Demorou um pouco para explicar ao ignaro que, numa partida simultânea, ele teria de enfrentar sozinho vários jogadores ao mesmo tempo. Tão logo Mirko compreendeu esse modo de jogar, rapidamente se adaptou à tarefa, indo de mesa em mesa arrastando seus pesados sapatos, e terminou vencendo sete das oito partidas.

Começaram então demoradas confabulações. Embora, a rigor, aquele novo campeão não fosse da cidade, o orgulho nacional se incendiara vivamente. Quem sabe aquela cidadezinha, cuja existência no mapa quase ninguém notara antes, pudesse ter pela primeira vez a honra de oferecer ao mundo um homem famoso. Um empresário de nome Koller, que costumava agenciar apenas cantoras de segunda categoria para o cabaré da guarnição, declarou-se imediatamente disposto – contra uma antecipação pecuniária por um ano – a mandar o jovem ser preparado em Viena por um excelente mestre na arte do xadrez que conhecia. O conde Simczic, que em sessenta anos de jogo diário de xadrez nunca enfrentara um adversário tão notável, apressou-se em assinar a soma. Naquele dia, portanto, teve início a surpreendente carreira do filho do barqueiro.

Meio ano depois, Mirko já dominava todos os segredos da técnica do xadrez – a bem dizer, com uma estranha limitação, que depois seria muitas vezes notada e ironizada nos círculos especializados. Pois Czentovic nunca foi capaz de jogar uma única partida de cor – ou, como se diz entre entendidos, às cegas. Faltava-lhe completamente a habilidade de projetar o campo de batalha no espaço ilimitado da imaginação. Precisava sempre ter à sua frente o tabuleiro quadriculado preto e branco com as 64 casas e 32 figuras; mesmo no auge de sua fama mundial, carregava sempre um jogo de bolso dobrável para entender visualmente a posição se precisasse reconstruir uma partida de mestres ou resolver algum problema. Esse defeito, por si insignificante, traía uma falta de capacidade de imaginação e foi tão vivamente discutido naquele pequeno círculo como se, entre músicos, um excelente virtuose ou um regente se revelasse incapaz de tocar ou de reger sem uma partitura aberta. Mas essa curiosa característica não atrasou em nada sua estupenda ascensão. Aos dezessete anos, Mirko já havia conquistado uma dúzia de prêmios de xadrez; aos dezoito, tornara-se campeão húngaro e aos vinte, campeão mundial. Os campeões mais arrojados, cada um deles incomensuravelmente superior a ele em talento intelectual, imaginação e audácia, acabavam sendo tão derrotados pela sua lógica tenaz e fria quanto Napoleão pelo lerdo general Kutuzov, e Aníbal por Fábio Máximo, o Cunctator, de quem Lívio conta que também revelou traços de fleuma e de imbecilidade na infância. Aconteceu assim que, na ilustre galeria dos mestres de xadrez, que reúne em suas fileiras os mais diversos tipos de supremacia intelectual – filósofos, matemáticos, naturezas boas de cálculo, imaginativas e criativas –, pela primeira vez apareceu alguém completamente alheio; um pesado e matuto filho de camponês, do qual mesmo os jornalistas mais hábeis nunca conseguiam arrancar qualquer palavra útil para ser publicada. Claro – se, de um lado, Czentovic privava os jornais de frases bem talhadas, compensava isso suficientemente com anedotas sobre sua pessoa. No mesmo segundo em que se levantava da mesa com o tabuleiro, onde era mestre sem igual, Czentovic se tornava irremediavelmente uma figura grotesca e quase cômica: apesar do solene terno escuro, da gravata pomposa com o alfinete de pérolas um tanto impertinente e de suas unhas polidas a duras penas, no comportamento e nas maneiras continuava a ser o mesmo camponês limitado que, na aldeia natal, costumava varrer a sala do vigário. Desajeitado e quase desavergonhadamente aparvalhado, para gáudio e irritação de seus colegas, tentava, com uma ganância mesquinha e às vezes até vulgar, extrair o máximo em dinheiro de seu talento e de sua fama. Viajava de uma cidade para outra, morando sempre nos hotéis mais baratos, jogava nos clubes mais miseráveis, contanto que lhe pagassem seus honorários, permitiu ser retratado em anúncios de sabonete e até vendeu – sem dar atenção para a zombaria de seus concorrentes, sabedores de que ele era incapaz de escrever três frases corretamente – o seu nome para uma *Filosofia do xadrez*, na realidade escrita por um pequeno estudante da Galícia para um editor em busca de bons negócios. Como ocorre com todas as naturezas tenazes, faltava-lhe qualquer senso do ridículo. Desde sua vitória no torneio mundial, considerava-se o homem mais importante do mundo, e a consciência de ter derrotado em seu próprio campo todos aqueles homens sábios, intelectuais e brilhantes oradores e escritores, e principalmente o fato palpável de ganhar mais do que eles, transformou a insegurança original num orgulho frio e em geral exibido de maneira tacanha.

— E como uma fama tão repentina não haveria de embaralhar uma cabeça tão vazia? – concluiu o meu amigo, que acabara de me confidenciar algumas provas clássicas da prepotência infantil de Czentovic. – Como um rapaz de vinte e um anos da região do Banato não seria afetado pela vaidade se, de repente, empurrando algumas figuras de um lado para outro no tabuleiro, passou a ganhar mais em uma semana do que toda a sua aldeia rachando lenha e executando outros trabalhos pesados em um ano inteiro? Além disso, não é muito fácil alguém que não tem a menor noção de quem foi um Rembrandt, um Beethoven, um Dante, um Napoleão se considerar um grande homem? Em seu cérebro embotado, esse rapaz só tem uma certeza: a de que, há meses, não perdeu sequer uma única partida de xadrez. E como não imagina que, afora o xadrez e o dinheiro, existem outros valores na nossa Terra, tem todo motivo de se achar o máximo.

Essas informações do meu amigo não falharam em suscitar a minha especial curiosidade. Sempre me atraíram as pessoas monomaníacas, fixadas numa única ideia, pois quanto mais alguém se limita, tanto mais se aproxima do infinito: são justo essas pessoas aparentemente à margem do universo que, à maneira dos cupins, constroem uma miniatura insólita e ímpar do mundo. Assim, não escondi a minha intenção de examinar de perto esse estranho espécime de monofasia intelectual durante os doze dias de viagem até o Rio.

Mas o meu amigo me alertou:

– Terá pouca chance. Ao que sei, ninguém ainda teve êxito em extrair o mínimo material psicológico de Czentovic. Por trás de toda a sua enorme limitação, esse camponês matreiro esconde a grande astúcia de nunca se expor, e isso graças à simples técnica de evitar qualquer conversa, exceto com conterrâneos de seu próprio círculo que ele procura em pequenas hospedarias. Onde quer que fareje um homem culto, recolhe-se à sua casinha de caramujo; e assim ninguém pode se gabar de haver escutado alguma vez de sua boca qualquer palavra imbecil ou de ter medido a profundidade supostamente ilimitada de sua ignorância.

De fato, meu amigo tinha razão. Durante os primeiros dias da viagem, foi de todo impossível aproximar-me de Czentovic sem grande insistência, o que, afinal, não é de meu feitio. Às vezes, ele caminhava pelo convés, mas sempre com as mãos cruzadas para trás, com aquela posição orgulhosamente introspectiva de Napoleão no famoso quadro; além disso, cumpria de maneira sempre tão apressada e brusca a sua caminhada peripatética pelo convés que teria sido preciso sair trotando atrás dele para conseguir abordá-lo. Nunca aparecia nos locais de reunião, como no bar ou no salão para fumantes. Como me confidenciou o comissário de bordo, ele passava grande parte do dia em sua cabine, treinando ou recapitulando partidas de xadrez em um tabuleiro gigante.

Depois de três dias, comecei a ficar efetivamente irritado com o fato de sua obstinada técnica de defesa ser mais eficaz do que a minha vontade de me aproximar dele. Nunca antes eu tivera a oportunidade de conhecer pessoalmente um campeão de xadrez, e quanto mais me esforçava agora em tentar imaginar uma personalidade desse tipo, menos tangível me parecia uma atividade cerebral que a vida inteira girasse exclusivamente em torno de um espaço feito de sessenta e quatro quadrados brancos e pretos. Por experiência própria, eu conhecia muito bem o misterioso poder de sedução do "jogo real", esse jogo ímpar que escapa, soberano, a qualquer tirania do acaso e confere os louros da vitória unicamente ao intelecto ou, melhor, a uma determinada forma de aptidão intelectual. Mas o simples fato de chamar o xadrez de jogo já não é uma espécie de restrição ofensiva? Afinal, não se trata também de uma ciência, de uma arte que oscila entre essas categorias como o esquife de Maomé entre o céu e a Terra, de uma liga única de todos os pares opostos? Antiquíssimo e sempre novo, mecânico em sua organização, mas somente eficaz por meio da imaginação, limitado a um espaço geométrico rígido e, no entanto, ilimitado em suas combinações, sempre evoluindo e ao mesmo tempo estéril, um pensamento que não conduz a nada, uma matemática que nada calcula, uma arte sem obra, arquitetura sem substância, e, mesmo assim, comprovadamente mais consistente em sua existência do que todos os livros e todas as obras, único jogo que pertence a todos os povos e a todas as épocas e do qual ninguém sabe que deus o trouxe para a Terra para matar o tédio, afiar os sentidos, desafiar a alma. Onde começa e onde acaba? Qualquer criança é capaz de aprender suas primeiras regras, qualquer ignorante pode tentar jogá-lo, e no entanto, esse jogo é capaz de gerar, dentro daquele quadrado imutavelmente estreito, uma espécie particular de mestres, incomparáveis a todos os demais, homens de um talento unicamente voltado para o xadrez, gênios específicos nos quais visão, paciência e técnica agem numa determinada distribuição, como acontece com o matemático, o poeta, o músico, só que com outra dosagem, outra composição. Em épocas passadas de paixão pelos estudos da fisiologia, talvez um Gall tivesse dissecado os cérebros de tais mestres de xadrez para constatar se há na massa cinzenta desses gênios enxadristas alguma circunvolução especial, alguma espécie de músculo ou um lóbulo do xadrez, inseridos de modo mais intensivo do que em outros crânios. E o quanto esse fisiologista teria sido estimulado pelo caso de Czentovic, em quem o gênio específico parece encapsulado dentro de uma lerdeza intelectual, como um fio de ouro dentro de uma rocha sem valor com algumas arrobas de peso. Em princípio, sempre compreendi o fato de que tal jogo ímpar e genial teria que fazer surgir campeões específicos. Mas como era difícil, quase impossível, imaginar a vida de uma pessoa intelectualmente ativa para quem o mundo se reduz tão só ao trilho estreito entre o preto e o branco, que busca seus triunfos de vida no mero vaivém, nos avanços e retrocessos de trinta e duas figuras, para quem uma abertura que move o cavalo em vez do peão já significa uma façanha e a certeza de um cantinho de imortalidade num manual de xadrez – uma pessoa que, sem enlouquecer, dedica dez, vinte, trinta, quarenta anos de seu pensamento insistente ao ridículo intuito de encurralar um rei de madeira num tabuleiro de madeira!

E agora, um desses fenômenos, gênio estranho ou enigmático insensato, estava pela primeira vez tão próximo de mim, a apenas seis cabines de distância, no mesmo navio: e eu, infeliz, para quem a curiosidade em coisas do intelecto invariavelmente termina numa espécie de paixão, haveria de não conseguir me aproximar dele. Comecei a inventar as artimanhas mais absurdas: atiçar sua vaidade simulando uma suposta entrevista para um jornal importante, ou capturá-lo pela cobiça propondo-lhe um torneio rentável na Escócia. Mas no final me lembrei que a técnica mais infalível do caçador para atrair sua presa é imitar o seu grito; o que poderia ser mais eficaz para atrair a atenção de um campeão de xadrez do que jogar xadrez?

Ocorre que nunca fui, em toda a minha vida, um jogador de xadrez sério, pela simples razão de que sempre encarei o xadrez de maneira leve, apenas para me divertir; quando sento ao tabuleiro por uma hora, não o faço para me esforçar, e sim, ao contrário, para relaxar depois de uma tensão mental. "Jogo" xadrez literalmente, no sentido de "brincar", enquanto os outros, os verdadeiros enxadristas, jogam a sério. Ocorre que, assim como no amor, é imprescindível ter um parceiro no xadrez, e naquele momento eu ainda não sabia se havia outros apreciadores do xadrez a bordo. Para tirá-los de suas tocas, armei uma armadilha primitiva no *smoking room*, sentando-me diante de um tabuleiro com minha mulher, embora ela fosse ainda mais fraca do que eu. E, de fato, antes de seis jogadas, alguém já parou ao passar, um segundo pediu permissão para assistir; por fim, apareceu o desejado parceiro que me desafiou para uma partida. Chamava-se McConnor e era um engenheiro de minas escocês o qual, como vim a saber, fizera grande fortuna perfurando poços de petróleo na Califórnia. Na aparência, era um homem robusto de maxilares vigorosos, quase quadrados, dentes fortes e uma cor sadia no rosto, cuja vermelhidão pronunciada se devia decerto – ao menos em parte – ao generoso consumo de uísque. Os ombros largos, quase atleticamente veementes, infelizmente também se faziam notar durante o jogo, denunciando o caráter, pois o tal mr. McConnor fazia parte daquela espécie de homens bem-sucedidos e autoconfiantes que mesmo no jogo menos pretensioso sentem sua autoestima rebaixada quando são derrotados. Acostumado a impor suas vontades na vida sem fazer concessões e mimado pelo sucesso dos fatos, aquele robusto *self-made man* estava de tal forma inabalavelmente impregnado de sua supremacia que qualquer resistência o irritava como se fosse uma rebeldia ilícita, quase uma ofensa. Quando perdeu a primeira partida, ficou mal-humorado e começou a explicar de modo circunstanciado e ditatorial que aquilo só podia ter acontecido devido a uma desatenção momentânea, na terceira partida responsabilizou o barulho no salão vizinho pelo seu fracasso; nunca aceitava perder uma partida sem pedir imediatamente uma revanche. No início, essa obsessão ambiciosa me divertiu; depois, aproveitei-a como efeito colateral inevitável da minha verdadeira intenção de atrair o campeão mundial para nossa mesa.

No terceiro dia, consegui – ou quase. Seja porque Czentovic nos observasse no tabuleiro a partir da janela do convés externo, ou porque casualmente veio nos dar a honra de sua presença no salão dos fumantes – em todo caso, mal avistou a nós, amadores ignorantes, exercendo a sua arte, aproximou-se um passo e lançou um olhar examinador para o tabuleiro a partir de uma distância calculada. Estava na vez de McConnor. E esse único lance bastou para indicar a Czentovic o quão pouco seria digno de seu interesse de mestre continuar acompanhando os nossos diletantes esforços. Com o mesmo gesto natural com que deixamos de lado, na livraria, um mau romance policial, sem ao menos folheá-lo, Czentovic afastou-se de nossa mesa e saiu do salão de fumantes. "Colocou na balança e achou leve demais", pensei, um pouco irritado com aquele olhar frio de desprezo, e, para desabafar a minha contrariedade, disse a McConnor:

– A sua jogada não parece ter entusiasmado muito o mestre.

– Qual mestre?

Expliquei-lhe que o senhor que acabara de passar com olhar reprovador para a nossa partida era o campeão de xadrez Czentovic. Muito bem, acrescentei, nós dois sobreviveremos sem muita dor ao seu ilustre desprezo; afinal, quem não tem cão caça com gato. Para minha surpresa, meu comentário displicente teve um efeito totalmente inesperado em McConnor. Ele se exaltou, esqueceu-se da nossa partida e quase deu para ouvir a sua ambição pulsando. Disse que não tinha nenhuma ideia de que Czentovic estava a bordo e que precisaria de qualquer maneira jogar com ele. Nunca antes jogara com um campeão mundial, exceto numa partida simultânea com quarenta outros jogadores; isso já fora terrivelmente fascinante e ele não vencera por um triz. Perguntou-me se eu conhecia pessoalmente o campeão de xadrez. Eu disse que não. Então, perguntou-me se eu não poderia falar com ele e convidá-lo a jogar conosco. Respondi que não, justificando que, ao que sabia, Czentovic não era lá muito acessível para travar novos conhecimentos. Além disso, que atrativo haveria para um campeão mundial jogar conosco, jogadores de terceira categoria?

Ora, teria sido melhor não me referir a jogadores de terceira a um homem tão ambicioso quanto McConnor. Ele se reclinou, irritado, e disse bruscamente não acreditar que Czentovic declinasse a gentil oferta de um *gentleman*; ele cuidaria disso. A seu desejo descrevi rapidamente o campeão mundial e logo ele abandonou o nosso tabuleiro, indiferente, e precipitou-se em disparada impaciência para o convés atrás de Czentovic.

Mais uma vez, percebi que não havia como deter o dono de ombros tão largos quando ele queria muito alguma coisa.

Esperei, bastante interessado. Dez minutos depois, McConnor voltou, não muito animado, ao que me pareceu.

– Então? – perguntei.

– Tinha razão – respondeu, algo irritado. – É um senhor nada gentil. Eu me apresentei e expliquei quem eu era. Ele nem sequer me estendeu a mão. Tentei lhe expor o quanto todos nós a bordo nos sentiríamos orgulhosos e honrados se ele aceitasse jogar uma partida simultânea contra nós. Mas ele se manteve irredutível; lamentava, mas tinha compromissos contratuais com seu agente que o proibiam de jogar sem receber honorários durante toda a turnê. E disse que o seu cachê mínimo seria de duzentos e cinquenta dólares por partida.

Ri.

– Eu nunca imaginaria que empurrar figuras de xadrez de casas pretas para brancas pudesse ser um negócio tão rentável. Bem, espero que o senhor tenha se despedido com a mesma educação.

Mas McConnor permaneceu totalmente sério.

– A partida está marcada para amanhã, às três da tarde. Aqui, no salão dos fumantes. Espero que não permitamos que ele nos arrase com tanta facilidade.

– O quê? O senhor aceitou os duzentos e cinquenta dólares? – exclamei, consternado.

– E por que não? *C'est son métier*. Se fosse um dentista a bordo, tampouco exigiria que ele me extraísse um dente de graça. O homem tem razão em pedir um preço alto; em cada matéria os verdadeiros especialistas são também os melhores homens de negócios. Quanto a mim: quanto mais transparente um negócio, melhor. Prefiro pagar em espécie a receber um favor de um Czentovic e ainda por cima ter de agradecer. Afinal, no nosso clube já perdi muito mais do que duzentos e cinquenta dólares numa só noite, sem jogar com nenhum campeão mundial. Para jogadores "de terceira", não é nenhuma vergonha ser aniquilado por um Czentovic.

Divertiu-me ver o quanto eu atingira a autoestima de McConnor com a ingênua expressão "jogador de terceira". Mas como ele estava disposto a pagar pela brincadeira cara, não tive o que objetar contra a sua ambição exagerada que finalmente me permitiria travar conhecimento com o objeto da minha curiosidade. Informamos com urgência os quatro ou cinco senhores que até então se haviam declarado adeptos do xadrez e, para não sermos incomodados demais pelas pessoas que passavam, mandamos reservar não apenas a nossa como também as mesas vizinhas para o torneio que se aproximava.

No dia seguinte, o nosso pequeno grupo compareceu em peso à hora aprazada. O lugar do meio, *vis-à-vis* do campeão, naturalmente ficou reservado a McConnor, que descarregava seu nervosismo acendendo um charuto forte depois do outro e sempre olhando para o relógio, impaciente. Mas – como eu intuíra a partir dos relatos do meu amigo – o campeão mundial fez todos esperarem uns bons dez minutos, o que causou um impacto ainda maior quando finalmente apareceu. Ele se aproximou da mesa calmo e relaxado. Sem se apresentar – "sabem quem sou e não estou interessado em saber quem vocês são", essa era a mensagem implícita daquela indelicadeza –, começou a dar ordens concretas com o jeito seco do especialista. Como era impossível fazer uma partida simultânea a bordo por falta de tabuleiros disponíveis, ele propôs que todos jogássemos juntos contra ele. Disse que depois de cada lance ele se sentaria numa mesa do outro lado do salão para não atrapalhar nossas confabulações. E pediu que, tão logo terminássemos o nosso lance, batêssemos com uma colher contra um copo, uma vez que, lamentavelmente, não havia campainha de mesa. Sugeriu dez minutos como tempo máximo para cada lance, caso não tivéssemos nenhuma outra ideia. Naturalmente, como um bando de ginasianos tímidos, concordamos com todas as suas sugestões. No sorteio, Czentovic ficou com as pretas; fez seu primeiro lance de defesa ainda em pé e logo se encaminhou até a mesa de espera por ele sugerida, onde ficou folheando uma revista ilustrada, displicentemente recostado.

Não faz muito sentido relatar a partida. Ela terminou, claro, como tinha que terminar: com a nossa derrota total, já no vigésimo quarto lance.

Que um campeão mundial varresse uma meia dúzia de jogadores medianos ou ainda menos qualificados com a mão esquerda não era, em si, surpreendente; o que incomodou a todos nós foi a maneira prepotente com que Czentovic nos fez sentir com clareza que estava nos aniquilando com a mão esquerda. A cada vez, lançava apenas um olhar aparentemente furtivo para o tabuleiro, ignorava-nos como se fôssemos nós próprios figuras de madeira mortas, e esse gesto impertinente lembrava involuntariamente o gesto de se jogar um punhado de comida para um cão sarnento sem sequer olhar para ele. Na minha opinião, ele poderia ter sido delicado, chamando a nossa atenção para alguns erros ou então nos encorajando com alguma palavra gentil. Mas mesmo depois de terminada a partida, aquela máquina de xadrez desumana não proferiu nenhuma sílaba. Depois de dizer "xeque-mate", permaneceu imóvel diante da mesa, esperando se alguém desejaria uma segunda partida. Eu já me levantara para sinalizar por um gesto – algo desamparado, como em geral ocorre diante de grosserias – que, pelo menos para mim, terminara o prazer do nosso encontro com esse negócio pago a peso de dólares, quando, para minha irritação, McConnor disse a meu lado, com a voz rouca:

– Revanche!

Assustei-me com o tom desafiador; de fato, naquele instante McConnor mais parecia um pugilista pronto para golpear do que um *gentleman* cortês. Teria sido a maneira desagradável do comportamento de Czentovic em relação a nós, ou apenas a sua ambição patologicamente exaltada? Seja como for, McConnor estava de todo transformado. Vermelho no rosto até a raiz dos cabelos, as narinas dilatadas por uma pressão interna, transpirava visivelmente e de seus lábios cerrados descia uma ruga até o queixo protuberante de guerreiro. Aflito, reconheci no seu olhar aquele brilho da paixão indômita que toma conta das pessoas na mesa da roleta quando, pela sexta ou sétima vez, não vem a cor desejada, apesar da aposta redobrada. Naquele instante soube que aquele ambicioso fanático, mesmo que lhe custasse a fortuna inteira, jogaria tantas partidas contra Czentovic quanto fosse preciso, simples ou dobradas, até ganhar pelo menos uma única. Se Czentovic perseverasse, teria encontrado em McConnor uma mina de ouro, da qual conseguiria extrair alguns milhares de dólares até Buenos Aires.

Czentovic continuou imóvel.

– Às ordens – respondeu, educado. – Dessa vez, os senhores jogam com as pretas.

A segunda partida não foi diferente, afora o fato de que os curiosos não apenas ampliaram o nosso círculo como o tornaram mais animado. McConnor olhava concentradamente para o tabuleiro, como se quisesse magnetizar as imagens com a sua vontade de ganhar: eu sentia que ele sacrificaria de bom grado mil dólares em troca do grito da vitória, "Xeque-mate!", contra o adversário frio. Curioso é que alguma coisa de sua exaltação obstinada passou inconscientemente para nós. Cada lance era discutido muito mais apaixonadamente do que na partida anterior, e sempre um de nós retinha o outro no último momento antes de concordarmos em dar o sinal que chamava Czentovic de volta à nossa mesa. Aos poucos havíamos chegado ao trigésimo sétimo lance, e para nossa própria surpresa se configurara uma constelação que parecia surpreendentemente vantajosa, pois havíamos conseguido levar o peão da coluna c até a penúltima casa c2; seria preciso apenas movê-lo para c1 para ganhar uma nova dama. É bem verdade que não nos sentíamos lá muito confortáveis com essa oportunidade tão evidente; todos desconfiávamos que essa vantagem aparentemente conquistada por nós fora armada de propósito como isca por Czentovic, que tinha uma visão muito mais ampla da situação. Mas, apesar dos esforços conjuntos de busca e discussão, não conseguimos encontrar a armadilha escondida. Finalmente, com nosso tempo já quase esgotado, decidimos ousar o lance. McConnor já estava tocando o peão para movê-lo para a última casa, quando sentiu alguém agarrar o seu braço e sussurrar, com voz baixa porém veemente:

– Pelo amor de Deus! Não!

Involuntariamente, todos viramos a cabeça. Um senhor de seus quarenta e cinco anos, cujo rosto fino e agudo já me chamara a atenção no convés por sua palidez estranha, quase da cor de giz, devia ter se aproximado enquanto voltávamos toda a nossa atenção ao problema. Apressadamente, ao sentir nosso olhar, ele acrescentou:

– Se agora fizerem uma dama, ele imediatamente a tomará com o bispo c1. Vocês voltam o lance com o bispo. Mas enquanto isso, ele move seu peão passado para d7, ameaça sua torre, e mesmo se disserem "xeque" com o cavalo, perderão e estarão liquidados nove ou dez lances depois. É quase a mesma configuração iniciada por Alekhine contra Bogoljubov durante o grande torneio de Piestany, em 1922.

Espantado, McConnor largou a figura e, como todos nós, olhou incrédulo para o homem que caiu do céu como um anjo inesperado para nos ajudar. Quem sabia calcular um xeque-mate com nove lances de antecedência só podia ser um especialista de primeira, talvez até um candidato ao primeiro lugar viajando para o mesmo campeonato, e sua súbita chegada e interferência precisamente num momento tão crítico eram algo quase sobrenatural. McConnor foi o primeiro a se recompor.

– O que nos aconselharia? – cochichou, excitado.

– Não avançar imediatamente, mas sim recuar primeiro! Sobretudo tirar o rei da coluna em perigo, de g8 para h7. Decerto ele deslocará o ataque para a outra ala. Mas os senhores defendem com a torre c8 – c4; isso lhe custará dois tempos, um peão e a supremacia no jogo. Então, haverá um peão passado contra outro peão passado, e se conseguirem manter a defensiva, chegarão ao empate. Mais do que isso não é possível!

Outra vez ficamos espantados. Tanto a precisão quanto a rapidez do seu cálculo tinham algo de perturbador; era como se ele estivesse lendo os lances num livro impresso. Seja como for, a chance insuspeita de, graças à sua interveniência, levar nossa partida contra um campeão mundial para um empate tinha algo de mágico. Unânimes, nos afastamos para lhe permitir olhar melhor para o tabuleiro. McConnor perguntou outra vez:

– Então: rei de g8 para h7?

– Sim, senhor! Escapar antes de mais nada!

McConnor obedeceu e nós batemos no copo. Czentovic se aproximou da mesa com seus costumeiros passos indiferentes e mediu a jogada com um único olhar. Então, moveu o peão de h2 para h4 na ala do rei, exatamente como vaticinara o nosso ajudante desconhecido. E este logo sussurrou, agitado:

– Torre para a frente, torre para a frente, c8 para c4, primeiro ele terá que proteger o peão. Mas isso não lhe adiantará nada! Vocês atacam, sem se preocupar com o seu peão passado, com o cavalo d3 – e5, e o equilíbrio estará refeito. Toda a pressão para a frente em vez de defender!

Não entendemos nada do que ele quis dizer. Para nós, era como se falasse chinês. No entanto, dominado por ele, McConnor moveu a figura sem pensar, como ele havia ordenado. Batemos de novo no copo para chamar Czentovic de volta. Pela primeira vez, ele não se decidiu rápido, mas parou e olhou para o tabuleiro, concentrado. Involuntariamente, suas sobrancelhas se contraíram. Em seguida, ele fez precisamente o lance que o estranho nos anunciara e se virou para sair. Mas antes de se afastar, aconteceu algo de novo e inesperado. Czentovic levantou o olhar e examinou nossas fileiras – ao que parece, queria descobrir quem de repente lhe oferecia resistência tão enérgica.

A partir desse momento, nossa excitação se tornou desmesurada. Antes, jogáramos sem sérias esperanças, mas agora a ideia de quebrar o frio orgulho de Czentovic injetou um calor acelerado nas nossas veias. Nosso amigo já ordenara o próximo lance, e nós pudemos – meus dedos tremeram, quando bati com a colher no copo – chamar Czentovic de volta. Então sobreveio nosso primeiro triunfo. Czentovic, que até então sempre jogara em pé, hesitou, hesitou, e acabou sentando. Sentou-se devagar, pesado; mas com isso, já fisicamente se anulava a postura reinante até então entre ele e nós. Nós o tínhamos obrigado a se colocar no mesmo nível, pelo menos espacialmente. Ele refletiu durante um longo tempo, os olhos imóveis presos ao tabuleiro, de maneira que mal se viam as pupilas sob as pesadas pálpebras, e nesse esforço de pensar sua boca se abriu gradualmente, dando ao seu rosto redondo uma aparência algo simplória. Czentovic refletiu por alguns minutos, em seguida fez o seu lance e se levantou. E já o nosso amigo sussurrou:

– Um lance de espera! Bem pensado! Mas não reajam! Forcem a troca, forcem a troca, assim podemos ir ao empate e nenhum deus poderá lhe ajudar.

McConnor obedeceu. Nas jogadas seguintes entre os dois – nós outros há muito tempo havíamos sido rebaixados a meros figurantes – começou um vaivém incompreensível. Depois de uns sete lances, Czentovic ergueu a vista depois de muito refletir e declarou:

– Empate.

Durante algum tempo reinou um silêncio absoluto. Subitamente, deu para ouvir o barulho das ondas e o som de jazz no rádio do salão; escutava-se cada passo no convés e o fino e leve assobio do vento que entrava pelas frestas da janela. Ninguém de nós respirava, tudo acontecera muito de repente, e ainda estávamos todos assustados com o fato improvável de que aquele desconhecido impusera a sua vontade ao campeão mundial numa partida já perdida pela metade. McConnor se recostou de chofre, a respiração contida escapou audível num "ah" feliz de seus lábios. Eu, por minha vez, observava Czentovic. Nos últimos lances, já me parecera que ele se tornara mais pálido. Mas ele soube se controlar bem. Permaneceu em sua imobilidade aparentemente indiferente e apenas perguntou, displicente, enquanto empurrava as figuras do tabuleiro com a mão segura:

– Os senhores desejariam jogar mais uma terceira partida?

A pergunta foi objetiva, puramente comercial. O curioso era que ele não olhara para McConnor, mas fixara o olhar penetrante direto no nosso salvador. Assim como o cavalo identifica o melhor cavaleiro pela maneira mais segura de montar, ele deve ter reconhecido nos últimos lances o seu verdadeiro adversário. Involuntariamente, seguimos o seu olhar e olhamos atentos para o estranho. Mas antes que este pudesse refletir ou mesmo responder, McConnor, em sua excitação ambiciosa, já exclamou, triunfante:

– Naturalmente! Mas agora o senhor terá que jogar sozinho contra ele! O senhor sozinho contra Czentovic!

No entanto, aconteceu então algo imprevisto. O estranho, que curiosamente ainda estava com o olhar atento fixado no tabuleiro já vazio, assustou-se ao ver todos os olhares voltados para ele e ser abordado com tal vivacidade. Ficou com uma expressão desnorteada.

– De maneira nenhuma, meus senhores – gaguejou, visivelmente confuso. – Está totalmente fora de questão... eu não posso ser levado em conta... há vinte, não, há vinte e cinco anos não me sento mais diante de um tabuleiro... e só agora vejo como fui inconveniente ao me imiscuir no seu jogo sem sua permissão... Por favor, queiram desculpar a minha precipitação... com certeza não quero incomodá-los mais.

E antes que pudéssemos nos refazer da nossa surpresa, ele já tinha deixado o recinto.

— Mas isso não tem o menor cabimento! — trovejou o temperamental McConnor, batendo com o punho na mesa. — É impossível que esse homem não tenha jogado xadrez durante vinte e cinco anos! Pois ele não calculou cada jogada e cada defesa com cinco ou seis lances de antecedência? Ninguém sabe isso de graça. É totalmente impossível, não é?

McConnor dirigiu esta última pergunta sem querer a Czentovic. Mas o campeão mundial permaneceu inabalavelmente gélido.

— Não tenho condições de julgar. De qualquer maneira, aquele senhor jogou de modo estranho e interessante; por isso, dei-lhe uma chance de propósito.

E, levantando-se displicentemente, acrescentou, com seu ar indiferente:

— Se o senhor ou os senhores desejarem uma outra partida amanhã, estarei à disposição a partir das três horas.

Não pudemos deixar de reprimir um leve sorriso. Todos sabíamos que não era Czentovic quem dera uma chance generosa ao nosso colaborador desconhecido, mas que sua observação não passava de subterfúgio para mascarar sua própria derrota. Tanto mais cresceu nosso desejo de ver humilhado um orgulho tão inabalável. Bruscamente, uma vontade selvagem e ambiciosa de lutar se apossou de nós, pacíficos habitantes do navio. Pois a ideia de que logo no nosso navio, no meio do oceano, um campeão de xadrez pudesse perder os seus louros — recorde que todas as agências telegráficas espalhariam para o mundo com a velocidade de um relâmpago — fascinou-nos como desafio. Ademais, havia o atrativo do mistério da intervenção inesperada do nosso salvador no momento mais crítico, e o contraste de sua modéstia quase medrosa com a segurança inabalável do profissional. Quem era aquele desconhecido? Fizera o acaso emergir um gênio enxadrístico ainda não descoberto? Ou seria ele algum campeão famoso que preferia esconder seu nome por alguma razão insondável? Exaltados, aventamos todas as possibilidades, e nem as hipóteses mais ousadas nos pareciam suficientemente ousadas para harmonizar a misteriosa timidez e a surpreendente confissão do estranho com sua inegável arte enxadrística. Num aspecto, porém, concordamos todos: não poderíamos renunciar, de forma alguma, ao espetáculo de um novo embate. Decidimos tentar de tudo para fazer com que nosso colaborador jogasse uma partida contra Czentovic no dia seguinte, e McConnor assumiu o risco material da partida. Como, nesse meio-tempo, inquirições junto ao comissário resultaram na informação de que o desconhecido era austríaco, eu, como seu compatriota, fui incumbido de lhe levar o nosso pedido.

Não demorei muito para encontrar no convés o homem que fugira tão rápido. Estava deitado numa cadeira, lendo. Antes de abordá-lo, aproveitei a oportunidade para observá-lo. A cabeça de perfil pronunciado repousava levemente cansada na almofada – mais uma vez, chamou-me a atenção a estranha palidez do rosto relativamente jovem, com as têmporas emolduradas pelos cabelos brancos; tive, não sei por que, a impressão de que aquele homem envelhecera de súbito. Mal me aproximei, ele se levantou, educado, e se apresentou com um nome que logo reconheci como sendo o de uma renomada família tradicional austríaca. Lembrei-me que um portador desse nome fizera parte do círculo mais próximo de Schubert e que um dos médicos particulares do velho imperador era também da mesma família. Quando transmiti a dr. B. nosso pedido de aceitar o desafio de Czentovic, ficou visivelmente perplexo. Era evidente que ele não tinha a menor noção de haver vencido gloriosamente um campeão mundial, o mais bem-sucedido daquele momento. Por algum motivo, a informação pareceu ter causado nele uma impressão peculiar, pois indagou repetidas vezes se eu tinha certeza de que seu adversário era de fato um campeão mundial reconhecido. Logo notei que essa circunstância facilitava a minha missão e apenas achei aconselhável, por perceber sua sensibilidade, não mencionar que o risco material de uma possível derrota iria por conta do bolso de McConnor. Depois de longa hesitação, dr. B. se dispôs por fim a uma partida, mas não sem pedir expressamente que eu alertasse os outros senhores mais uma vez de que não depositassem esperanças exageradas em sua habilidade.

– De fato, não sei se sou capaz de jogar uma partida de xadrez de acordo com todas as regras – acrescentou, com um sorriso absorto. – Por favor, creia-me, não foi falsa modéstia quando disse que desde o meu tempo do liceu – ou seja, há mais de vinte anos – nunca mais toquei numa só peça de xadrez. E mesmo naquela época eu era considerado apenas um enxadrista sem especial talento.

Ele disse isso com tanta naturalidade que não tive a menor dúvida de sua sinceridade. Mesmo assim, não pude deixar de expressar a minha admiração pela maneira de ele se lembrar com tanta exatidão de cada combinação dos mais diferentes campeões; de qualquer maneira, acrescentei, ele devia ter se dedicado muito ao xadrez, ao menos em teoria. Dr. B. voltou a sorrir com aquele ar estranhamente sonhador.

– Se me dediquei muito? Por Deus, sim, posso dizer que me dediquei muito ao xadrez! Mas isso ocorreu em circunstâncias bastante peculiares e únicas. Foi uma história muito complicada, e ela pode ser vista, quando muito, como pequena contribuição para compreender a nossa querida e grandiosa época. Se o senhor tiver meia hora de paciência…

ELE APONTARA PARA A CADEIRA a seu lado no convés. Aceitei o seu convite com prazer. Não tínhamos vizinhos. Dr. B. tirou os óculos de leitura, colocou-os de lado e começou:

– O senhor teve a gentileza de dizer que, por ser vienense, se lembrava do nome da minha família. Mas suponho que nunca tenha ouvido falar do escritório de advocacia que dirigi primeiro com o meu pai e depois sozinho, pois não defendíamos causas que tinham publicidade nos jornais e, por uma questão de princípio, evitávamos novos clientes. Nem tínhamos mais propriamente um escritório de advocacia, limitando-nos com exclusividade à consultoria jurídica e à administração dos bens dos grandes mosteiros, de quem meu pai, antigo deputado do partido clerical, era próximo. Também – e hoje que a monarquia faz parte da história já podemos falar disso – havíamos sido incumbidos de administrar os fundos de alguns membros da família imperial. Essas conexões com a corte e o clero – meu tio foi médico particular do imperador, outro foi abade em Seitenstetten – já existiam há duas gerações e bastava que as conservássemos. Aquela atividade que nos coube por uma confiança herdada era silenciosa, diria até sem alarde, não exigindo de nós muito mais do que a mais rigorosa discrição e confiabilidade, duas qualidades que meu falecido pai tinha em alto grau. De fato, graças aos seus cuidados, ele foi capaz de resguardar para os seus clientes valores patrimoniais consideráveis até mesmo durante os anos de inflação e na época da revolução. Quando Hitler assumiu na Alemanha e iniciou seus saques contra os bens da Igreja e dos mosteiros, também houve algumas negociações e transações além da fronteira para salvar pelo menos os bens móveis do confisco, e nós dois sabíamos muito mais a respeito de certas negociações políticas secretas da cúria e da casa imperial do que a opinião pública jamais virá a saber. E foi justo a discrição do nosso escritório – não havia sequer placa na porta –, bem como os cuidados de evitar ostensivamente todos os círculos monarquistas, que nos protegeram com segurança de investigações indesejadas. De fato, ao longo de todos aqueles anos, nenhuma autoridade na Áustria sequer suspeitou que os mensageiros secretos da casa imperial entregassem ou buscassem sua correspondência mais importante logo em nosso discreto escritório no quarto andar.

Ocorre que os nazistas, muito antes de armar seus exércitos contra o mundo, haviam começado a organizar em todos os países vizinhos outro exército, tão perigoso e escolado quanto aqueles – a legião dos prejudicados, dos preteridos, dos ofendidos. Em toda repartição, em toda empresa, havia as chamadas "células", em toda instância, até nos gabinetes particulares de Dollfuss e Schuschnigg, havia agentes e espiões. Até mesmo no nosso simples escritório eles tinham o seu homem, como infelizmente soube tarde demais. Claro, ele não passava de um escriturário miserável e sem talento que eu empregara por recomendação do padre apenas para dar ao escritório a aparência de um empreendimento regular; na realidade, não o usávamos para nada mais do que inocentes tarefas, para atender o telefone ou organizar o arquivo – quer dizer, os documentos sem importância e que não eram comprometedores. Ele nunca teve permissão para abrir a correspondência, as cartas importantes eram todas escritas por mim à máquina, sem guardar cópia, eu levava para casa todos os documentos relevantes e transferia encontros secretos exclusivamente para a sala do prior do mosteiro ou para o consultório do meu tio. Graças a todas essas medidas de segurança, aquele agente não viu nada dos procedimentos mais importantes; mas por um infeliz acaso aquele rapaz ambicioso e vaidoso deve ter percebido que não se confiava nele e que, atrás de suas costas, aconteciam coisas interessantes. Quem sabe, na minha ausência, um dos mensageiros por imprudência tenha se referido a "Sua Majestade" em vez de, conforme acordado, ao "barão Fern", ou então aquele velhaco tenha aberto cartas contra a nossa ordem – seja como for, antes que eu suspeitasse, ele já tinha permissão de Munique ou de Berlim para nos vigiar. Só bem mais tarde, quando eu já estava preso há bastante tempo, lembrei-me que nos últimos meses a sua negligência inicial se transformara num súbito empenho, e que ele se oferecera várias vezes, de modo quase insistente, para levar a minha correspondência para os correios. Portanto, não posso me eximir de um certo descuido, mas, afinal, os maiores diplomatas e militares não foram também ardilosamente enganados pelo hitlerismo? Que a Gestapo já estava há muito tempo atenta a mim, com minúcia e zelo, isso ficou mais do que evidente com a circunstância de que fui preso pelos homens da SS na mesma noite em que Schuschnigg anunciou sua renúncia e um dia antes de Hitler entrar em Viena. Por sorte, ainda consegui queimar os documentos mais importantes logo que escutei no rádio a fala de despedida de Schuschnigg, e no último minuto antes de os homens arrombarem o meu escritório, consegui enviar para o meu tio, escondido num cesto de roupa suja e levado por um antiga empregada fiel, o restante dos documentos com os comprovantes indispensáveis dos mosteiros e de dois arquiduques referentes a bens depositados no exterior.

Dr. B. interrompeu o relato para acender um charuto. No brilho da luz, notei um tique nervoso que descia pelo canto direito de sua boca, o qual eu já percebera antes e, como pude observar, repetia-se a intervalos de alguns poucos minutos. Era um movimento fugaz, pouco mais que um sopro, mas que conferia ao rosto uma estranha inquietação.

– O senhor há de supor que agora lhe falarei sobre o campo de concentração para o qual eram levados todos aqueles que se mantiveram fiéis à nossa velha Áustria, das humilhações, da dor e das torturas que ali sofri. Mas nada disso aconteceu. Fui classificado em outra categoria. Não me juntaram àqueles infelizes nos quais se descontava o ressentimento longamente guardado sob a forma de humilhações físicas e psicológicas, e sim a um grupo muito pequeno do qual os nazistas esperavam extrair dinheiro ou informações importantes. Em si, a minha modesta pessoa era totalmente irrelevante para a Gestapo. Mas eles deviam saber que éramos os testas de ferro, os administradores e homens de confiança de seus inimigos mais empedernidos, e o que esperavam conseguir de mim era material de prova: evidências contra os mosteiros, a quem queriam imputar transferências ilegais de bens, evidências contra a família imperial e todos aqueles que, na Áustria, haviam se sacrificado em prol da monarquia. Suspeitavam – não sem razão – que naqueles fundos que tinham passado pelas nossas mãos ainda havia somas consideráveis escondidas e inacessíveis à sua vontade de rapinar; por isso, mandaram me buscar logo no primeiro dia para tentar arrancar meus segredos com seus métodos convencionais. Pessoas da minha categoria, de quem se poderia extrair material importante ou dinheiro, não eram lançadas em campos de concentração, mas reservadas para um tratamento especial. O senhor talvez há de se lembrar que o nosso chanceler e também o barão Rothschild, de cujos parentes esperavam conseguir milhões, não foram conduzidos para trás de arame farpado em campos de prisioneiros, mas gozaram de um suposto privilégio ao serem levados para um hotel, o Hotel Metrópole, que também servia de quartel-general à Gestapo, e onde cada um recebeu um quarto separado. E também a mim, homem insignificante, coube essa distinção.

"Um quarto próprio num hotel, isso soa extremamente humano, não? Mas creia-me que não nos reservaram de forma alguma um método mais humano, e sim mais requintado, ao não confinar vinte de nós, pessoas 'importantes', numa barraca gelada, e sim nos deixando num quarto de hotel razoavelmente aquecido. Pois a pressão para nos extrair o 'material' necessário deveria funcionar de modo mais sutil do que por meio de surras brutais ou torturas físicas: pelo isolamento mais sofisticado possível. Não nos fizeram nada, apenas nos colocaram no nada absoluto, pois sabidamente nenhuma outra coisa no mundo pressiona tanto a alma humana como o nada. Ao nos confinarem um a um num vácuo total, num quarto hermeticamente separado do mundo exterior, queriam exercer por dentro aquela pressão que, em vez de vir de fora por meio de surra e frio, acabaria por abrir as nossas bocas. À primeira vista, o quarto que me reservaram não parecia desconfortável. Tinha uma porta, uma poltrona, uma bacia e uma janela com grade. Mas a porta permanecia fechada noite e dia, na mesa não podia haver nenhum livro, nenhum jornal, nenhuma folha de papel, nenhum lápis. A janela dava para um muro; ao redor do meu eu e mesmo no meu próprio corpo haviam construído o nada absoluto. Haviam me privado de todos os meus objetos, o relógio para que eu não conseguisse ver as horas, o lápis para que eu não pudesse escrever, o canivete para que eu não pudesse cortar meus pulsos; até mesmo a menor possibilidade de me entorpecer, como um simples cigarro, me foi interdita. Fora o guarda, que não podia falar nenhuma palavra e nem responder nenhuma pergunta, nunca vi um rosto humano, nunca ouvia uma voz humana; a vista, o ouvido, os sentidos não recebiam alimento da manhã até de noite e da noite até a manhã, ficava-se sozinho, irremediavelmente só, com o seu corpo e os quatro ou cinco objetos mudos – mesa, cama, janela, bacia; vivia-se como um mergulhador numa bolha no oceano negro daquele silêncio, diria até um mergulhador que já sabe que o cabo de ligação com o mundo exterior arrebentou e ele nunca mais será resgatado daquelas profundezas silenciosas. Não havia nada para fazer, nada para escutar, nada para ver, por toda parte, incessantemente, havia apenas o nada, o vazio completamente fora do espaço e do tempo. Andava-se para lá e para cá, e os pensamentos acompanhavam, para lá e para cá, para cá e para lá, sempre de novo. Mas mesmo pensamentos, por mais sem substância que possam parecer, precisam de um ponto de apoio, caso contrário começam a girar e rodar em volta de si próprios, sem sentido; nem os pensamentos suportam o nada. Eu esperava por algo, da manhã até de noite, mas nada acontecia. Esperava de novo, e de novo. Não acontecia nada. Esperava,

esperava, esperava, pensava, pensava, pensava, até a cabeça doer. Nada acontecia. Ficava sozinho. Sozinho. Sozinho.

"Tudo isso durou quatorze dias, que vivi fora do tempo, fora do mundo. Se houvesse eclodido uma guerra, eu não saberia; meu mundo consistia apenas de mesa, porta, cama, bacia, poltrona, janela e parede, e eu sempre olhava fixamente para o mesmo papel de parede na mesma parede; cada linha do seu padrão em zigue-zague ficou gravada até a última dobra do meu cérebro como que cinzelada a ferro, tantas vezes a vi. Então, por fim começaram os interrogatórios. Eu era chamado de repente sem saber se era dia ou noite. Era chamado e conduzido por alguns corredores, sem saber para onde; em seguida, esperava em algum lugar sem saber qual e subitamente estava diante de uma mesa em torno da qual estavam sentadas algumas pessoas uniformizadas. Sobre a mesa havia um maço de papéis: dossiês que eu não sabia o que continham, e em seguida começavam as perguntas, as verdadeiras e as falsas, as claras e as ardilosas, as perguntas para encobertar e as armadilhas, e enquanto eu respondia dedos estranhos e maldosos folheavam os documentos que eu não sabia o que continham, e não sabia o que escreviam nos protocolos. O mais terrível nesses interrogatórios, para mim, foi que eu nunca podia adivinhar ou calcular o que os homens da Gestapo sabiam efetivamente sobre os procedimentos no meu escritório e o que ainda pretendiam arrancar de mim. Como já lhe disse, no último minuto eu conseguira mandar os documentos realmente comprometedores ao meu tio por intermédio da governanta. Mas: ele os recebera? Não os recebera? Quanta coisa aquele escriturário revelara? Quantas cartas haviam sido interceptadas, o quanto havia sido talvez arrancado já de algum sacerdote inábil nos mosteiros alemães que nós representávamos? Eles perguntavam e perguntavam. Quantos títulos eu comprara para esse ou aquele mosteiro, com que bancos mantivera correspondência, se conhecia um senhor fulano ou não, se eu recebia cartas da Suíça e de Steenokkerzeel... E como nunca conseguia avaliar quantas informações já haviam levantado, cada resposta se tornava uma imensa responsabilidade. Se admitisse algo que ainda não sabiam, poderia estar entregando alguém desnecessariamente. Se negasse demais, poderia estar me prejudicando.

"Mas o pior nem era o interrogatório. Pior era voltar do interrogatório para o meu nada, para o mesmo quarto com a mesma mesa, a mesma cama, a mesma bacia, o mesmo tapete. Pois mal ficava a sós comigo, tentava reconstruir que resposta teria sido mais sábia e o que deveria dizer da próxima vez para desviar a suspeita que eu talvez tivesse incitado com uma observação impensada. Eu refletia, pensava, meditava, examinava cada palavra das minhas próprias afirmações feitas ao juiz que conduzia a investigação, recapitulava cada pergunta que eles haviam feito, cada resposta que eu dera, tentava avaliar o que eles poderiam ter protocolado, sabendo que jamais conseguiria estimar e avaliar nada daquilo. Mas todos aqueles pensamentos, uma vez iniciados no espaço vazio, não paravam de rodar na cabeça, sempre de novo, sempre em novas combinações, e isso continuava até a hora de dormir – toda vez depois de um interrogatório pela Gestapo, os meus próprios pensamentos assumiam da mesma forma impiedosa o martírio das perguntas e investigações e dos suplícios, talvez de modo ainda mais cruel, pois aqueles interrogatórios acabavam depois de uma hora e esse nunca, devido à tortura ardilosa da solidão. E sempre à minha volta só a mesa, o armário, a cama, o papel de parede, a janela, nenhuma distração, nenhum livro, nenhum jornal, nenhum rosto estranho, nenhum lápis para anotar alguma coisa, nenhum fósforo para brincar, nada, nada, nada. Só então me dei conta de como era diabolicamente coerente, como era planejado de modo psicologicamente criminoso aquele sistema do quarto de hotel. No campo de concentração, talvez eu fosse obrigado a carregar pedras até minhas mãos sangrarem e os pés congelarem nos sapatos, talvez tivesse ficado confinado com duas dúzias de pessoas no fedor e no frio. Mas teria visto rostos, teria podido olhar para um campo, um carro, uma árvore, uma pedra, qualquer coisa, enquanto ali havia sempre as mesmas coisas ao redor, sempre a mesma coisa, a terrível mesmice. Ali não havia nada que pudesse me desviar dos meus pensamentos, dos meus devaneios, da minha doentia recapitulação. E era precisamente essa a intenção: que eu me asfixiasse ecada vez mais com meus pensamentos, até que me sufocassem e eu não tivesse outra saída senão vomitá-los, falar, falar o que queriam, entregar enfim o material e as pessoas. Aos poucos sentia como meus nervos começavam a ceder sob aquela terrível pressão do nada, e, consciente do perigo, eu os tensionava até quase o ponto de ruptura, tentando encontrar ou inventar alguma distração. Para me ocupar, tentei recitar e reconstruir tudo o que alguma vez aprendera de cor, o hino nacional e os versos da infância, o Homero do ginásio e os parágrafos do Código Civil. Em seguida, tentei fazer cálculos, somando e dividindo números aleatórios, mas o meu cérebro não tinha qualquer força de retenção no vazio. Não conseguia me concentrar em nada. Sempre de novo se intrometia aquele mesmo pensamento: o que eles sabem? O que eu disse ontem, o que devo dizer da próxima vez?

"Este estado – na realidade, indescritível – durou quatro meses. Bem: quatro meses, é fácil escrever isso, apenas onze letras! É fácil pronunciar: quatro meses, quatro sílabas. Num quarto de segundo, os lábios articulam rapidamente esse som: quatro meses. Mas ninguém consegue relatar, medir, fazer compreender, nem a outros, nem a si próprio, quanto tempo dura um tempo quando não há espaço nem tempo, e é impossível explicar para qualquer pessoa como isso nos devora e destrói, aquele nada e nada e nada ao redor, sempre só aquela mesma mesa e cama e bacia e parede, e sempre o silêncio, sempre o mesmo guarda que, sem sequer olhar, empurra a comida para dentro, sempre os mesmos pensamentos que rodam no nada em torno da mesma coisa até nos enlouquecer. Pequenos sinais me fizeram sentir, preocupado, que o meu cérebro estava ficando confuso. No início, eu ainda tivera clareza interna durante os interrogatórios, falara de modo calmo e refletido; ainda funcionara aquele pensamento duplo sobre o que devia dizer e o que não devia dizer. Agora, só conseguia articular as frases mais simples balbuciando, pois enquanto eu falava olhava como que hipnotizado para a pena que corria sobre o papel protocolando a conversa, como se eu quisesse correr atrás das minhas próprias palavras. Sentia que minhas forças me abandonavam, sentia que se aproximava cada vez mais o momento em que, para me salvar, eu diria tudo o que sabia e talvez mais ainda, em que, para escapar à asfixia daquele nada, eu delataria doze pessoas e seus segredos, sem conseguir mais para mim do que um tempo de respiro. Certa noite, estava ao ponto de ceder; quando o guarda por acaso me trouxe a comida naquele momento da asfixia, gritei para ele: 'Leve-me ao interrogatório! Quero contar tudo! Quero falar! Quero dizer onde estão os documentos, onde está o dinheiro! Vou contar tudo, tudo!' Por sorte ele já nem me escutava mais. Quem sabe nem quisesse escutar.

"Naquela extrema miséria aconteceu então algo imprevisto que veio me salvar, pelo menos por algum tempo. Foi no final de julho, era um dia escuro, fechado, chuvoso: lembro muito bem desse detalhe porque a chuva tamborilava contra as vidraças no corredor pelo qual me levaram ao inquérito. Precisei esperar na antessala do juiz do inquérito. A cada sessão era preciso esperar, fazia parte da técnica. Primeiro, arrebentavam os nervos chamando, buscando a pessoa subitamente na cela no meio da noite, e depois, já na expectativa do interrogatório, com a razão e a vontade prontos para resistir, mandavam esperar, uma espera sem sentido e com sentido, uma hora, duas horas, três horas antes do interrogatório, a fim de exaurir o corpo e enfraquecer a alma. Naquela quinta-feira, 27 de julho, fizeram-me esperar durante muito tempo, duas horas inteiras em pé na antessala; lembro também dessa data tão bem por um motivo especial, pois naquela antessala em que eu, sem poder me sentar, precisei ficar duas horas em pé, havia um calendário, e não sei lhe explicar como, na minha voracidade por qualquer coisa impressa, qualquer coisa escrita, meus olhos se cravaram naquele número, naquelas poucas palavras, 27 de julho – eu as devorei com o meu cérebro. E depois esperei e esperei, olhando para a porta, perguntando-me quando finalmente ela se abriria, refletindo, ao mesmo tempo, o que os inquisidores me perguntariam dessa vez, sabendo, no entanto, que me perguntariam algo muito diferente do que aquilo para o qual estava preparado. Mas, apesar de tudo, o suplício daquela espera em pé era, ao mesmo tempo, uma bênção, um prazer, porque aquele cômodo era diferente do que o meu quarto, um pouco maior, com duas janelas em vez de uma, e sem a cama e sem a bacia e sem aquela fresta na janela que eu vira milhões de vezes. A pintura da porta era diferente, havia uma outra poltrona na parede e, à esquerda, um arquivo com documentos, bem como um cabideiro com ganchos do qual pendiam três ou quatro casacos militares molhados, os casacos dos meus algozes. Portanto, eu tinha algo de novo e diferente para olhar, finalmente algo diferente para os meus olhos esfomeados; ávidos, eles se agarravam a cada detalhe. Observei cada dobra naqueles casacos; notei, por exemplo, uma gota pendurada em uma das golas molhadas, e, por mais ridículo que possa soar, esperei com uma excitação imensa para ver se aquela gota por fim iria descer ao longo da dobra ou se continuaria resistindo à força de gravidade, permanecendo ali mais tempo – eu olhei e olhei durante longos minutos para aquela gota sem respirar, como se a minha vida dependesse dela. Depois, quando ela havia finalmente escorrido, voltei a contar os botões nos casacos, eram oito no primeiro, oito no outro, dez no terceiro, depois comparei as divisas; os meus olhos esfomeados apalpavam, acercavam, envolviam todas aquelas quinquilharias ridículas e desimportantes com uma cobiça que eu não conseguiria descrever. E finalmente o meu olhar ficou preso em alguma coisa. Eu tinha descoberto que o bolso lateral de um dos casacos estava um pouco estufado. Aproximei-me e acreditei reconhecer pela forma retangular da protuberância o que aquele bolso inchado guardava: um livro! Meus joelhos começaram a tremer: um LIVRO! Durante quatro meses eu não tivera mais nenhum livro nas mãos, e a mera ideia de um livro em que se poderiam ver palavras enfileiradas, linhas, páginas e folhas, um livro no qual se poderia ler, seguir e absorver no cérebro outras ideias, novas, estranhas, tinha algo de embriagador e, ao mesmo tempo, anestesiante. Hipnotizados, os meus olhos ficaram presos àquela pequena saliência que o livro formava dentro do bolso, fulminavam aquele ponto insignificante como se quisessem abrir um buraco no casaco. Por fim, não consegui mais conter a minha avidez; involuntariamente me aproximei. A mera ideia de ao menos poder apalpar um livro através do tecido fez meus nervos arderem nos dedos até as unhas. Quase sem saber, me aproximei cada vez mais. Por sorte, o guarda não prestou atenção no meu comportamento deveras estranho; quem sabe, achava natural que um homem quisesse se encostar um pouco na parede depois de se manter duas horas em pé, ereto. Por fim, eu já estava bem próximo do casaco, e cruzara as mãos intencionalmente atrás das costas, para que pudessem tocar o casaco sem que ninguém percebesse. Apalpei o tecido e senti de fato algo retangular, algo flexível que farfalhava um pouco – um livro! Um livro! E como um tiro veio o pensamento: rouba o livro! Quem sabe consegues, e poderás escondê-lo na cela e depois ler, ler, ler, enfim ler! Mal o pensamento penetrou em mim, começou a agir como um veneno forte; de repente, meus ouvidos começaram a zumbir e o coração a martelar, minhas mãos ficaram geladas e não me obedeciam mais. Mas logo depois da primeira anestesia, aproximei-me devagar e cheio de cuidado do casaco. Olhando fixamente para o guarda, fui aos poucos empurrando o livro para cima com as mãos escondidas atrás das costas, sempre mais para cima. Em seguida: um gesto, uma puxada leve e cuidadosa, e de repente o livro pequeno, não muito volumoso, estava nas minhas mãos. Só agora me assustei com o que acabara de fazer. Mas já não havia mais volta. E agora? Onde guardá-lo? Empurrei o compêndio pelas minhas costas para baixo da calça até o ponto onde o cinto a prendia e de lá, aos poucos, até o quadril, para poder segurá-lo militarmente na costura da calça ao caminhar. Agora, o primeiro teste. Afastei-me do cabideiro, um passo, dois passos, três passos. Funcionou. Era possível segurar o livro ao caminhar, bastando pressionar o cinto com a mão.

"Seguiu o interrogatório. Da minha parte, exigiu mais esforço do que nunca, pois na verdade concentrei todas as minhas forças, enquanto respondia, não no meu depoimento, mas sobretudo em segurar o livro de maneira despercebida. Por sorte, o inquérito dessa vez foi breve e consegui levar o livro incólume até o meu quarto – não vou tomar o seu tempo com todos os detalhes, pois no meio do corredor ele escorregou perigosamente da calça e tive de simular um forte acesso de tosse para poder me abaixar e empurrá-lo de volta para ficar preso no cinto. Em compensação, que momento maravilhoso quando consegui voltar com ele para o meu inferno – enfim sozinho, porém não mais sozinho!

"Agora o senhor supõe decerto que eu imediatamente peguei o livro para olhá-lo e lê-lo. De forma alguma! Quis primeiro saborear o prazer antecipado de carregar um livro comigo, o prazer artificialmente adiado e maravilhosamente estimulante para os nervos de sonhar que tipo de livro eu preferiria que fosse aquele volume roubado: que fosse uma impressão bem estreita, que contivesse muitas e muitas letras, muitas folhas finas para que eu pudesse ler durante mais tempo. Em seguida, desejei que fosse uma obra que exigisse esforço intelectual, nada superficial, nada leve, mas algo que se pudesse aprender, decorar, poesias, e de preferência – sonho ousado! – Goethe ou Homero. Mas por fim não pude conter mais a minha avidez, a minha curiosidade. Deitado na cama para que o guarda, caso abrisse a porta de repente, não me surpreendesse, tirei o volume de baixo do cinto.

"O primeiro olhar foi uma decepção, até mesmo uma espécie de irritação amarga: aquele livro do qual eu me apossara sob tanto risco, guardado com uma expectativa tão ardente, não era outra coisa senão um repetitório de xadrez, uma coleção de cento e cinquenta partidas de mestres. Se eu não estivesse atrás de grades e cadeados, teria lançado o livro por uma janela aberta num acesso de ira, pois o que eu poderia fazer com aquele *nonsense*? Como estudante de liceu, de vez em quando, entediado, eu tentara jogar xadrez, como a maioria. Mas o que fazer com aquela coisa teórica? Impossível jogar xadrez sem um parceiro, muito menos sem figuras, sem tabuleiro. Aborrecido, folheei as páginas em busca de algo legível – uma introdução, uma instrução. Mas não achei nada além dos diagramas quadrados das diferentes partidas de mestre e abaixo deles sinais para mim incompreensíveis, a2 – a3, S f1 – g3 etc. Aquilo me parecia ser uma espécie de álgebra para a qual eu não tinha chave. Só aos poucos desvendei que as letras a, b, c eram usadas para as linhas horizontais e os números de 1 a 8 para as verticais, determinando a posição de cada figura; assim, aqueles diagramas puramente gráficos ganhavam uma linguagem. Quem sabe, pensei, eu poderia construir uma espécie de tabuleiro na minha cela e em seguida tentar reconstruir aquelas partidas; e pareceu-me um sinal dos céus que o meu lençol por acaso fosse quadriculado. Dobrado de uma determinada maneira, ele perfazia sessenta e quatro casas. Portanto, escondi o livro sob o colchão, arrancando apenas a primeira página dele. Depois, com as migalhas que eu economizava do meu pão, comecei a modelar as figuras do xadrez, o rei, a rainha etc., evidentemente de maneira ridícula e imperfeita. Depois de esforços incessantes, por fim consegui reconstruir no lençol quadriculado a posição no manual de xadrez. Mas quando tentei refazer toda a partida, fracassei totalmente com minhas ridículas figuras de migalhas, das quais eu tingira metade com poeira, para diferenciá-las. Nos primeiros dias, confundi-me sem parar, vendo-me obrigado a reiniciar a mesma partida cinco, dez, vinte vezes. Mas quem na Terra dispunha de tanto tempo inútil e inutilizado como eu, o escravo do nada, quem tinha tanta avidez e paciência à disposição? Depois de seis dias, eu já jogava a partida até o fim sem erros, depois de outros oito dias, não precisava nem mais das migalhas no lençol para conseguir imaginar a posição do manual de xadrez, e depois de outros oito dias também pude prescindir do lençol quadriculado; automaticamente, os signos abstratos do livro a1, a2, c7, c8 se transformavam atrás da minha testa em posições visuais e plásticas. A conversão fora totalmente bem-sucedida: eu conseguira introjetar o tabuleiro com as suas figuras e também conseguia imaginar, só com ajuda das fórmulas, as respectivas posições, da mesma forma que basta a um músico experiente olhar para a partitura para conseguir escutar todas as vozes e sua harmonia. Depois de mais quinze dias, eu era capaz de jogar cada partida do livro de cor – ou, como dizem no jargão especializado, às cegas. Só então comecei a compreender que bênção inaudita o meu furto ousado me proporcionara. Pois de repente eu tinha uma atividade – sem sentido, sem função, se quiser, mas uma atividade que aniquilava o nada à minha volta. Com as cento e cinquenta partidas, eu tinha uma arma maravilhosa contra a monotonia opressora do espaço e do tempo. Para conservar o atrativo da nova ocupação para mim, eu dividia o meu dia com exatidão em duas partidas pela manhã, duas partidas à tarde e, à noite, uma rápida recapitulação. Assim, o meu dia, que normalmente se esparramava sem forma, como um molusco, estava preenchido; eu me ocupava sem me cansar, pois o jogo de xadrez, por concentrar as energias mentais em um campo estreito, possui a maravilhosa vantagem de, mesmo à custa dos maiores esforços do pensamento, não exaurir o cérebro, mas, ao contrário, aguçar sua agilidade e sua tensão. Aos poucos, a recapitulação – num primeiro momento, mecânica – das partidas de mestres fez despertar em mim um entendimento artístico, prazeroso. Aprendi a compreender as sutilezas, as artimanhas e as agudezas tanto no ataque quanto na defesa; aprendi a técnica de pensar antecipadamente, combinar, responder, e a identificar a nota pessoal de cada mestre enxadrístico em sua condução individual, tão infalível como os versos de um determinado poeta em poucas linhas; o que se iniciara como mera ocupação para preencher o tempo se transformou em prazer, e os grandes estrategistas do xadrez, como Alekhine, Lasker, Bogoljubov, Tartakower, entraram na minha solidão como companheiros queridos. Uma alternância infinita passou a animar todos os dias a cela muda, e precisamente a regularidade dos meus exercícios devolveu à minha capacidade de pensar a segurança já abalada: eu sentia meu cérebro refrescado e como que polido pela constante disciplina do pensar. O fato de pensar de modo mais claro e conciso se revelou sobretudo no decorrer dos interrogatórios; inconscientemente eu me aperfeiçoara, no tabuleiros, contra ameaças falsas e lances escondidos; a partir daquele momento, já não me expus mais durante os inquéritos, e cheguei a ter a impressão de que os homens da Gestapo começavam a me ver com um certo respeito. Talvez se perguntassem, ao ver todos os outros se entregando, de que fontes secretas só eu extraía a força de uma resistência tão imperturbável.

"Esse período abençoado em que, dia após dia, eu recapitulava sistematicamente as cento e cinquenta partidas daquele livro durou de dois meses e meio a três meses. Foi quando cheguei, sem esperar, a um ponto morto. De repente, encontrei-me de novo diante do nada. Porque, depois de jogar vinte ou trinta vezes cada partida, ela perdia o encanto da novidade e da surpresa, esgotando a sua força antes tão excitante, tão estimulante. Qual era o sentido de repetir mais e mais vezes partidas cujos lances eu sabia de cor havia muito tempo? Mal fizera a primeira abertura, era como se eu soubesse automaticamente como a partida inteira transcorreria, não havia mais surpresa, não havia mais tensões, não havia mais problemas. Para me ocupar e para criar o esforço e a diversão que se haviam tornado indispensáveis, eu precisaria de um outro livro com novas partidas. Como isso era totalmente impossível, havia apenas uma saída naquela estranha enrascada: eu tinha de inventar partidas novas no lugar das partidas velhas. Precisava tentar jogar comigo ou, melhor, contra mim mesmo.

"Não sei até que ponto o senhor refletiu sobre a situação intelectual nesse jogo de todos os jogos. Mas mesmo a reflexão mais fugaz deveria bastar para fazer compreender que, pela lógica, é um absurdo querer jogar contra si próprio no xadrez – um puro jogo mental, desassociado do acaso. Pois a atração do xadrez consiste, no fundo, unicamente em que a sua estratégia se desenvolve em dois cérebros diferentes, e que, nessa guerra mental, as pretas desconhecem as manobras das brancas e tentam o tempo todo adivinhá-las e acabar com os seus planos, enquanto as brancas buscam antecipar e defender as intenções secretas das pretas. Se pretas e brancas forem a mesma pessoa, isso resulta na absurda circunstância de que um mesmo cérebro ao mesmo tempo deve e não deve saber alguma coisa. Ao agir como parceiro jogando com as brancas, ele deveria poder esquecer completamente, por um simples comando, o que queria fazer um minuto antes, como jogador das pretas. Essa duplicidade de pensamento pressupõe uma divisão total da consciência, uma capacidade de ligar e desligar à vontade uma função cerebral como se fosse um aparelho mecânico; portanto, jogar xadrez contra si próprio significa o mesmo paradoxo de querer saltar por sobre a sua própria sombra. Bem, para ser breve: no meu desespero, durante vários meses, tentei essa impossibilidade, esse absurdo. Mas eu não tinha outra escolha do que esse contrassenso para não cair na pura loucura ou no marasmo intelectual total. Na minha situação angustiante, eu era forçado a pelo menos tentar essa cisão em um eu-pretas e um eu-brancas para não ser sufocado pelo pavoroso nada à minha volta."

Dr. B. se recostou em sua espreguiçadeira e fechou os olhos por um minuto. Parecia querer reprimir à força uma lembrança perturbadora. Mais uma vez, o estranho tique que ele não conseguia dominar correu em volta do canto esquerdo da sua boca. Em seguida, ele se endireitou.

– Bem, até esse ponto espero ter-lhe explicado tudo de maneira bastante compreensível. Mas infelizmente não tenho certeza se conseguirei lhe esclarecer o resto da mesma forma. Pois essa nova ocupação exigia tamanha tensão do cérebro que impossibilitava qualquer autocontrole simultâneo. Já sinalizei que, em minha opinião, já é um *nonsense* querer jogar xadrez contra si mesmo; mas mesmo esse absurdo ainda teria uma mínima chance com um tabuleiro real à frente, porque o tabuleiro, por sua realidade, ainda permitiria uma determinada distância, uma exterritorialização material.

Diante de um tabuleiro real com figuras de verdade pode-se fazer pausas para refletir, pode-se ficar de um lado da mesa e depois do outro, podendo examinar a situação seja do ponto de vista das pretas, seja do ponto de vista das brancas. Mas, vendo-me forçado a projetar esses embates contra mim mesmo ou, se quiser, comigo, para um espaço imaginário, eu era obrigado a fixar nitidamente na minha consciência as respectivas posições nas 64 casas e, além disso, a calcular não apenas a configuração momentânea, como também os possíveis lances seguintes dos dois parceiros, sendo que – sei como isso soa absurdo! – precisava imaginar tudo em dobro ou triplo – não, multiplicado por seis, oito, doze vezes, para cada um dos meus eus, o eu das pretas e o eu das brancas, com quatro ou cinco lances de antecedência. Perdoe-me fazê-lo refletir sobre esse absurdo, mas, nesse jogo, como jogador das brancas, eu precisava antecipar quatro ou cinco lances no espaço abstrato da imaginação, da mesma forma que o jogador das pretas, portanto, tentar fazer todas as combinações futuras possíveis por assim dizer com dois cérebros, o cérebro das pretas e o cérebro das brancas. Mas mesmo essa autodivisão não era o mais perigoso no meu experimento abstruso, e sim o fato de, por inventar partidas sem parar, eu de repente perdi o chão sob os meus pés e caí num buraco sem fundo. Simplesmente jogar as partidas de mestres, tal qual eu treinara nas semanas anteriores, não havia sido nada mais do que uma realização reprodutiva, a pura recapitulação de uma matéria dada, exigindo o mesmo esforço que se faz aprendendo poesias de cor ou memorizando parágrafos de leis – uma atividade limitada, disciplinada e, por isso mesmo, um excelente exercício mental. As duas partidas que eu treinava pela manhã e as duas que praticava à tarde representavam uma determinada tarefa da qual eu me desincumbia sem muita emoção; substituíam, para mim, uma ocupação normal. Além disso, quando me equivocava no decorrer de uma partida ou não sabia como prosseguir, contava com o suporte do livro. Para os meus nervos combalidos, aquela atividade era terapêutica e calmante, porque jogar partidas estranhas não me colocava em cena; era indiferente para mim se o vencedor eram as pretas ou as brancas – afinal, eram Alekhine ou Bogoljubov que lutavam pelos louros da vitória, e a minha própria pessoa, a minha razão, a minha alma se deleitavam com as peripécias e as belezas das partidas unicamente enquanto espectadoras, apreciadoras. Mas a partir do momento em que tentei jogar contra mim mesmo, comecei a me desafiar inconscientemente. Cada eu – o eu-pretas e o eu-brancas – tinha de competir com o outro e entrava em uma ambição e impaciência de ganhar; enquanto era o eu-pretas, eu esperava febrilmente depois de cada lance pelo que o eu-brancas iria fazer em seguida. Eu triunfava quando o outro cometia um erro e, ao mesmo tempo, ficava irritado com a minha própria falta de habilidade.

"Tudo isso parece sem sentido, e de fato tal esquizofrenia artificial, tal cisão da consciência com sua dose de emoção perigosa, seria impensável em um homem normal e em circunstâncias normais. Mas não se esqueça de que eu fora arrancado da normalidade com violência – um prisioneiro, inocentemente encarcerado, há meses torturado com os métodos perversos da solidão, um homem que queria descarregar a sua raiva acumulada contra qualquer coisa. E como eu não dispunha de outra coisa do que esse jogo contra mim mesmo, a minha raiva e o meu desejo de vingança se concentraram fanaticamente nele. Algo em mim queria manter a razão, mas eu só tinha dentro de mim aquele outro eu que eu podia combater; assim, durante o jogo, entrei cada vez mais em uma agitação quase maníaca. No início, ainda refletia de maneira calma e tranquila, fazia pausas entre uma partida e a outra para me recuperar do esforço; mas aos poucos os meus nervos excitados não permitiam mais espera. Mal o meu eu-brancas fizera um lance, o meu eu-pretas já avançava febrilmente; mal uma partida terminara, eu me desafiava para a próxima, pois a cada vez um dos dois eus enxadrísticos tinha sido vencido pelo outro e pedia revanche. Nunca poderei dizer nem mesmo de modo aproximado quantas partidas joguei contra mim mesmo durante aqueles últimos meses na minha cela, em minha louca insaciabilidade – talvez mil, talvez mais. Era uma obsessão contra a qual eu não conseguia me defender, de manhã até de noite eu não pensava em outra coisa senão bispos e peões e torre e rei e a e b e c e xeque-mate e roque, com todo o meu ser e todo o meu sentir eu era atraído para aquele quadrado quadriculado. A alegria de jogar se tornara um prazer de jogar, o prazer de jogar se transformara em um anseio de jogar, o anseio de jogar em uma obrigação, uma mania, um furor frenético que não penetrava apenas as minhas horas de vigília, mas, aos poucos, também o meu sono. Só conseguia pensar em xadrez, em movimentos de xadrez, problemas de xadrez; às vezes, acordava com a testa molhada, percebendo que devia ter continuado a jogar dormindo, e se sonhava com pessoas, era exclusivamente nos movimentos do bispo, da torre, no avanço e no salto para trás do cavalo. Mesmo quando era chamado para o interrogatório, não conseguia mais pensar de maneira concisa nas minhas responsabilidades; tenho a impressão de que, nas últimas sessões, devo ter me expressado de maneira bastante confusa, pois os interrogadores às vezes se entreolhavam, estranhando. Mas na realidade, enquanto eles perguntavam e se aconselhavam, eu só esperava na minha infeliz avidez ser levado de volta à minha cela para prosseguir o meu jogo, o meu jogo louco, mais uma partida, e mais uma, e mais uma. Cada interrupção era uma agonia; até mesmo os quinze minutos em que o guarda arrumava a cela, os dois minutos em que ele trazia a minha comida torturavam a minha impaciência febril; às vezes, o prato com a refeição ficava intocado até de noite, pois eu esquecia de comer, jogando. Minha única sensação física era uma sede terrível; já devia ser a febre daquele constante pensar e jogar; eu tomava a garrafa toda em dois goles e implorava ao guarda por mais água, e já no próximo momento sentia a língua seca na boca. Por fim, a minha excitação durante o jogo aumentou, e não fazia mais nada de manhã até de noite, até o ponto em que não conseguia mais ficar sentado; ininterruptamente eu deambulava pela cela enquanto pensava nas partidas, cada vez mais rápido, mais rápido, para cá e para lá, cada vez mais febrilmente, quanto mais se aproximava a decisão da partida; a avidez de ganhar, de vencer, de vencer a mim mesmo aos poucos se tornou uma espécie de raiva, eu tremia de impaciência, pois sempre um eu era demasiado lento para o outro dentro de mim. Um incitava o outro; por mais ridículo que lhe possa parecer, eu comecei a me xingar – 'mais rápido, mais rápido' ou 'vamos, vamos!' – quando um eu não respondia suficientemente rápido ao outro. Claro que hoje sei muito bem que aquele meu estado já era uma forma patológica de irritação mental excessiva, para a qual não encontro melhor nome do que este, ainda desconhecido na medicina: intoxicação por xadrez. Finalmente, aquela obsessão monomaníaca não começou a atacar apenas o meu cérebro, mas também o meu corpo. Emagreci, tinha distúrbios ao dormir, precisava de um esforço especial para abrir as pesadas pálpebras ao acordar; às vezes, sentia-me de tal forma enfraquecido que, quando pegava um copo, só conseguia levá-lo aos lábios com muito esforço; mal começava a partida, porém, uma força selvagem me acometia: andava de um lado para outro com os punhos cerrados e escutava a minha própria voz rouca e malvada, esbravejando através de uma névoa vermelha 'Xeque' ou 'Mate' para mim mesmo.

"Como esse estado terrível e indescritível se transformou em crise, isso é algo que nem posso dizer. Tudo que sei é que certa manhã acordei e era um despertar diferente. Era como se o meu corpo estivesse desligado de mim, eu descansava macio, mole. Um cansaço denso e bom, como havia meses já não conhecia mais, repousava sobre as minhas pálpebras, tão quente e gostoso que de início nem conseguia me decidir a abrir os olhos. Já estava acordado alguns minutos e ainda me deliciava com aquele torpor pesado, aquela imobilidade tépida com os sentidos prazerosamente anestesiados. De repente, era como se estivesse ouvindo vozes atrás de mim, vozes humanas vivas que diziam palavras, e o senhor não pode imaginar o meu êxtase, pois havia meses, havia quase um ano eu não escutava mais outras palavras senão as palavras duras, agudas e más da bancada do juiz do interrogatório. 'Você está sonhando', eu disse para mim, 'estás sonhando! Não abra os olhos! Deixe esse sonho durar, senão verá a maldita cela a seu redor, a cadeira e a pia e a mesa e o papel de parede com o padrão sempre igual. Você está sonhando, continue sonhando!'

"Mas a curiosidade venceu. Devagar, com todo cuidado, abri os olhos. Milagre: eu estava em outro quarto, mais largo e espaçoso do que a minha cela no hotel. Uma janela sem grades deixava entrar a luz livremente e dava para árvores verdes que balançavam ao vento, em vez do meu muro imóvel. As paredes brancas e lisas brilhavam, o teto era branco e alto – de fato, eu estava deitado numa cama nova, diferente, e era verdade, não era sonho, atrás de mim sussurravam vozes humanas. Sem querer, devo ter-me agitado com toda essa surpresa, pois escutei passos se aproximando atrás de mim. Uma mulher se aproximou suavemente, uma mulher com touca branca na cabeça – uma enfermeira. Fiquei arrebatado, havia um ano eu não vira mais nenhuma mulher. Olhei fixamente para aquela aparição graciosa, e deve ter sido um olhar selvagem, extático, pois a mulher tentou me tranquilizar: 'Calma! Fique calmo!' Mas eu só prestava atenção na sua voz – era um ser humano que falava? Ainda existiam na Terra seres humanos que não me interrogavam, não me torturavam? E ainda por cima – milagre inacreditável! – uma voz de mulher macia, quente, quase carinhosa! Voraz, olhei para a sua boca, pois naquele ano infernal tinha se tornado improvável para mim que uma pessoa falasse com a outra de maneira bondosa. Ela sorriu para mim – sim!, ainda havia pessoas que sabiam sorrir com bondade –, em seguida, colocou o dedo nos lábios, em sinal de advertência, e seguiu, suavemente. Mas não pude obedecer à sua ordem. Não me saciara ainda de ver aquele milagre. Tentei me endireitar à força na cama para continuar olhando para ela, para aquele milagre de um ser humano que era bondoso. Mas quando quis me apoiar no canto da cama, não consegui. Onde antes havia a minha mão direita, dedos e articulações, senti algo estranho, um grosso tufo branco, que parecia ser um grande curativo. De início, espantei-me com aquela coisa branca, grossa e estranha na minha mão, sem compreender nada, depois fui entendendo aos poucos onde estava e refletir o que deveria ter acontecido. Alguém devia ter me ferido, ou eu mesmo me ferira na mão. Eu estava num hospital.

"Ao meio-dia chegou o médico, um senhor já mais velho, muito gentil. Conhecia o nome da minha família e mencionou com tamanho respeito o meu tio, o médico particular do imperador, que logo fui dominado por uma sensação de que ele queria o meu bem. No decorrer da conversa, dirigiu-me duas ou três perguntas, principalmente uma que me surpreendeu – se eu era matemático ou químico. Eu disse que não.

"'Curioso', murmurou. 'Durante o acesso de febre, o senhor gritava fórmulas estranhas – c_3, c_4. Nós não entendemos nada.'

"Perguntei o que se havia passado comigo. Ele deu um sorriso estranho.

"'Nada sério. Uma irritação aguda dos nervos', disse, e acrescentou baixinho, depois de ter olhado à volta:

"'Afinal, compreensível. Desde o dia 13 de março, não é mesmo?'
Assenti.

"'Não é de admirar, com esses métodos...', murmurou. 'O senhor não é o primeiro. Mas não se preocupe!'

"Pela maneira tranquilizadora com que cochichou aquilo e graças ao seu olhar bondoso, senti-me acolhido junto a ele.

"Dois dias depois, o gentil doutor me explicou com bastante sinceridade o que havia acontecido. O guarda me ouvira gritando alto na minha cela e teve primeiro a impressão de que alguém havia entrado nela e que eu estava brigando com essa pessoa. Mal despontou à porta, eu teria me lançado sobre ele e gritado com ele, dizendo aos brados coisas como: 'Faça logo seu lance, seu miserável, covarde!', tentando estrangulá-lo e, no final, atacando-o de tal maneira que ele precisou chamar ajuda. Quando me levaram para exame médico em meu estado de loucura, eu teria me soltado de repente, correndo em direção à janela no corredor, quebrando a vidraça e cortando a minha mão – veja a cicatriz profunda aqui. Nas primeiras noites no hospital, tive uma espécie de febre cerebral, mas agora, segundo ele, a minha razão estava lúcida. 'Claro que não vou informar isso, caso contrário poderão levá-lo de volta', acrescentou, em voz baixa. 'Confie em mim, farei o melhor que puder'.

"Não sei o que esse médico solícito relatou aos meus torturadores sobre a minha pessoa. Seja como for, conseguiu o que desejava: a minha libertação. Pode ser que tenha me declarado inimputável, ou então eu já perdera importância para a Gestapo, pois Hitler ocupara a Boêmia, e assim o caso da Áustria estava resolvido para ele. Dessa forma, precisei apenas assinar o compromisso de deixar a nossa pátria em quinze dias, e foram quinze dias tão cheios de mil formalidades de que hoje o antigo cidadão do mundo necessita para viajar – documentos militares, polícia, imposto, passaporte, visto, atestado de saúde – que não tive tempo de pensar muito no passado. Aparentemente, existem no nosso cérebro forças reguladoras misteriosas com autonomia para desligar o que pode ser penoso e perigoso para a alma, pois todas as vezes que quis me lembrar do tempo que passei na cela era como se a luz se apagasse no meu cérebro; só depois de muitas semanas, na verdade, só aqui no navio, reencontrei o ânimo de pensar naquilo que tinha acontecido comigo.

"E agora haverá de entender por que me comportei de modo tão inadequado – e, provavelmente, incompreensível – em relação aos seus amigos. Estava passando por acaso pelo salão de fumantes quando vi seus amigos sentados diante do tabuleiro; sem querer, espantado e aterrorizado, senti meus pés presos ao chão. Pois eu esquecera por completo que se pode jogar xadrez com um tabuleiro de verdade e figuras de verdade. Esquecera que, nesse jogo, duas pessoas totalmente diferentes sentam-se fisicamente uma diante da outra. Precisei mesmo de alguns minutos para me lembrar que o que aqueles jogadores faziam ali era, no fundo, o mesmo jogo que, no meu desamparo, tentei durante vários meses jogar contra mim mesmo. As cifras que me ajudaram durante meus cruéis exercícios tinham sido apenas substituto e símbolo daquelas figuras de marfim; minha surpresa de que aquela atividade de mover as peças no tabuleiro era a mesma da minha imaginação no espaço mental deve ser parecida à de um astrônomo que calculou a existência de um novo planeta no papel com os métodos mais complicados e o vê depois no céu como um astro claro e concreto. Como que preso por um ímã, eu olhava fixamente para o tabuleiro e enxergava ali os meus esquemas, cavalo, rei, rainha e peão como figuras reais, esculpidas em madeira; para entender a posição da partida precisei primeiro transplantá-la de volta do meu mundo de cifras abstratas para o das peças que são movidas. Aos poucos, fui tomado pela curiosidade de observar aquela partida real entre dois adversários. Foi quando aconteceu a situação constrangedora e eu, esquecendo qualquer educação, intrometi-me na sua partida. Mas aquele lance errado do seu amigo atingiu meu coração como uma punhalada. Foi por um ato instintivo que o retive, por um gesto impulsivo, assim como, sem pensar, seguramos uma criança que se inclina sobre um parapeito. Só depois me dei conta da rude grosseria de que me tornei culpado pela minha precipitação."

Apressei-me em assegurar a dr. B. o quanto todos estávamos contentes e gratos por conhecê-lo graças ao acaso e que, para mim, depois de tudo o que ele me confidenciara, seria duplamente interessante poder assistir a ele no dia seguinte durante o torneio improvisado. Dr. B. fez um gesto inquieto.

– Não, realmente não espere demais. Não deve ser mais do que um teste para mim... um teste se... se sou capaz de jogar uma partida de xadrez normal, uma partida num tabuleiro real com figuras concretas e um adversário vivo... pois duvido cada vez mais se aquelas centenas e talvez milhares de partidas que joguei eram genuínas partidas de xadrez, e não apenas uma espécie de xadrez de sonho, um xadrez de febre, um jogo febril em que, como no sonho, sempre se pulam algumas etapas intermediárias. Espero seriamente que não suponham que eu seria capaz de desafiar um campeão de xadrez, muito menos o número um do mundo. O que me interessa e intriga é apenas a curiosidade póstuma de constatar se aquilo na cela ainda era xadrez ou se já era loucura; se, lá, eu ainda me encontrava aquém ou já além do abismo perigoso – só isso, unicamente isso.

Naquele momento ecoou do tombadilho o gongo que chamava para o jantar. Devíamos ter conversado por quase duas horas – dr. B. me relatara tudo com muito mais detalhes do que resumi aqui. Agradeci a ele cordialmente e me despedi. E não havia atravessado ainda o convés quando ele me alcançou e acrescentou, visivelmente nervoso e até gaguejando um pouco:

– Mais uma coisa! Queira avisar os senhores logo, para que eu não pareça descortês depois: jogarei apenas uma única partida... nada mais do que o ponto final de uma conta antiga – uma solução definitiva e não um recomeço... Não gostaria de cair pela segunda vez naquele delírio passional de jogar, do qual me lembro com horror... aliás... aliás o médico também me advertiu, advertiu expressamente: qualquer pessoa que jamais se rendeu a uma mania continua vulnerável para sempre, e quem teve uma intoxicação de xadrez – ainda que curada – não deve se aproximar de um tabuleiro. Portanto, o senhor compreende – uma única partida de teste para mim mesmo, nada mais do que isso.

No dia seguinte nos reunimos pontualmente à hora combinada, às três, no salão dos fumantes. Nossa roda estava acrescida de outros dois amantes da arte real, dois oficiais do navio que tinham pedido folga para poder assistir ao torneio. Czentovic também não se fez esperar, como na véspera, e depois do sorteio obrigatório das cores começou a partida memorável daquele *Homo obscurissimus* contra o famoso campeão do mundo. Lamento que tenha sido jogada apenas para nós, espectadores incompetentes, e que o seu transcurso tenha se perdido para os anais da arte enxadrística, assim como os improvisos de piano de Beethoven se perderam para a música. Embora tenhamos tentado nas tardes seguintes reconstruir a partida juntos de memória, foi em vão: decerto olhamos todos para os dois jogadores em vez de prestar atenção no jogo em si. Pois o contraste intelectual dos dois adversários foi se tornando cada vez mais plástico fisicamente. Czentovic, experimentado, manteve-se o tempo todo imóvel como um bloco de pedra, os olhos inclinados rígidos e inertes para o tabuleiro. Pensar, para ele, parecia ser um esforço físico que demandava concentração máxima de todos os órgãos do seu corpo. Já dr. B. se movia de modo totalmente solto e descontraído. Como verdadeiro diletante no sentido mais belo da palavra, que, no jogo, tem prazer apenas com o *diletto*, a alegria, deixava seu corpo relaxado, conversava conosco explicando durante os primeiros intervalos, acendia um cigarro com a mão leve, olhando apenas um minuto para o tabuleiro quando chegava a sua vez. Todas as vezes parecia que ele já esperara antecipadamente o lance do adversário.

Os lances de abertura obrigatórios foram dados com rapidez. Só depois do sétimo ou do oitavo é que parecia se configurar algo como um determinado plano. Czentovic alongava suas pausas para pensar; com isso, percebemos que se iniciara a verdadeira batalha pela supremacia. Mas, a bem da verdade, a lenta evolução da situação, como qualquer partida de torneio, significava uma decepção para nós, amadores. Pois, quanto mais as figuras se entrelaçavam num curioso ornamento, tanto mais impenetrável se tornava a verdadeira posição para nós. Não éramos capazes de perceber o que queriam um adversário e o outro, e qual dos dois estava em vantagem. Notamos apenas que algumas figuras avançavam como alavancas para explodir o *front* inimigo, mas – como no caso daqueles jogadores superiores cada movimento era uma combinação que antecipava vários lances – não conseguíamos captar a intenção estratégica naquele vaivém. Além disso sobreveio aos poucos um cansaço paralisante, devido sobretudo às infindáveis pausas de Czentovic, que começaram a irritar também visivelmente o nosso amigo. Preocupado, observei como ele começou a se mexer cada vez mais inquieto na sua poltrona, quanto mais a partida se arrastava, ora acendendo um cigarro atrás do outro por nervosismo, ora pegando o lápis para anotar alguma coisa. Então, mandava vir uma água mineral, que bebia vorazmente, copo após copo – era evidente que ele fazia as combinações cem vezes mais rápido do que Czentovic. Cada vez que aquele, depois de pensar infinitamente, decidia mover uma figura, nosso amigo se limitava a sorrir como alguém que vê acontecer alguma coisa longamente esperada, e já respondia. Com sua inteligência rápida, devia ter calculado na cabeça de antemão todas as possibilidades do adversário; quanto mais demorava a decisão de Czentovic, mais crescia a sua impaciência, e um traço de irritação, quase hostil, formou-se em volta dos seus lábios durante a espera. Mas Czentovic não se deixava pressionar de forma alguma. Inabalável e mudo, pensava, intercalando pausas cada vez mais compridas, quanto mais o tabuleiro se esvaziava de peças. No quadragésimo segundo lance, depois de noventa minutos, estávamos todos esgotados e quase passivos em torno da mesa. Um dos oficiais já havia se afastado, o outro pegara um livro para ler e só levantava o olhar por um instante a cada modificação. Mas então, num lance de Czentovic, aconteceu o inesperado. No momento em que dr. B. percebeu que Czentovic pegara o cavalo para avançar, encolheu-se como um gato antes de saltar. Seu corpo todo começou a tremer, e mal Czentovic completara o lance com o cavalo, ele avançou ostensivamente com a dama e disse, triunfante: "Pronto! Acabou!", reclinou-se, cruzou os braços diante do peito e encarou Czentovic com um olhar desafiador. Uma luz quente ardeu de repente em sua pupila.

Involuntariamente nos inclinamos sobre o tabuleiro para entender o lance anunciado de maneira tão triunfal. À primeira vista, não se via nenhuma ameaça direta. A afirmação do nosso amigo, portanto, devia se referir a uma evolução que nós, diletantes com pensamento breve, não sabíamos calcular ainda. Czentovic foi o único entre nós que nem se mexera com aquele anúncio desafiador; estava sentado tão inabalável como se não estivesse escutado o ofensivo "acabou!". Nada aconteceu. Agora que todos prendemos a respiração, de repente se ouvia o tique-taque do relógio que estava na mesa para marcar a hora para dar o lance. Passaram-se três minutos, sete minutos, oito minutos – Czentovic não se mexia, mas para mim era como se suas narinas grossas se alargassem ainda mais com o esforço. Para o nosso amigo, aquela espera muda parecia tão insuportável quanto para nós. Subitamente, ele se levantou e começou a deambular pelo salão de fumantes, primeiro devagar, depois mais rápido, cada vez mais rápido. Todos olhamos um pouco surpresos, mas ninguém mais preocupado do que eu, pois reparei que seus passos, apesar de todo o vigor, sempre mediam o mesmo comprimento no espaço; era como se a cada vez, na sala vazia, ele batesse em uma barreira invisível que o obrigasse a voltar. Arrepiado, entendi que aquele vaivém reproduzia inconscientemente as medidas de sua antiga cela; era assim que ele devia ter corrido para lá e para cá como um animal preso numa jaula, as mãos contraídas e os ombros encolhidos; assim ele devia ter andado mil vezes de um lado para outro, as luzes vermelhas da loucura no olhar inerte, porém febril. Mas sua capacidade de pensar ainda parecia estar completamente intacta, pois de tempos em tempos ele se virava com impaciência para a mesa para ver se Czentovic já se decidira. Passaram-se nove minutos, dez minutos. Então finalmente aconteceu o que ninguém de nós esperara. Czentovic ergueu devagar sua mão pesada, que até então ficara inerte apoiada na mesa. Tensos, olhamos todos para a sua decisão. No entanto, Czentovic não fez nenhum lance, e sim empurrou devagar todas as peças do tabuleiro com um gesto decidido das costas de sua mão. Só no instante seguinte compreendemos: Czentovic desistira da partida. Capitulara para não receber um mate diante de nós. O improvável acontecera: o mestre, o campeão de inúmeros torneios, jogara a toalha para um desconhecido, um homem que durante vinte ou vinte e cinco anos não tocara mais num tabuleiro. Nosso amigo, o anônimo, o ignoto, vencera o maior jogador da Terra em luta aberta!

Sem perceber, em nossa agitação, havíamos levantado, um após o outro. Cada um de nós teve a sensação de que precisaria dizer ou fazer alguma coisa para extravasar o nosso susto alegre. O único a permanecer imóvel em calma foi Czentovic. Só depois de uma pausa adequada, ergueu a cabeça e encarou nosso amigo com olhar pétreo.

– Mais uma partida? – perguntou.

– Naturalmente – respondeu dr. B. com um entusiasmo que me desagradou, sentando-se, antes que eu pudesse lembrá-lo de seu propósito de jogar apenas uma partida, e recomeçou a posicionar as peças com uma pressa febril. Arrumava-as com tal ardor que duas vezes um peão escorregou pelos dedos trêmulos, caindo ao chão; meu desconforto já constrangido face à sua agitação pouco natural cresceu e se transformou em um tipo de medo. Pois uma visível exaltação acometeu aquele homem antes tão quieto e calmo; o tique nervoso em sua boca se repetia cada vez mais e seu corpo tremia, como que sacudido por uma febre repentina.

– Não! – cochichei para ele. – Não agora. Deixe de jogar por hoje! É muito cansativo!

– Cansativo? Ha! – riu ele, alto e malvado. – Eu poderia ter jogado dezessete partidas enquanto isso, em vez dessa conversa para boi dormir! Cansativo, para mim, é apenas não pegar no sono nessa velocidade! Então, comece logo!

Ele dissera essas últimas palavras a Czentovic num tom exaltado, quase grosseiro. Este olhou para ele, tranquilo e comedido, mas no seu olhar pétreo e imóvel havia algo como um punho cerrado. De uma vez, havia algo novo entre os dois jogadores: uma tensão perigosa, um ódio apaixonado. Não eram mais dois adversários que queriam experimentar o seu saber no jogo, e sim dois inimigos que juraram se aniquilar mutuamente. Czentovic hesitou muito antes de dar o primeiro lance, e tive a nítida impressão de que ele hesitava intencionalmente. Era evidente que ele, escolado em tática, já descobrira que justo pela lentidão podia exaurir e irritar o adversário. Assim, não demorou menos que quatro minutos até fazer a mais normal e a mais simples das aberturas, avançando as duas casas usuais com o peão do rei. Imediatamente, nosso amigo devolveu, avançando com o seu peão do rei, mas Czentovic fez de novo uma pausa interminável, quase insuportável; era como quando cai um raio forte e esperamos com o coração disparado pelo trovão, e o trovão nunca chega. Czentovic não se mexia. Refletiu quieto, lento, e, como senti com cada vez mais certeza, com uma lentidão maliciosa; mas assim ele me deu bastante tempo para observar dr. B. Este acabara de engolir o terceiro copo d'água; sem querer me lembrei que ele falara de uma sede febril na cela. Todos os sintomas de uma excitação anormal apareceram nitidamente; vi sua testa ficando molhada e a cicatriz em sua mão ficando mais vermelha e nítida do que antes. Mas ele ainda estava sob controle. Só quando, no quarto lance, Czentovic voltou a pensar interminavelmente, ele perdeu a postura e rosnou de repente:

– Jogue logo, jogue de uma vez!

Czentovic ergueu o olhar gélido.

– Que eu saiba, acordamos dez minutos para cada lance. Por princípio, eu não jogo com menos tempo.

Dr. B. mordeu os lábios; notei como, sob a mesa, a sola do seu sapato batia com cada vez mais impaciência no chão, e fui eu próprio ficando irrefreavelmente mais nervoso com o pressentimento de que algo muito insensato se preparava dentro dele. De fato, no oitavo lance aconteceu um segundo incidente. Dr. B., que esperara de modo cada vez mais descontrolado, não conseguiu mais dominar sua tensão; mexia-se para cá e para lá e começou a tamborilar com os dedos na mesa, sem querer. Mais uma vez, Czentovic ergueu sua cabeça pesada de camponês.

– Posso pedir-lhe para não tamborilar? Isso me atrapalha. Assim não consigo jogar.

– Ha! – riu dr. B. – Nota-se!

A testa de Czentovic enrubesceu.

– O que quer dizer com isso? – perguntou em tom mordaz.

Dr. B. deu mais uma risada breve e maliciosa.

– Nada. Só que, pelo jeito, o senhor está bastante nervoso.

Czentovic emudeceu e inclinou a cabeça. Só depois de sete minutos deu o lance seguinte, e a partida prosseguiu arrastada nessa velocidade mortífera. Czentovic foi ficando cada vez mais como que petrificado; no final, usava sempre o máximo do intervalo acordado para pensar antes de decidir seu lance, e de um intervalo para o outro o comportamento do nosso amigo foi se tornando cada vez mais estranho. Parecia que ele já nem participava mais da partida, que estava ocupado com outra coisa. Deixou de deambular febrilmente de um lado para outro e permaneceu sentado inerte no seu lugar. Olhando fixamente com o olhar vazio, quase louco, murmurava sem parar palavras incompreensíveis; ou ele se perdia em combinações infindáveis, ou então – era a minha suspeita – elaborava partidas completamente diferentes, pois cada vez que Czentovic finalmente havia andado com sua figura era preciso chamá-lo de volta de sua ausência. Então, precisava sempre de alguns minutos para se reencontrar na situação; fui tomado pela suspeita de que ele esquecera Czentovic e a nós todos naquela loucura fria que de repente poderia se descarregar de alguma forma violenta. E, de fato, no décimo nono lance a crise eclodiu. Mal Czentovic movera sua figura, dr. B. de repente avançou o seu bispo três casas, sem olhar direito para o tabuleiro, gritando tão alto que nós estremecemos:

– Xeque! Xeque ao rei!

Olhamos para o tabuleiro, na expectativa de um lance especial. Mas depois de um minuto aconteceu o que nenhum de nós esperara. Czentovic ergueu a cabeça bem devagar e nos encarou – o que nunca fizera antes – um a um. Parecia estar se comprazendo imensamente com alguma coisa, pois aos poucos surgiu em seus lábios um sorriso satisfeito e nitidamente irônico. Só depois de desfrutar até o fim aquele seu triunfo ainda incompreensível para nós, voltou-se para o grupo com falsa gentileza.

– Lamento, mas não consigo ver nenhum xeque. Um dos senhores estaria porventura vendo um xeque ao meu rei?

Olhamos para o tabuleiro e, em seguida, para dr. B., preocupados. A casa do rei de Czentovic – e isso qualquer criança podia reconhecer – de fato estava completamente defendida por um peão contra o bispo, ou seja, sem possibilidade alguma de xeque ao rei. Ficamos inquietos. Teria o nosso amigo esbarrado numa figura em seu ardor, empurrando-a uma casa mais longe ou mais perto? Nosso silêncio chamou a atenção de dr. B., que também olhou para o tabuleiro e começou a balbuciar, agitado:

– Mas o rei devia estar em f7... está errado, completamente errado. O senhor moveu errado! Tudo está errado nesse tabuleiro... o peão devia estar em g5 e não em g4... é uma partida completamente diferente... É...

Ele parou de repente. Eu o agarrara com força no braço, ou melhor, o beliscara de tal forma no braço que, mesmo em sua confusão febril, ele não tinha como não sentir a minha mão. Ele se virou e me olhou fixamente como um sonâmbulo.

– O que... o que quer?

Eu apenas disse *"Remember!"*, enquanto passava o dedo na cicatriz de sua mão. Ele seguiu o meu movimento involuntariamente, o olhar preso no risco vermelho-sangue. Em seguida, começou a tremer, e seu corpo todo estremeceu.

– Pelo amor de Deus – sussurrou com os lábios pálidos. – Eu disse ou fiz algo insensato... estaria eu de novo...?

– Não – sussurrei baixinho.

– Mas o senhor deve interromper a partida imediatamente, está mais do que na hora. Lembre-se do que o médico lhe disse!

Dr. B. se levantou de repente.

– Peço desculpas pelo meu equívoco insensato – disse com sua velha voz educada, inclinando-se para Czentovic. – Naturalmente, o que eu disse foi pura tolice. Claro que a vitória é sua.

Em seguida, virou-se para nós.

– Também preciso pedir desculpas aos senhores. Mas eu tinha advertido desde o começo que não esperassem demais. Perdoem a vergonha, foi a última vez em que tentei jogar xadrez.

Ele acenou com a cabeça e saiu, de maneira simples e misteriosa, assim como surgira. Só eu sabia por que aquele homem nunca mais tocaria num tabuleiro, enquanto os outros ficaram um pouco confusos, com a vaga sensação de, por um triz, terem escapado a algo muito desagradável e perigoso.

– Que tolo! – rosnou McConnor, decepcionado.

Czentovic foi o último a levantar da poltrona, lançando mais um olhar ao jogo deixado pelo meio.

– Pena – disse, generoso. – O ataque nem foi tão mau assim. Para um diletante, aquele senhor, na verdade, tem um talento fora do comum.

Sobre jogos e desistências

Primeiro e único confronto com o nazifascismo na ficção – de frente, sem rodeios, com todas as letras. *Foi ele?* e *Júpiter* compõem um par de histórias, abstratas, fabulizadas. Nos ensaios biográficos sobre Erasmo de Roterdã, Calvino e Castelio, preferiu utilizá-los como seus porta-vozes para investir contra o fanatismo e a intolerância que tomavam conta do mundo no tenebroso início da década de 1930.

Xadrez, uma novela (*Schachnovelle*), é um enredo impactante e militante, antitotalitário, lastreado nas convicções rigorosamente pacifistas de Zweig.* Concebida e escrita em Petrópolis (entre 19 de setembro de 1941, quando lá se instalou, e meados de fevereiro de 1942, quando a terminou), é considerada a primeira experiência literária ocidental inspirada no multimilenário "jogo dos reis".** É possível que tenha sido antecedido nas literaturas indiana, persa, árabe ou chinesa por relatos embebidos na mesma civilização que o criou. Certo é que depois desse patético xeque-mate o tabuleiro de xadrez incorporou-se ao arsenal de recursos literários destinados a tornar os conflitos mais sutis e também transcendentais.

Exemplo clássico do olhar de Zweig para localizar tramas palpitantes nas mais corriqueiras e desusadas situações, a novela tem, além disso, enorme valor biográfico: é a sua derradeira obra antes da "Declaração"

---

* A estreia mundial deveu-se ao empenho do amigo-tradutor-agente Alfredo Cahn, que conseguiu publicar o original ainda no primeiro semestre de 1942, em duas edições limitadas, ambas de 97 páginas: uma de 250 exemplares numerados, pela Pigmalión, outra de 150 exemplares, publicada por outro amigo bonaerense, Janos Peter Kramer. A primeira versão em língua estrangeira é a brasileira, no volume póstumo inicial: *As três paixões* (Rio de Janeiro, Editora Guanabara, 1942), acompanhada por *Foi ele?* e *Dívida tardiamente paga*, em tradução de Elias Davidovich.

** A única ficção anterior inspirada no xadrez é, na realidade, uma sátira teatral, com forte conotação política, por isso censurada: *A game of chess*, de autoria do poeta Thomas Middleton, contemporâneo de Shakespeare e Ben Jonson, escrita em 1624.

final, e oferece as chaves para responder a interrogações cruciais. Aquilo que não conseguiu expressar nas 21 linhas de despedida, declarou-o candidamente nessa estranha novela cujo subtítulo poderia ter sido "A história de uma desistência".

Zweig nunca foi brilhante como enxadrista, era apenas um diletante, porém persistente, talvez mais fascinado com as possibilidades dramáticas oferecidas pelo jogo do que com as táticas para cercar o rei. Em Salzburgo, depois do trabalho, descia até os cafés do centro para jogar algumas partidas com amigos antes de recolher-se. É possível que tenha reunido algumas ideias na viagem de regresso ao Brasil, no luxuoso *Uruguay*, da Moore McCormack, que deixou Nova York em 15 de agosto de 1941 e ancorou no cais do Rio no dia 27. Três semanas depois, instalado com Lotte no simpático bangalô de Petrópolis, já menciona o projeto ao novo confidente e consultor literário, seu editor americano, Ben Huebsch, da Viking Press: "Terminei o esboço de outra pequena obra no tamanho usual e infeliz: pequena como novela e demasiado longa para uma revista ... Acredito que será a primeira sobre o assunto ... É um prazer criar algo neste ambiente virginal..."*

Na trama: advogado vienense preso pela Gestapo, torturado psicologicamente durante meses, para ocupar a mente e não sucumbir à pressão dos verdugos o dr. B. decorou as 150 mais famosas partidas de xadrez do manual que conseguiu contrabandear e esconder em sua cela. Finalmente solto, escapa da Áustria nazificada e chega aos Estados Unidos, onde embarca num dos luxuosos *linners* que fazem o percurso Nova York–Buenos Aires. Ao atento companheiro de viagem e agora narrador, o dr. B. relata como resistiu aos interrogatórios.

No navio do dr. B. viaja o campeão mundial Mirko Czentovic, que fará algumas apresentações em Buenos Aires para o enorme público de enxadristas. Rústico, desprovido de qualquer charme, um robô que só existe diante de um tabuleiro, o estranhíssimo campeão é convencido a jogar uma partida contra um pequeno grupo de passageiros. Tudo indica

---

* O relato sobre a gênese da novela está em Alberto Dines, *Morte no Paraíso: a tragédia de Stefan Zweig* (Rio de Janeiro, Rocco, 4ª ed. 2012, p.505-6).

que Mirko Czentovic logo estará anunciando um triunfante xeque-mate – não fosse a inesperada participação do dr. B. no comando dos adversários.

Subitamente excitado, em poucos lances reverte a situação e bate o campeão com grande maestria. Nova partida, agora com o dr. B. estranhamente frenético, tomado por repentina beligerância. Em lance surpreendente para o esquema novelístico de Zweig, o narrador sai dos bastidores e assume inesperado protagonismo: agarra o prisioneiro da Gestapo, tenta sacudi-lo da exaltação. Despertado, novamente lúcido, o dr. B. desfaz o jogo, pede desculpas, salvo por um narrador compadecido com a sua história.

Stefan Zweig não teve a mesma sorte do personagem: desamparado, perdido, sem a firmeza que demonstra ao salvar o dr. B., entrega o jogo e capitula diante de uma guerra que o persegue há quase dez anos e agora parece pronta para enredá-lo.*

---

* Dias depois do suicídio, o juiz encarregado de arrolar os seus bens cita os títulos dos volumes da sua pequena biblioteca, entre eles *Die hypermoderne Schachpartie* (*Partidas de xadrez hipermodernas*), editado em Viena, 1925, de autoria do russo Savielly Grigoriewitsch Tartakower, grão-mestre internacional e um dos mais destacados jornalistas-enxadristas dos anos 1920 e 1930, com a descrição pormenorizada de todos os lances das 150 mais belas partidas de xadrez do período 1914-23. Nas cartas de Lotte à cunhada Hannah, em Londres, ela descreve a rotina diária do casal, da qual fazem parte algumas partidas de xadrez reconstruídas por Tartakower.

Créditos dos textos

Segredo ardente (p.11-74)

Título original: *Brennendes Geheimnis*
Traduzido por Murilo Jardelino a partir de *Erstes Erlebnis vier Geschichte aus Kinderland*. Leipzig, Insel, 1920.

Confusão de sentimentos (p.77-158)

Título original: *Verwirrung der Gefühle*
Traduzido por Maria Aparecida Barbosa a partir de *Verwirrung der Gefühle: Erzählungen*. Frankfurt am Main, S. Fischer, 1983.

A coleção invisível (p.161-74)

Título original: *Die unsichtbare Sammlung: Eine Episode aus der deutschen Inflation*
Traduzido por Maria Aparecida Barbosa a partir de *Die unsichtbare Sammlung: Novellen*. Ditzingen, Philipp Reclam, 1977.

Júpiter (p.177-89)

Título original: *Jupiter*
Traduzido por Kristina Michahelles a partir de *Die besten klassischen und modernen Hundegeschichten*. Zurique, Diogenes Verlag, 1973.

Foi ele? (p.191-220)

Título original: *War er es?*
Traduzido por Kristina Michahelles a partir de *Brennendes Geheimnis: Erzählungen*. Frankfurt am Main, S. Fischer, 1987.

Xadrez, uma novela (p.225-74)

Título original: *Schachnovelle*
Traduzido por Kristina Michahelles a partir de http://gutenberg.spiegel.de/buch/schachnovelle-7318/1

A marca fsc é a garantia de que a madeira utilizada na fabricação
do papel deste livro provém de florestas de origem controlada
e que foram gerenciadas de maneira ambientalmente correta,
socialmente justa e economicamente viável.

Este livro foi composto por Mari Taboada em Dante Pro 11,5/16
e impresso em papel offwhite 80g/m² e cartão triplex 250g/m²
por Geográfica Editora em agosto de 2015.